徳田秋聲の時代

松本 徹

鼎書房

徳田秋聲の時代　目次

2 その多面さ

時代への沈潜と超出

野口冨士男

凡　例

一、本巻は、拙著『徳田秋聲』（昭和63年6月、笠間書院刊）以降に発表した徳田秋聲関係の論考、講演の原稿で、これまで単行本に収められなかったものを収める。
一、大半はできるだけ発表時点のままとしたが、加筆、訂正したものが少なくない。
一、表記は、現行表記とするが、引用文は原文のままとする。
一、年は元号を用いる。明治以前との整合性を考えたためで、要所ではキリスト教起源暦を記す。
一、数字は和数表記とするが、括弧内は洋数を用いるのを原則とする。

その企て

徳田秋聲は新しい

徳田秋聲《とくだしゅうせい》は、これまで自然主義文学の代表的作家としてばかり評価されて来たが、実際はその枠を越えた大きな存在であり、今日なおも少なからぬ影響力を持つている。

明治二十八年（一八九五）に尾崎紅葉の門下となり、小説家として歩み出してから、昭和十八年（一九四三）十一月十八日に死去するまで、秋聲は、およそ半世紀の長きにわたって活躍、その間、狭く限られた領域に閉じこもることなく、常に時代と切り結び、広い活動領域を保ちつづけた。

こう言えば、派手な流行作家でもあったかのようだが、実際にそういう時期が秋聲にはあった。連載小説を四本も五本も抱え、完結を待たずにつぎつぎ劇化され、映画化（無声白黒）されるといったことが、大正六年（一九一七）から十三年あたりまであった。そして、大正末年から昭和の初めにかけては、山田順子との恋愛沙汰で、新聞記者に追い回わされ、その言動が逐次記事になった。

このようにジャーナリズムの渦中に身を置いたが、それだけが時代と切り結ぶことであったわけではない。日々の平凡な暮らしのただ中に、深くひっそりと身を沈めることにおいても、そうであった。そして、このような矛盾した在り方を同時に採りながらも、秋聲は、自分を見失うことなく、自らの資質、生活態度に忠実でありつづけたのである。

この在り方は、紅葉門下として出発、紅葉《こうよう》の没後は一門を代表する一人となりながら、いつの間にかそれと対立する自然主義の代表的作家になっていたことに、よく現われている。明治四十年

（一九〇七）、時の首相西園寺公望《きんもち》に、鷗外、露伴らと共に招かれた時は、硯友社《けんゆうしゃ》系の作家としてであったが、翌年には『新世帯《あらしょたい》』を、明治四十四年には『黴《かび》』を書き、押しも押されぬ自然主義文学作家となっていた。普通なら、裏切りとして非難されてもおかしくないのだが、そういうことはほとんどなく、「生まれたる自然派」（生田長江）と評された。生まれつきの資質を遺憾なく発揮することによって、いつの間にかそうなったと、人々は認めずにおれなかったのである。

その資質だが、紅葉門下としての出発期はともかくとして、着実に仕事を始めだすと、派手な、背伸びするようなことを退け、日常の暮らしの中、ひそやかに日々を過ごす、そういう在り方を第一とする姿勢として顕われた。

日常は、勿論、明るく楽しいというわけにはいかない。生活苦が不断にのしかかって来て、イライラしたり小言を吐き散らしたりしながら、じっと耐えて過ごすことが多い。秋聲は、そういうところに終始する名もない人々の、ごくありふれているがゆえに、見過ごされがちな暮らしの実態を、的確に捉え、描き出したのである。

明治以降に登場した作家は、坪内逍遥《しょうよう》、二葉亭四迷《しめい》を初め、夏目漱石、芥川龍之介は勿論、島崎藤村、田山花袋《かたい》にしても、知識人であった。ところが秋聲は、漢籍の素養もあれば英語もよく読めたが、知識や教養をたのむところがいささかもない、正真正銘の生活人であった。金沢で生まれ育ち、明治の文明開化の下、味わった生活上の困難が大きな要因のようだが、その生活人の目で捉えたところをごく率直に描いたのである。

それでいて秋聲は、いわゆる自然主義の純文学作者にとどまらなかった。いまも言ったように自らの資質と日々の暮らしに根差した、徹底した小説家であったから、自らの思想・感情を表現、同時代の市井に生きる人たちの姿を描き出すだけでなく、同時代の人たちが暮らしの中で望んでいる小説を、自らの手で書く企てにも乗り出した。

小説は、同時代の一般の人たちに求められ読まれてこそ、社会的な存在理由を獲得する。それは必ずしも文学的価値に結びつくわけではないが、職業小説家である以上は、こころすべきことであろう。こうした問題意識を一般の作家はほとんど持たないが、秋聲は持った。

だから大正時代に入り、ジャーナリズムの隆盛期を迎えると、階層、職業、性の違いを越え、多様な人々が喜んで読む、現代社会を舞台にした、長篇小説を書くことに、力を傾けた。すなわち、新しい通俗現代長篇小説に取り組んだのである。

その小説が新聞や婦人雑誌に掲載されると、人気を呼び、いまも記したように劇化され、映画化されて広く世に迎えられた。それは菊池寛『真珠夫人』が大ベストセラーになる前夜のことである。

ただし、これと平行して、私小説を突き詰めた。言ってみれば純文学のなかの純文学といってよい短篇、いわゆる心境小説を書いた。こちらを評価する人たちは、通俗長篇を無視するなり、原稿料稼ぎの仕事として軽んじるが、この頃に秋聲が書いた評論などを見ると、真剣に企て、力を注いでいることが明らかである。

秋聲という小説家は、よそ目には矛盾する在り方を、ごくさりげなくとる。そして、通俗長篇では時代なり社会と向き合い、心境小説では自らと厳しく向き合ったのだ。

大正十五年（一九二六）正月、妻はまが亡くなると、竹久夢二と関係するなどスキャンダルにまみれた美貌の山田順子と交渉を持ち、先に触れたようにジャーナリズムに追い回されたが、その最中、二人の関係の推移を自らつぎつぎと小説に書いて発表した。私小説の書き方を極限にまで押しやったと言ってよかろう。

それが「順子もの」と呼ばれる短篇小説群だが、六、七年措いて同じ題材を長篇小説としたのが『仮装人物』である。ここでは、より総合的に、小説の多様な可能性を繰り広げてみせ、すぐれて現代的な問題作となった。

この後、生涯の最後を飾る長篇『縮図《しゅくず》』を書いたが、これまで身につけた自然主義的姿勢と、晩年に獲得した自在さを存分に生かした。主人公は芸者だが、秋聲にとって芸者は、艶やかであるとともに人生の苦難を思い知らせる存在であった。叔父たちの娘を初め、幾人も身近にいた美しい少女たちが、その道へ入り、奈落へと落ちて行ったのを見て来ているのだ。しかし、女の自立の道がほとんどない当時、才覚と努力で自らの人生を切り開いて行くのを可能にする職業でもあった。そういうところを踏まえ、東京・白山の芸者小林政子と半ば生活を共にしながら執筆したが、時代は戦時体制へと急速に傾き、「時勢」にあわないとの理由で、執筆停止へ追い込まれた。が、その反時代性こそ、秋聲の作家としての姿勢の狂いなさを示している。

以上、大急ぎで概観したように秋聲は、時代と向き合い、切り結び、自ら大きく変容、成長しながら、半世紀にわたってさまざまな作品を書きつづけたのである。

それだけにその作品には、明治、大正、昭和初期の、市井の日々のうちに生き死にしたわが国の男女の姿が、類例のない確かさをもって刻まれている。そして、日本語に根差した小説なるものの多様な形を差し出しているのである。このため今日なお、幾人もの実作者に刺激を与えつづけており、秋聲の存在は、ますますもって新しい、と言わなくてはならない。

（金沢市徳田秋聲記念館図録「秋聲」平成17年4月）

洋装する徳田秋聲

――明治三十年代後半の翻訳・翻案から『凋落』まで

一

徳田秋聲といえば、人々はどのようなイメージを持つだろうか。

ここに二つの全集の内容見本がある。昭和四十九年(一九七四)、臨川書店から刊行された『秋聲全集』のもの(平成元年の再刊の時も同じものが使われた)と、平成九年(一九九七)十一月、八木書店から刊行の始まった『徳田秋聲全集』のものとである。ともに表紙には秋聲の写真が大きく出ている。

臨川書店版のものは、もう老境の、和服で机に向っている姿を写している。いかにもこの国の市井の暮らしに根を降ろして書きつづけて来た老大家といった気配である。それに対して、今回の全集では、若々しい洋服姿である。ただし、昭和九年撮影のものである。

内輪話を書くと、今回は、孫の章子《あきこ》さんが選んだ写真である。秋聲が亡くなったのは、章子さんが二、三歳のころで、ほとんど記憶がなく、それだけに自由に選んだのである。この写真選びには、じつは秋聲の四男雅彦氏にも加わって頂いたが、雅彦氏は、老齢で和服姿の写真がよいとされた。多分、それが雅彦氏の記憶に刻まれた、父の姿だと思われる。

このようにはっきりした記憶のある子息は、その記憶に近い老齢で和服姿の写真を選び、記憶がほとんどない孫の章子さんは、洋服姿を選んだ。この対比が、大変面白く思われた。

筆者を含む編集委員は、孫の章子さんが選んだ写真の方を採ることにしたが、それというのも、老齢の和服姿では、これまでの秋聲像とあまりに強く結び付いていると思われたからである。現に、昭和の初めから何回となく刊行された、いわゆる文学全集の秋聲の巻には、老齢で和服姿の写真が一貫して口絵に収められて来た。昭和十八年十一月まで生存していた以上、当然ではあるが、収録された作品も、自然主義文学期のものばかりであって、そのためこの写真が示すのは、自然主義の代表的作家であり、茶の間を中心とする私小説を多く書いた、秋聲像にほかならない。

そのような秋聲像が間違っているわけではない。しかし、それでもって秋聲のすべてが尽くされるかと言うと、明らかに違う。生涯をつうじてさまざまな仕事を精力的にやって来ており、いままでのは後半生の限られた一面にとどまる。改めて作家秋聲について考えようとするなら、それ以外の面も、見なくてはなるまい。

そこで、老齢の和服姿よりも、洋服姿の秋聲を持ち出すのがよかろう、とわれわれは考えたのである。

勿論、秋聲が書いた傑作群となると、いわゆる自然主義作家としてのものであるのは疑いない。明治四十一年(一九〇八)の『新世帯』に始まり、『足迹《あしあと》』『黴』『爛《ただれ》』『あらくれ』とつづく。作家の仕事を考えるとき、その最もすぐれた作品を中心にすべきであるのは言うまでもないが、しかし、そこだけを切り離して採り上げては、肝心の傑作への理解も、行き届いたものとはなり難い。

なにしろ秋聲は、その明治四十一年の時点で、数えで三十八歳になっており、すでに文壇的地位も獲得していたのである。だから、それから先の歩みも、その地位を受け継ぐにしろ否定するにしろ、無縁と言うわけにはいかないはずである。

そして、その文壇的地位だが、硯友社系の作家として得たものであり、かつ、それとともに身につけた作家としての在り方は、基本的には、生涯変わらなかったといわなくてはならないと思われるのだ。現にいま挙げた傑作群を書きついだ時期も、平行して通俗長篇小説を書きつづけている。そして、婦人雑誌が盛んに刊行されるようになった大正から昭和の初めにかけては、モダンガールの憧れの的と言ってもよい存在になっていたのである。昭和の初め、川端康成や広津和郎らが言った、燻し銀のような在り方とはまるで違う。

こうしたことも考えるとなると、和服姿で書斎に籠もっているのではなく、洋服姿で精力的に動いている秋聲を思い描くのがよかろう。

二

秋聲の洋服姿の経歴は、古い。

明治三十六年（一九〇三）十月三十日、尾崎紅葉が亡くなると、その通夜に、紅葉の肖像画を掲げた祭壇の前で、泉鏡花、柳川春葉と秋聲の三人が写真を撮っているが、鏡花と春葉が羽織袴であるのに対して、秋聲は髭を蓄え、フロックコート姿である。

このフロックコート姿だが、当時の人々の耳目を集めた盛大な葬儀を通して、硯友社や門弟のなかでただ一人、秋聲が、この衣服であった。これは若い秋聲の個人的好みからではなく、葬儀を取り仕切った人物の指示によると考えるべきだろう。統率者を失ったばかりのこのグループにとっては、今後のためにも、旧弊な作家たちの集まりではなく、ヨーロッパの文学にも積極的に取り組んでいる者がいることを、目に見えるかたちで示す必要があったのだ。その役割を秋聲が担わされたのである。硯友社や門弟のなかで、外国語が最もよく出来、かつ、翻訳・翻案を盛んにやって来ており、現に、紅葉の病気治療費のために提供されたビクトル・ユーゴー『ノートルダム・ド・パリ』の翻訳（『鐘楼守』の題で刊行）の文飾に従事していた。

「晴がましくもない自分の姿を、誰にも見られたいとは思はなかつた」と、秋聲自身、後に『黴』(三十七)で書いているが、間違いなく目立った「晴がましい」洋装姿をしなければならなかったのである。

そして、これ以降も秋聲は、この役割を果たしつづけた。そうして、硯友社なりその系譜に属するグループの中で、その存在を確かなものとするとともに、やがて、そのグループの枠を越えて、広く世間に認められるようになっていったのである。

このような秋聲の在り方を知るために、紅葉が亡くなり、文字どおり職業作家として一人歩きを始めた以降の、翻訳・翻案について、おおよそのところを見ておきたい。

翻訳なり翻案と明示されているものに限って挙げると、

明治三十七年、短篇プーシキン「露西亜人」、ゴルキー「コサックの少女」の二編。三十五年、「読売新聞」に連載した中篇のプーシキン『士官の娘』(足立北鷗と共訳)が単行本になる。

三十八年、アメリカの女性作家デフロイフトの少年少女向き中篇「目なし児」、短篇ドオディ「ゴム靴」、ゴルキー「侠美人」、グリム兄弟の「十二王子」。

三十九年、短篇グリイ「馬」、アラルコン「大精神」、ゴルキー「時」、コムペルト「悪徒の娘」、マゾッホ「復讐」、ツルゲネフ「夢物語」。

四十年、短篇ツルゲネフ「滞陣記」、ゴルキー「罪へ」、マゾッホ「夜叉」、ビヨルンソン「悲しき思出」。中篇ゴルキー『熱狂』(単行本)。その他にマゾッホ「人ベンチ」を大島蘭秀と共訳。

四十一年、短篇モウパッサン「残骸」「女装」、マゾッホ「服従」、コロレンコ「盲人」。

こう言った具合いで、随分雑多である。秋聲が自らの関心によって翻訳したのでないからであろう。英訳が手に入り読んでいたところへ、なにか「ヨウモノ(洋物)」をと言う注文があったり、編集者から英書持参で注文されたりしたのであろう。また、『鐘樓守《しょうろうもり》』のように訳稿を持ち込まれた場合もあったと思われる。

以上のほかに、翻案と断っていない翻案が少なからずあった。その翻案にはさまざまな形態があり、翻訳に限りなく近いものもあれば、逆に、創作に限りなく近いものもあった。例えば最初期の『旧悪塚』（中央新聞、明治32年3月15日〜5月14日）は、登場人物名は日本人名だが、地名は外国、挿絵は外人姿である。これなど翻訳と見るべきかもしれないが、しかし、今日のわれわれが考える翻訳とは違う。いずれにしろ翻訳と創作の間で、当時の時代状況もあって、ひどく自由に振舞っているのだ。

もともとこの時代、わが国の風俗習慣と欧米の風俗習慣とは、いまとは違って、大きくかけ隔たっていた。椅子に腰掛け、ベッドで寝ることからして、想像に余ることとだった。そのため、風俗習慣が多少でも意味を持つような作品となると、ほとんど翻訳が出来ないということもあった。勿論、風俗習慣も含めまるごと欧米を知りたいと望む人たちもいたが、そういう人相手なら、その困難さも比較的小さかったろうが、一般読者となると、当時の人々の日々の暮らしのなかで現に持ち合わせている知識、感情でもって、即座に受け入れられるように書かなくてはならないのだ。そのためには、欧米の風俗習慣をわが国のそれに大幅に置き換える手続きを採らなくてはならないことが起って来る。こうして、翻訳よりも翻案が多くならざるを得ない状況があったのだ。

二葉亭四迷、森鷗外らの見事な翻訳がすでに出てはいたが、これらは例外的なものと見るべきであろう。

秋聲には、『運命』（読売新聞、明治37年9月4日〜16日）と言う作品がある。秋聲が書いた唯一の時代小説で、早く山本健吉が代作ではないかと疑問を呈し、筆者も当初はそうだろうと考えていたが、よく読むと、行き届いた丁寧な作りで、文章も秋聲のものと認めざるを得ない。多分、原作が伝奇的な内容で、過去の時代を舞台にしたものだったと思われる。今のところ、原作はアラルコン（Pedro Alarcon）の「The Fortune Teller」だと考えられるが、そのため秋聲は、書き慣れていないものの、時代小説の形式を敢えて取ったのに違いない。

このようにいろんな工夫を凝らして翻案をしているのだが、その場合、いまも見たような置き換えをきちんとする場合と、ほどほどにとどめて、自由に行う場合とがあっただろう。その自由に行う場合だが、さまざまな段階があったと考えられる。

人物像なりその人間関係から事件、その進展具合など、可能な限り原作に対応させる場合と、その設定、筋の展開ばかりを大まかに借りた場合とである。それから、作品のごく一部分を借りるにとどまる場合もあっただろう。極端になると、一つの作品からでなく、幾つもの作品から適当な部分を取り集めて、書く場合もあったのではないか。

秋聲の作品には、この最後の場合が少なからずあったように思われる。翻訳とも翻案ともされず、創作の扱いになっていながら、およそ日本的でない場面が出てくる作品がかなりある。そのなかの少なからぬものが、部分的な翻訳ないし翻案と言うべきもののように思われる。

例えば、早い時期だが、「三つ巴《どもえ》」（国民新聞、明治30年6月1日～7月4日）という作品がある。つきまとう男から少女を隠そうと、叔母が少女を寺に隠すが、この設定は、寺よりもキリスト教の修道院あたりがふさわしい。やがて少女の居場所を知った男が、墓参にかこつけて花を持ち、寺に日参、少女と出会うが、そこでは花が大きな役割を果たす。こうなると、いよいよもって日本の寺の墓地ではなく、キリスト教会の墓地がふさわしい。

『後の恋』（読売新聞、明治34年10月13日～12月31日）では、政論家の未亡人で文筆を執る女性が、アメリカ帰りで教育界に乗り出そうとしている男と散策するが、それが谷中の墓地である。谷中の墓地と東京に実在する墓地の名が出ているものの、やはり上と同じようなことが言えそうである。

もう一つ例を挙げれば、『少華族』（万朝報、明治37年12月9日～翌年4月15日）で、主人公を恨みに思う男が、屋敷に乗り込み、ピストルを発射する。これなども、そうしたものの一つであるまいか。

創作と扱われている作品でも、かなりナマなかたちで、欧米の小説から取り込み、利用しているものがあると考えておくべきだろう。明治に至るまで浄瑠璃や歌舞伎では、過去に人気を呼んだ作を盛んに書き換えて上演されたが、その際に、他の作をやはり書き換え、填め込むといったことが行われた。こうした方法が適用されたとしてもおかしくはあるまい。

もっともこの時代、およそ日本には在り得ない、たとえ在ったとしても特異すぎ、欧米では珍しくない事柄を扱うとき、意図しなくとも、欧米の小説のそうした場面をなぞるかたちになってしまう、と言う事情もあっただろう。『後の恋』の政論家の未亡人で文筆を執る女性など、時代の先端的な在り方をしているだけに、欧米の借り物と言う印象が先に立ってしまう。

これが以上のようなピストルだとか女性評論家といった目に見えるものならば、まだしも問題は少ないだろう。それが心理などとなると、どうであろうか。なぞって書いたか独自に書いたか、判別はほとんどつくまい。そして、独自に書いたとしても、欧米の小説をなぞって書いたような臭いを持つことも出て来る。

いま挙げた『後の恋』『少華族』と言った作品、また、例えば小栗風葉『青春』（読売新聞、明治39年3月5日～翌年11月12日）などは、そのような欧米の小説の翻案とも見えかねないところで、書かれており、そのことが却って、人気を呼んだ理由となったとも考えられる。

明治三十年代は、後半になつてもいま述べたような今日のわれわれの視野には入りにくい、書き、読む活動を成り立たせる独特、複雑な状況があったのである。傑出した学識もある作家――四迷や鷗外がそうだろう――ならともかく、この時期の秋聲のような作家を考えるには、その実際の現場を考える必要がある。

それにこの頃は、文章も小説の書き方もまだ安定しておらず、江戸時代の考え方がまだまだ濃厚に残っていた。だから、例えば『西遊記』や『水滸伝』、また『伊勢物語』や『源氏物語』などを、てんでに利用して、盛んに書いていたことも、注意する必要があるだろう。戯作者などにとってはごく当り前のことであったが、欧米の作品の翻案にもこの態度が持ち込まれた面があるのだ。これまで利用して来た内外の作品に、新たに欧米の作品が加わった、と言うような受け取り方で、書いているのである。

こうした状況のただなかに身を置いて、さまざまな工夫を凝らし、積極的に翻訳、翻案、創作したのが、ほかならぬ洋装した秋聲だった、と言ってよかろう。

勿論、このようにして書いたのは、秋聲ひとりではなく、大勢いた。森田思軒、原抱一庵、長田秋濤、黒岩涙香、それに田山花袋、島崎藤村ら「文学界」に集まった人たちも挙げてよいかもしれない。まだまだ他にも挙げるべきひとがいるだろう。今挙げた人の中でも、原抱一庵の著作を秋聲は愛読、博文館に席を置いていた時、その原稿にルビを振ったし、(注1) 長田秋濤の場合は、紅葉の指示を受け、その多くの翻訳に筆を入れた。(注2) この時期、秋聲はそうした彼らの後継者に擬せられていたのだ。ただし、秋聲は、花袋や藤村と同じく、創作に重点を置くようになって行く。

三

翻訳、翻案と創作の間に線を引くのは恐ろしく難しいと先に述べたが、本質的な違いは、やはりあっただろう。例えば人物設定と大筋をそのまま採り入れたとなると、創作とは言えず、翻案となるのではないか。パロディの場合は、パロディと言う別のジャンルでの創作と考えられるが、いまは問題にしない。これに対して、採り入れたのが部分にとどまるなら、複数に及んでも、創作と言い得る余地があるようだ。

秋聲も、翻案と創作を区別するのに、このあたりをおおよその目処にしていた気配である。ところで、この時期の秋聲の多くの作品に共通して言えるのが、作品全体の構成が弱いことである。個々の場面は面白く、人物なども描けていながら、全体としてしっかり構成されておらず、展開して行く力強さに欠けるのだ。

これは、秋聲自身の資質によるところが少なくないと思われるが、それだけでもなかろう。いま述べたこととも係わりがあるに違いない。部分は盛んにそのまま採り入れるが、全体の構成となると、そうはいかない。だから、部分に比べて、そのところがどうしても手薄になる。

硯友社系の作家ならではの、恐ろしく実践的な欧米文学の摂取法の泣き所であろう。

しかし、こうした問題を引きずりながら、秋聲は、ヨーロッパ近代小説の書き方を身につけて行ったのは間違いない。そして、この態度ゆえに、深くまで把握するということもあっただろう。

そうして、それなりの達成をみせたのが、明治三十九年の『おのが縛《いましめ》』と『奈落』の二編の長篇だと思われる。

『おのが縛』（万朝報、明治39年10月2日～翌40年1月27日）は、医学の勉強のため上京した純真な青年を主人公にする。友人の三島霜川が医学校に身を置いていたことがあり、妻となったはまの親戚の三人兄弟が医者であったことから、医者とか医学校は、秋聲にとっては親しい領域であった。このような上京した若者を主人公とする作品としては、夏目漱石『三四郎』（朝日新聞、明治41年9月1日～12月29日）に森鷗外『青年』（昴、43年3月～翌44年8月）があるが、『三四郎』より二年早い執筆である。

もっとも秋聲自身の『少華族』がすでにそうだし、友人の風葉には『青春』があり、この明治三十年後半から四十年代は、青春が好んで採り上げられた時代であった。

その若者が東京でいろいろ見聞を重ねて行くとともに、母を捨てて東京で暮らしている父、妻の言いなりになる優柔不断な兄、その妻の妹で好意を寄せてくれる少女、そう言った人物と出会い、交渉を持って行く。その描き方が、西欧の小説そのままと思われるところが幾つか出て来るが、主人公が病で臥せっている下宿の一室に、これら登場人物が勢揃いする場面は、とくに目立つ。恐ろしくドラマチックで、西欧の小説からの借用であるのは、ほぼ確実だと思はれる。拙著『徳田秋聲』(笠間書院刊)第一編第五章「『近代小説』への企て」では、ドストエフスキー『カラマゾフの兄弟』の、父親の居間で、飲んだくれの父親と、イワン、アリョーシャの兄弟が顔をあわせる場面を連想させると書いたが、そのところを下敷きにした可能性が十分ある。(注3)なにしろ秋聲は、劇的な場面を作る才能を欠いているひとである。現にこの長篇を閉じるのに、主人公がアメリカに渡ったと言う、作品の展開とはなんら繋がりを持たない噂を書き付けるだけである。

『奈落』(中央新聞、明治39年12月22日～40年4月19日)になると、工場経営者として成功した、好色な父親と、自分に納得できる生き方を求める息子との係わりが軸になる。その息子には、妻があるが、父親は平然と彼女に言い寄るのだ。それればかりか、彼女には恋人がいる。彼の苦悩は深くならざるを得ない。

こういう設定自体、秋聲自身の発想ではないように思われる。そのためであろう、『おのが縛』同様、作品としてはきちんと完結したかたちにはならず、やはり主人公が海外へ去ったことを追記ふうに書いて終わる。しかし、工場経営者というわが国に新しく登場した人物を採り上げているし、なによりも若者一個の精神的苦悩を正面から扱うかたちになっているのである。そして、その描き方は、ある程度まで共感を呼ぶレベルに達している。

こうした点で、ヨーロッパの近代小説的な作品となっている、と言ってよかろう。実践的摂取法が、かなりの成果を挙げているのだ。それとともに、言文一致による文章も、安定した平明さを獲得していることに注意してよかろう。『後の恋』や『少華族』などとははっきり違う。

ところで、この明治三十九年（一九〇六）という年だが、前年の三月には奉天大会戦、五月には日本海海戦と、日本側の勝利がつづき、九月にはポーツマスで日露講和条約が調印された。もっとも、この勝利で得た賠償は僅かなもので、抗議の声が起り、焼き打ちにまで発展したが、この対ロシア勝利は、言うまでもなく大きな意味を持っていた。なにしろアジアの国として、初めてヨーロッパの国に勝ったのである。いま、詳述する余裕はないが、大きな自信を得るとともに、これまでの欧米を手本にして文明開化へ一途に走ればよいという、明瞭な目的意識が希薄化することになった。そうして人々は、欧米の近代文明との隔たりがかなり縮まったとの思いを抱くようになったのだが、そのことは、却って、欧米近代文明の摂取へ拍車をかけることになった。かっては政治制度とか産業、軍備に集中していたが、いまや広範な領域にわたるようになったのである。

実際に、これまで西欧風の建物が特定の場所に建てられるにとどまっていたのが、あちらでもこちらでも建つようになったし、東京の市街全体に電灯線が張り巡らされ、市街電車の敷設も本格化して、あちこちの街角を走るようになったのである。このように一般の人々の日常において、目に見えるかたちで、近代化が進められるようになったのだ。

これが人々の意識を変える上で、大きな役割を果したのは言うまでもなかろう。

自然主義文学の興隆という現象も、そうした動きの一環として、考える必要があるだろう。フランスで起ったこの文学思潮は、早くから紹介が行われ、それに基づく作品も書かれたのだが、やはり「点」にとどまっていた。ところがここに至って、われわれ自身の言語による、われわれ自身の現実に根差した、われわれ自身の文学の新たな在り様として、取り入れられるようになったのである。また、さうしたことが可能だと、少なからぬ作者も読者も考えるようになったのである。

われわれは見逃しがちだが、本来、他国の、異質な言語と伝統の流れのなかに生まれた文学思潮を、移入できると考えるのは、かなり特異な条件の下においてのはずである。それがこの時代、現実のものになったと信じられるようになったのだ。

そうして、欧米化の推進が、従来になく徹底して押し進められ、一つのピークに達したのだ。ただし、そのことは、一種、逆転と言ってもよい複雑な動きを呼び起すことにもなった。日本の自然主義の確立は、一方では、フランス文学思潮の本格的受容であるとともに、それからの本質的離反という側面も持ったことは、すでに指摘されているとおりである。

四

いまのような時代の動きを押さえておいて、秋聲に戻るが、秋聲は、明治四十年に『凋落《ちょうらく》』（読売新聞、明治40年9月30日〜41年4月6日）を書いている。

じつは、この連載が開始された同じ九月には、田山花袋の『蒲団』（「新小説」1日付け刊行）が発表され、大きな反響を呼んでいた。

そして、「読売新聞」では、この『凋落』が完結した後を受けて、花袋が『生』を連載するのである。花袋に即して言えば、『蒲団』から『生』へと書き継ぎ、自然主義文学を一気に確立する働きをした、その時期の最中に、秋聲の『凋落』が置かれたかたちになっているのである。

その『凋落』だが、『おのが縛』と『奈落』の成果を受け継ぎ、ヨーロッパ近代小説の受容を大幅に達成するとともに、自ら書くことでも見事な達成を見せている、と言える作品である。が、それと同時に、いま言ったところを、ある点では思いきって切り捨て、独自な工夫を凝らして書いてもいるのである。

そのところを少し詳しく言えば、まず前者だが、この作品に登場するのは、中年の編集者なり元編集者たちである。すなわち、ジャーナリズムの世界で働く知識人の群像が扱われている。これだけでもこの作品は、日本の近代文学史のなかで高い位置を要求するだけのものを持っていよう。

その登場人物だが、かつて志を一つに、雑誌を一緒に刊行したことがあるが、挫折、いまは各自それぞれがそれぞれの道を歩んでいる。なかでも主人公は、虚無的な感情、重苦しい憂鬱な思いに囚われたまま、無為に日々を送っていて、作品全体には、この感情、気分が濃く流れている。これは、明瞭な目的意識を失った時代の気分をよく現わしている。明治の文明開化は、はやくもこの時点で、こういうところに達していたのである。

それとともに、この作品が新しい東京を捉えている点も強調しなくてはならない。市街電車が走り、勧工場（百貨店）やビヤホールができ、日比谷公園も開設され、いわゆる近代都市としての様相を整えて来た東京である。

冒頭、神田小川町の雑踏が出てくるが、街角の雑踏こそ、近代都市が作り出したものである。そのなかを主人公は、孤独な思いを抱き、くさくさした気分で、あてもなく歩いて、駿河台下の交差点に立ち、「ウソウソ」見まわすのだ。あたりには銀行、勧工場、本屋、呉服屋、唐物屋、床屋などが並んでいる。そして、須田町あたりまで行くと、停留場があり、電車の車輪の軋る音が響いて来る。（注4）

この須田町へ至る手前の小川町が、じつは当時、東京市内で最も路面電車が集中していたところであった。彼は、ビヤホールに入り、古い友人とばったり出会い、一緒にビールを飲み、フォークを使ってビーフステーキなどを食べる。

そうして、いまではジャーナリストとして成功、華々しく活躍している元の仲間を日比谷に近い会社に訪ね、応接間で会ったり、日比谷公園のベンチ（ロハ台と呼ばれていた）で、話したりする。

ここに繰り広げられるのは、基本的には今日とさほど変わらない東京である。

それから、自立を図る若い女性も登場し、そこに中年の男の恋がからむ。このところは、ほとんど花袋の『蒲団』である。もしかしたら、『蒲団』の設定をそのまま取り込んだのではないかと疑ってみてよいかもしれない。なにしろ『蒲団』が大きな反響を呼び起して行くのにつれて、この連載は進んで行ったのである。もっとも女性の自立の問題は、すでに『後の恋』などで秋聲は採り上げているが、このようなはなはだ現代的社会的問題を含めて、ヨーロッパ近代小説に恐ろしく接近したかたちで、この長篇は書かれているのだ。

ところが一方では、この作者は、ヨーロッパ近代小説とはまるっきり異質な書き方を採っている。すなわち、作品をきちんと構成し、筋を立てようとはせず、逆に、それを徹底して捨て、筆が動くまま、なりゆきまかせといった書き方をするのである。これは、秋聲自身、『凋落』について」で言っていることで、その「なりゆきまかせの態度」を思い切って実践しているのである。(注5)

もともと秋聲は、作品全体の構成をきちんと立てて書くことができないタイプの作家で、これまでは、それが欠点としてまといついていたのだが、ここに至って逆転させ、自らの独自な方法として積極的に押し出す態度に出ているのである。いま指摘した、ジャーナリズムの世界で働く知識人たち、新しい都市東京、虚無的心情を抱く孤独な中年男、自立を図る女などを描き得たのも、じつはこの態度を採ることによってであろう。秋聲自身が現実に身辺に見、触れているところのものを、この態度を採ることによって、どんどんと取り込み、かつ、しっかりと見据えて描き出すことに成功しているのである。先に『蒲団』の設定をそのまま取り込んだのではないかと疑ったが、これも「なりゆきまかせ」に書くとき、自然に入り込んで来たとも考えられる。そして、『蒲団』を大きく越えていると言ってもよかろう。

また、文章も、はなはだ饒舌となり、擬態語がひどく目立つようになった変化が認められる。この擬態語が目立つようになったことは、口頭語へと思いきり近づいたところで、文章を書くようになったからに外なるまい。登場人物の多くが知識人で、理知的な会話を交わすのだが、それにもかかわらず、地の文は、こういう特徴を顕著にしているのである。

それというのも、先に触れたように、作者なり彼の同世代の者たちの憂鬱な感情、虚無的気分、しかとは捉えられない時代的な感情に、表現を与えようと意図したからであろう。感情とか気分とかを対象にするとき、文章は長くなり、饒舌になるのは避けられない。そして、言語の直截な表現性にも頼ることになり、擬態語の多用となる。

この感情、気分といったものを対象とすることになったのは、やはりヨーロッパ近代小説へ接近し、その書き方を了解するとともに、自己表現性が肝要と考えるようになったことが大きいだろう。しかし、同時にその姿勢を強めることは、これまで手本として来たヨーロッパ近代小説よりも、現に存在する、捉えどころのない自ら自身へと注意を集中することになったのである。

そうして、ヨーロッパ近代小説風な書き方を捨て、自分なりの独自な書き方を採る方向へと、踏み出すことにもなったと思われるのだ。

実際に『凋落』の完結六ヶ月後に連載され始めたのが、『新世帯』（国民新聞、明治41年10月16日～12月6日）で、以後、自然主義文学を代表する傑作を相次いで書くことになる。そこで秋聲は、いよいよもって作品世界が独立して自ら展開するかたちに構成しようとはしないし、知識人たちを登場させることもほとんどなくなる。登場させるとしても、あくまで庶民の暮らしの地平においてである。『黴』の笹村（ほぼ秋聲自身）がまさしくそうである。そして、自身の感情の表現にしても、自分なるものをその暮らしの地平に据えた上で行うから、客観的に描くことになり、文章も、擬態語の多用は変わらないが、饒舌さは消えて、簡潔となる。

『凋落』にみられたヨーロッパ近代小説的側面は、こうしてほぼ消えるのである。だからこの長篇は、秋聲の作家としての生涯において大きな節目となる作品であるのは間違いない。西欧近代小説の実践的受容なり利用法を、いまのわれわれの目から見れば過激と言ってもよいほど突き詰めるとともに、それと異質な、少なくとも秋聲自身の資質に根を下ろした方法とを、鋭く交差させたところで、書いているのである。そして、以後は、前者を切り捨てる。

ただし、これ以降、秋聲は、洋装することをやめたかと言うと、そうではなかった。先に触れたように大正の後半からはモダンガールの憧れの的と言ってもよい役割をこなし、昭和になると、ダンスまで始めるし、独得なうえにも独特な大作『仮装人物』を書くのである。そのところについては、改めて考えなくてはなるまい。

注1　回想記『わが文壇生活の三十年』自伝小説『光を追うて』による。
2　秋濤については、『鐘楼守』に始まり、コペー『王冠』、サルヅー『祖国』などがある。
3　上京して、兄の家を探して歩くところは、秋山駿が『私小説という人生』で指摘する「孤独な歩行」だろう。
4　この冒頭は、より徹底した秋山駿の指摘する「孤独な歩行」に当たる。
5　拙著『徳田秋聲』第一編第五章「『近代小説』への企て」を参照。

（大阪市立大学創立50周年記念『国語国文学論集』平成11年6月）

秋聲と花袋

——『凋落』と『蒲団』『生』を軸に

徳田秋聲と田山花袋は、同時代を、付かず離れず、時にはほとんど重なるかとも思われるような軌跡を描いて、雁行した作家である。作家として、このような例は他にないのではないか。

まず、誕生日からして、年月が同じである。ともに明治四年（一八七一）十二月である。花袋が十日早く十三日、秋聲は二十三日である。

そして、二人ともに尾崎紅葉の門を叩いた。花袋が早くて、明治二十四年（一八九一）五月であった。二十一歳の花袋を、紅葉は気に入らず、硯友社仲間の江見水蔭の許へ回したが、とにかく硯友社に繋がるところに位置を占めたのである。

秋聲が紅葉の門下となったのは、四年遅れて、明治二十八年（一八九五）の夏である。この頃、花袋はすでにあちこちの雑誌や新聞に、文章を発表するようになっていたが、硯友社のなかでは、直参と外様の違いがあったようである。それに秋聲は、博文館の編集室に身を置き、紅葉の側から声がかかって出向いたのであった。二年前は、訪ねた紅葉に門前払いをくらわされたが。

そうして明治二十九年の年末、小栗風葉を中心に、柳川春葉と秋聲が加わって、紅葉の家の裏に十千万堂塾ができたが、そこへ花袋もやって来た。そして、よく顔を合わせるようになったが、花袋の相手は、もっぱら風葉であった。風葉は、花袋から外国文学の知識を吸収しようとしていた。

その外国文学への関心が、もう一つの、秋聲と花袋の間に共通する大きな点である。

秋聲は、金沢の石川県専門学校（後の四高）で、カナダ人講師から英語を学び、文法などの基本を叩き込まれていた。そして、二葉亭四迷の「あひゞき」などを読むとともに、外国文学への関心を育てていたが、花袋の場合は、神田の語学校に三年ほど通ったものの、本格的というわけではなかった。ただし、同じく「あひゞき」などによって目を開かれ、早くからヨーロッパの文学書を漁り読んでいた。その点では秋聲より早く、積極的であった。とくに「文学界」の連中と親しくなり、丸善の二階へ出掛けて行き、洋書を注文したりしていた。

秋聲は、丸善へ出掛ける、といったことはしなかった。そうせずとも、さまざまな洋書が紅葉から彼の手元へ回って来た。紅葉の許には、長田秋濤といったような人達に加え、花袋のような若い者も、さまざまな洋書を持って、やって来たのである。ただし、ひどく雑多であったから、花袋のように、モーパッサンやゴンクールが面白いとなると、そればかりを選んで、集中的に読むということにはならなかった。自ら求めることをせず、手元へもたらされるものを読むという、受け身の姿勢に終始し、必要に応じて翻訳、翻案したのである。翻訳、翻案する「必要」が、紅葉門下の彼には、絶えず生じた(注1)。

秋聲、花袋ともに、翻訳、翻案の仕事が大変多い。ただし、いま言ったように取り組み方が対蹠的であった。花袋は能動的、秋聲は受身的である。また、花袋は理念的、秋聲は実際的と言ってよいかもしれない。しかし、花袋は、自分の語学力もあまり気にせず、関心の赴くまま、読んだのに対して、秋聲は、紅葉訳とされる『鐘楼守』にしても、英訳本を参照して、かなり厳密に訳している。

このようにして花袋は、我流ではあつたが外国文学から生真面目に多くを学び、やがて自然主義文学の旗手的な役割を果たすことになって行ったが、秋聲は、翻訳、翻案で口糊を凌ぎながら、本質的に影響らしい影響をほとんど受けず、わが国の風土、暮らしに根付いた、すぐれて自然主義的文学を生み出すことになった。

話が先へ行ってしまったが、いま述べたところは、もう少し詳しく見ておく必要があるだろう。

一言に影響と言っても、花袋の場合は、いま理念型で生真面目といったように、思想的、素材的に大きく影響を受け、個々の作家の立場に注意を払った。それに対して秋聲は、差し迫って書くべき一篇の小説のための材料として扱い、構成法、筋の運び方、場面設定、人物の描き方、ちよっとした文章表現法、そういった技術的な側面に影響はほぼ限られた。だから、ドウディやマゾッホであれモーパッサンであれ、その思想的文学的立場にかかわりなく、利用出来るものは利用したのである。

こうした姿勢であったため、秋聲の少なからぬ創作が、却って外国の作品と意外に密接なところで書かれることになった。現に、初期から明治四十年あたりまで、人物の設定、性格付け、筋の運び、場面など、翻案まがいと言ってよいところが多々みられる。ことに紅葉が死んで、新聞連載の長篇をつぎつぎと書くようになると、とくに目立つ。

こうしたところは花袋にもないわけではない。例えば、明治三十五年（一九〇二）六月刊のアカツキ叢書『重右衛門の最後』だが、五、六人集まった席上、話がツルゲーネフの作中人物に及び、そのような人間が日本にもいると、一人の男が語り出すという形式を取っている。真っ正直に、外国の作品がベースになっていることを明らかにしているのである。そして、後日、花袋自身、自分が目撃した事件とツルゲーネフの「観察」とズウデルマンの「表現」に多くを負い、「私の技倆は少しもないと言つて好い位」（「事実の人生」明治39年10月）とまで言っている。しかし、その真っ正直さと、自分が「目撃した事件」にねばり強く拘りつづける姿勢が、「技倆」の領域をはみ出してしまう。そして、観念的ではあるが、わが国の農村の感じをよく出している。

その同じアカツキ叢書の秋聲の『驕慢児』（明治35年3月刊）だが、やはりドウディ『プチ・ショーズ』第二部を下敷きにしている。しかし、はるかに「バター臭い」（尾崎紅葉）と言わなくてはなるまい。駄目な詩人と彼から迷惑をこうむる兄との係わりと言った題材にもよるだろうが、いかにも新時代風の、西欧まがいの、脱落者を主人公にした、上調子な作品と言った感じである。それというのも、筋の運び方、人物や場面設定の仕方、文章の表現法などを中心にして摂取に努めているからだろう。影響、模倣がもろに認められるのだ。

明治三十年代の秋聲は、そういった誰の目にも、明らかな西欧派の、「バター臭い」作家として、文壇のなかに地位を得ていた。「新声」（明治40年4月）掲載「文壇一百人」の記事が、端的に示している。（注2）

それでいて秋聲は、外国文学からもろに影響を受けたというわけではまったくなかった。花袋の方がより直接的で大きい、と言わざるをえない。

もう一点、出発期においての二人の共通点として、花袋が明治三十二年（一八九九）九月に博文館に職を得て、ジャーナリストとして活躍したが、秋聲は早く郷里金沢で明治二十六年に自由党機関紙「北陸自由新聞」に出入りし、翌年には長岡の「平等新聞」に身を置き、その翌年、上京すると、短期間であったが、初めに触れたように博文館に席を得た。そして、三十二年春からは、紅葉の仲介で「中外商業新報」に深く関与、同年十二月には、読売新聞に入社している。そして三十四年には退職するものの、関係は保持、後に一時的に復職したりしている。この点も注意してよい共通点だろう。

＊

このように西欧近代文学に学び、かつ、それに大きく寄り掛かりながら書くことが、広く一般的に行われ、明治四十年（一九〇七）にもなると、一段と強まり、なかにはごっそり取り込むこともおこなわれた。

秋聲で言えば、ゴリキー原作の翻案『熱狂』(同年9月)がその代表である。しかし、それと平行して、その影響下から離脱、われわれ日本の現実に根差した文学作品を自らの手で生み出そうと、実践的に取り組むようにもなっていた。

その日本の現実に根差した文学作品を自らの手でという課題に、真正面から真正直に取り組み、とにかく答えを出したのが自然主義文学であったのは、言うまでもない。その決定的な一歩を踏み出したのが、花袋の『蒲団』(「新小説」明治40年9月号)であったが、そのあたりのところは『東京の三十年』(大正6年6月、博文館刊)に確認できる。その一節。

「こんな小説を書いたつて仕方がない。」から私は思つた。

それからまた、「外国の文学をいくら読んだつて仕方がない。ダンヌチオや、オスカー・ワイルドが面白いと言つたつて、その思想を模倣したつて仕方がない。新しいといふことは、一体、どういふことだ。めずらしいといふことか、珍奇なものと言ふことか、今まで古いと言つたもの、その古いものが何故わるいか。根本とは、新とか旧とか言ふことにあるものではない。本当のことを捉へることにあるのだ。自己の思想でなくつて、自己の現象と言ふことだ。外国の文学を読んで、模倣ばかりしてゐたつて、それが何になる。現に、日本の生活に触れてゐなければ……。また、日本の国民性と相通じてゐなければ……。我々は読書よりも、もつと深く日本の生活に浸らなければならない」

「こんな小説」と言っているのは、花袋自身の『蒲団』以前の小説である。ただし、その時点で、こうはっきり自覚していたわけではなくて、その後になって自覚するようになったのだと思われるが、この時期、日本の現実にじかに足を下ろしたところで書かれた作品が待たれていたのだ。そして、それに端的に応えたかたちで出現したのが『蒲団』であったのである。

もっとも花袋が行ったのは、すでに中年になり、作家として曲がりなりに暮らすようになった自らの平凡な生活とその内面を、性も含めて取り繕うことなく、露骨に、そのためには多少の虚構も凝らして描くことであった。花袋自身が主張した「露骨なる描写」(明治37年2月)を、自らの上に適用、実行したのである。最後の、女弟子の布団を引きずり出して云々というところは、間違いなく虚構だろう。

この作家自らの平凡な生活とその内面を対象としたことが、決定的な意味を持った。

当時は、よく分からないまま、ヨーロッパ近代の思想なり文学が強く押し出す「自我」なるものが問題とされ、これを受け入れる方向において文学を考えなくてはならないとされ、それが一種の強迫観念とまでなっていた。そこには「告白」だとか「人生の真実」と言った言葉なり観念が纏わりついていた。それらを引っくるめ、自らの社会的体面を犠牲にして、ともかく答えを出したのが『蒲団』であり、自我なるものを表現する道筋を示す結果となった。言い換えれば、当時の日本の文学のただ中に、平凡な日常を送っている、どこにでもいる自我なるものを据えて見せたのである。

いま、「どこにでもいる」と言ったが、自我、私であることによって、平凡でありながら唯一性の刻印を深々と受けた存在である。英雄才子ではなく、物語の主人公になるような存在ではまったくないが、それでいて、他に似ることのない私である。その私を表現する道筋が示された、と受け取られた。だからこそ、衝撃は大きかった。秋聲にしてもその衝撃から無縁ではなかった。

ただし、秋聲にあってそれが一段とはっきりするのは、花袋『生』(読売新聞、明治41年4月13日から7

月19日）によってであった。

＊

『蒲団』が発表された明治四十年九月の同じ月の三十日から、秋聲は、「読売新聞」に『凋落』を連載（翌年4月6日まで）している。『蒲団』を読んでから構想、書き出したわけでは勿論なく、おおよその構想はすでに立て、もしかしたら書き出していたかもしれない。

その『凋落』だが、これまでのバター臭い長篇を書き連ねて来たところを踏まえながらも、そこからはっきり踏み出そうと意図したところで書かれている、と言ってよかろう。花袋が『東京の三十年』で述べたと同じような自覚を、秋聲もまた、抱くに至っていた。ただし秋聲は、日常の「私」へ鋭く絞るのではなく、今の時代そのものを、全体的に捉え、大胆に表現しようと意図していた。『おのが縛』『奈落』と書き継いできた新聞連載小説の、その先を考えていたのである。

かつて一緒に評論雑誌を出した仲間と、雑踏する須田町のビアホールで出会い、話すところから始まるが、新聞の主筆などを勤めたり、翻訳をしたりしている、中年のジャーナリストたちが主な登場人物である。めずらしく大人の、社会の一線で活躍する人たちを扱っているのである。そして、彼らが会い、話すのは、いまも言ったようにビアホールだったり新聞社の応接室であったり、日比谷公園に出来て間もないベンチ、当時はロハ台と呼ばれていたが、そうした新しい都市東京が作り出した、社交空間である。そして、急ピッチで延長されつつあった市街電車に乗って移動する。これだけでも、わが国では珍しい知識人を扱った都市小説と言ってよかろう。これまで注目されなかったのが、筆者には不思議に思われる。

ついでに言えば、秋山駿氏が『私小説という人生』（平成18年12月、新潮社刊）で、『蒲団』の冒頭、主人公が歩きながらあれこれと考える場面を捉えて、ドストエフスキー『罪と罰』に響き合うと指摘しているが、『凋落』に一層色濃く認められる。この時代、ロシア文学、殊にドストエフスキーの影響が顕著で、秋聲の場合、いま挙げた『おのが縛め』『奈落』がすでにそうで、(注3)『凋落』になると一層色濃くなっている。

その主人公小暮良介の家には、妻と、父の後妻の継母、その腹に生まれた妹お新、かつて世話になった先輩だが、いまは継母の情夫となっている相良といったふうに、多くの家族と同居人を抱えている。そのためか、家へ戻ると恐ろしく不機嫌で、妻に当たり散らし、すぐに離婚を口にするのだ。こういうところは、やがて『黴』で描かれることになる秋聲自身の姿そのものである。そして、相良とお新の間に関係が出来る……。

それに加えて、もう一人重要な登場人物は、かつての仲間の妹で、文芸に関心を抱き、自立を図ろうとしている女性、花江である。主人公は、彼女を庇護するが、そこには、中年男の若い女性への思いが働いている。ところが彼女の兄は、羽振りのいいかつての仲間の男と結婚させようとする。そのため一層、庇護の態度に出るが、花江の許に、若い絵描きの男青木が出入りするようになる。そして、ある日、花江の下宿を訪ねると、裸婦のデッサンが置かれていて、その顔といい体つきといい、花江そっくりであった。この時代は、裸婦の画そのものがすでにスキャンダルであった。(注4)そうするうちに、花江が旅行に出ると言い出し、青木も一緒に行きかねない状況になったので、兄に知らせると、駆けつけて来て、彼女を引き取って行く……。

裸婦のデッサンはともかく、この挿話の大筋は、『蒲団』の女弟子の経緯とそっくりである。『凋落』は、『蒲団』が大きく反響を広げて行く最中で、書かれ、掲載されて行ったから、書き手の秋聲としては、当然、意識して筆を運んだはずである。もしかしたら、評判の『蒲団』をわざとなぞって見せたのかもしれない。それも、よりスキャンダラスな裸婦のデッサンを持ち出して。これは真似するのでなく、敢えて同じような設定をして競い合ってみせる、といった作家意識によるものであったかもしれない。

二葉亭四迷の『浮雲』以来、新しい教育を受け、自立しようしとている女性は、よく小説に登場し、秋聲も明治三十一年（一八九八）六月の『女教師』以来、『春光』（「文芸界」明治35年8月）などで扱っているが、新しい時代を表現するとなると取り上げなくてはならない事柄の一つであったのであろう。

いずれにしろ秋聲と花袋は、同時代の空気を吸い、同じような事柄に関心を寄せ、作家活動をしていたのだ。ただし秋聲は、作者自身とほぼ重なる主人公の私生活へと焦点を絞るのではなく、多様な人物を、多様な場面で描き、この時代の空気を捉えようとしていた。その点では、一作家の私生活に限定した『蒲団』とは対蹠的である。

それに加えて秋聲は、これまでと違った工夫をしていた。「『凋落』に就いて」（文庫、明治40年10月）で述べているが、モデルを決めず、人物とか出来事ではなく「凋落其物に対する感じ」自体を書こう、そして「自然人生の中に隠れて居る悲哀を抉ぐり出」そうと考え、「筋と云ふものが無い、又山もない、首尾も一貫しては居らぬ」書き方を心がけたのである。

このような書き方は、『廃《すた》れもの』（趣味、明治40年6月）から自覚的に採るようになっていたが、小説らしい小説を構えて作るのではなく、作者自身が現に身を置いている現実に対して可能な限り自分を開いて、書こうと意図していたのである。作者としての立場を前以て定めて、構想を立て、一個の作品として仕上げるこれまでの書き方と違い、自分が現に身を置いている現実に直截に接し、それを不断に取り込みつづけるかたちで書こうとしたのである。そのため作品世界も、作者たる自分の在り方も、可能な限り固定せず、囲い込まず、さらには書くことを通して生まれてくるものを不断に生かすかたちで、書き進めようとした、と言ってよかろう。

「構想の不統一があり、一本太いしんが通っていないもどかしさがある」と、吉田精一（『花袋・秋声』）

は指摘しているが、じつはそこが狙いであった。

そして、この書く姿勢を、秋聲はのちのちも、しばしば自覚的に取るようなことをしている。花袋の「平面描写」に対して、秋聲は、印象的書き方が指摘されるが、その根はこの態度とも深く係わっている。

＊

この『凋落』の完結に続いて、「読売新聞」では『生』の連載が始まった。秋聲と花袋の仕事が連続したかたちで、この新聞の読者の面前で展開されたのである。

そして、その『生』から強い衝撃を受けたのは、誰よりも秋聲であった。秋聲が花袋について書いた文章のなかで、『生』についてのものが最も力が入っており、秋聲にとって花袋は、『生』に尽きるのかもしれない。

まず連載中にこんなふうに書いている、

田山君が如何にも涙の多い、息苦しいセンチメンタリズムから、今日の自然主義に吹ツ切れるまでの経験には、長い間の衷心の苦悶や矛盾があつた訳なので（中略）、『蒲団』などが痛切に人の頭脳を衝いたのも其の為で、今度の『生』を読むと、氏の芸術的生活の全面が名残なく我々の面前に展開されるやうな気がして非常に面白く拝見してゐる。（「花袋氏」中央公論、明治41年5月）

完結すると、絶賛と言ってよい言葉を綴る。

あれ丈けに複雑《いりく》んだ事件を、何の苦もなくすら〳〵と、而かも明瞭に書きこなした田山君の技倆には実に敬服の外ない。而して氏の平生の主張も全躰の上から充分窺ふことが出来るし、思ふに此の作を熟読含味したなら、所謂自然派若しくは自然主義なる名詞の上に加へられた、見当違ひの誤解や其の他の忌はしい批難を拭ひ去る上に多大の効果を与へることゝ信ずる。（中略）自然派の驍将たる田山君の長篇に於ける処女作として、自分は非常に大なる興味を以つてこの作を読み、且つ予期にも増した成功を収め得られたことを、氏の為め将た我文壇の為め、喜び且つ祝するものである。

（「近時の新聞小説」趣味、明治41年9月）

なにが、こうまで言わせたのか。同じ文章で、こう書いている、

此の小説の中心思想は、生死と云ふ人生の最大問題を捕へて、其を何等他奇なき吾々の日常生活に関連させて、其処に人生の真趣を窺はせやうとした処（であり）、孰《いず》れが主人公と云ふことは無く、此の中心思想をめぐつて、個々の人物が夫々特色ある自個の活動を続けて居（て）、此の中心思想を明瞭に顕す為めに、個々の人物が強いて道具に使はれず、各其の自我を発展させて往く処は、流石に作者だと肯かれる。

この指摘は、秋聲が『凋落』で目指したところと半ば以上重なるのではないか。モデルも決めず「凋落其物に対する感じ」を表現しようと、「筋と云ふものが無い、又山もない、首尾も一貫しては居らぬ」まま、書こうと意図したが、花袋もまた、個々の登場人物に囚われず、小説らしい小説を作ろうと構えることをせず、「生死と云ふ人生の最大問題」に焦点を絞り、そこに自己を晒しつつ自由に筆を運んでいる。少なくとも秋聲はそう見て、強い共感を覚えたと思われるのだ。自分と同じ発想で、同じ

態度、手法でもって、書いた、と。

ただし秋聲は『凋落』において、今日の先端的な社会の様相を対象に、多角的に捉えようとした。それに対して花袋は、現にそのただ中に身を置いている、自身の家族の惨憺たる、ただし「何等他奇なき」日常生活に焦点を絞って、ひた押しに描いた。その点が違っている。

この相違点において、秋聲は圧倒されたのである。今日の知識人の生態などよりも、老母や兄や嫂たち、そして、近所の人々が織り成す日々こそ、われわれにとって最も重い現実であり、いまの時点で小説に描くべき事柄であり、かつ、それが小説に決定的なリアリティをもたらす、と認めたのだ。

いわゆる近代文学は、秋聲が『凋落』で指向した方向を目指してきたはず――ただしこの作品はほとんど評価されずにいる――だが、それとは別に花袋は、可能な限り剥き出しの「自我」「私」を中心に据えたのに続き、文学が突き当たる最も手ごわい事態――われわれ自身の平凡な家族の日常生活を、差し出したのである。当時のわが国において「自我」がその存在の様態を露わにするのは、じつは、何よりも家族の日常生活とのぶつかり合いにおいてであった。鋭く対立するがゆえに、却ってその両者が鋭く浮かび上がる。それに比べれば、『凋落』で描いた「自我」は、まだまだ観念の影のようなものに過ぎない、少なくとも秋聲はそう受け取った。

花袋の『蒲団』から『生』への道筋は、決して一直線ではなかったろう。しかし、小説を書く行為の中核に、われわれ自身の、現に日本に生きている「自我」を据え、そこからの展開として、自身の日常という現実を、半ば暴露的にありのまま描いたのである。その成果に、秋聲は驚いたのだ。

だからその後、秋聲は『凋落』を書くことをとおして開かれて来ていた道筋を、ある面では放擲、ある面では徹底しながらも、市井の暮らしへとはっきり視線を向け、これまでも書いていたそういった性格の短篇を書き継ぎ、近所の酒屋若夫婦の生態を扱った『新世帯』へと至った。

そこからさらに自らの身辺に取材、自らの日常をもっぱら描く方向へと突き進んだ、と見てよかろう。短篇集『秋聲集』(明治41年9月、易風社刊)、『出産』(明治42年4月、佐久良書房刊)に収められた作品がその歩みを如実に語る。

花袋はこの後『妻』『縁』と書き継ぎ、秋聲は『足迹』『黴』と、代表作を書いた。

これらの作品は、『凋落』が目指した、世界を広く、かつ、普遍化への配慮をした書き方をきっぱり退けて、作者自身の暮らしに即したものとすることによって、初めて可能になったといってよかろう。わが国の市井にあって、日々の暮らしに喘ぐ人々の姿が、その感情の襞に至るまで、克明精密に、例のないリアリティをもって描き出されたのである。そこでは言語の普遍化の働きのある面が蔑ろにされるものの、書き手の「自我」「私」なる存在が、作品の根底に端的に据えられ、作品にリアリティを与える。

これがいわゆる「私小説」の書き方の成立である。

「私小説」は『蒲団』に始まると言われるが、『蒲団』に続く『生』、それに刺激されての秋聲の、『凋落』の目指した方向を半ば破棄して、個々の生活的事実に対する姿勢を一段と強める方向を採り、より厳しく突き詰めた『黴』に至って、初めて揺るぎないものとなったと見るべきであろう。

ただし、秋聲自身は、この『黴』で一つの到達点に至るとともに、新しい通俗長篇小説を模索するようになっていた。それについては別のところで触れたが、(注5)これは『凋落』の道筋を、改めて先へと辿ろうとすることであったろう。

注1　当時の硯友社内での秋聲の位置を示すのは、明治33年2月19日付週刊紙「太平洋」掲載「文士内閣大見立」であろう。外務大臣秘書官とされた。外務大臣は長田秋濤、次官は内田魯庵。

2 「新声」（明治40年4月）掲載「文壇一百人」の冒頭、こう書かれた、「硯友社連中で、土台西洋ものの読めるものがないのに、大将ご自身の書斎にはチャーンとエンサイクロペチャを具へて、ツル（ツルゲーネフ）のルージンやバーチンソイル（処女地）なんどは、英語で以てお茶の子サイサイ読める」。
3 拙著『徳田秋聲』第五章「「近代小説」への企て」の項参照。
4 明治二八年四月、京都で開かれた第四回内国勧業博覧会に黒田清輝が「朝妝」を出品すると、風紀上問題があると非難され、後、裸体画の下半分は布で覆われたり、特別室を作り、一部の人の入場しか許さないような処置がとられた。また、これら絵画、彫刻の写真、複製を掲載した雑誌は発売禁止の処分を受けるなど、大正末まで世間を絶えず騒がせた。
5 「徳田秋聲全集」第34巻解説「『黴』から通俗小説へ」

（花袋研究学会会誌第26号、平成20年3月）

『足迹』と『黴』に見る家族像
——明治の東京における家族の崩壊と生成

一

われわれの時代にとって、家族ほど、厄介な問題はないのではなかろうか。われわれは、新しい家族像を求めながら、じつは、家族そのものの存在基盤を突き崩すことしかしてこなかった、と言ってよいかもしれない。あるいは、われわれの時代のものの考え方、社会の成り立ち様に、家族なるものと基本的に相入れないところがあるかもしれないのだ。

現に二十世紀において行われたことは、例えば共産主義の場合、家族を死滅させることだったと見てよいはずである。誕生した子を、親たちの手から引き離し、国家の手で育てようとしたのである。また、共産主義が後退しても、極端な福祉主義がその道を先へと進ませた。

しかし、人間が誕生し、ゆるやかに人格を形成して行く、その役割を、国家なり社会が果たし得るものなのか？　いや、果たしてよいものなのか？

この問題については、すでに結論が出ていると思われるのだが、しかし、いわゆる近代的思考においては、その結論を受け入れることをせず、曖昧にしたままずるずると、従来通りの思考法を温存しつづけて来ている、と言うのが現状だろう。家族を扱った書物を二三冊覗いて見ても、歴然としているように思う。

いま、こうした議論に深入りするつもりはない。欧米を手本とした近代化なるものがわれわれの国土において始まるとともに、家族がどのような姿を示すようになったかを、文学の領域において少し具体的に見てみたいと思うばかりである。それも、近代化が最も先鋭的に推進されたはずの、東京という場所において。

そこで採り上げたいのが、徳田秋聲の『足迹』（読売新聞、明治43年7月30日～11月18日）と、『黴』（読売新聞、明治44年8月1日～11月30日）である。

これらの作品は、これまで家族の視点から扱われたことがなかったが、明治二十年代後半から明治四十四年（一九一一）の作品執筆時点まで、地方から東京へ出て来た者たちの家族の姿を克明に描いている。そうして、地方において成立していた家族なるものの、東京での崩壊と、東京という新しい場所において家族が生成して行く過程を、つぶさに見ることができるのである。明治以降の家族の在り様を知るのには、格好のものだと言っていい。

それとともに、これらの作品には、実在の、後に秋聲の妻となる小沢はま一家、そして、秋聲とはまが結び付くことによって形成される家族の在り様とがほぼ重なるのである。だから、『足迹』と『黴』を見て行くことは、単に小説を見て行くことにとどまらないし、また、一小説家の場合を見て行くだけにもとどまらないはずである。

二

明治二十五年（一八九二）の初夏、長野・伊那の山村から上京する一家の様子から、『足迹』は書き出されている。

一家は、家屋敷も田畑もあり、父親は村の世話役なども勤めるなどしていたが、放蕩の限りを尽くした末に、東京で一旗挙げ、挽回しようと考え、家屋敷や田畑の大半を売り払い、その金を懐にしてのことである。

そして、電灯でなくまだランプの灯る上野ステーションに、降り立ったのだ。夫婦に、数えで十二歳の少女を頭にしたこども五人の、総勢七人で、一番下は、まだ母親に抱かれていた。

この十二歳の少女の名がお庄で、彼女は、十年後の明治三十五年の初夏、秋聲に出会い、関係を持ち、やがて妻となる小沢はまそのひとと考えてよく、この秋聲との出会いの直前までが、ここでは扱われているのである。

『黴』には、秋聲に当たる人物笹村が、お銀（はま）から、ときには同居する彼女の母親から、これまでの暮らしぶりをあれこれと聞く場面が描き込まれているが、そんなふうに秋聲が折りに触れ聞き出したことに基づいているのである。

その成果とも言うべき『足迹』に拠りながら、この一家の上京以後、十年の歩みを、女主人公のお庄（はま、『黴』ではお銀）を中心として、辿ってみよう。そうすれば、この東京で、地方から出て来た一家族がどのような道筋を辿らなくてはならなかったかが、知られるはずである。

上野駅から、一家は、まず、湯島の母方の伯母（母の姉）の矢島宅に身を寄せる。かつては問屋本陣の家柄だったが、夫が亡くなった後、製糸業に手を出し、失敗、三人の男の子を連れて上京、下宿屋を営みながら、三人を医者にしようと励んだ結果、長男菊太郎は病院勤めをしながら、出身地に病院を建てている最中である。その弟二人も、医学校に通っている。一家の東京暮らしは、着実に成果をあげているのである。

お庄一家は、この矢島家の近くに家を借り、暮らし始める。しかし、父親は、一向に働こうとしない。あちこちへ忙しく出歩くばかりで、村にいた頃から馴染みだった女が浅草で開いている化粧品店に泊まり込んだりした末、お庄がそこへやられる。ゆくゆくは養女にと言う思惑からだが、こうして彼女は、十二歳で家族の外へと出されるのだ。

しかし、お庄は、その女に馴染めず、すぐに逃げ出してしまう。彼女の幼さと、気の強さが、こうした行動に走らせたのだ。

その頃、両親は、湯島の借家を持ち切れず、横浜で薬種店をやっていた父親の弟を頼って、近所に洋品店を出していたが、なにしろ父親に働く気がなく、店はうまく行っていなかった。

そして、その店も畳むことになるとともに、一家は、文字どおり四散することになる。妹は、田舎で完成した病院で開業する菊太郎に付いて行き、一番下の幼い弟は湯島へ戻り、二番目の弟は横浜の叔父に預けられ、母親と長男の二人だけが、築地の母親の弟の家へ転がり込む。お庄は、日本橋の大店の自宅奥向きの女中になる。父親は、本家を頼って村へ帰る。彼は、横浜に一家を置き去りにしたようなものだったのである。

しかし、お庄は、気詰まりな日本橋の家にも落ち着くことができない。朋輩に誘われるまま、浅草のお茶屋に勤めた。所謂水商売に入り込むのである。

これを家族や親戚の者たちが心配、ことに矢島家の伯母などは、一族の名に傷がつくと文句を言い、勤めに出るようになっていた弟（長男）が諫めにやって来る。そこで店をやめて、築地の叔父の家で母親と弟と暮らすようになる。

その築地の叔父だが、彼は、石川島の会社に勤めていて、株などに手を染めていた。お庄は、叔父の妻と馴染み、やや平穏な日々を過ごす。しかし、叔父は、家を空けることが多く、時にはお庄が洲崎の遊郭へ捜しに出かけたりする。そのうちに叔母（叔父の妻）が妊娠、死産して、自分も死んでしまう。その頃、叔父は新しく事業を始めており、金六町に事務所を持つのに伴い、お庄たちもそちらへ移る。

しかし、事業に失敗、結核に罹り、彼ひとり故郷へ戻って行く。彼も、お庄の父親と同じ道筋をとるのだ。

残された母親とお庄は、本郷で小さな下宿屋を始める。この頃は、単身で上京、滞在する者が多く、手軽に下宿屋を開業することが出来たのである。

その下宿に入った、一橋の商業学校に通う磯野と言う若者と、お庄は親しくなる。下宿屋の娘と下宿する若者とが親しくなるのは、当時、広く見られる事柄だった。『浮雲』の文三とお勢も、『金色夜叉』の貫一とお宮もそうであった。

ただし、この磯野という若者は、移り気で、あちらこちらに女を作る。そして、お庄の友人とも仲良くなるのだ。そうするうちに見合いの話が持ち込まれ、現在の中野（当時の始発駅飯田町からかなり時間がかかった）あたりの古い料理店に嫁入りする。四谷荒木町の従姉の世話によるものだったが、家のなかは複雑で、夫となった芳太郎も、酒飲みで嫉妬深く、結局、逃げ出す。そのとき、母親はすでに下宿屋をたたみ、小石川表通の、書生ふたりの家へ住み込みで働いていた。母親自身も、身の置き所を失っていたのだ。お庄は、仕方なくそこへと訪ねて行く。

このとき、お庄は、二十二歳になっており、暦も、明治三十五年（一九〇二）の初夏になっていた。

以上が『足迹』の粗筋だが、こういう一家にとって家族とは、なんであろうか。

家族とは、基本的には、夫婦と親子のヨコとタテの関係を軸にして、生活を共にしている者たちのことであろうが、この一家の場合、共に暮らすことはほとんど許されない。しかし、彼らがあちらこちらと移動して行くのは、いずれも伯母だとか弟とか、従姉だとか、夫婦のどちらかの血に繋がる者の家である。そして、何ヶ月と長期にわたって、住み着くのである。血の繋がりが、そうしたことを許したのであろう。これも、やはり家族意識の一つに違いあるまい。

ところで、この作中に出てくる他の家々についても見ておきたい。

日本橋の大店の家では、主人はほとんど向島の妾家にいて、めったに本宅には泊まらないのである。築地の叔父は、遊び好きで、帰らないことがよくあり、その叔父が持って帰ったらしい性病で妻は苦しんでおり、妊娠したことが死へと繋がるのだ。また、お庄が嫁に入った料理屋は、夫の産みの母親は家を出ており、後添えの義理の母親は、夫を亡くした後、妻子のある男を引きずり込んでいる。

どこもかも乱れた家庭である。そのなかでまともなのが、湯島の伯母の矢島家で、息子三人をきちんと育てあげているし、お庄一家に対しても口うるさく、あれこれと指図をする。しかし、その伯母にしても、下宿させている書生と関係を持っていて、その現場を、女中に教えられてお庄は覗き見てしまうのである。

この小説には、まともな家庭は一軒も出て来ないのだ。

それにしても、これらの家々の主人である男たちの、放蕩と、無責任ぶりはなにごとであろうか。お庄の父親は、自分の家屋敷に田畑を飲みつぶしても、まだ足りないような有様だし、母親の弟もまた、少し金が入ると、女に狂う。彼らの暮らしぶりは、大きくタガが外れてしまっているのだ。なにがそうさせたのか。彼らは、生活の規範なるものを全く見失ってしまい、好き勝手の途を突走っているのである。生まれ育った土地を離れて、やって来た東京という都市が、そのような状況に彼らを置いた、と言ってよい側面がないわけではなかろう。

また、彼らには郷里があることが、東京でそうした行動に出るのに拍車をかける側面があった。行き詰まれば、郷里に戻ればよい、と彼らは考えていたのだ。現に、お庄の父親は戻るし、築地の叔父も、病気になれば戻る。

言い換えれば、東京は、きちんとした生活を営むところとは考えられていなかったのである。新奇な事態が進展し、羽根を伸ばすべきところ、と言えばよかろうか。参勤交代でしばらく滞在する繁華な遊興の巷という江戸時代の認識が、こんなかたちに変貌して残っていたのだろうか。

しかし、そのしわ寄せが妻子に来る。極端な場合は、妻子を放り出して、郷里に帰る。この男たちにとって家族とは、自分が包み込むものであるよりも、自分が包まれるものであり、親、祖父母、さらにその前の先祖たちへ自分ひとりが繫る、としていた気配である。

三

一方、秋聲だが、小沢一家が上京した同じ年の明治二十五年の三月、やはり上野ステーションに、数えでまだ二十二歳の秋聲が降り立った。友人の桐生悠々らとともにであった。

秋聲、徳田末雄は、加賀藩の家老横山家の家中の一家に生を受けたものの、誕生した明治四年（一八七一）の十二月には、すでに廃藩置県も行われ、徳田家は、武士の身分とともに先祖代々受けて来た俸禄も失い、家計は困窮していた。しかし、父親雲平の人柄が、どうにか生活を持ち堪えるのを可能にしていた。そうして、男では一番下でありながら秋聲は、当時、金沢で受けることのできる最高の教育機関、高等中学（後の四高、現在の金沢大学）に通った。しかし、明治二十四年（一八九一）十月、父親が亡くなると、その余裕が失われるにとどまらず、家族そのものが崩壊するに至ったのだ。

すでに異腹の長兄直松は大阪に出て警官をしており、同じく異腹の次兄順太郎は、他家の養子に入ったり出たりしていた。また、三人の姉は、いずれも嫁入りしていた。そうして、母親と秋聲と妹フデの三人が残されたのだが、彼らが住んでいたのは、異腹の姉の婚家先であった。

このような状況の下で、秋聲は、最初の上京をしたのである。直松からの仕送りが途絶えがちとなり、秋聲自身、理科、数学といった教科に興味を失い、進級がおぼつかなくなっていたためだったと言うが、数えであれ二十一歳になっていれば、実の母と妹は、秋聲が面倒を見るべき立場であったろう。少なくとも次兄順太郎は、そう見ていたと思われる。しかし、長兄の直松は、上京して文学で身を立てようとするのを、励ました。それに助けられて、生みの母親と実の妹の面倒を異腹の兄姉たちに委ねて、逃げ出すようにして上京したのだ。

いわば家族の崩壊にダメを押すようなかたちでの上京だった、と言ってよかろう。

そうして身を置いた東京だったが、あちこちでは建築が行われているとともに、貧民窟が形成され始めており、ゴミっぽく、住民も地方出身者が多く、いささか失望したようである。

この頃の東京は、江戸時代を通じて作り上げられた全国組織が突き崩される一方、新しく組み直されて、首都としてその中心に座るようになって来た時期であった。いわゆる近代国家としての中央集権化が、ようやく軌道に乗って来たのだが、そのことはまた、各地においてこれまで人々の暮らしを支えていた仕事の多くが減少したり無くなったりする一方、首都で新たに作り出されるようになって来たということであった。

そのため、多くの人たちが東京を目指すこととなった。これまでの生活の場を失うなり、脅かされた人たち、新たに野心を燃やす者たち、さうした人々が、多くは家族を置いて単身で、また、なかには家族ぐるみ、東京へ出て来たのである。明治の初頭には、江戸末期より半減していた人口が、明治二十年頃にはほぼ回復するとともに、以降は増加をつづける。東京府の数字を挙げれば、明治二十二年百六十二万九千人、明治二十六年百七十九万一千人、明治三十一年百八十七万七千人、明治三十三年二百一万四千人、明治四十一年二百六十七万八千人（『江戸・東京事典』による）といった急増ぶりである。もともと参勤交代の制度があったから、ルートはある程度整備されていたし、そういう行動様式は知られていた。しかし、参勤交代では武士階層に限られていたし、なによりも生活の不安がなかった。

ところがいまやいろんな階層の大勢の人たちが、生活を賭けて移動するのである。

ただし、それでいながら、『足迹』で見たように、郷里に拠点を残しての場合が少なくなかった。この点で、移住する家族は、却って二重に崩壊の脅威に晒されることになった、と言ってよかろう。仮の場所で、仮の生活を営むとき、家族の結び付きは解けがちになるのは避けられない、郷里と東京と両方において。

こうして東京は、肥大化をつづけて行くことになったのだが、その流入する多くは、家族から離れている者、家族を捨てた者、崩壊に瀕している家族を引きずる者、家族と無縁に生きる若者たちと言ったことになったのである。若い秋聲は、家族を捨て、家族と無縁に生きる若者の一人であった。

こうしたことは、言い換えれば近代国家の首都東京が、全国規模で、家族なるものを大きく揺さぶるかたちをとりながら、発展の道筋を歩むことになったと言うことに外なるまい。

その巨大なうねりの中にいた若い秋聲だったが、早々に日々の糧を得る手立てを失い、一ケ月少々で、同行の友人桐生悠々は金沢へ戻り、秋聲は長兄直松を頼って大阪へ行った。秋聲としては、金沢へ戻りたくとも戻れなかったのだ。

しかし、そのまま大阪で兄の世話になりつづけることもできず、結局、一年ほどして、明治二十六年四月、金沢へ舞い戻ったが、戻ってみたところで、母と妹の寄寓先に落ち着くことはできなかった。落ち着く以上は、母と妹の暮らしに責任を取らないわけにはいかないのだが、小遣銭を稼ぐため新聞社に出入りしただけで、翌年四月、復学するため試験を受けたものの、一日限りで放擲、長岡へ走った。新聞社で知り合った渋谷黙庵が新たな職を長岡に得て、誘ってくれたためである。

しかし、長岡で黙庵の許に身を置いても、生きる道筋が開けてくるわけではなく、翌二十八年正月、再び上京する。

この二度目の上京は、前回と違い、引き返すことのできない道であった。そうして、もし一歩間違えれば、野垂れ死にするか、貧民窟の住民となって生きながらえるかだった。

今回は金沢の新聞社で同僚であった窪田安次郎(注1)とのかすかな縁を頼って、雨露を凌いだが、その縁戚に繋がる独身の老いた男の布団に入って寝る有様であった。最初の上京の折は母親が布団を送ってくれたが、そうはならなかったからである。しかし、その窪田の世話で英語を教える職を得、さらに黙庵からの紹介などをとおして、当時の有力な出版社博文館に住み込むことが出来、この後、尾崎紅葉の門下となって、塾に入ったり、下宿を転々としたりするのである。

都会に出て来て、どうにか居場所を見つけたものの、あくまで家族と無縁の単独者として年月を送ったのである。

そして、明治三十三年(一九〇〇)夏、読売新聞に『雲のゆくへ』を連載、好評を得たことから、ようやく作家として認められるようになったが、そうなると思い浮かんで来たのは、直松のことで、その翌年の年末、急に思い立って大阪へ行く。秋聲としては、長兄の直松が肉親として唯一の心の拠り所となる存在だったのだ。

四

その大阪の長兄の許から足を伸ばして別府に遊び、初夏に東京へ戻ったところ、金沢時代からの友人から、小石川区表町(現文京区小石川三丁目)に建てた借家に、差配替わりに入らないかと話を持ち込まれた。下宿暮らしにも飽き飽きしていた折りだったので、さっそく友人の三島霜川を誘い、入居する。そして、勝手許をしてもらうため、老女を雇ったところ、その娘が出入りするようになった。その娘が、小沢はまだったのである。

このあたりから以降は、『黴』で扱われる。

ここではお銀となっている娘が、折に触れ出入りするに従い、馴染んで行く。その過程は、崩壊した家族の一員同士の男と女が出会い、改めて家族を作り上げて行くことだったと言ってよかろう。『黴』と題されているが、大枠は、東京を舞台にした家族再生の物語なのである。

もっとも『黴』と題されているだけに、やはり健やかな道筋をたどるわけではない。人の入らないこの手狭な借家で、言ってみれば野合のかたちで、いつの間にか馴れ合い、妊娠するに至るのだ。しかし、笹村には結婚する気持はまったくなかった。そうした気持を持とうにも、世帯を張って暮らして行ける見通しが立たないのだ。お銀の方にしても、また、彼女の母親も、ともに正式の結婚はほとんど諦めていた。なにしろお銀には、お茶屋勤めをした過去があり、素人の女と見られなくとも仕方のない身の上だったし、その上、嫁入り先を逃げ出して来ている身の上だったのである。このような宙ぶらりんの身の上で、結婚を望むことなど出来るはずもない。だから、笹村の友人たちが、彼と妊娠したお銀を別れさせようとした。この対応は、当時としては当然だったといってよかろう。

しかし、お銀は、一応堕胎を承知しながら、実行せずにずるずると時を過ごし、出産も、家を出て別のところでするということに一旦は取り決めながら、結局は、そこへは行かずにすます。そして、子を他所へやろうと言われるが、それも擦り抜ける。

したたかな女と言えば言える対応ぶりである。しかし、別れ話に乗り出した友人も、お銀からいろいろ話を聞き、その人柄を知るに至って、逆に一緒になることを勧めるように変わる。また、笹村の方にも、お銀を思い切れない気持がうまれていた。

そうこうするうちに、師の尾崎紅葉（M先生）が亡くなったことから、仕事が秋聲（笹村）にも回って来るようになり、暮らしの目処も、少しは立つやうになる。

そうして新しい年、明治三十七年（一九〇四）を迎える準備をすることになるのだが、そのところを描いた『黴』の一節、

春の支度に、ちよいちよい外へ買物に出かけた。笹村も一緒に出かけて、瀬戸物などを提げて帰ることもあつた。晦日になると、狭い部屋のなかには鏡餅や飾物のやうなものが一杯に散らかつて、お銀の下駄の音が夜おそくまで家を出たり入つたりしてゐた。母親も台所でいそいそ働いてゐた。神棚には新しい注連が張られて灯明が赤々と照つてゐた。

新しい年を迎えようと、晴れ晴れしい気持が家中にみなぎり、女たちはいそいそとしている。こういう時、家族であることを、幸せな気持で強く感じるはずである。しかし、笹村は、まだ結婚する決心がついていないのだ。だから、家中がこうなればなるほど、やりきれなくなる。引用のつづき。

「そんな大きな鏡餅を何にするんだ」
笹村はふと頭が曇つて来ると、得意になつて二人のしてゐる事に、片端から非をつけずにはゐられなかつた。

そして、貧弱な鏡餅に取り替へさせるのだが、いざ正月を迎えると、それを寂しく思う。
それから、赤ん坊を連れて二人で成田参りに出掛けるようなことがあった末、明治三十七年三月十六日、はまとの婚姻入籍届を出し、次いで二十二日に、長男一穂の出生届を出す。ほぼ八ヶ月遅れ

だと思われる。このあたりの記述は、作中の事柄と作者自身の実生活とを同一視したかたちになると言われるだろうが、実際にそのとおりなので、そう記述する。

こうしてとにかく一つの家族が誕生したのである。法的手続きをきちんと採った、近代社会においての家族と言ってよかろう。それがこの家族の結び付きを、安定したものとしたのは間違いあるまい。そして、この家族には、こどもは勿論、妻の母親も加わっていた。初めから、いはゆる三世代同居だったのである。

このことが、金沢に置き去りにしている秋聲自身の母親を思い起させ、辛い気持にもさせたことを言っておく必要があるだろう。もしかしたら、正式に結婚することに躊躇し続けたのには、この母親の存在があったかもしれない。自分の母親をおいて、妻の母と同居してよいのか、と言う問題である。

それにもう一つ、この時代、東京に世帯を持つことは、いま言ったことにとどまらず、地方に住む親類縁者が上京して来た際、世話をしなければならないと言う事情もあった。秋聲が表町の家に入るとすぐに、姉の息子をしばらく預かっており、正式に結婚する前から、縁者が出入りしていたのである。

このために、秋聲もはまもあれこれと苦労することにもなる。時には、彼らを泊めるために、秋聲が外に下宿するようなことも起った。

世帯を持つ負担は、今日より遥かに大きかったのだ。

五

笹村が婚姻届と出生届を出すのは、『黴』のほぼ半ば、全七十九回のうち、三十九回目である。そして、これ以降も、相も変わらぬ笹村と妻とのいざこざが主に綴られて行く。その点で、入籍したと言うけじめはほとんど感じられず、笹村自身の気持にしても、依然として不安定なままである。喧嘩した揚げ句には、別れようなどと言いだしたり、また、日露戦争の従軍記者になろうとしたりするのである。そこには、ずるずると結婚へと進んでしまった経緯が影を投げているのだ。

しかし、入籍したという事実は、やはり重い。はまと長男、はまの母親、そして、それに繋がる人々の面倒を見なくてはならないようになったし、自身の縁戚に繋がる人々も、知らぬ顔はできないと言う思いが強くなったのだ。

ただし、作家としての暮らしは不安定で、しっかりした先の見通しなど、依然として立てようもない。それでいながら、一度に多くの家族を抱えた家長となってしまったのである。ずしりとした大きな重荷を背負わされてしまったのだ。いらいらするのも当然だろう。ついで子供が生まれると、不機嫌になるのも、このためである。

ここで、はまの父親なり築地の叔父と、笹村ないし秋聲を比較してみるのもよかろう。彼らもまた一家の責任を負うべき立場にあったが、家長意識などまるで持たなかった。もしかしたら、家長と言うべき存在は、本家の相続者だけのもので、分家の身では烏滸がましいという気持があったかもしれない。秋聲も、三男であり、家を継ぐなどという立場にはなかったし、その家自体が消滅していた。そして、金沢の地を、一旦は捨てていたのである。だから彼としては、身ひとつで、東京で身を立てるよりほか生きる道がなかった。戻ろうにも戻れる地がなかったのだ。そして、その歩みにおいて、はまと結婚、家族を持つことになった。はまの父親なり築地の叔父と、自ずから違って来るのは当然だろう。その点で、秋聲は、東京と言う新しい都市で家族をつくり出した、早い時期の新しい住民であったのである。

しかし、この住民には、いまも言ったように、帰るべき父祖の地がない。逃げ場を持たないのだが、それがこの都市に生活の根を下ろすことへと繋がったかどうか。

なにしろこの都市は、その成立から今日に至るまで、一貫して絶えざる変動のうちにあって、住民が根を下ろすことを不断に不可能にしつづけている、と言わなくてはなるまい。世界のいかなる都市よりも、すぐれて超「近代的」な都市なのだ。

そのようなところにおいて、家族なるものは、秋聲の一家を初めとして、いずれも宙づりされたような在り方を強要されることになろう。笹村がいらいらするのも、家長としての責任の重さばかりでなく、こうした状況が根底にあったと思われる。そうして、別れを簡単に口にしたりする。

しかし、秋聲の場合、先にも触れたように最初から三世代同居であった。それだけ責任も重く、家族なるものの意味が明確に実感され、保持して行く上での支えになったのではないか。はまの父親や築地の叔父の場合は親子なり夫婦だけであったが、そこに親が加わると、簡単には投げ出すことができなくなるのだろう。

今日、実際の家族構成は、夫婦だけなり、子供が一人加わったかたちが最も多いはずだが、家族をイメージするとなると、三世代同居となるのが、いまだに一般的なようである。例えば、新聞掲載の漫画だが、朝日新聞朝刊「ののちゃん」、同日曜版「ハーイあつこです」、読売新聞朝刊「コボちゃん」、産経新聞朝刊「サラリ君」、いずれも夫婦と子供に親がいる。「サザエさん」の伝統は、容易に崩れないのだ。

これにはさまざまな理由があると思われるが、なによりも大きいのは、三世代同居家族には、人間のさまざまな在り方がほぼ集約され、かつ、日々親しく顔を突き合わせるかたちになっていることだろう。未成年、壮年、老人がいて、生産者、消費者、庇護者、被庇護者等々の在り方をしながら、生活を共にしているのである。そして、誕生、生長、老、病、死と言った、人生の根本問題が不断に持ち上がって来る。老いた親がいると、なにか閉鎖的で、古い空気が淀んでいるように思う向きがあるが、それは思い違いで、若い夫婦だけ、また、夫婦と子ども一人だけ、と言うような場合こそ、狭く偏りがちになる。とくに最近は夫が仕事人間だと、家庭が母とこどもだけの世界となり、小さく閉ざされ、母親は、しばしば自分の子供を自分だけのものと信じ込む。家庭なり家族の矮小化、閉鎖化が起るのである。こうした状況に育つと、子供は、いろんなひとたちと、いろんなふうに付き合うことができなくなるし、人生において大事な問題に対処できなくなる。

また、家族そのものが、些細なことから簡単に崩壊する。一時のつまらない感情の波立ちでも、決定的なことになってしまうのである。その点、三世代同居だと、壊れにくい。夫婦だけ、夫婦に子供よりも、多くの確かな支え棒がある。

その三世代同居家族は、近代が差し出した理想的な家族像と背反するものを多く内包している。が、その家族のなかに身を置くことによって、秋聲は、その仕事の大半をなしとげたのである。しかし、妻はまの母親の死（大正十三年〈一九二四〉九月）、次いではま自身の急死（大正十五年一月）によって、家族は崩壊することになる。が、そのただ中でも、秋聲は書き続けた。

注1　大木志門氏による文部省職員録の神戸高等商業学校、神戸商業大学の明治37年から昭和7年度分までの調査により、判明した。秋聲は深い感謝の念を語りながら（『思ひ出るまゝ』昭和11年4月刊「恩人」の項など）、その姓ばかりで名を筆にしなかったが、窪田は明治37年、神戸高等商業学校書記となっている。この年、高等文官試験を断念、一橋高等商業学校の臨時職員から転じたと思われる。大正9年5月下旬、大阪に滞在の折、神戸に窪田を訪ねているが、上記校書記で、勲八等。大正13年に退職、翌年から事務嘱託。

（武蔵野日本文学8号、平成11年3月）

*近代文学における自然主義の大きさ

自然主義文学は、いまではほとんど顧みられなくなっているが、かつては盛んな論議の的であった。それというのも自然主義およびその根幹をなすリアリズムが日本の近代文学の主流に長らく位置していたからである。

文学史を大急ぎで復習しておけば、フランス文学の新思潮として、明治二十二年（一八八九）に森鷗外がエミール・ゾラの主張を簡単に紹介したのを皮切りに、自然主義文学思想が徐々に知られるようになった。一方、イギリス文学の影響から国木田独歩らが書き始めた。そして、明治三十四年（一九〇二）に田山花袋が『野の花』序でフローベルとモーパッサンの名を挙げて「自然派」について触れ、翌三十五年には、小杉天外が『はやり唄』、永井荷風が『地獄の花』の序でそれぞれゾラの主張に言及した。『地獄の花』序から一節を引用すれば、

「人類の一面は確かに動物的たるをまぬがれざるなり。（中略）余は専ら、祖先の遺伝と環境と境遇に伴ふ暗黒なる幾多の欲情、腕力、暴行等の事実を憚りなく活写せんと欲す」。

簡潔に要点を抑えている。また、明治三十七年には花袋が『露骨なる描写』で、「何事も露骨でなければならん、何事も真相でなければならん、何事も自然でなければならんと言ふ叫声が大陸（ヨーロッ

パ）の文学の到る処に行き渡つて」と、要約している。

このようにして、自然主義をめぐる議論が盛んになったが、明治三十八年（一九〇五）に日露戦争が終わると、その翌三十九年に、島崎藤村が『破戒』を刊行、四十年には花袋が『蒲団』を発表、激しい反響を呼び起した。この二人は、引き続いてそれぞれに話題作、秀作を書き継いだ。それとほぼ雁行するかたちで、徳田秋聲、正宗白鳥、岩野泡鳴、真山青果、近松秋江らが活躍、一時は自然主義でもって文壇が塗りつぶされる勢いとなった。その沸き立つような状況は、島村抱月「文芸上の自然主義」（明治四十一年一月）の一節に明らかであろう、「自然主義といふ一語の被らされる限り、小説も何となく清新なもののやうに思はれ、議論も何等かの新暗示が其処に期待せられるやうになつた」。

もっともそれは明治四十四年あたりまでで、それ以後、華やかに活躍したのは、反自然主義の立場を鮮明にした作家たちであった。夏目漱石以下、実に多くの作家の名を挙げることができるが、彼らはいずれも自然主義文学に対抗するなり反対する姿勢を示すことによって、大きくなったと言ってよかろう。（注1）フランスから帰ってからの永井荷風、谷崎潤一郎にしても、激しい批判者なり反逆者の姿勢を示すことによって登場、才能を発揮した。

このような状況は、大正、昭和の初期もつづき、戦後にも及んで、戦後派と呼ばれる作家たちも、自然主義文学——と言うより自然主義文学観とすべきだろうが——を敵とし、それを克服しようとすることを、その活動の中心志向とした、と言ってよかろう。例えば野間宏、大岡昇平、武田泰淳、そして三島由紀夫、安部公房、埴谷雄高といった作家たちにしても、そうである。

こうした事態は、いつまでつづいたか、いろいろな見方があると思われるが、昭和三十年（一九五五）ごろから、潮が引くように弱まり、三島由紀夫が自決した昭和四十五年（一九七〇）ごろには希薄になった。戦後から回復、高度経済成長が始まり、ピークに近づくにつれ、そうなったのである。ただし、いまだに間歇的に、私小説家が出現、話題を呼ぶが、私小説は、自然主義文学が生み出したものであろう。

このように見ると、自然主義文学なりその文学観は、ほぼ二十世紀の冒頭あたりから後半にかけ、わが国の文学の中心、さらには基盤でありつづけたと言ってよい。見え隠れしながら、永きにわたって実際的には主流を占め、日本近代文学の根幹たりつづけたのである。

いわゆる文学運動は、短命である。ところがわが国の自然主義文学は、その枠を大きく踏み越え、通底する文学観となり、三世代にわたって支配力を持ちつづけ、その内側からも反対する側からもつぎつぎと、その立場に拠る作家を出現させて来た。

どうしてそうなったのか。

とりあえず概括しておけば、近代化を軸としながらも、わが国の精神なり感性の基本的な在り方に根を届かせ、かつ、そこに出現して来た多様な事柄・事態＝現実に積極的に取り組み、表現へと持って行くことが、可能となったからであろう。必ずしも十分ではなかったが、この列島に暮らして来ているわれわれの在り方に即し、納得出来るかたちで、明治以降向き合わなくてはならなくなった現実の文学表現となり得て来ているからである。

だからこそ日本の近代文学が、自然主義文学によって成立したと言うことが出来るし、反自然主義の立場を採った作家たちにしても、その根は自然主義の文学観にあると見なくてはなるまい。(注2)

＊自然主義のなかでの位置

このような決定的重要さを持つ自然主義文学の代表的な作家の一人が、徳田秋聲であるが、その作家たちのなかで、秋聲はいかなる位置を占めるのか。どのような役割を果したたか。

この問題に端的に触れているのが、生田長江の有名な評言であろう。先程言った自然主義文学全盛の六年間の最後の年、明治四十四年に、秋聲は『黴』を連載（朝日新聞、8月1日～11月3日）していたが、その最中に「徳田秋聲氏を論ず」（「新潮」明治44年11月号）でこう評した、「（秋聲）氏の自然主義は、新しいものとして受け入れた丈けでない。一時の傾向をなしてゐる丈けでない。本来の性格に深い根差を置いてゐる。『生れたる自然派』（Born naturalist）と云ふものがあるならば、氏の如き正しくそれである」。

この評言は、以後、さまざまな論者によって繰り返し引用されて来ており、筆者自身も引用しているが、いまの課題によく答えていると思われるのである。

明治の西欧化のなか、さまざまなものを取り入れ、近代化に資したが、科学技術や社会制度、経済機構などは、学習、移植、模倣によって目に見えた成果を挙げることができた。また、政治、経済、法律、社会などの分野における思想にしても、少なからずそうであった。ところが文学となると、そうはいかない。言わずもがなのことだが、日本人自身が、この国土における暮らしぶりを中心にして、日本語の文章でもって描き出し、かつ、日本で暮らしている人々がそれを文学作品として享受してくれなくてはならないのである。このような幾つもの段階をクリアして、初めてわれわれにとって意味のある成果となるのだ。

ここに文学の厄介さ、迂遠さとともに、じつは重んじなくてはならない理由がある。他の文明・文化の脈絡のなかにあって働いていたものを、われわれの文明・文化の脈絡のなかに取り込み、しっくり働かせるようになったかどうかは、文学においてこそ明確に確認出来るのである。

十九世紀後半にフランスで生まれた舶来の新思潮・自然主義文学も、上に言ったような段階を踏んで、初めてわが国における文学の問題となったのだが、そのところで、秋聲が鍵の役割を果たした、と生田長江は言っていると受け取ってよかろう。「一時の傾向をなしてゐる丈けでない。本来の性格に深い根差を置いてゐる」とは、フランスから輸入され、影響されて、真似た「一時の傾向」ではなく、秋聲にあっては、この作家「本来の性格」に「根差」すかたちとなっている、と言うのだ。「性格」と言う以上は、勉学し努めた結果として形成されたのではなく、生まれ育ち活動することを通して顕われるに至ったもので、生理的な要素とともに、この風土の自然と文化、伝統、習俗といったものもしっかり織り込まれているはずである。そこに「根差」すかたちとなっているのだ。

それはまた、秋聲が、自分本来の在り方を押し隠すのではなく、逆に発露させるかたちで創作活動をすることをとおして、フランスからの「新しい」「一時の傾向」・自然主義を具現するようにもなっている、ということであろう。さらにはこの日本の文学風土に自然主義が根付いたことを体現している、言っているのである。

勿論、こうしたことは一人だけでなし得ることでなく、この時期に輩出した同時代の、次いで後につづいた作家たちによるところが大きいが、そのなかでも決定的な働きをした、と言っているのだ。

＊自然主義とは

ここで自然主義文学がいかなるものであったかを、改めて見ておかなくてはなるまい。

すでに触れたように、フランスにおいて十九世紀後半に現われた文学思潮で、フローベール、ゴンクール兄弟、ゾラ、モーパッサンらの多様な創作活動と、ゾラの「実験小説論」（一八八〇）などによって形成されただけに、思想として必ずしも整合性が備えているわけではなかった。しかし、「実験小説論」が医学者クロード・ベルナール『実験医学序説』（一八六五）を踏まえて書かれていることからも明らかなように、自然科学、とくに生物学の発達という事態に基づいて、文学を科学と同様に「真実」

を明らかにするものと捉え直し、「実験」の考え方さえ取り入れて、これまでの倫理観、通念、感情などに囚われず、事実そのままを正確客観的に究明し、暴露的になるのも恐れずに描くのを主眼とした。そのため、従来は目を背けて来た暗黒面――貧困、貪欲、愛欲、悪行などをもっぱら扱うことになり、いたずらに醜悪な側面を、無遠慮に暴き立てると受け取られるようにもなった。例えばJ・P・サルトルが『実存主義とは何か』（一九四六年刊）で、実存主義は自然主義と同じく「人間生活の悪し き面を強調する」と非難する声があると言っているが、フランスでは二十世紀の半ばにあっても、こういう理解のされ方をしていたのである。

この自然主義のゾラの理論が日本に紹介されたのは、先にも触れたように明治二十二年で、以後、徐々に受け入れられ、実作も書かれたが、大きな展開を見せたのは、日露戦争の戦後であり、明治三十九年に藤村が『破戒』、四十年には花袋が『蒲団』を発表したことが、大きな意味を持った。

この際に、フランスの自然主義の科学的合理性――遺伝と環境を過度に重んじる半端なものであったが――と、社会性が取り落とされたと指摘されて来ているが、異質な文脈に置かれたのだから、変質するのは当然であろう。その変質ぶりを検証することは重要であるが、それ以上に、自然主義なるものがわが国の文学風土の文脈に如何にして入り込み、根付くに至ったかを明らかにするのが重要だろう。

この二作、殊に『蒲団』が圧倒的な影響力を持った第一の理由は、これまで明治の小説に纏い付いていた戯作との繋がりを、きっぱり断ち切ったことであろう。

明治になっても散文の文芸作品は、実社会において何の役にも立たない、単なる慰みものという見方を払拭できずにいた。ところがここに至って、「近代小説」は旧来の文芸とは根本的に違い、ヨーロッパの科学を重んずる新思潮に基づき、人間の「真実」究明を第一とするものであり、その実践のためは、社会的に一人前の男が一身を犠牲に供しても足りる仕事であることを、身をもって示すかたちになったのである。

　そのヨーロッパの科学を重んずる新思潮に裏付けられていることが、第一だが、一身を犠牲に供するという姿勢が、この時代の知識人たちの心を揺さぶった。この時代、社会的体面が持つ意味は大きく、内なる情欲を白日の下に晒すことは、社会的に自らを抹殺するに等しいと考えられていた。そのようなところで花袋は、人間の「真実」究明のために、この挙に出た、と受け取られた。知人の中には、この秘密の告白を行って花袋は自殺するのではないかと真剣に心配したひとさえあったという。

　このような受け取り方がされることによって、小説を書くことが、わが国の近代化に深く寄与する、恐ろしく真剣、真面目で、崇高でもある行為と見なされるようにもなったのである。自然主義の小説から、笑いや遊びの要素が排除され、さらには虚構も背後へ退けられる事態ともなったのは、多くこのためである。

　多分、この『蒲団』が果たしたことは、これより九年前の明治三十一年（一八九八）、正岡子規が『歌よみに与ふる書』で、短歌を古今集の軛から解き放ったのと似ている。この時代、間違いなく必要なことであったが、江戸時代以前の豊かな文芸との繋がりを、排除することになった。

　もう一点、この人間の「真実」究明だが、それが自己に向けられたことの意味も大きかった。「真実」は、外に顕われ出ず、隠れていることが多い。だからさまざまな事象、対象の内側へ踏み込まなくてはならない。さまざまな社会現象なり個々の集団、家族、夫婦、個々人の内側へだが、その個々人は言うまでもなく一主体として存在し活動していて、その内側へ踏み込むのは殊の外難しい。ただし、自分の内側は、自分が承知しているはずだから、作者たるもの、自らの内側へ踏み込むことをとおして、他人の内側も伺い知ることができるはずだと考えられた。

この考えが妥当であったかどうかはともかく、そこから人間の「真実」究明の矛先は、自己へと集中し、自己を見つめ、自己を描くことに終始することになったたし、それはまた、いわゆる近代的自我の追及と確立といった課題とも重なった。

こうしてわが国なりの文脈に取り込むための、大きな一歩が踏み出されたのだが、この国に暮らす人々の表現には、まだ距離があった。『破戒』にしろ『蒲団』にしろ、外国の新思潮に棹さし、文学の近代化を図ろうとする意図に強く貫かれていただけ、観念性抽象性を帯びていた。

『破戒』について言えば、主人公が父から言い聞かされて来た戒め（自らの出生を明かすな）を、最後には投げ捨て、生徒たちに「告白」するに至るまでを主筋として書かれている。すなわち、事実なら如何なる事柄であれ明白にすべきだという自然主義の主張を、小説に仕組み、正面から押し出すかたちで書かれているのである。

『蒲団』は、作者自身と思われる中年の作家の、弟子となった若い女への情欲を、自ら暴き、「告白」するかたちで書かれているが、先の花袋自身の評論『露骨なる描写』で提出したゾラの考えの忠実な実践という意味合いを持った。島村抱月が自然主義の論議のなかに「挿絵として刷り込まれたやうな形」（「『蒲団』を評す」）と評した所以である。

このように自然主義の主張そのままを作品に具体化するかたちで、書かれている。その点は、『破戒』と『蒲団』の主人公が、青年と中年の違いがあるが、ともに知識人であることとも関係していよう。そして、「告白」へと至る。すなわち、自らの内に隠していた「真実」を明らかにするのだ。ここにはキリスト教の影響もあるだろうが、第一義的には、一身を犠牲にしての人間の「真実」の究明である。

このように作者も主人公も同じ観念化した主張を抱き、行動するのである。作品が観念性抽象性を帯びるのは当然であろう。

ところが秋聲は、なにかを主張しようとか、なんらかの観念を軸とするわけでもない。そうした態度そのものを棄て、自分が向き合う現実を、可能な限り在りのまま写し取るのだ。

＊自然主義への道程

秋聲は、尾崎紅葉門下として出発しており、英語に堪能であったこともあって、この時期、一門の中で最もバタ臭い存在として知られていた。翻訳・翻案が多く、欧米の作品に想を得たと思われるものが少なくなかった。そして、同門の小栗風葉と親しく、早くから花袋と付き合いがあり、柳田国男らの「龍土会」にも出席、三島霜川を介してだが小杉天外とも行き来があったから、早くから自然主義文学についてよく知っていた。明治三十六年に紅葉が亡くなると、その穴の一部を埋めるべく盛んに活動した。その作品は、硯友社の系譜に繋がる作家として、媒体なり読者を意識した、社会的広がりを持った、通俗味の勝ったものであり、たまには女性問題や貧困問題などに想を得た、問題小説を書いた。その上で、欧米の近代小説に範を採った小説へと接近をもくろみ、明治三十八年には「暗涙」（文芸界、7月）など、社会の悲惨な面に題材を求めた作品を書いたり、企てつづけた。明治三十九年の長篇『おのが縛』『奈落』がそうである。

そして、四十年秋、『蒲団』（「新小説」九月号）が発表されたと同じ九月の三十日から読売新聞に連載した『凋落』（〜翌年4月6日完）では、別稿で触れたように言論雑誌などに係わる若い知識人たちの群像を、各人が抱える煩悶へと筆を及ぼしながら描き、注目すべき成果を挙げた。この長篇は、後年、本格小説とか全体小説とか言って期待された在るべき小説に近いと見ることもできよう。

その点では生田長江の評言とはおよそ反対の性格の作品といってもよいが、ここで秋聲は、その知識人たちの心情——虚無的な心情を表現するためであつたと思われるが、構えて小説を書く態度を棄て、成り行き任せに彼らの日常を追う姿勢を採った。そして、それが効果を上げ、当時の知識人たちの心情と日常を的確に表現することが出来たのである。

じつはこの作品と並行して、市井の出来事や人物をスケッチ風に描いた小品「夜航船」（39年9月）や「発奮」（40年1月）などを書き、明治四十一年になると、「二老婆」（4月）、「出産」（8月）、「北国産」（9月）などと自然主義的傾向の短編を書くようになったのである。

秋聲は、決して単純なひとではなく、多様な面を合わせ持ち、そのいずれも手放さずに、書いていたのである。

その写実的な新たな歩みに注目していたのが高浜虚子であった。「国民新聞」の文芸欄担当となると、その最初の連載小説を秋聲に依頼した。そうして書かれたのが『新世帯』（明治41年10月16日〜12月6日）であった。当時、虚子は写生文に力を注ぎ、『俳諧師』（同紙、明治41年2月18日〜7月28日）を書いたりしていたから、深く共感するところがあったのだろう。

この時点での秋聲は、自然主義の作家として認められていたわけではなく、写実において傑出した側面を発揮しだした、硯友社系の作家という位置付けであっただろう。そして、『新世帯』は、虚子の期待に違わぬ、東京の新開地——と言ってもいまの文京区小石川あたり——で齷齪する、しがない酒屋夫婦の日々を、主観を排した低い視点で写しとったものである。そこには、市井の暮らしの実態を抉り出すといった構えた姿勢はまったくなく、淡々と、しかし着実に、重苦しい日々が捉えられていた。

こうして、皮肉なことに、虚子と虚子が親しかった夏目漱石がともに批判的立場をとる自然主義の方へと、秋聲を押しやることになったのである。

ただし、花袋が『蒲団』を書いた後、自分なりその家族たちの内側へ踏み込むかたちで、『生』を書き、これに秋聲は衝撃を受けたことは別稿で述べたが、花袋はさらに『妻』『縁』と書き継ぎ、藤村もまた、『春』『家』と同じように書いて、自らの私生活へと焦点を絞って行った。それに対して秋聲は、その方向へ踏み込むことはせず、自身の私生活を扱っても第三者として扱う姿勢を保持した。そして、翌四十二年には短篇の秀作『四十女』『日向ぼつこ』『リボン』などとともに、長篇では芸者の身の上を追った『二十四五』(東京毎日新聞、11月22日～翌年2月25日)を書き、四十三年には自分の妻はまを取り上げて『足迹』(読売新聞、7月30日～11月18日)を書いたが、一家が北伊那の村から上京、秋聲と出会うまでとし、これまた自身を対象とするのと一線を画していた。

ところが明治四十四年八月一日から「東京朝日新聞」に連載した『黴』になると、「笹村」の名を与えているものの、秋聲自身にほかならぬ人物とはま——作中は「お銀」——との出会いから始まる日常のいざこざが、徹底して突き放したかたちで描き出されるのである。

漱石に依頼され、意欲をもって取り組んだという事情があっただろうが、ここで秋聲は、『蒲団』と『生』によって突き付けられた問題に正面から応えようとした、と言ってよかろう。それまでは自然主義文学の写実性を発揮して、対象を客観的に鋭くリアルに捉え、描き出して来たものの、作者たる自身を正面から対象とすることはなかったのである。

作者たる自身と作品世界の間に一線を劃するのは、当然の態度であろう。作者は、観察し描く主体であって、客体とはなりきれないから、対象として捉えようとしても、容易でない。それを敢えて対象として、描こうとしたのである。

秋聲は、その無理をよく承知していたと思われるが、『蒲団』以後、外から観察するだけでは限界があり、殊に一個人となればなおさらその内側へ踏み込まなくてはならず、作者自身の日々を対象とする方向へと動いたのだ。そして、ある面では『足迹』を引き継ぐかたち、すなわち、その主人公であるはまと自分が出会ったところから、二人の日々の内側へ踏み込み、写実性を強めて、描こうとしたのである。その際に、作品を構成、作ろうとする姿勢を棄てる、『凋落』で手中にした姿勢を貫くこととしたのだ。

＊秋聲におこった変化

写実性を強め、市井のなかの自らの日々をあるがままを捉えようとすることによって、これまで見られなかった変化が文章上に見られるようになった。

ごく単純なことだが、その一つは、擬態語が際立って多出するようになったことである。擬態語は、一般に写実性が強まるとともに減少すると言われており、実際、そのとおりである。ところが秋聲にあっては、逆であった。硯友社系の作品から写実性を強めるに従って、擬態語が増える。それも既製の擬態語ばかりでなく、まことに独特な、秋聲が発明したと思われる擬態語もつぎつぎと紡ぎ出される。(注3)

どうしてこのようなことが起ったのか。考えられることは、対象を在りのまま正確に捉えるために、抽象化し観念化するという言語化のための回路を採らずに、感覚を働かせて可能な限り端的に捉え、かつ、それを表現するのにも、感覚的に音声でもって直接的に行う場合が増えたからであろう。秋聲にとって、写実性を強めることは、目でもって詳細、冷静に観察することよりも、感覚をより端的に働かせることであったのである。

多分、それゆえだと思われるが、文章は俳文的な簡潔さを持つようになった。対象の在りのままを的確に捕捉、突き放して客観的だが、印象的に表現するのである。このような文章は、主観性と客観性とを融合させることによって、直裁さを獲得したもの、と言ってよかろう。夏目漱石が「文章しまつて、新らしい肴の如く候」（小宮豊隆宛書簡）と評したのは、そのところを言っているのであろう。

いずれにしろ通常の散文の域には収まらない。花袋や藤村の文章とははっきり異質である。

秋聲については、客観的で冷静、ときには冷酷とまで思われることがしばしばあるが、(注4)実際はいま述べたような表現法によるのであり、そうなると、冷静、冷厳などと言うことができるかどうか。

また、この感覚をより端的に働かせるようになったのは、それまで感覚を覆ってきたさまざまなものを取り去り、拭い去ったゆえでもあろう。これまで秋聲は外国種の想を基にして書くのをもっぱらとしていたと指摘したが、そのような態度をきれいさっぱり棄て、目前の日常的な事象とじかに向き合い、感覚を働かせることを軸にして把捉し、かつ、表現するようになったのだ。

外国の新思潮、自然主義文学の理念に従って写実性を押し出すよう努めることが、逆の事態を秋聲の上に引き起したのだ。そして、擬態語を多用することになったのである。

多分、英語によって欧米の文学を学び、そこから想を得るのは、知を働かせ、真似をし、構えて作ることであって、そうしてある程度の成果を現に挙げて来ていたから、却って容易に棄てることができたのかもしれない。そして、ごく自然に、自らの感覚、感性を働かせる方向へ進むことになり、目前の日常的な事象をありのまま受け止め、正確に写し取ることに専心するようになった。

花袋や藤村の場合は、フランスの自然主義に学び、その指し示す方向が近代化に相応しいと捉え、それにもとづいて自らの姿勢を定め、その考え方を主張するために作品を書いた。写実性もそのための構え方であり主張であったのである。ところが秋聲にとって写実は、構えを捨てて、対象とじかに向き合い、接し、可能な限り直截に表現することだった。この点が違ったのだ。

もう一点、付け加えて置きたいのは、秋聲の視点の低さである。見下ろすことは勿論、見上げることもしない。如何なる対象であれ、この地上においての平凡な暮らしの地平に据えて、そこから外すことをしない。例えば『黴』の主人公は秋聲自身であるはずだが、知識人である気配はまったくなく、市井にあって齷齪する、惨めなと言ってもいい一人の男である。

　このような在り方、視線の据え方が、描写に揺るぎない重みと的確さを与えているのだ。

　明治の時代では、欧米の文物に対して憧れ、見上げる姿勢を採りがちだし、地方から東京へ出て来た人々も、文明開化の拠点東京に対して見上げる姿勢を採ることが多い。それはまた、欧米や東京の域を外れたものを見下ろすことにもなりがちである。多分、このような姿勢が、欧米の文物を安易に流入させるとともに、われわれの暮らしのなかに根付かせない事態をもたらしているのだろう。

　こうした姿勢と秋聲が無縁であった理由は単純でなかろうが、一つだけ挙げれば、明治の初めに金沢で生まれ育ったことがある。この時期、江戸時代を通じて百万石と称された富裕な藩が廃され、大変な危機が訪れたが、金禄公債が交付されると、黄金の洪水と言われるような、消費文明の空前絶後と言ってよい繁栄を迎えたのである。芝居小屋や茶屋が建ち並び、歌舞伎役者や浄瑠璃語りが上方から入り込んで来た(注5)。そうして、退廃的で洗練された文化が形成されたが、そのただ中で、秋聲と泉鏡花が育った。

　殊に秋聲は、その繁栄爛熟が急速に衰えて行くさまを、一家もろともその渦の中に身を置きながら、見届けたのである。だから、東京に出て来ても、文明開化へと突き進む様子を冷ややかに見、地方から人々が流入しつづける街を、無秩序と粗野が遍満すると見ずにはおれなかった。多分、金沢はこの時点で最も洗練された都市であり、秋聲は、その都会っ子であったのだ。もしかしたら江戸っ子の尾崎紅葉を前にしても、自分の方が都会人と感じていたかもしれない。

　だから秋聲は、上京してきた若者たちとは反対に、自分は凋落の道筋をたどっていると捉えたのだろう。

こうしたことから、如何なるものに対してであれ、希望や期待を抱くことなく、ごく平淡な態度をもって接したのである。

そのことが地に足をつけさせ、そこからものを見るようにし、写実的態度に徹底するとともに、自然に振る舞うことができるようになって行った。そして、自らの感覚を率直に働かせ、かつ、そうすることによって、より写実的態度を徹底させることにもなったのだ。

この写実的態度を、やがて自分自身に向けて、『黴』を書いた。ただし、こういう秋聲にあっても、自分自身を対象として描くことは、恐ろしく平衡の取りにくいところへ自分を置くことになり、緊張を課せられた。主体と客体、主観と客観、写実と表現、書くことと書かれることとの間を綱渡りしながら、書く行為を持続しなければならないのである。それは不断に動揺し、時には曖昧に消え失せようとするところに、均衡する一点を確保しつづけることであった。

秋聲は、そういうことをやり通して、花袋が『蒲団』や『生』でやったことに、生命を通わせたのだ。ただし、先に指摘したように作家でありながら、『蒲団』とは違い知識人でもなんでもなく、市井に齷齪する一人の生活人として、その主人公を捉えた。

こうして自然主義文学を、この日本の風土に根付かせる役割を、徹底して果たした、と言ってよかろう。そして、私小説の礎石を据えた。

＊『黴』以後

秋聲自身、少し後にだが、『黴』についてこう書いている、「この作は自分だけのことで云ふと、初期の自然主義の絶頂に達した作である……」（「予が出世作を出すまでの苦心」中央文学、大正三年三月号）と。

この自己認識は正確であろう。およそ可能とは思われなかった、矛盾対立を課す企て――自己自身を描くところまで突き詰め、一応の成功を収めたのである。

ただし、その成果が狭い道を突き進んだ末のものであることを、秋聲ははっきり自覚していた。この引用には先があって、こうある。「同時にそれから変らうとする芽を含んで居る」。

変わらなくてはならないと承知しているのであり、その変わる方向だが、いま引用した文章よりも前、『黴』を書き上げた直後にこう記している。「どうも自分の物は一方面にのみ限られた嫌がある。最一歩を進めて、もつと下流な社会、もつと上流な社会を見なければならぬ」（「創作雑話」新潮、明治四十三年十二月号）。

『黴』では対象を自分自身の私的生活に絞ったが、そのことが作品世界を恐ろしく狭くしたことを、よくよく認識していたのである。そして、そこから新たな展開を考え始めていたのである。

完結した翌年、自分の足取りを振り返ってこうも語っている、「振返つて見ると、私は今迄余りに自分の主観に囚はれ過ぎて居たやうだ。狭い窮屈な境地、例へば、日の当らない細い路地のじめじめとしたやうな所をのみ、好むで歩いて居たやうに思ふ。もう一歩外へ出たら、日の当つた明るい所もあつたらう、花の咲いて居た所もあつたらう。それを私は振向きもしずに、暗い陰気な所ばかり頭を低《た》れて歩いて来たやうに思ふ」「要するに自分の主観が狭かつたのだと思ふ。そして、その狭い主観にのみ好むで執し、好むで媚びて居た傾向がありはしなかつたか。人生の真の姿はもつと広いもつと複雑なものである。私も、是からはもう少し自分を自由にし、主観を解放して、大きい晴々した生の姿を見たいと思つて居る」。「暗くもなく明るくもない、つまり見る人人の心まかせになるやうな作をしたい」（「此頃の感想」早稲田文学、明治四十四年六月号）。

必ずしも暗い一方ではなかったと思うが、時代は若く、秋聲自身も若く、それが暗鬱さを濃くしたのは確かである。しかし、作家としての地位が揺るぎないものとなるとともに、今少し伸びやかなところに出たいとも考えるようになったのだ。そうして書かれたのが、『爛』であり、『あらくれ』であった。これらの作品にしても、暗さが消えたわけではないが、作品としての熟成度が、生涯を通して最も高い。『黴』の緊張感はやや退いているが、描かれた女たちは潤いをみせる。

ただし、時代は大正へ入るとともに、婦人雑誌の発刊が相次ぐなど、女性層を巻き込んで、出版ジャーナリズムが大々的な展開を見せるのである。秋聲は、その大衆化の流れのなかに身を投ずる。そして、通俗長篇小説を書くことによって、「もつと広いもつと複雑な」「晴々した生の姿」を、「狭い窮屈な」「暗い陰気な所」から出て、より多くの人々に受け入れられるかたちで、書いたのである。

それは、硯友社系の作家として、紅葉没後の穴を埋めるべく行った活躍の、さらなる展開といった側面がある。そして、大正年間に書いた幾つかの作品が次々舞台化され、映画化された。勿論、無声映画であったが、新しい時代の流れに乗った流行作家としての姿を見せたのである。

こうしたところはこれまで無視されてきたが、秋聲という作家を考える上でも、近代文学の展開を考える上でも、見逃してはなるまい。

その大衆に顔を向けて多量の仕事をこなしながら、いわゆる私小説と呼ばれる短篇を書きついだ。この頃になると、身辺に取材、在りのままを平淡に描くことによって、ただ今の心境を流露させた作品が心境小説と呼ばれ、高く評価されるようになっていたのである。秋聲はこういうかたちで、細々とではあったが、自然主義文学を保持しつづけた。

そして、通俗流行作家としての在り方と、自然主義作家たる在り方を採ることによってそれぞれに獲得したものを合流させ、企てられたのが『仮装人物』であった。さらに、自然主義に重心を置きながら、『足迹』と『黴』を総合するかたちで構想したのが、『縮図』であったと思われる。もっとも、戦時色を強める時代に阻まれ、紆余曲折した末、筆を置かなくてはならなかったが、こうした姿勢は、比較的身近にいた一世代後の菊池寛、久米正雄が、いわゆる純文学から出発しながら、通俗流行作家となったことと比較して見ると、深く根を張り、さらに深く大きくと指向していた秋聲の強靭さが知れよう。

その強靭さは、明治四十年から数年の間において自らのものとし、以降一貫して保持してきた、秋聲自身の自然主義に基づくと思われる。

注1　小田切秀雄『現代文学史』（集英社刊一九七五年一二月）に次の指摘がある。「反自然主義の夏目漱石も森鷗外も、それぞれのしかたで自然主義との立入った対決と摂取をとおしてのみ、自己の独自な世界の深さをつくりだすことができたのであった」

2　「自然主義はわが国においては明治時代の文学近代化運動の頂点あるいは結論として起こった」『新潮日本文学辞典』「自然主義文学」の項、中村光夫。

3　擬態語については、拙著『徳田秋聲』笠間書院刊を参照。

4　野口冨士男『徳田秋聲』筑摩書房刊を参照。ここでは『新潮日本文学辞典』「徳田秋聲」の項から引用すれば、「徹底した現実主義が貫かれ、主観を殺しきった客観描写が結晶している。自然主義の無理想、無解決はこの一編により確立された」。なお、ここにのべたようなことのおおよそは、すでに拙著『徳田秋聲』笠間書院刊でも述べている。

5　『金沢市史』参照

（金沢市徳田秋聲記念館講演稿、平成18年4月22日）

熟成のとき『爛』

淀み、滞り、腐って、発酵現象が進むと、これまでなかったある事態が新たに生まれて来る。例えば、酒が醸造されるといったこともその一つであろう。人間の文化には、そうしたことがなくてはならぬもののようで、新鮮なナマのものも、勿論、結構だが、人を確実に酔わせるのは、やはり酒であり、淀み、滞り、腐敗するなかから醸し出され、尋常な次元を大きく越えて熟成したなにかがなくては、文明としての深みも味わいも薄くなる。

多分、この要求に応えるのが、芸術に課せられた重要な役割の一つである。だから、芸術には、ある種のいかがわしさが、いかなる時代においても、つきまとう。停滞は、やはり停滞であり、頽廃は、やはりデカダンスであって、世間一般の立場ではマイナスと受け取られるのだ。

ところが最近は、随分晴れがましい場所が芸術に与えられている替わり、停滞し、頽廃する余地が、なくなって来ている。速やかな変革、進歩ばかりが高く掲げられ、淀み、滞ることは厳しく糾弾される一方である。勿論、言われるとおりに事態は進んでいないようだが、その主張の正当性に、誰も疑問を差し挟まない。また現に、われわれの身辺では、町並、住居、そして日々使っている電気製品類などが、加速度的に変化し、更新されつつあり、利便度、快適度を確実に高めつつある。

どうもわれわれ今日の暮らしの日々は、急流のように絶えず更新されつづけ、常に「まつさら」なようである。若い人たちの間では大変な清潔好きが増えているとのことだが、なるほど、「まつさら」

が常態となれば、当然だろう。

こうした状況に、文学を合せようと考えるようになるのも、自然な勢いかもしれない。絶えざる「変革」により、常に「まつさら」でありつづけるような文学――そのようなものが在り得るかどうかはともかく――が求められるのである。

こうなると、いよいよもって頽廃、デカダンス、そして、熟成の余地がなくなる。

じつはこのことが、近年とみに文学から魅力が失われている、決定的な理由なのではないか。酒を水に変えるようなことを、どうもわれわれはやっているらしいのだ。

もっとも、この方向へ走り出したのは昨今のことではなく、明治以来のことであろう。江戸時代の、あの淫靡な、頽廃した文芸を振り捨てて、「近代化」へと一貫して走り続けて来た。

そのなかでも、大きな役割を果たしたのは、自然主義文学である。人間と社会の真実の発見と表現と言う大役を引き受けることによって、「近代化」の先頭に加わり、自らを「変革」し、熟成とは縁遠いところへと身を置いて来たのである。

しかし、その自然主義文学のなかにあっても、熟成し、頽廃の淵へと降りて行った作家がいなかったわけではない。「変革」好き、「まつさら」好きが風靡するいま、その作家の差し出す、十二分に醸された複雑な味わいについて語ることは無駄であるまい。

＊

その作家、徳田秋聲は、じつに多くの顔を持つ。

尾崎紅葉の弟子にして、最も自然主義文学の作家らしい作家という矛盾した在り方を初めとして、婦人雑誌の隆盛とともに通俗小説を多量に供給しながら、渋い心境小説を書き、一方では、歳の隔たった女性との恋愛でスキャンダルを撒き散らした。そのどこに焦点を絞るかで、像は大きく変わるが、最も優れた達成を見せたのは、やはり自然主義作家としてであろう。

そして、いま挙げたいのは、その時期の中篇『爛』（国民新聞、大正2年3月21日〜6月5日）である。かつては名作として知られた作品だが、今日では、手に取るのも容易でなく、馴染みが薄くなっているが、題名が示しているように、題材からして頽廃的だと言っていい。娼家に身を置いていたことのあるお増という女が主人公で、辣腕家の男にひかされ、妾となった日々から書き出される。そうして、やがて彼の正妻になるものの、世話をしていた身内の若い女に、男を奪われる、といった経緯がたどられる。

この娼家という世界だが、金銭という苛酷な枠が嵌められているものの、恐ろしくアナーキーな性の世界だと、ひとまず言っておいてよかろう。社会的存在として人間が持つ面をほとんど引き剝がされ、あるいは自ら脱ぎ捨てて、無差別的に係わり合うのである。ただし、それが性という自然を剝き出しにするかと言うと、そうではなく、性を抽象化して突き詰めるという、ひどく人工的な領域へ入り込むことになる。そこに、デカダンスが孕まれることにもなるのだ。

そのような世界での体験をたっぷりと抱え込んで、お増は、一人の男との、性的な快楽を絆とした世界へと入り込むのである。アナーキーな性の世界から、狭く閉ざされた性の世界へ、と言ってよかろう。

書き出しはこうである。

　最初におかれた下谷《したや》の家から、お増が麹町の方へ移つて来たのはその年の秋の頃であつた。

これを読めば、次からは、麹町へ移った秋からの叙述になると予想するだろう。それが自然な叙述

> の運びのはずだが、改行して、
>
> 　自由な体になつてから、初めて落着いた下谷の家では、お増は春の末から暑い夏の三月を過した。

下谷の家へと、時点が戻るのである。そして、以下、下谷の家でのことが叙述されて行く。これでは、冒頭の行がほとんど意味を持たないことになろう。加えて、十三節（全体は六十節）で麴町へ移った時点となるのだが、そこで叙述が環を結ぶかたちになるかと言うと、そうはならず、するすると先へすすむ。その点でも、冒頭の行は意味を持たないと言わなくてはなるまい。

ところが、実際は、大きな役割を果たしていて、この冒頭の行を書かなくては、作者秋聲は、多分、筆を進めることができなかったろうと思われるのだ。

ここで秋聲が言っているのは、一読、知られるとおり、ごく単純なことであって、ある時間的な幅をもって、一まとめに対象を捉え、叙述する態度を自他――書く自分と読者――に示すことであった。具体的には、麴町へ移るまで下谷で過ごした三ヶ月ということになるが、その時間的な幅をもって、書くべき事柄を、まず摑み、手元へ引き寄せ、確保し、かつ、その幅を絶えず生かしながら書いていくのである。

時間というものは、基本的には一刻々流れて行くものだろうが、それに囚われずに、この期間に起つた事柄を、前後へ移動したり、ときには大きく跳んだりしながら、また、一時点に絞ったり、大きくまとめたりしながら、書いて行くのである。

こうした叙述が具体的にどのようなものか、例を挙げれば、酒の切揚《きりあげ》などの速い男は、来てもでれくしてゐるやうな事は滅多になかつた。会社の仕事や、金儲のことが、始終頭にあつた。そして床を離れると、直《ぢき》に時計を見ながらそこを出た。閉切つた入口の板戸が急いで開けられた。

下谷の家で、男が繰り返した習慣的な行動を要約して述べているのである。すなわち、ある時間的幅をもって捉えた事柄を、概括し要約しているわけだが、この文章を概括し要約した文章と受け取られるだろうか。殊に最後、「閉切つた入口の板戸が急いで開けられた」となると、明らかに、一回的な出来事を描いた文章と読めよう。

しかし、一時点での一回的な出来事を写し取ったものかと言えば、これまた違う。一回的な出来事の描写と見えながら、その叙述のうちには、言ってみれば、さまざまな時点でよく繰り返される一連の出来事が畳み込まれたかたちになっているのである。そうなると、一回的な出来事の描写が持つはずのない奥行きと厚みを備えることになろう。読む者は、より豊かな手応えをもって受け取るのだ。

秋聲のリアリズムの太い根の一つは、ここにあるのであろう。現実そのままを厳しくリアルに描きながら、じつは時間の扱いにおいて、現実と画然と一線を劃しているのである。すなわち、現に描いている対象を、現実の時間の流れから引き抜き、別のところに据えているのだ。

この時間の扱い方が、じつは先に言った、淀み、滞り、発酵させるための基本的条件をつくり出すはずである。現実の間断なく流れる時間と別のところで、題材をじっくりと吟味し、書き方に思いをめぐらし、自分のペースで、自由に書くことが可能になるのだ。実際に秋聲は、そうしたのである。冒頭でその態度をとることを端的に示し、時間を前後させたり、さまざまな時点の出来事を一つに畳み重ね、溶け合わせたり、時には引き離したり、大胆に切り捨てたりして、書いたのである。そして、その自在な変化が、そのまま作品のリズムともなった。

秋聲は、自ら体験したことであれ、取材したことであれ、五、六年の歳月を経過した後に、筆をとった場合に成功すると、野口冨士男が指摘していたが、多分、そのこととも繋がる。題材を自分のうちでゆっくり暖め、発酵させて、思いきり自由に書いたのである。

＊

こうした書き方のうちに、ひとりの女が浮かびあがって来るのだが、彼女は、狭く閉ざされた、性の世界の住人である。囲われ者とも妾を言うが、そのとおり囲い込まれ、閉じ込められているのだ。これまた、淀み、滞り、発酵させる条件が揃っていることになるようだが、その状態が、彼女の住家としてほとんど象徴的に描かれている。

迷宮へでも入つたやうに、出口や入口の容易に見つからない其一区劃は、通の物音なども全然聞えなかつたので、宵になると窩《あな》にでもゐるやうに閴寂《ひつそり》して居た。時々近所の門鈴《もんりん》の音が揺れたり、石炭殻の敷かれた道を歩く跫音《あしおと》が、聞えたりする限《きり》であつた。

ここにひっそりと独り身を置くとき、女の官能は、鋭敏に働きだす。なにしろ迷宮の奥のようなここへとやって来るのは、たったひとりの男であり、あとは近所の人々の暮らしがたてる音ばかりである。殊に、ひそやかな音に耳を澄ますとき、ひとはますます受身に、自分をからっぽにして、耳を傾ける。そして、微かな足音、虫の鳴声、隣家の話声にも感情を揺さぶられ、ふと蘇る記憶に、自ら驚くのである。

そこにおいては、感覚が鋭敏になるだけでなく、女主人公の官能の「地」とでもいうべきものが露わになって来る、と言ってよかろう。自分を徹底して受身にからっぽにすれば、その底において目覚めるものがある。それ自体は、空虚というよりほかないが、目覚めて働き出すものは豊かである。そういうところが、作品の要所々々に描き込まれるのである。

これがこの作品のもう一つのポイントであろう。読み進めて行くとき、その場面々々で読者は、思わず女主人公へと自づからを重ねることになるのだ。女主人公は、自分の存在を主張するわけではなく、ひたすら受身に、自分を空しく無心にしているのだが、そのため知らぬ間に誘い込まれるのである。これは、いわゆる感情移入とは違う。女主人公の感じやすい感覚を、読者はそのまま自身のものとする、と言えばよかろう。

この点が、殊に昨今の作品と大きく違う点である。今日の大方の作者は、興味深い出来事、人物、考えなどを強く押し出そうとして、あれこれと工夫を凝らす。創作行為とは、その方向にばかり向うものだと信じて疑わないのである。しかし、実際は、そうすることによって、作中の中心人物と読者の間に通じるはずの最も確かな通路を圧し潰してしまっているのだ。秋聲は、そこを最大限に生かしている。

そして、このお増といふ女主人公を軸にして、淫靡なと言ってよい男女の係わり合いを繰り広げるのである。

ただし、女主人公が生活者として徐々に根を張って行くところも、捉えられる。いかに閉ざされた性の世界に籠っていても、籠り切れるものではない。そこを秋聲は、見逃さない。

それに、もと娼婦でいまは妾という、生活者ではない女が、生活者としての才覚を示すのは、新鮮である。日常が、逆から照らされるのである。それとともに、言わばその照り返しを受けて、性的存在としての在りようが一段と露わにもなる。

例えば二人で風呂桶を買いに出掛けるが、風呂を立てる不経済さをお増が言い立てるのを、男は喜んで聞きながら、買ってしまう。そして、作者はこう書き加える、「浅井（男の名）は色々の場所におかれた女を眺めたかった」と。これだけだが、男の好色さが遺憾なく示されるとともに、春画めいた情景も浮かび上がって来る。

このようにして男は、生活の拠点を妻のいる家から、お増のところへと移動させる。そして、やがて妻を離別し、その後へお増を入れるのだが、そこからまた別の、爛れた性の世界が広がって来る。

お増自身は、体をこわして男と交渉を持つのが辛くなるのだが、それにつれて男は、お増が面倒を見ていた身内の娘お今に目をつけるのである。そして、ひそかに関係を持つようになり、世間の目をごまかすために、お今を結婚させる。こうして男を中心とした関係は一段と複雑になるのだ。言ってみれば、三角関係が四角関係になるのだ。いや、じつは男には、もう一人、馴染の女ができていて、そちらへ株券などを運び込み始めているのである。かつて前妻にしたのと同じ仕打ちを、お増に対して始めるのだ。

この複雑に縺れに縺れた関係が、アナーキーな性の世界の廓の中ではなく、一般市民の家庭内で繰り広げられることによって、一段と隠微で頽廃した様相を呈して来る。娼家と妾宅と一般家庭と、この三つの場での性関係が、最後において、最も爛れたかたちをとるのだ。

そのただ中に男は身を置いて、これまで味わったことのない快楽を掠めとる。なにしろお今は、素人娘で、向う見ずの若さを持ち、堅気の若者の妻に不承々々なのだ。夫となった若者が、いつ、秘密を知り、世間にあばき立てるか分かったものではないが、それがまた却って、男の気持をそそる。

このように登場するのは、いづれも性の迷路で行き場を失った男と女たちである。そのなかにあって、お増は、前妻のたどった非運へと押しやられて行くのに怯えながら、ひとりあれこれとこころを砕く。そこで彼女は、頽廃の悲哀とでも言うべきものを、ある種の芳醇さをもって湛えるに至るのだ。

＊

こうした題材は、いまの時代にはおおよそそぐわない。娼家とか妾といった存在は、姿を消してしまって久しい。しかし、ここで捉えられ表現されているものとなると、どうであろう。いまなお酔わせるものがあるのではないか。性の自由、その表現の自由を大幅に手に入れただけに、却って遠いものにしてしまっているようである。

そうしたことにいまは立ち入るまい。ただ一つ、ここで注意して置きたいのは、これまで述べて来た熟成が、文学の技術的に高い達成度や豊かな表現力を意味するだけでなく、文学なるものの核心そのものに深く根を下ろしていることによることである。先には主に時間の扱い方として述べたが、文学なるものは現実と一線を劃することによって、独自な自由を可能にしているのであり、それを如何にしっかり摑み取り、活用するかが、肝要なのだ。その摑み方が浅く、不十分であれば、十分に熟成せず、作品としての魅力も薄い。よく摑み、十二分に活用すれば、熟成し、魅力を持つ。

それにもかかわらず、今日のわれわれは、現実へとひたすら自らを合わせ、社会的に通りのよい当座の意味を見つけだすのに懸命になっているばかりではないか。熟成を退け、文学を文学たらしめる領域から外へと走り出しつづけているのだ。秋聲は、自然主義全盛の時代にあって、すぐれて自然主義的な作家と言われもすれば、現実と鋭く向き合いながら、そこを突き抜けて、独自な自由を摑み取り、存分に書いたのだ。その間の事情を、『爛』一篇がよく示している。

（季刊文科創刊号、平成8年7月）

「西洋化」の中の『あらくれ』
——大正前期の徳田秋聲

徳田秋聲は、尾崎紅葉の世話で、明治三十二年（一八九九）十二月から一年五ヶ月ほど、読売新聞に勤務したが、大正三年（一九一四）一月からは、再び読売新聞に客員として席を置いた。

この時の勤務も、一年で終わったが、コラム「一日一信」などは大正八年まで書きつづける一方、大正四年（一九一五）一月十二日からは『あらくれ』を連載（7月24日まで）した。多分、この連載のため社の仕事から外れたのであろう。そして、この長篇は、今日では秋聲の数多い作品のなかで、最もよく知られたものとなっている。

まず、女主人公お島の生い立ちから始まる。当時はまだ農村地帯と言ってもよかった王子（現東京都北区）に近い大きな植木屋に生まれ、兄弟姉妹の中で彼女ひとり母親にひどく疎まれ、困り果てた父親が尾久の渡（現荒川区）付近で流れへ投げ込もうかとまで思案する。そこへ口入れの男が来かかり、紙漉きを業とする家の養女になる。その家は、細々と暮らしていたのだが急に裕福になったことから、村では宿を貸した巡礼の六部を殺して所持金を奪ったと噂されていた。

この発端部分は、わが国の古くからの陰惨な民間伝承の典型的な話柄、話型が幾つも重ねられているると言ってよかろう。子いじめ、捨て子、子殺し、それに六部殺しである。

成人すると、養父母に騙されるかたちで、嫌い抜いていた作太郎——養父の兄が旅芸人の女に生ませた子で、下男並の扱いを受けて来た——と結婚させられるのも、その展開であろう。養母の浮気相手の男を婿と思い込ませられ、綿帽子で目隠しされたまま杯を交わしたところ、相手はやはり作太郎だった。

このような展開は、近代小説としては、承認し難いものだろう。いかにも陰惨な民間伝承の話柄である。そして、狡猾で、打算的で、ひどく冷酷な男女が、犇めいている。

この点については、江藤淳（「徳田秋聲と『充実した感じ』」群像、平成2年3月）が指摘していたが、興味深いのは、そういう話柄、話型のなかから出現したお島の、この後たどる道筋である。同じように古い話柄、話型そのままの道筋をたどるかというと、およそ反対の方向へ向う。

結婚式の夜に家を飛び出し、一旦、引き戻されるが、また飛び出して、その結婚を徹底して撥ね退け、意図してではなかったが、近代化の先端的と言ってもよい方向へ身を置いて行くことになるのである。そうして、このお島というバイタリティ溢れる行動的な女を軸に、明治三十年代中頃以降、大正を迎える頃までの、いわゆる「欧米化」なり「近代化」（当時の言い方で「西洋化」と言ったほうがよいかもしれない）の社会変化の様相が、生き生きと示されることになる。

それは、時代の新風俗を扱うことになるが、それだけにとどまらず、生活の次元に深く根を下ろして、時代の枠組みを越えた女性像を出現させる。

＊

養家を飛び出したお島は、実の父親の仲間が持ち込んだ縁談を受けて、結婚する。相手は、十歳近く上の、妻と死に別れた神田の缶詰屋であった。当時、離婚した女は、後妻に入る例が多かったが、この場合もそうであった。

ただし、缶詰屋は、百姓でも紙の手漉きとも違い、明治になって出現した製品を扱う、新しい職業である。そして、その主人は、色白で目鼻のやさしい感じの、鶴さんと呼ばれる男で、北海道の缶詰製造場に二年足らず、職人と一緒に起き伏しして修行した経歴の持主であった。

缶詰製造は、北海道開拓使が産業振興のため、明治十年（一八七七）、アメリカから缶詰製造機を輸入するとともに技術者を招いて、石狩町に工場を作り、始まったが、当の製造場では、その技術普及のため、全国から伝習生を募集している。もしかしたら、鶴さんはその伝習生出身であったかもしれない。

国内での缶詰の生産は、各地でぼつぼつと行われるようになったが、明治二十八年の日清戦争、次いで明治三十七年の日露戦争を節目にして、殊に後の時期に陸軍が大量発注したあたりから、軌道に乗ったようである。もっとも明治四十二年には、岩野泡鳴が樺太での缶詰事業に乗り出して、早々に失敗、引き上げている。

この作品のなかの時点がいつか、はっきりしないが、明治三十五年頃を想定すればよいと思われるから、国内生産が盛んになる前の、まだまだ舶来品の印象が強い時期である。西洋からもたらされた食品保存の新技術で、遠隔地の珍しい食品もこれによって供給されるようになったという受け取り方が主であった。

だから、缶詰屋とは言うものの、缶詰を中心に西洋食料品全般を扱っていた。そして、鳥打帽を被り、自転車に乗って、洋食店や洋風の食事を採り入れ始めた裕福な家々の台所へ注文取りに回ったり、北海道まで仕入れに出かけたりしていたのである。

この鶴さんが乗り回していた自転車だが、これまた市街電車や自動車とともに、新たに登場してきた交通手段で、まだ物珍しさが先に立つようなところがあった。秋聲は、すでに『みち芝』（文芸倶楽部、明治37年3月）で扱っているが、病院の代診の若い紳士が乗っている。「藍鼠の半コオトに高襟を着け、折襟形の自転車靴を穿いて」、羅紗の帽子に金縁眼鏡で、見事な口髯を生やしていると描かれている。

鶴さんの場合は得意回りだから、こんなふうに洒落のめしているはずはないが、カッコイイことに変わりはあるまい。

なお、日本国内自転車保有数は明治三十四年で五万六千六百十一台、四十年には倍増して十二万八千九百七十二台、四十三年は二十三万九千四百七十四台（『年表で見るモノの歴史事典』）、また、東京府下に限ると、明治四十四年で一万三千台で、大正元年は三万台（『江戸東京学事典』）という数字がある。年を追うごとに急カーブで増加しているのが分かるが、こうした状況は、大正九年（一九二〇）の経済恐慌まで続く。その急増期の最中に、この長篇は新聞連載されており、作中の時代設定は、その増加が目に着き出した時期だろう。

このように鶴さんは、三十歳前後になっていたものの、神田に店を持つ商人の中で、職種も行動もハイカラな、流行の先端に身を置く存在だったのである。

およそお島のような女は似合わない。鶴さんも結婚したものの、お島の泥臭さには閉口したようである。それに鶴さんには女がいて、お島は嫉妬、騒ぎ立て、その揚げ句に流産するようなことがあって、結局、離婚してしまう。

＊

そうした折、兄壮太郎に呼ばれ、関東の北の山合いの町へ行くが、そこで宿屋浜屋の主人と係わりを持つ。このところは、作品全体のなかでは幕間と言ってよい部分だが、お島のなかにも女らしいしめやかな情愛が流れているのを知らせて、はなはだ魅力がある。

この山合いの町からは、父親の手で引き戻され、下谷で縫い仕事をしている伯母の許に預けられる。お島は、その手伝いをして日々を過ごすが、そこには若い裁縫師小野田が出入りしていた。

ちょうど日露戦争が始まり、人々に「色々の仕事を供給してゐる最中」だったとあるから、明治三十七年（一九〇四）である。それも夏が終わろうとする頃で、小野田が被服廠から受けて来たのが、寒さに向う戦地の軍人が着る「柿色の防寒外套」の製作であった。お島はそれにホックやボタンをつけ、穴かがりをする作業をするのだ。

この年、政府は、ロシアに宣戦布告の前から、軍人の着用する服装についてつぎつぎと新しい取り決めを出し、宣戦布告の当日（2月10日）には、勅令「戦時事変ノ際ニ於ケル陸軍服制ニ関スル件」を出している。これらは、勿論、軍隊の編成、軍備の充実と連動しており、服地の色をカーキ色に順次変え、行動性を考えてのデザインの変更なども行われた。また、翌年には軍服用の羅紗地が不足、勅令で「当分ノ内適宜ノ地質ヲ以テ代用シ得ルコト」と定めたりしている。そして、この年の三十八年七月十一日に、「陸軍戦時服服制」を公布したが、これが昭和の改正までつづくことになった。

このように政府が軍服の改善、整備に本格的に取り組むことによって、洋服縫製の業界は活況を呈したのである。その渦の一角に、お島は思いがけず身を置くことになったのである。

ただし、洋服は、まだ日常の衣服とはなっていなかった。政府は、一応、洋服の普及を方針としていたが、まったく進捗せず、皇族、貴族、高級官僚や一流会社の高級社員が着用するに留まっていた。そうした状況の中、期せずして軍服が、日本の成人男子を一斉に洋服を馴染ませる、最も実際的な機会を提供することになったのである。女に比べて男の洋服着用率が一気に進んだのは、もっぱらこのことによる。その日清戦争につづいて、日露戦争となったのだが、今回は、小野田が持ち込んだ防寒外套が新たに必要とされたし、その色が「柿色」と、これも軍の新たな決定に基づくものであった。

こうした洋服の民間での縫製は、アメリカからシンガーミシンを初めて輸入したのが明治三十三年（一九〇〇）六月であったから、技術、資材もまだまだ整わず、洋服に関する知識も不十分で、ミシンを使って洋服を縫う裁縫師にしても、大勢いるわけではなかった。東京の有楽町にシンガーミシン裁縫女学校が開設されるのは、三十九年（一九〇六）十月のことで、同月、三越呉服店（後の三越百貨店）が紳士服の仕立てを始めたが、イギリスから裁縫師を招いてのことだったのである。

このような状態であったから、洋服の裁縫師が、当時大変ハイカラな存在であったのは言うまでもなかろう。

お島は、そうした裁縫師小野田を知り、年の暮れには、彼の勤める工場でミシン台に座り、将校服を縫うのである。将校服は、熟練の裁縫師の仕事であったが、「訳あないや、こんなもの。男は意気地がないね」とうそぶくのだ。勿論、洋裁技術を十分に習得したとは思われないが、一応のところは出来るようになっていたのであろう。

近代化は、さまざまな職業を生み出したが、その一つが、缶詰屋であり、洋服縫製業であった。お島は、期せずして缶詰屋から洋服縫製業へと進むことになったのである。

それればかりかお島は、製品を収めるため溜池の被服廠の出先機関へ同行、製品検査の係員を口先で丸め込むようなことまでするようになった。そして、この経験から、洋服の販売に自信を持ち、小野田と二人で洋服店を開くことを考えるのだ。

洋服業は「見たところ派手でハイカラで儲けの荒いらしい」商売で、自分に合っていると、お島は、真面目に考えるのである。

このようにお島は、近代化が新しく出現させた職業に次々と係わりを持ち、その中へ踏み込んで行く。古い民間伝承の話柄、話型の世界から、およそ対極的な領域へと言った所以だが、あるいは、そうだからこそ却って、秋聲は、初めを古いかたちにしたのかもしれない。そうして対比が際立つとともに、お島という女主人公を、わが国の風土に根付いた存在とすることになったと思われる。

＊

秋聲自身、この長篇は、最初は「野獣の如く」という題で、必ずしも事実に即さずに書こうとしたが、「途中から最初の考へを捨てゝ、事実を書くことにした。事実を書くと云つても幾分かの誇張のあることは免れない」（『爛』と『あらくれ』のモデル」）と言い、お島にはモデルがあることを明かした。野口冨士男によれば、妻はまの実弟小沢武雄が同棲した鈴木ちよがそれである。大正二年秋に、二人は秋聲宅から近い表通（東大赤門の向いあたり）に洋装店を開き、よく訪ねて来るようになったから、詳しい話を聞く機会に恵まれたのであろう。

こうしたことから、古い民間伝承に準拠したようなところは、創作であり、後になるほど事実そのまま、あるいはそれに近いと考えてよいかもしれない。いま上に指摘したような意図からである。

後半に入ると、小野田と一緒になって洋服商として苦労する有様が、もっぱらつづられる。まず、港区田町で間口二間、奥行き三間の元は郵便局であった貸家に手を入れて、ミシンや裁台などを据え、アイロンも購入、職人二人に小僧を雇い、十二月も押し詰まった頃に開業する。明治三十七年の暮れと考えられるから、小野田の勤める工場でミシン台に座り、将校服を縫った頃には、すでに話が出来ていたのだろう。それにしても、迅速な行動力には驚かされる。

お島は、この開店資金を集めるとともに、小野田が被服廠の下請けから貰ってきた仕事に、職人らの先頭に立って取り組む。「夜おそくまで廻つてゐるミシンの響や、アイロンの音が、自分の腕一つで動いてゐると思ふと、お島は限りない歓喜と矜とを感じずにはゐられなかつた」と書かれている。控え目でいることのできない勝ち気なお島は、ようやく自分の力を思うまま発揮できる世界を手に入れたのだ。

しかし、利益は薄く、開店のための借金もろくに返せない。それに加えて小野田は、思いの外、勤勉でなかった。そして、翌年夏には戦争が終結へ向い（明治三十八年八月十日に講和会議がポーツマスで始まり、九月五日に講和条約調印）、被服廠の仕事が減る。次の年、明治三十九年も四月になると、ミシンの音も途絶えがちになる。時代の波に翻弄されつづけるのである。

そうした折り、小野田の発案で、お島が注文取りに出ることになる。女セールスマンである。女の新しい職業として、電話交換手やバス車掌などが出現するのに、まだまだ間がある時点のことで、「誰もしたことのない其の仕事が、何よりも先づ自分には愉快さうに思へた」とある。

小野田もお島も、ともに時代の先端へと積極的に取り組む強い気持を持っていたのだ。

ただし、そうして注文を取って来たものの、詰め襟の労働服とか自転車乗り用の半ズボン程度で、たまに大口の仕事が取れそうになっても、生地を仕入れる資金がままならない。しかし、「男のなかに交つて、地を取決めたり、値段の掛引をしたり、尺を取つたりするあひだ（中略）浮々した調子で、戯談やお世辞が何の苦もなく言へるのが、待設けない彼女の興味をそゝつた」。

こうして、注文取りに精を出すのだが、集金となると、つい甘い顔を見せてしまう。そうしたことが重なって行き詰まり、冬の初めには月島へ店を変えるのだ。

この後、富籤に当って、息をつぐものの、結局、駄目になって、上海へ二人で行こうとする。明治三十九、四十年の上海は、日露戦争の講和条約締結を受けて、新しい動きが出始めた段階で、まだ渡航する人もあまりいなかった。もっとも執筆時点となると、すでに大正二年一月には、旅行ガイドブック島津長次郎編『上海案内』（金風社）が刊行され、この後、毎年のように版を重ねることになっていることから、かなり広く関心を集めるようになっていたのは確かである。いずれにしろ一介の失敗した商人としては、時代に先んじた計画と言ってよい。しかし、小野田の名古屋の親の家までは行ったものの、旅費の工面ができず、結局、東京へ舞い戻る。

そして、築地の洋服店に住み込む。流れ者の職人に二人ともなるのだが、その店の主人がお島に言い寄り、意に従わなかったことから追い出さるようなことが起る。しかし、博覧会が開かれた年――明治四十年（一九〇七）三月二十七日から七月末日まで、上野で開催された東京勧業博覧会であろう――に、根津に店を持つ。そして、博覧会見物の客を地方から迎えたりするのである。その客のなかには浜屋の主人がいる。

この東京勧業博覧会は、さまざまな様式の木骨漆喰塗りの西洋風建築が建ち並び、イルミネーションが大規模に採用され、人目を驚かし、観光客を集めた。もっとも作中では、ただ博覧会とばかり書かれていて、この長篇連載の前年に上野公園で開かれた東京大正博覧会（3月20日～7月末日）と、半ば重ねられているところがあるかもしれない。これまた入場者が七百四十六万人にものぼる、大変な盛況であった。これら博覧会が、「欧米近代化」を推進する上で、大きな役割を果たしたのは言うまでもなかろう。

しかし、博覧会が終わると、付近の店も潮がひいたようになる。それから二人は、二、三年苦労して、明治の末年頃の夏に、本郷に洋風の店を開くに至るのである。これまでの店は、いずれも畳の入った和風の建物だった。しかし、洋服を扱う以上は、個人商店も洋風という風潮になって来ていた。それを見逃す二人ではなかった。

しかし、造作をするのに、板から釘まで大工から借り、飾り窓やドアにガラスを入れるのにも、ガラス店に泣きつく有様であった。その飾り窓（ショーウィンドー）だが、これを設けたのは、明治三十七年に三井呉服店が初めてであった。また、板ガラスの本格的な製造が始まったのは大正三年十月だから、まだまだ珍しかった。このように当時では最新の洋風の店構えを実現すべく、お島は、「最後の運を試す」意気込みで奮闘したのだ。

しかし、夏であったから、注文はほとんどなかった。そこで小野田は、夏の末に広告を撒いて中学生の制服の注文を取る企画を立てた。そして、お島に「女唐服《めとうふく》を着て、お前が諸学校へ入込んで行かなければならんのだ」と説きつける。

小野田は、宣伝の重要さに気づいていたのである。それとともに、お島の性格を承知していて、活用しようとしたのだ。

さすがのお島も、初めは嫌がった。なにしろ女の洋装はめったに見られない状況で、好奇の対象になるのは明らかであった。しかし、小野田が熱心に説くうちに、その気になり、小野田の先見性と認めるように変わる。

そして、店もほぼ完成すると、横浜の「女唐服店」ですっかり買い整え、白い夏の洋服を、コルセットで胴を締め付けて着用、水色のリボンを巻いた麦桿帽を被り、顔にはこってりと白粉を塗り立てて、出掛けるのだ。

人目を引くのには十二分であった。それだけに冷やかしや嘲弄の的にもなったが、行き先は主に中学校であった。中学校は、当時、知識指導層の養成機関という性格を持っていたし、洋服そのものが、中流も上以上の階層の着用するものとなっていたから、嘲弄する者は無縁の存在と切り捨てればよかった。そして、女が着ていることによって、本格的洋服を仕立てる技術の店だという宣伝になったのである。

実際、この洋服を着ての宣伝販売は評判がよく、十月になると、冬の制服や外套の注文がどんどん舞い込むようになった。

そして、徒歩で得意先回りをするのがまだるこしくなり、小野田の勧められるまま、自転車の訓練を始め、やがて女唐服で自転車を乗り回すのだ。

この姿が、どれだけ人々の目を欹てたか、言うまでもあるまい。

海老茶袴の女学生が自転車に乗る姿は、小杉天外『魔風恋風』（読売新聞、明治36年2月〜9月）の挿絵などで親しまれていたが、いまや大人の働く女（モデルの鈴木ちよは二十八、九になっていたと思われる）が、仕事上の必要から、洋服姿で自転車に乗るのである。

このような女が、冒頭に見たような古い伝承の話柄、話型そのもののような生い立ちであると、誰が思うだろうか。しかし、そういう生い立ちだからこそ、人目を気にせず、勝ち気な性格のまま、後先のこともあまり考えず、突っ走るのだ。ある点では、愚かさ、自分勝手なところが、そのまま行動力となって現われるのである。

先に引用した文章で秋聲は、洋服で自転車に乗り、中学校の門前で広告のビラを撒くのも、事実だと、書いている。ただし、モデルになった女は自分ひとりでやったように話したが、男に感化されてのことだと分かったとしている。

同じ鈴木ちよをモデルにしたと考えられる短篇『勝敗』（中央公論、大正10年1月）では、彼女について、こう書いている、「何処に一つ女らしい優しさもなければ善良さもない――男のように目鼻立の荒い顔から、誇大妄想狂のように口先ばかりで威張りくさることの好きな、その癖臆病で、筋道の立つたことは何一つ纏まつて、ちやんとした話のできない、野性的な性質」だった、と。また、その店を訪ねると、「ボンネツトや洋服が、そこの壁にかゝつてゐた」とあって、つづき、「そんな物をつけて、荒い皮膚にこつてり白粉を塗りたてゝ、奇怪な風をして自転車で乗りまはさないでは、一日でも彼女は気分がわろかつた。それが彼女の幼稚な矜でもあつた」とある。

間違いなく同じモデルだと分かるが、作者の筆はまことに辛辣である。『あらくれ』執筆から六年近く経過してゐて、縁者としてさんざん迷惑をかけられた腹立ちも、ここにはあるのかもしれない。また、浜屋の主人との関係において見せた、女らしい側面を切り捨てた点が大きいだろう。もしかしたら、『あらくれ』の浜屋とのことは創作だったのかもしれない。それに当時の目新しさも、もはや色あせていたし、年齢ももう四十である。そうしたところで事実そのものに付けば、この『勝敗』に描かれているとおりとなるかもしれない。

＊

お島は、この後、小野田と別れ、独り立ちすることを考える――そこで『あらくれ』は終わるが、その新しい相手――店で使っていた小僧が、小沢武雄だったのである。

新しい相手が誰であったかはともかく、男と別れて独り立ちを考えること自体、この時代においてはまことに人騒がせな、大胆不敵と言える行動であろう。

このように時代の新しい動きの先端的なところに、期せずして身を置き、盲目的ながら活発に動き回る女を、秋聲は、モデルを得て、描くのに成功したのである。

それも、明治時代に次いで大正という時代が始まった、その時点であり、そこにも大きな意味があったと思われる。

お島が、市井によく見られる活力に満ちた女の典型として、生き生きと描かれ、時代を越えて迫ってくるため、上に見て来たような時代的新しさが、今日では見落とされがちだが、秋聲がこの作品を書いた時点では、そのこと自体が持つ意味は大きかっただろうし、作者の秋聲にしても、そこに狙いを定めていたと思われる。なにしろジャーナリズムの現場に身をおいての執筆と言ってよい状態だったのである。

それに大正という時代は、女の存在を期せずしてクローズアップした時代だったが、秋聲は、そのことを鋭敏に捉えていた。

いま、女の存在をクローズアップした時代と言ったが、そのことを端的に示すのが、明治末期からぞくぞくと創刊された婦人雑誌である。またたくまに数万部、数十万部と発行部数を伸ばしたが、この新しい媒体の目覚ましい発展と、女性読者の急速な拡大は、いくら驚いても驚き足りない。それにこの新しい媒体は、容易ならぬ事態をもたらした。すなわち、個々の家の中に閉じこもりがちであった女たちの手によって、日本人の生活習慣を変えるという事態である。衣服も食生活も居住空間も、もっぱら婦人雑誌が提供する情報によって着実に変えられて行ったのだ。もっともそこには政府の方針や経済の動きも絡んでいたが、いまになって振り返ると、こうした生活の変化こそ、政治や戦争よりもより根底的な歴史的変動だったと思われる（別稿「『女教員』の洋服」参照）。

この根底的変化の過程は、戦争を挟んで、経済高度成長の始まりあたりまで、およそ五十年にわたって続いたが、婦人雑誌には、女性たちを主人公とした小説が掲載された。その大正期において目覚ましい活躍を見せたのが『あらくれ』を書きあげた後の秋聲であった。

こういうところへ秋聲が踏み込んだのも、書斎を出て銀座一丁目の読売新聞社に勤めたことが、やはり影響していよう。大正三年の社は、十五年前と違って、時計台を載せた三階建の洋館であり、窓から見える銀座一丁目の街頭は、かつては馬が鉄道馬車を曳いていたが、いまや市街電車が走り、自動車が行き交っていたのだ。社員で顔見知りは上司小剣だったが、文芸部長兼社会部長になっており、作家としても盛んに活躍していたから、気心の知れた作家同士、気を使うこともない勤務であった。

紙面での秋聲の仕事を見る限り、もっぱら劇評に終始しているが、この年四月三日から開設された「よみうり婦人付録」の編集顧問に、後に「婦人之友」を刊行する羽仁吉一を招いたり、田村俊子を社の客員に推薦にするなどのことも行っている。そして、訪ねて来た文学者たちと話したり、一緒に街へ出て行ったり、小剣とは社の帰り、よく一緒に銀座や日比谷を散歩、コーヒー店や果物店に立ち寄った。好んで寄ったのがカフェ・ユーロップであったと言う。また、東京博覧会にも出かけている。

こういう日々のなかで、お島のモデルの鈴木ちよから身の上話を聞き、発想、構想を練ったのである。当の女には、その自覚はなかったようだが、それだけ却って時代の先端に直截に身を置くかたちで活発、意欲的に動き回っていたのだ。そういう女に秋聲は関心を惹かれ、その面に焦点を絞りつつ、時代の新しい動きと交差させて、書いたのである。

そして、そのことがこの後の主に女性向け通俗小説を書きつづけることともに繋がった。その点で『あらくれ』は、作家秋聲の生涯において、一つの要になるとともに、そこには日本の「西洋化」の時代の動きにおいて留意すべき事柄が、幾つともなく織り込まれていると思われる。

主要参考文献

野口冨士男『徳田秋聲伝』筑摩書房。野口冨士男『徳田秋聲の文学』筑摩書房。中山千代『日本婦人洋装史』吉川弘文館。田臨一郎『日本近代軍服史』雄山閣。初田亨『東京 都市の明治』ちくま学芸文庫。初田亨『百貨店の誕生』ちくま学芸文庫。岡野他家夫『日本出版文化史』春歩堂。前田愛「大正後期通俗小説の展開―婦人雑誌の読者層」(『近代読者の成立』有信堂所収)。『読売新聞百二十年史』読売新聞社。上司小剣『U新聞年代記』。和田博文他編『言語都市・上海』藤原書店。『江戸東京学事典』三省堂。下川耿史編『明治・大正家庭史年表』河出書房新社。湯本豪一『図説明治事物起源事典』柏書房。『年表で見るモノの歴史事典』ゆまに書房。

（武蔵野大学文学部紀要5号、平成19年3月）

『黴』から通俗小説へ

秋聲にとって、『黴』が持つ意味は、大きい。他にも優れた作品は幾つもあるものの、殊に文壇に秋聲という存在を印象づける上で、この作品が果たした役割は、決定的であった。

そのため、秋聲について考えようとするとき、この作品を軸にするのが常であり、基本的には、今日も変わらないと言ってよさそうである。

しかし、秋聲自身にとってはどうであったか？

秋聲にしても、その評価の重さを承知しないわけではなかった。「あれを書く時には全く気分が悪くて、苦しくて、あゝ書くより外に仕方がなかつたのである」（「創作座談」新潮、大正元年10月号）と言っている。そして、その成果は十二分に手応えのあるものであった。「この作は自分だけのことで云ふと、初期の自然主義の絶頂に達した作である」（「予が出世作を出すまでの苦心」中央文学、大正3年3月号）だった。

これだけの作品を書き上げると、作家としては後が大変ということになる。これだけの作品を、また書くのは容易でないのだ。しかしまた、視界が開かれたとの思いも持つ。大正二年だが、こう書いている、「『黴』などを書いた頃に比べると、私の心は、あの中に現はれてゐる人間に対する切迫した愛憎の念などが、著しく取除けられて来た。私は誰をも愛することが出来る。そして愛しようとも思つてゐる。同時に近親者を総て目の下に見下ろすことが出来る。人間としての彼らの卑吝さと、愚しさとが、私には前よりか一層客観的に、私の目の前に現はれて来たやうに思ふ」（「屋上屋語」新潮、大正2年1月号)。

「近親者を総て目の下に見下ろす」という表現は、愚かな者と軽蔑して見ることでは決してなく、視界が一気に開け、個々の近親者への愛憎の念に引きずり回されることなく、この人間世界を広く見渡すことができるようになった、と言っているのである。

それとともに、『黴』の世界から離れて、新たな世界を求めるようにも変わって行ったのである。現役の作者としては『黴』の成功にいつまでも踏み留まっているわけにはいかないし、時代そのものが、大きく変わって来ていたのだ。

この時期の秋聲の自己認識を示す格好の文章がある。いまも一節を引用した「予が出世作を出すまでの苦心」(中央文学、大正3年3月号)だが、ここで自分のこれまでの歩みを振り返り、三期に分けて捉えている。第一期は小説を書き出した明治二十七、八年頃から四十年頃まで(一八九四、五~一九〇七)。第二期は明治四十年以後、『黴』に至るまで(~一九一一)。第三期はそれ以降現在(一九一四)である。

第一期は、「一口に言へば概念で作をして居た」と要約している。具体的には『薮柑子』『惰けもの』『雲のゆくへ』『榁梏』を挙げているが、その詳しい説明は割愛する。

第二期は、自然主義思想が流入、「自分の書く物もこの頃から一変した。即ち概念に肉をつけるといふ態度でなくて、実際の事象を表現するといふ風にな」った。そして、『黴』に至ったが、「初期の自然主義の絶頂に達した作」であったと、自ら記すのである。しかし、つづけて、「同時にそれから変らうとする芽を含んで居」て、「第二期と第三期との分かれ目に立つて居るやうに思ふ」と書く。

このように『黴』完結からこの時点までの間に、自作『黴』を高く評価するとともに、新たな出発点とも見るところまで、秋聲は進み出ているのである。

そして、第三期についいては、はっきりしたことはほとんど述べていないが、右に見たような『黴』についての認識に、おおよそのところは知られるのではないか。『黴』についてはこうも書いている、「見方も考へ方も、期するところは要するところは現実の真」であり、「印象主義とか、象徴主義とかいふことも言はれるやうになつた。併し、大体に於てこの自然主義に根底を置いて居ることは争はれない事実である」。

通常の考え方では、自然主義と印象主義なり象徴主義は、対立こそすれ一緒にはならないはずだが、自然主義を突き詰め、その枠からはみ出すに至ったことを言っているとすれば、間違っているとは言えまい。そして、実際に『黴』という作品は、こうした見方を妥当と思わせるところが間違いなくある。そして、秋聲自身、「作の前半は平面描写一点張りといふやうなところがあるが、後半に於いては主観の色彩が流入して居る」と言い、この傾向は、「『たゞれ』（「爛」連載時はこの表題）に於いて一層具体的になつて居ると思ふ」と記している。

いわゆる事実そのままの冷徹な客観描写を前半で行い、後半になって、そこから離脱していることを言っているのだ。そして、この文章をこう締めくくる、「唯だ、従来の態度に慊らないで、更に新しいところに向つて出やうと苦心して居るといふことだけは言へる。自分にもまだはつきりとはなつて居ないが、その要求を持つて居るといふことだけは事実である」。

＊

この文章を書いた大正三年（一九一四）の一月から、秋聲は、別稿でも触れたように読売新聞に勤務するようになっていた。「更に新しいところに向つて出やう」とするための具体的な行動の一つが、これだったのかもしれない。明治三十二年（一八九九）十二月から一年四ヶ月余、紅葉の世話で勤務して以来のことである。

その最初の執筆になる「一隅より」（14日執筆、18日掲載）では、十数年振りに再び勤務することになったことを言い、「新聞紙に対して多大の興味と熱愛」を持つ者の一人で、「長いあひだ坐りつかれた書斎から、毎日こゝへ通ふことになつたのも、私に取つてはそんなに突然なことでもなかつた」と記す。そして、以前に読売新聞に身を置いた頃と今との、時代の変化の激しさに言及する。「単に読売新聞、其他周囲の編集室の建物だけについて言つても、其頃と今とでは全然隔世の感がある。それと同時に、最近数年間に、我々の周囲に湧き返つてゐる新しい生活の潮は、驚くべき勢を有つて、内面的にも外面的にも旧生活の様式を破壊しつつある」。

前回の読売新聞勤務期に『雲のゆくへ』を連載して、作家として一応の地歩を得て、紅葉没後はその空白の一角を埋め、やがて『凋落』を書くことによって『新世帯』の写実へ至り、『足迹』から『黴』を書くことによって、その地位は揺るがないものとした。ただし、時代は変わりつつあったのだ。そのことを、この編集室の席に座って、改めて目にしたのである。

その十数年間の具体的な変化の例として、「文壇には自然主義が起つたり、新浪漫派が起つたりした「居酒屋がバーとなつたり、カフエが其処にも此処にも現れたりした。交通機関が、驚くべき速度を有つて発展したりした。昔し痩馬の喘いでゐた銀座の街頭には、電車や自動車の滑かに辷つてゐるのが、私の坐つてゐる窓から見下される」と記す。

ここに挙げている風俗的社会的変化は、取り立てて言うこともないと思う人がいるかもしれない。しかし、こうした変化は、現にわれわれの現在をなお洗いつづけている事柄であり、このような事柄こそ、われわれ自身の生活そのものを根底から揺り動かしつづけて来ているのである。政治的事件とか戦争といったものなら、そのことが過ぎれば、元の暮らしが戻って来るはずである。しかし、いま、秋聲が編集室から見下ろしている事態は、われわれ自身の日々の生活そのものを着実に変えつづけ、元に戻ることがない。もっともこの渦中に身を置いている限り、その変化はさほど目につかない。が、僅かでも離れていると、恐ろしいスピードで、諸々のものが変化していることに気づかされるのだ。

変化の中でも、殊に暮らしの変化こそ、時代の巨大な変化そのものへと成長するのである。「新しい生活の潮は、驚くべき勢を有つて、内面的にも外面的にも旧生活の様式を破壊しつつある」との言葉は、そのことを言っていると受け取らなくてはなるまい。そうして秋聲は、「旧生活の様式」を墨守しようとしている訳では決してない。その実態のありのままを、その行方も含めて、しっかり見据えようとしているのだ。

この編集室に通うことによって、秋聲は、この時代の変化と向き合うこととなったのだが、もしかしたらその必要を察知して、書斎を出たのかもしれない。『黴』の世界から先へ行くためには、多分、そうすることが必要だったのである。なにしろ『黴』は、自分の私生活に徹底的に拘ったところで書いた。先行する『足迹』で、妻はまの半生を、その家族とともに扱ったのに引き続いて、はまと秋聲自身の暮らしに集中したのである。秋聲自身、「自分自身のことを掘り立てゝ、自分の痛ましい生活に就て、自分の感情を虐げて見る、そこに芸術上の興味があつた……」(「屋上屋語」新潮、明治45年4月)とも書いている。その「小さい自己の我」に徹底して拘ったところから抜け出して、今の社会、時代と向き合おうとしたのである。

写実主義を推し進めれば、一個人、一家族にとどまらず、現に流動変化しつつある社会そのものを捉えようとすることになるのは、当然の成り行きであろう。

これよりも前、まだ『黴』を書いていない時点だが、すでにこういう反省を書き付けていた、「『足跡』にせよ『新世帯』にせよ又他の短篇にせよ、どうも自分の物は一方面にのみ限られた嫌がある。最一歩を進めて、もつと下流な社会、もつと上流な社会を見なければならぬ。つまりもつと広く経験を積み広くしらべて見なければならぬ」（「創作雑話」新潮、明治43年12月）。この反省が秋聲の内に伏流しつづけていたのである。

二回目の「一隅より」（2月1日）は、床屋に行くのが好きではないという話から始まるが、西洋人と日本人の違いに言及、「我々の文芸が総て叙情脈の勝つた詩歌的で、その主観も大抵小さい自己の我を主張するに急で、刺激の多い気の利いた小品を持囃されるのも、それである」と指摘する。そして、「文壇の作品が、総て楽屋うちのもので、少しも実社会の動脈に触れてゐない」という或る評論家の指摘に、「一面の真理」はあると認めて、「我々の芸術は、（その評論家が言うように）書斎の私有芸術に止まつて、一般の実世間とは没交渉でよいのであらうか。私の考へによると大きな芸術家は、必ずとは言へないまでも、一般民衆の目にも見える何かを見せる時が或時はなければならぬ」と論じる。

また、三年後にだがこう書く、「自他の生活を深く考へ、広く視察して来ると、単に自分の身辺に起た事件だけの様な作では満足できなくなつて来る。自己及び自己と周囲との関係を描くだけでは飽足りない。単に自己表現だけではいけない。もつと民衆の生活に近付かねばならないと考へる」（「創作せんとする人々へ」文章世界、大正6年8月）。

赴くべき方向は、定まっていたと言わなくてはなるまい。じつは自然主義以前の、そして『凋落』に至った道程が、そのところを示していたのかもしれないのだ。

二回目の「一隅より」では、先の引用につづけて、こう書いている、「この意味に於いて、それが至上芸術でないまでも、新意義のある通俗小説を作ることも、文芸伝道の一方法だと思ふ」と。また、「創作せんとする人々へ」では、「民衆の生活に心を留め、民衆の生活を描かうとすれば、当然通俗小説の形を取らなくてはならないと思ふ」。

このようにこの時点で『黴』から通俗小説への道筋を、すでに引いていたのである。

＊

秋聲は、尾崎紅葉門下に身を置いたから、通俗小説という明確な意識もないまま、その領域に筆を染め、その態度を保って書きつづけて来た。しかし、いまや自らが獲得した文学的達成の、さらに先へ行くため、「新意義のある通俗小説」を考えていたのである。「小さい自己の我」から、「実社会の動脈に触れ」「一般民衆の目にも見える何かを見せる」小説を望んでいるのである。

これまでは大正期に入ると、『あらくれ』を最後にして、文学的停滞期に入ったと見なされて来たが、それはあくまで『黴』を中心に秋聲を自然主義作家と固定したところからの、見方である。秋聲自身は、そこから先へ進もうと、一段と野心的な姿勢を採っているのである。四月三日の「一隅より」には、こう書き付けている、「人は時々新しい第一歩を踏みださうと心がける。私も時々さう思立つこともある。自己叛乱の声が心内に湧きあがることもある。今も湧きあがりつゝある」。すなわち、『黴』を書き上げた自己への「叛乱」である。

もっとも、この後にその「叛乱」の「効果の如何などは問ふところでないし、しかし其の努力には見限がついてゐるやうに見えてならないのです」とも書き添えている。威勢のいいことを言いながら、すぐに退く秋聲らしい言辞だが、ここでは秋聲らしくない強い言葉を、一時であれ口にせずにおれない気持になっていることの方に留意するべきだろう。

ただし、この大正三年には、通俗長篇小説はなく、翌四年に書いたのは『あらくれ』であった。この作品は、別のところで論じたように、明治の後半から大正初期にかけてわが国において起った、いわゆる「西洋化」のただなかを、盲目的ながら果敢に生きた東京も北の当時は郊外であった王子に生まれ育った女、お島の姿を描き出した。その点で、通俗小説ではなかったものの、右に見た時代を捉えようとしたことは、はっきりしている。『凋落』で知識人の群像を捉え、時代の風潮をとらえようとしたのに継ぐ企てでもあったのである。

それを受けて、さらにその先へと行くために、やがて通俗長篇小説を精力的に執筆することになった、と見てよかろう。

その作品だが、大正五年には、『若き生命』（女学世界）一篇だが、六年になると、『誘惑』（東京日日新聞・大阪毎日新聞）、『秘めたる恋』（婦人公論）、『秘密』（新愛知）と三篇。七年も、『野茨』（後「結婚まで」と改題、婦人之友）、『春の悲み』（福岡日日新聞）、『路傍の花』（時事新報）と同じく三篇。八年は、『愛と闘』（後「妹思ひ」と改題、やまと新聞）の二篇、『惑』（九州日報）、九年は『闇の花』（婦人之友）、『何処まで』（時事新報）、『曙』（後「あけぼの」と改題、京城日報）と三篇。そして、十年になると、『呪詛』（新家庭）、『断崖』（大阪朝日新聞）、『萌出るもの』（婦人之友）、『前生涯』（福岡日日新聞）、『灰燼』（中外商業新報）と、じつに五篇にもなる。一時は四篇が並行して掲載された。

このように驚嘆すべき仕事ぶり、売れっ子ぶりを示すのである。明治四十年代（一九〇七〜一二）の乱作の再現と言ってもよかろう。もっとも大正十年をピークにして、以後は減るものの、最晩年に至るまで、通俗長篇を書き継いだ。

こうした在り方からだけでも、通俗長篇の書き手としての秋聲の存在は、殊の外大きい。

それにこの時期は、新聞、雑誌の拡張期であり、ことに女性読者が急増した。その読者層を積極的に取り込み、家庭小説の流れを汲みながら、「西洋化」が進む時代を正面から扱った、読みやすい現代小説が急速に成長したが、その手の通俗小説こそ、秋聲の言う「新意義のある通俗小説」にほかならず、秋聲自身、その書き手として先陣を切った、と言って間違いなかろう。

大正六年にだが、自作『誘惑』について、こんなことを書いている、「芸術品としては程度の低いものであるが、芸術を民衆の前に持出すには勢ひあんな試みも必要である。以前から家庭小説と云ふものはあるが何うも嫌なところが多い。不健全な涙を挑発するのが主となつて、人間の扱方が極めて不自然である。劣情に淫すると云ふ嫌ひがある。それをもつと自然な形に帰して、もつと芸術味を持たせることが出来ないかと思つて行つたのである。これまでの通俗小説に新しい何物かを附加したいと思つたのである」（「創作せんとする人々へ」文章世界、大正6年8月）。

こういう抱負をもって書いた『誘惑』が、通俗小説の「新紀元」を開く第一歩となったと、八木書店版全集第三十三巻解説で小林修氏が指摘しているが、そのとおりであろう。「家庭小説」から社会へ、それも流動変化する今日の社会のただ中へ出ようとする女性を読者として積極的に取り込んだ、現代小説を書いた。この秋聲の歩みに、半歩後から追随する形で書き出したのが、文壇に登場して間もない久米正雄であり菊池寛であった。

また同全集第三十二巻の解説で宗像和重氏が明らかにしているように、久米は大正七年の三月十九日から九月二十日まで、時事新報に『蛍草』を連載、通俗小説の書き手としての生涯を自ら決めたが、その完結の翌日の二十一日から、秋聲が『路傍の花』を連載している。そればかりか、じつはこの二つの連載そのものが、当時、時事新報記者であった菊池寛の企画、依頼によるものであったのだ。

そうして二年後には、菊池自身が『真珠夫人』（大阪毎日新聞・東京日日新聞、大正9年6月9日～12月22日）で大きな成功を収めた。「新意義の通俗小説」が、若手によって大きく押し出されたのである。

大正十年に秋聲が六篇もの通俗小説を連載したのは、この直接の影響かもしれない。『真珠夫人』の成功が、先行者としての秋聲に照明を集中させることになったのであろう。このことからも、この時期の新しい通俗小説の生成が、秋聲と、秋聲に踵を接して登場して来た久米正雄、菊池寛との連携プレイによると言ってよさそうである。

＊

ところで、先に引用した文章のなかの、およそ秋聲らしくない「一般民衆」とか「文芸伝道」といった言葉が注意を引くのではないか。この頃、これらの言葉が人々の口に盛んに上るようになっていたため、しばしば気軽に借用しているのだが、ここではそれが論旨のポイントともなっている。

まず「文芸伝道」だが、この時期、ジャーナリズムが一際興隆するとともに、強く思い知らされたのは、文学の社会的認知度の意外な低さであった。旧態依然と一部趣味人の玩弄物と見なされる段階に留まっていて、小説家として生活していけるだけの原稿料を手にすることができるかどうか、すなわち、職業として成立するかどうかが問題であった。紅葉の門下として出発、筆一本でやって来た秋聲にとっては、いまこそ一応のメドをつける好機と捉え、菊池寛とともに、小説家協会の設立（大正10年）に動いたことは、すでに別稿「職業としての小説家」で述べた。

しかし、文学の社会的認知度を上げるためには、「一般民衆」の中により多くの読者を獲得するのが本筋だろう。さほど教養のない、芸術的要求の希薄な人々であっても、今日の社会に身を置いている以上、興味をひかれて、気軽に読むような小説を書かなくてはならないと考えたのだ。すなわち、小説の通俗化である。それも娯楽読物化するのではなく、文芸性を出来るだけ保持したまま、今日の社会を広く写し取り、普遍的な関心を呼ぶことによってである。

また、上流から下流の人々に至るまで、この現代社会を広く写し出せば、広い階層の人たちが自分たちの姿を作中に認めて、読者として加わっても来よう。時代全体を描くことは、こうした効用も持つはずなのである。こうした点から、「一般民衆」に対する「文芸伝道」を推進するために、「新意義の通俗小説」が必要と考えたのだ。

秋聲は、そういうところからさらに「通俗小説と純正な芸術上の作品との区別は早晩合一され」「普遍性のある大きな芸術」（「屋上屋語」新潮、大正4年3月号）となることを、期待する。この期待は、戦後の野間宏などによって提唱された全体小説に繋がるところがあるだろう。

このような「新意義の通俗小説」が如何なるものか、改めておおよその輪郭を示せば――、

「旧生活の様式」を破壊しつつある「西洋化」の新しい生活様式、ファッション、新しい職業、新しい社会システムなどに、機械文明の発達とともに出現してきた汽車、電車、自動車、電話、電報といった、新しい交通・通信手段やメディアなどを、積極的に取り込んでいること。

舞台は、今日の都会を中心とすること。

人物は、出来るだけ多様多種の人物を登場させ、中心になる人物は、右に挙げたような事柄と積極的に係わりながら、新しい生き方を積極的に行おうとしていること。ただし、過激にわたることはなく、程よくでなければならない。多くの読者が新鮮味を覚えながらも抵抗なく読める範囲に収まらなくてはならないのだ。その点で、『あらくれ』のお島は失格であろう。

そして、できるだけ広く、上流から下流の階層の男女が喜んで読めるものであること。

以上のことから、短篇ではなく、長篇となる。そして、当時のジャーナリズムの在り方から言って、文芸雑誌でなく、新聞あるいは婦人雑誌の連載の形を採ることになる。

こうした通俗小説と純正な芸術上の小説との違いは、秋聲においてかなりはっきりしている。とくに目立つのは会話だが、前者は冗漫で、水増しされた感が強いものの、分かりやすく、かなりのスピードで読み進めることができる。それに対して後者は、凝縮され、簡潔で、省略・飛躍が多く、読むのに緊張（本来は快い）を覚える。この冗漫と凝縮は、地の文にも見られ、凝縮への指向が、時間の流れを折り畳み、時には前後を入れ換えたかたちになる。こうした時間の扱い方は、通俗小説ではほとんど見られず、順序を追った平坦な叙述に終始する。

これら「新意義の通俗小説」の要素、性格は、全集三十四巻収録の『断崖』（大阪朝日新聞、大正10年

1月1日〜7月9日）にも確認することができる。

元有力政治家の娘を中心にして展開されるが、彼女をめぐって争い、妻とした男は外務省で参事官の地位にある。ところが、恋の敗者となった方の男は外務大臣となる。そこからいろんな事柄が起って来るのだが、そこに女性新聞記者、彼女の同僚記者、大臣の秘書官、フランス帰りの洋画家など、この時代が出現させた職業の者たちが次々と出てくる。それとともに、政治ゴロ的な男、「アイス」と呼ばれる冷酷な高利貸、家事手伝いの婆さんなどと、古典的と言ってよい職業の者も登場する。そして、彼らが自動車やタクシー、列車、市街電車を使って盛んに移動、官庁街やビジネス街から箱根や伊香保の避暑地、温泉地などに出没する。そうして、日比谷公園や相模海岸の別荘などを舞台にした若者の恋とともに、真摯な中年の男女の語らい、そして、高利貸の冷酷、執拗な要求、また、官僚同士の競争や国会議員選挙までが扱われるのである。

まさしくこの時代の社会の有り様が、恐ろしく広範に扱われているのである。勿論、個々の人物像は彫りが浅いし、物語の運びにはご都合主義が見られる。しかし、この広範さは、目を見張るのに十分値しよう。勿論、今日ではなんでもないことだろうが、明治以降の小説の歩みにおいては、通俗小説へと踏み切ることによって、初めて達成されたことである。

そして、『誘惑』や『路傍の花』は劇化なり映画化されたが、この『断崖』も、松竹キネマによって映画化された。それも完結してから単行本として刊行（大正10年10月5日）されるまでの間に、封切られた（大正10年9月1日、第一松竹館）。白黒、無声で、監督・牛原虚彦、撮影・長井信一、出演・関根達発、諸口十九、五味国男、川田芳子、鈴木歌子らであった。

このように新聞連載と単行本と映画というふうに、三つのメディア――演劇を加えれば四つ――が秋聲作の通俗小説を、社会へ大々的に押し出す働きをした。この点は前出小林氏が指摘しているが、映画の出現とともに起って来た、新しい形態である。そして、『誘惑』以降の秋聲の通俗小説自体が、それに応える性格のものであったのだ。少なくとも大正六年から十年の間は、明らかにそうであった。

ただし、このように時代の波に乗るのは、簡単に出来ることではない。秋聲自身は、『黴』から「新意義の通俗小説」をはっきり目指したのである。そして、幾つもの偶然にも助けられ、多分に表面的ながら「一般民衆」を多面的多層的に捉え、「文学伝道」の役割を果たし、かつ、秋聲自身にしても、多様なメディアによって「一般民衆」に向け多角的に押し出され、「有名人」となった。

このことが、じつは一方で、「一方面にのみ限られた」私生活を扱った『黴』の系列の作品を、短篇において一段と突き詰めることへ赴かせたと言ってよかろう。『蒼白い月』『屋に迷ふ』から『風呂桶』などだが、これまでは片寄ったもの、との意識が強かったのが、「一般民衆」へと開かれた通俗小説の成功によって、その意識に囚われることなく、対極的な方向へ逆に徹底して書くことになったのである。そして、冷徹な客観描写と印象主義なり象徴主義とを融合させもした。それが茶の間小説、私小説、心境小説などと呼ばれる短篇となったのである。

秋聲のなかには幾つもの要素、相反する欲求があって、それぞれが波打ち、時には大きな起伏を見せるが、全体としてはバランスを保っているのだ。多分、このことが、この作家が稀に見る長期にわたって作家活動を持続し得た、最も大きな理由だろう。

この短篇群は、やがて順子ものと呼ばれる一連の作品へ至った。だから、順子ものの背景には、通俗長篇小説の存在も考えておく必要があるだろう。そして、両極端とも見える両者の交差したところで、長篇『仮装人物』が書かれることになる。

（八木書店版「徳田秋聲全集」第34巻解説、平成16年1月）

ジャーナリズムの渦中で
――順子ものの諸作品

「生活の底がぬけてしまつて、どこに腰をすゑていゝかわからないやうな頼りなさを感じてゐる」と、秋聲は、大正十五年（一九二六）の春、「逝ける妻のことゞも」（婦人の国、3月号）で書いているが、この年の一月二日朝、妻はまが倒れ、午後一時四十五分に息を引き取るという事態になって、文字通り途方に暮れていたのである。

秋聲とはまは、明治三十五年（一九〇二）の初夏あたりから実質的な夫婦生活に入ったが、同三十七年三月に婚姻届を出してから数えて、二十二年目のことであった。これより二年前の大正十三年には、はまの母親さちが死去していたので、子供六人とともに残されたのだ。すでに成人していた長男一穂を頭に、男が四人、女は二人（長女は大正五年に死去）で、一番下の三女百子は数えで八歳であった。そして、雇いの女はいたものの、日々の買物など勝手元を任せるわけにいかない状況であった。

このようなところへ、二十六歳の美しい女が現われたのである。かつて長篇『流るるまゝに』の原稿を見て貰うため、はるばる小樽からやって来て、秋聲の尽力などで、前年の大正十四年三月、聚芳閣から刊行していた。その女、山田順子が、家事を手伝い、子供の面倒を見ることを申し出て、近くに下宿、秋聲宅に通うようになったのである。そして、妻の四十九日を前に、関係が生じた。

山田順子（じゅんこ、本名ゆき）は、明治三十四年（一九〇一）に秋田県由利郡本荘町（現在の由利本荘市）の回船問屋に生まれ、小樽市の弁護士増川才吉と結婚、こども三人があった。その三人目がまだお腹にある時に、夫に伴われて上京、初めて秋聲を訪ねたのだが、その後に夫は破産、離婚、『流るるまゝに』の刊行に際しては、聚芳閣の足立欽一と関係を結び、さらに同書の装丁を担当した竹久夢二と知り合うと、四十日間同棲するなど、スキャンダラスな存在となっていた。当時、モダンガールなどと呼ばれる新しい風俗に身を包んだ女たちがいたが、彼女は、そのなかの代表的な一人ともなっていたのである。

その当時の秋聲だが、五十六歳で、自然主義文学の長老の一人であり、私小説作家、心境小説作家として高い評価を得ていたが、それとともに通俗作を婦人雑誌や新聞に書き継ぎ、その傍ら、各社が催す懸賞小説の選者を勤めていた。その懸賞小説のなかから、吉屋信子が登場（大正九年、大阪朝日新聞主催の懸賞小説の一等に当選）し、華々しく活躍していたことなどから、秋聲の名は、多少なりと文芸に関心を持つ女性たちの間に知られていた。小樽から、後には実家の本荘から、順子が訪ねて来たのも、このためだったのである。

このような三十歳も隔たった男女が関係を持ったのだが、そうなると、世の人々は耳目をそばだてた。なにしろ当時は、ジャーナリズムが恐ろしく活発化した時期であった。新聞、雑誌に加えて、婦人雑誌、週刊誌に写真グラフ誌も登場、改造社の『現代日本文学全集』の刊行も始まるなど、出版ジャーナリズムが急成長したのである。そうした折、秋聲と順子の恋愛事件は、格好の話題となつた。

そこへもって来て、秋聲自身が、二人の関係の推移を次々と作品に書いて発表したのである。火に油を注ぐような所業であった。

なぜ、このような行動に出たのだろうか？

それはともかくとして、このために二人は、マスコミニケイションが張り巡らした網のなかで、情を交わすと言ってもよいような状態になったのだ。今日、タレントたちの恋愛、結婚がジャーナリズムの好奇の目に晒されているが、内面にまで及ぶものではなかろう。ところが、秋聲と順子の場合、二人それぞれの感情の揺らぎまでが、もっぱら秋聲側からだが、あからさまにされつづけたのである。そのことがまた、二人の関係の在りように影響するようなことが起った。二人は格好の話題の対象であるとともに、自ら積極的な話題の発信源ともなったのである。そうして生み出された状況に、彼ら自身が巻き込まれ、新たな行動に出るような展開にもなった。

それは丁度、彼ら自身も加わって撹拌し、作り出したスキャンダルの渦のなかに、自ら浮き沈みし、かつ、時にはその波に乗ってみせるような具合であった。これは、いわゆる情報社会において初めて出現するていの、新しい男女の関係であり、作者の在り方であろう。

＊

この二人の関係を扱った、いわゆる順子ものと称される秋聲の作品は、「神経衰弱」に始まる。以下、挙げれば、

「神経衰弱」	大正十五年（昭和元年）三月	中央公論
「過ぎゆく日」	四月	中央公論
「質物」	五月	文芸春秋
「子を取りに」	六月	婦人公論
「逃げた小鳥」	七月	中央公論
「二人の病人」	同	不同調
「元の枝へ」	九月	改造
「暑さに喘ぐ」	同	中央公論
「引越し」	十一月	女性

「間」　十二月十四日～翌年一月十六日　大阪毎日新聞
「墓」　昭和二年一月　文芸春秋
「羽織」　同　週刊朝日
「白木蓮の咲く頃」　一月、三月　改造
「売り買ひ」　二月　女性
「水ぎわの家」　三月　中央公論
「春来る」　四月　中央公論
「女流作家」　同　新潮
「菊と竹」　同　サンデー毎日
「小雨降る」　五月　婦人倶楽部
「ある夜」　五月、六月　文芸春秋
「暗夜」　六月　週刊朝日
「和む」　七月　中央公論
「草いきれ」　十月　新潮
「犬を逐ふ」　同　女性
「別れ」　昭和三年一月　改造
「歯痛」　同　中央公論
「微笑の渦」　同　時事新報
「彷徨へる」　二月　新潮
「日は照らせども」　四月　文芸春秋

以上のリストで明らかなように、順子が去った感慨を書き込んだ「日は照らせども」に至るまで、秋聲は二年間、他に題材を求めることをほとんどせず、もっぱら順子（作中では栄子、愛子、好子、I子とも）と自分の関係を扱って、毎月のように短篇を書き継いだ。そして、昭和二年の大晦日の夜、新年を迎えるべく順子が娘をつれて秋聲宅へやって来て床に入ったものの、男の影を感じ取った秋聲が怒り、追い出したことでもって、一応、終止符が打たれた。

ただし、その後もしばらくは行き来があり、順子ものと言うべき作品も、「浪の音」（文藝春秋、昭和4年5月）、「部屋、解消」（中央公論、昭和10年3月）がある。また、通俗長篇小説として順子の影の濃いものに、早くは『蘇生』（大阪毎日新聞、大正13年12月〜翌年6月）があり、渦中の執筆では『土に癒ゆる』（婦人公論、昭和3年1月〜12月）がある。

これら順子ものの諸作品の最大の特徴は、かつて拙著『徳田秋聲』（笠間書院刊）で順子ものを扱った章を「現場で『書く』」と題したが、そのとおり、恋愛が進行する「現場」で書き継がれたことである。

例えば「子を取りに」は、順子の前夫が、銀行から金を騙し取り、上海へ走る途中、順子を呼び出して金を渡して行ったが、そのとき、こども二人が彼の後妻（順子の嫁入りについて来た女中）の実家（順子の実家の近くにあった）にいると知らされ、急遽、引き取りに出向いたことを扱っているが、そのことがあったのは、新聞記事によって大正十五年四月末から五月初めにかけてと確認できる。そして、執筆は、この事件の直後、五月中旬であったろうと推量されるのだ。

「暗夜」の場合だと、書き出しに「今朝の新聞」とあるが、これは「東京朝日新聞」昭和二年四月二十六日付けの記事で、これより二日前、二十四日付け同紙社会面に、次のような三段見出しの記事が出た。「飛び石のやうに……／男を渡り歩く山田順子／突然愛人秋聲氏を裏切つて／若い慶大生と結婚」。それには秋聲の談話が添えられていて、二段四本見出しで、「にくむべき女／可哀さうな女だ／『つまり毒の花だ』と／あきらめて語る秋聲氏」とある。これを逗子で順子が読み、激怒すると、即刻、上京して秋聲を掴まえると責めたて、翌日、二人で朝日新聞社に出向き、訂正を申し入れた。その結果が「今朝の新聞」だったのである。二段見出しで、「山田順子再び／元の枝へ帰る／学生との縁談を断念して……悩みぬいた秋聲氏」とあり、秋聲、順子の談話がついている。

この後の記事を見た二十六日、二人は一緒に五反田の料亭で一泊、翌日、逗子へ同行するまでを「暗夜」で扱っているのである。多分、この日から半月ほどの間に、執筆されたと思われる。

もっともこの作品は、秋聲自身の手による訂正の意味も込めて、同じ新聞社発行の週刊誌に掲載されたと考えられる。「今朝の新聞」で「三面的記事で蒙つた悪名が名残なく拭はれさうにも思はれなかつた」などと書かれている点からだが、順子に厳しく要求されて早々に執筆、編集局に持ち込んだと考えられ、執筆時点はさらに事件直後へと近づく。

いずれにしろ二人の恋愛関係の「現場」で、書かれているのだ。

もっともこの一連の作品のなかで最も充実している「元の枝へ」は、扱った出来事から二ケ月少々ほどおいての執筆である。「子を取りに」で扱ったように子供を取り戻すため実家へ戻った順子は、長女の淑子を連れ、五月の五、六日頃に上京、秋聲の家に入って一緒に暮らすようになった。しかし、一週間ほど後（5月12日か）、秋聲が娘の淑子に対し冷淡な態度をとったと言って怒り、口争いになった末、秋聲が順子の横鬢を打った。そこで順子は淑子を連れて飛び出した。その二人の姿を求めて、秋聲は末娘の百子の手を引いて捜し歩く。このところを書いたのが「逃げた小鳥」だが、それを受け継いで、なおも捜し歩き、街頭で卒倒する騒ぎを起したりした末、猿楽町の宿屋にいた順子と淑子を見つける、そのところを七月二十四日（徳田一穂「『仮装人物』の手紙」による）になって、一気に書いたのがこの作品である。

　この「元の枝へ」を、「逃げた小鳥」と比べると、作品としてははるかに出来がよい。これまでの場合、実体験するなり取材してから、多少なりと発酵期間があった方が、優れた作品になっているが、この作品もその例だろうか。もっとも、二ケ月や三ケ月では発酵期間と言えないだろう。それに引き続いて執筆した「暑さに喘ぐ」によって、当時、本荘に帰って傍らにいない順子恋しさの激しい思いに衝き動かされて、筆を走らせたことが分かるから、発酵期間など関係なく、まさしく恋愛の「現場」で書かれている、と見るべきだろう。

＊

　この「現場」で書く態度を採るとき、描くべき対象をじっくり見据えることも、主題なり構成を思い巡らすこともあまりないだけに、筆が浅く滑ることも起って来る。『黴』『爛』『あらくれ』などの作者とは到底思われない、型にはまった表現が出て来て、唖然とさせられることも間々ある。

　もっとも一方で秋聲には、婦人雑誌を主な発表舞台とした通俗作において、新しい時代に繋がっている、と言う思いがあったことは見逃してなるまい。少なくともこの頃、新しく登場して来た大勢の若い女性読者――主に結婚して親許から離れ、比較的自由になった――の関心に応える必要を認めていた。そして、順子は、なによりもまず、そういう女性の一人であった。

　そして、「現場」で書くことにおいて最も肝心なのは、対象を的確に描き出すよりも、現在只今の二人の係わりよう、自らの在り様、感情を、言語化し、表現することであったろう。それも、現在只今の一時を切り取るのではなく、不断に進行しつつあるところをでなくてはならない。すなわち、秋聲自身が身を焼いている痴情の炎の中へ、さらに順子を巻き込んで踏み込んで行く、そのところを次々と言語化するのである。「元の枝へ」はまさしくそういう姿勢で書かれており、それと情事の叙述とが絡み合い、一体になっているのが認められる。正宗白鳥が感動したのも、このゆえに違いない。もっとも、このようにして書くことは、二人の関係の内へ他人の目、殊にジャーナリズムを引き入れることになった。そして、さらに複雑に二人の関係を縺れさせることになった。

ここに出て来る問題の一つを、正面から採り上げたのが、「和む」である。「暗夜」の続編とも言うべきもので、筆者が順子（ここでは愛子）に、その逗子の住家へと無理に引き連れられて来て、日々を過ごすうちに原稿を書こうとするが、落ち着けず、筆も動かないところから書き出される。

そして、順子が、読んでいた本（ルソー『孤独な散歩者の夢想』であるのが興味深い）を置き、「何だか多勢寄つてたかつて、草原のなかへ引張りだされて殺された」夢を見たと話すのだ。実際、「東京朝日新聞」四月二十四日付けの記事のため、順子は「ちよつと外出しても、卑俗な一般民衆から何かと理由のない嘲罵の声を浴びせられたりするので、うつかり東京の町も歩けないやうな」状況に、置かれていたのだ。このように「ヂヤアナリズムの力で社会的に殺され」、さらに「完全に先生の手によつて殺されてしまつた」（秋聲の新聞掲載の談話を言っているのであろう）ことに対して、恨み呪う気持を持つようになったのが、夢に現われて来たのが自分でも疎ましい、と順子は語るのである。

そして、こう正面切って要求する、「書いちや厭よ。私のことは書いて下すつちや厭よ」と。そして、彼女は、さらに言い募る。

「貴方は芸術家だから、お書きになりたいでせうけれど、私の生活を脅かしてまで書いて下さつちや困りますわ。私は食つていかなけあならないんですからね」。「誰の生活にしたつて、裏表はありますさ。秘密といふ意味ぢやないまでも、浚け出していゝ事と悪い事とありますさ。私は貴方に食はしてもらつてゐる奥さんと違ふぢやありませんか。生活まで脅されて堪るものか。単に三面記事なら未だしも救はれる道はありますさ。私を愛してゐる大家の貴方の口から出ただけに、私は物の見事に踏み潰されてしまつたぢやありませんか」。「貴方は私を書けば食べて行けるでせう。書かれる私は食べて行かれなくなるんです」。

これらの言葉は、いずれも正当なもの、と言わなくてはなるまい。殊に順子は、これまで小説に書かれて来た女たちと違い、小説を書くことで自立しようと考えていたのである。確かに彼女は多情で、才能も豊かとは言えないひとであった。が、離婚し、子を抱えながら、この時期に、文筆で自立しようとしていたのであり、その点では、疑い無く新しい時代の新しい女であった。そして、その場所から、自分とのことを書かない旨の誓約書を書くよう、秋聲に迫るのだ。

これに対して秋聲が言うのは、書く材料がいまは他にないとか、「春来る」の続きを書かなくてはならないとか言ったことであった。そして、追い詰められて口にするのは、「僕は作品が書きたいんだ」と言う一語である。この一語でもって、秋聲は、頑強に対抗、こうも言う、「僕の立場とか愛子の不利益とか、そんな功利的なものでもないんだ。人生と芸術との妙諦が私の心にぐらぐら渦をまいてゐるんだ。一つを書いて一つを残しておくと云ふ訳に行かないんだ。今迄のやうに好い加減な皮相だけを塗りつけておくことは出来ないんだ」。

芸術の名のもとに、自他の実生活を犠牲に供して憚らない考え方の正当性を、秋聲が、どれだけ本気で信じていたか、疑わしいし、順子がいわゆる「芸術病患者」で、彼女の方がこうした考えを口にしていた気配があるので、このあたりの記述には、秋聲の老獪さが出ていると見ることもできそうである。しかし、ここで強く働いているのは、やはり「現場」で書こうとする姿勢であろう。周囲のことは考えず、ただひたすら、現在只今のことを書こうとしているのだ。それとともに、この頃、正宗白鳥によって「春来る」がこっぴどくやっつけられた（「徳田秋聲論」中央公論、6月号）ことも考慮しなくてはなるまい。ここで怯めば、作家として立場を失うと言う気持が、秋聲にはあったはずである。

白鳥は、「元の枝へ」を高く評価したが、「春来る」で一転して手厳しく、「読むべからざるものを読み、見るべからざるものを見たやうな感じ」で、無理やり通読したものの、「満身に冷汗を掻いた」とまで言い、こう断じている、「今度のになると、臆面もなく材料をぶちまけてゐるやうな態度を取つてゐる。しかし、その態度は、二三の作家の愛欲小説の如く、芸術的勇猛心とか、自暴自棄的苦悶とか、あるいは芸術によつて自己救済を試みようとするやうな願念に基いたのではなくつて、次第に馴れつこになつて、臆面もなく何でも書き得るやうになつたといふ程度のものである」。「作者の目は盲ひ、芸術の帯はしどけなくなつて」「筆が締まりなくべたべたしてゐる」。

「春来る」は、昭和二年二月下旬、二人が大森のホテルに滞在した折のことを扱っており、三月に執筆したもののなかの一編で、ほぼ現時点で書かれている。そして、情痴に溺れてみせようという決意よりも、情痴を満たされた思いが前面に出ている。

このように現状を是認するばかりでは、自分を賭けた緊張感もなく、ただ「現場」で書いていると、白鳥が指摘するような結果になるだろう。なんらかの志向、批評、構想、そして恐れを持ってこそ、書くべき事柄を取捨選択することができるが、それがなければ、「何でもぶちまける」よりほかない。そして、それが個人の秘密に属する事柄であればあるほど、世間の好奇心に対して無防備に、話題を提供する結果になる。そういうところへと秋聲は、ずるずるとはまり込んで行っていた、と言わなくてはならないようである。

＊

この「現場」で書く態度を、秋聲は、順子との関係において初めてとったわけではない。長女瑞子の死を扱った「犠牲者」（大正5年9月）がそうだし、実母タケの死の前後を採り上げた「蕈」「菊見」（大正6年1月）も、そうである。それにじつは、順子ものの最初の「神経衰弱」と、それにつづく「折鞄」「質物」が、妻はまの死を至近の時点で扱った作品なのである。だから、妻の死を扱った「現場」で書く態度による連作がそのまま、順子ものとなって行ったと言わなくてはならない。そして、その態度を強化して行ったのである。

それにもう一つ注意しなくてはならないのは、「初冬の気分」（大正12年1月）、「花が咲く」（大正13年5月）、「風呂桶」（同年8月）などの、いわゆる心境小説である。これらは間違いなく現在只今の自らの心境を、現在只今の時点で執筆しているのである。いわゆる私小説の場合は、自らの私生活の一端をありのまま客観的に描くことが肝要で、遠い過去のことであるか、現在に近いかどうかは、問題でない。ところが心境小説は、現在只今における心境が、問題なのである。だから当然、可能な限り現時点へと近づかなくてはならない。

その意味で、順子ものは、私小説であるとともに、心境小説と基本的性格を同じくしていると言わなくてはなるまい。ただし、心境に替えて恋愛を扱う。

心境と恋愛の違いは大きい。心境は自分一人の死生観にとどまるが、恋愛は異性の存在と結び付き、端的な生の欲求に根差す。そして、世俗のさまざまな絆が絡みつく。それだけに、正確に描き出すためには、密着した時点の当事者の一視点からよりも、時間的に間を置き、かつ、幾つもの視点から捉える必要がある。そのことがここでは出来ない。

このような矛盾を抱え込みながら、秋聲は、順子ものを書き進めたのである。その歩みは、当然、じぐざぐしたものとならざるをえないが、しかし、作家としては、ごく自然な成り行きであったのだろう。

社会的な常識に反して、自らの私的秘密を自らぶちまけるようなことを敢えてすることにもなったのも、多分、これゆえである。そうして、書くことが、現代において孕む難問を、身をもって差し出したのだ。

＊

いま、その作品の多くが底の浅いものであった理由を、主に現時点に近いところで執筆し、かつ、自己是認的な態度が生じていたところに求めたが、勿論、それだけが理由ではなかったろう。やはり当時の秋聲の在り方、そして、相手になった順子という女の在り方に、理由がないわけではなかった。

初めに触れたことだが、秋聲にとって妻を亡くしたことは、長年慣れ親しんで来た半身を失ったにとどまらず、家庭そのものの崩壊を意味していた。秋聲には夫なり父親としての立場があったが、執筆のためよくホテルに泊まり込んだり下宿に出たりして、一家の内にどっかり座っていたというわけではなく、実際的には、妻はまが独りで家庭を支えていたのである。その妻が急死したのだ。その代役を務めようと、秋聲は努め、順子も一時はしたのだが、しかし、出来ることではなかった。

このようにして家庭が崩壊し、秋聲自身、身を置くべき場所を失っていたのだ。家屋は変わらずあり、子供たちとともに、かつてと同じように日々を過しはしても、もはや家庭というべきものはなくなっていたのである。この事実は、「別れ」以降、扱われる次男の荒れた所業に端的に顕現して来るが、茶の間小説とも言われた、私小説なり心境小説を書いて来た作家としては、立脚点を失ったに等しいことでもあった。

しかし、老年に至っていた秋聲には、作家として生きて行くよりほか道がなかった。それに皮肉なことには、社会的に秋聲の作家としての地位は、いまやこれまでになく確固としており、かつまた、その作家そのものの地位が、ジャーナリズムの活発化とともに、世俗的華やかさを帯びて来ていた。現に秋聲は、懸賞小説の選者を勤めるなど、それに応じた役割を果たしていたのである。このように外目には立派であるものの、内実は、根を失った状態であった。現時点の強烈な体験を扱うところへと引き寄せられて行ったのも、こうした事情が働いたのであろう。それはまた秋聲のこれまでの歩みに基づく作家としての誠意が少なからず働いたのも確かである。

こうした秋聲に対して順子だが、彼女は、子供を三人まで儲けながら、夫が破産して離婚、実家に戻ったが、落ち着くことができず、芸術に激しく憧れるまま、作家となろうと強く望むようになっていたのである。そして、すでに『流れるまゝに』一冊を持ち、出版元の聚芳閣の足立欽一と関係を結ぶとともに、当時、すでに人気のあった竹久夢二と同棲したりしていた。彼女もまた、生活の根と言うべきものを持たない存在だったのである。そうして、大正末から昭和にかけての、いわゆるモダンボーイ、モダンガールなどが闊歩する、この時代が作り出した都市東京という人工空間に、華やかに漂う存在となる道へと、踏み出したと言ってよかろう。彼女の美貌と、文学・芸術への強い憧憬、そして、多情性が、その在り方を一段とふさわしいものとするかのようであった。

この当時、彼女が係わった男は、これまで挙げた足立、夢二、秋聲の三人に加えて、秋田県の県会議員を勤めたことのある、歌人で、トルストイに私淑する村田光烈、天皇の侍医の八代豊雄、息子一穂の友人で慶応大学生の井本威夫、そして、やがて演出家で評論家となる勝本清一郎である。また、付き合いのあった女性となると、吉屋信子、藤間静枝、メイ牛山といった華やかな名が挙がる。

こういう人たちの間に立ち交じって、順子は、自立を目指して動いたのだが、自身の足で立つことによってではなかった。それだけに、いよいよもって時代の表層を漂う在り方をせずにおれないようになっていった。

以上のような男女の間に、どのような関係が成り立ち得るだろうか。そこへもってきて、秋聲は、不断に「現場」で書き継ぎ、二人ともジャーナリズムの作り出す波に大きく揺ぶられつづけることになったのである。とめどなく漂って行くことになったのも当然であろう。

＊

この二人の関係は、昭和二年末、ほぼ終わった。それとともに秋聲は、ほとんど筆を執らなくなった。現在只今において自分を強く捉えている事柄をもっぱら取り上げ、そのまま書くことに終始していれば、当の事柄が消えるとともに、書けなくなるのは当然だろう。折からプロレタリア文学が進出、迎えられるといった状況になったから、原稿依頼もほとんど途絶えるような状況になった。

ジャーナリズムが時代状況に合わせて振幅する度合いは、この頃から激しかったのである。

（八木書店版「徳田秋聲全集」第16巻解説、平成11年5月）

『仮装人物』と『縮図』を書かせたひと
――小林政子について

昭和三年初め、順子との関係に終止符を打つとともに、いわゆる順子ものと呼ばれる作品群も終わったが、それとともに長い休筆状態になった。

そうして再び書き出したのは、昭和八年（一九三四）の短篇『町の踊り場』（改造、3月号）からであった。その傍らには、小林政子というひとがいた。彼女は、やがて書かれる『縮図』の女主人公銀子のモデルで、その執筆の際も秋聲の傍らにいた。

だから、『仮装人物』と『縮図』は、扱われた題材も描き方も違い、異質な作品と言ってよいが、筆を動かす秋聲という生身の作家に即して言えば、同じ政子が身辺にいて、書くことを普段に支えてくれていたのである。

順子との恋愛は秋聲を疲労困憊させたが、政子は、その疲労困憊を癒し、秋聲を立ち直らせ、かつ、自ら素材を提供、作家活動を活発化させた、と言ってよかろう。

＊

いま触れた『町の踊り場』は、金沢の次姉太田きんが危篤との連絡を受け、夜汽車で出向き、通夜、葬儀に参列、その間、生きた鮎を食べようと町を歩き、町角にダンスホールを見つけて踊るという内容である。身内の死者を弔う者がしてはならないとされていることを、老いの我が儘でもって、徹底的に犯すのである。

この作品の初めの方に、わずか二ヶ所、政子への言及がある。これが秋聲の作品において触れられる最初なので、念のため引用すると、

駅（金沢）へついてみて、私は長野か小諸か、どこかあの辺を通過してゐる夜中に、姉は彼女の七十年の生涯に終りを告げたことを知つた。多分私はその頃――それは上野駅で彼女と子供に見送られた時から（以下略）

その十行ほど先、

最近一つの絆となつてしまつた彼女の将来を何うしようかといふことが、その間も気にかかつてゐた。

傍点（筆者による）を付した「彼女」が、小林政子であって、これ以降はまったく言及がない。そのため作品としては、書き込まなくてよい、と言うよりも、無用の夾雑物であろう。が、作者の秋聲にとってはそうでなかった。

それというのも、この時点で、秋聲のなかに創作意欲がようやく動き出したのは、彼女ゆえであったと思われるからである。この時、秋聲は数えで六十三歳、当時にあっては立派に老人の年齢であった。それに対して政子は、順子より二歳下の明治三十六年（一九〇三）生れ――戸籍上は明治三十七年二月二日――で、三十一歳であった。当時の女性の年齢として、決して若くはなく、大年増だが、三十二歳も隔たっていた。そのため秋聲としては、愛情が深まれば深まるほど、自分の死後の長い年

月の政子の身の上を思いやらずにはおれなかったし、同時に、残り少ない自分の生へ追い立てられる思いも覚えたのである。

この捩れた在り方が、姉の死に直面して、世の良識を踏み破った、ひどく我が儘な行動となったのであり、そのことを強く自覚したから、久しぶりに創作の筆を採ることになったのであろう。「彼女」の一語は、だから、この作品のなかには是非とも据えなければならないものであったのである。

この短篇を発表した同じ月の末、秋聲はいま一人の死と向き合った。

同じ紅葉門下の泉鏡花の弟で、やはり小説を書いてはいるが、一向に芽の出ない泉斜汀の死である。家主から追い出されて行き場がないから、どうにかしてくれと泣きついて来た夫婦二人を、自宅の裏に建てたばかりのアパートの三階、と言っても実際は屋根裏に入れたところ、斜汀は脳膜炎になり、あっけなく死んでしまった。この事件のため、不仲であった鏡花と仲直りするが、これを題材にして短篇『和解』（新潮、6月号）を書いた。

この作品では、鏡花とのやり取りが興味深いが、中心に据えられているのは、本人にも周囲の者にもよくは分からない病気にいきなり囚われ死んで行く、これまで無為に日々を送って来たような男と、その死を激しく悲しむ妻の姿である。

ここでも政子は、M子として顔を出すものの、ほとんど筆は割かれない。「その夜の十時頃、私はM子と書斎にゐた」とか、斜汀の入っている病院へ「M子もつれて、円タクを飛ばした」と言った程度に留まる。

＊

姉、古い友人の弟と、死が相次いだが、踵を接して、紅葉門下として最も親しくして来た三島霜川が直腸癌を患い、病床に伏していて、死はそう遠くないと覚悟しなくてはならない状況でもあった。

実際に翌年三月に亡くなるが、この状況で、霜川とその妹たちと初めて同居した、もう三十一年も前、明治三十四年（一九〇一）の折りのことを取り上げて、短篇を書く。『白い足袋の思出』（「経済往来」七月増刊号）である。

この秋聲の身辺に、もう一人の親しくしていた男へ死が訪れる。古くから医師として頼りにし、近年はダンス仲間として親しくしていた近所の亘理医師だが、肝臓癌になり、この年の夏、身辺を整理、郷里へ引っ込み、間もなく死の知らせが届くのである。遺体を目にすることはなかったが、身体を診てもらいながらの親しい遊び仲間であっただけに、衝撃は、大きかった。

この医師の死に至る道筋を扱ったのが、「死に親しむ」（改造、10月号）である。たいした用事がなくても、聴診器や注射薬のサックで膨らんだ折鞄を抱え、毎日のようにやって来て、無駄話に興じ、ホールへと一緒に出掛け、活発に踊り狂う。そして、最近は一人の若い女と係わりを持ち、その写真を見せびらかすようなことをしていた。ところが入院したので、政子（ここではお正となっている）と息子の一穂を連れ見舞いに行くと、女との関係は清算したと告げる。そして、退院して来ると、病院を整理し、一緒に暮らしていた「第二夫人」も姿を消す。そして、羽織をつけた改まった服装で、俳句をやっている知人を紹介すると言って訪ねて来て、早々に辞して、郷里へ戻って行った……。

この作品になると、医師が夢中になっていた若い女とさりげなく絡めて、政子が持ち出され、これまでの経緯が、やや詳しく扱われる。

死に親しむのは、直接的には医師だが、察せられるように、誰よりも作者の秋聲自身なのである。そして、そこで政子という女の存在が迫り出てくる。

このように次々と身辺を襲う死を取り上げ、老いた自分と政子との関係を軸に、一作々々と書き継ぐことによって、作家として着実に復活して行ったのである。

＊

そうするうちに、正面から政子を扱うことになる。翌昭和九年の短篇『一つの好み』（中央公論、4月号）である。

その頃庸三はさうした或る寂れた町に、一人の女性を発見した。

このように、冒頭から彼女を中心に据える。庸三とは、ほぼ秋聲自身についてしばしば用いる名である。

ただし、当時の白山を「寂れた町」と言うのは、適当でない。明治の末年になってやっと三業地として認められた、歴史のごく新しい新興の、二流ではあるが、東京の発展につれ急成長した花町である。『白山廿周年記念白山繁盛記』（昭和7年12月、白山三業株式会社発行）掲載の表によれば、大正元年で待合十一軒、芸妓屋十四軒、芸妓三十九人であったのが、翌年にはいずれもほぼ倍増、昭和二年には、待合八十二軒、芸妓屋九十七軒、芸妓二百九十三人である。以後、僅かに減少の傾向が見られるものの、寂れたという状況ではなかった。

ダンスホールで知り合った「インテレ婦人」と、花札を引いたり水炊きを食べたりして遊ぶうちに、白山に入り込み、富弥の名で政子を知ったが、「商売の型にはまらない、といつて別にインテレらしい外面的な教養の殻も喰ついてはゐない、単純な女として彼の前に出現した」と書かれている。

三年前の昭和六年（一九三一）のことである。夏であったから、涼みがてら、本郷の家まで送って来た。本郷は低い丘陵の上にあるので、白山からは、坂道を上がるものの、ゆっくり歩いて二十分ほどである。

その頃、秋聲は、仕事をほとんどせず、「生活の切岸に追ひ窮められ」「芸術の方面でも影が薄くなつてゐ」るだけでなく、老いを鋭く意識せずにはおれなくなっていた。しかし、離婚して再びお座敷に出たものの、勤めに気乗りのしない政子は、芸者扱いしない秋聲に、心の拠り所を求めたようである。

その年の初冬、秋聲は風邪をこじらせ、長くベッドに就いた。ベッドは三男の三作が長らく脊髄カリエスで臥せっていた（昭和6年5月末に死去）もので、その三作のこと、そして、やはりこの書斎で死んだ長女の瑞子（大正5年〈一九一六〉7月、疫痢のため）のことを思い出すのだが、政子が三度も見舞いに来てくれたものの、家人が取り次がなかったため会えず、ようやく回復して電話をすると、政子の方が風邪から肺炎になって、実家に帰っていた。こうした行き違いがあったが、年を越して、江東区の彼女の実家の靴屋へ、見舞いに行く。

この見舞いに行ったことが、二人の関係の進展の節目になったようである。そして、親密の度を加えると、秋聲は政子と客の仲を嫉妬する騒ぎを起こす。しかし、それが却ってお互いの気持を確認する結果になって、その年（昭和7年）の五月初めに政子は芸妓屋を出て、店の裏の家に居を移し、「悉皆り庸三のもの」になった。さらに夏には、「先生に気を揉ませるの悪いから」と廃業届を出し、秋聲の書斎で寝起きするようになったのである。

このような二人の関係は、翌昭和八年六月二十三日、「東京日日新聞」に取り上げられた。「若さは燃ゆる／秋聲老また結婚／白山の文学藝妓、富弥さんと」と、派手な三段見出しで、大きな写真が添えられた。記事は順了とのことから書き出されているが、かつてと違い、文学関係の古い友人たちは彼女との結婚を勧めている。ただし、秋聲本人はまだ踏み切れず、いまは「愛の試験期」だとしている。しかし、政子は、「大変な反対がありますが、私は大きな決心を持つてゐます。先生はこゝ二三年の間に大馬力で随分お書きになるといふことですから私もほんたうに手足となつて先生のために尽しますわ」と決意を語っている。

姉に次いで、友人たちの死を次々と扱って作品を書いた秋聲の傍らには、この政子がいたのである。

＊

この二人の暮らしは、なおも紆余曲折、結婚に至らなかったばかりか、書斎での同居生活もおよそ一年半、新聞報道からは五ヶ月足らずで解消、政子は白山に戻り、芸妓屋富田屋を開業、自らも再び芸者に出ることになった。

そのあたりのことを、次の『一茎の花』（文芸春秋、昭和9年7月号）で扱っているが、中心になるのは、秋聲が引き起こした嫉妬騒ぎである。残り少なくなった生へと駆り立てられる思いが、そうしたのであろう。

彼は世にもめづらしい猜疑心の強い僻みやで、始末におへない老人であつた。

こう書いているが、融（秋聲自身に相当する人物）は本郷の自宅に帰っても、いつ政子がやって来てもよいように門を開けたままにしている。それだけに、客と遠出したまま、姿を見せないと、あれこれ考え、気を揉む。ある夜などは、「幻想のなかに苦しんでゐるよりも、突き止めた方がいゝ」と思い立ち、「夢遊病者のやうに、ステッキをもつて、夜更の通りへ出て行」く。しかし、タクシーはやって来ず、日和下駄の歯を鳴らして、深夜の歩道を歩く。するうちに、「見失つた女を探し損なつて、どこか其の辺の宵闇で卒倒した」ことを思い出すのだ。実際に順子との間にあった出来事で、『逃げた小鳥』で書いている。

十町ほども歩いて、やっとタクシーを見つけ、すでに夜明け近かったが、かつて馴染みの待合から政子を呼んでもらう。常識外れの行動と承知していても、猜疑心と嫉妬心は抑えようがないのである。

やって来た政子は、「今時分人騒せをして、恥かしくないんですか」と咎める。やがて女中が支度してくれた小間に収まるが、「疲れた仙子（政子）の体に何か悪い示唆を感じて弾かれたやうに飛びき」、あれこれと政子を責める。

どうしようもない焼き餅焼き老人の所業と言わなくてはならない。

やがて眠りに就き、午後遅く目覚めると、彼女はいない。近所の友人を訪ね、「今朝女と別れた」と言って、いまの騒ぎをかい摘まんで話すと、友人は「前の女（順子）に比べて格段の相違だぞ」、「もう一度ゆつくり話してみたら何うかね」と忠告する。そうするうちにステッキを忘れて来た事に気づいて電話を掛けると、何事もなかったような「朗らかな彼女の声」が聞え、安堵する。

裏庭に薔薇や姫百合が乱れ咲いていたとあるから、昭和九年の五月頃のことであろう。

老作家と芸者というそれぞれの立場にあって、愚かしさを剥き出しにしながらも、愛情関係を深めて行き、二人にとって、好ましい独自の生活形態を模索している様子が、伺えるように思う。それとともに、この愛情の深まりが、一方では、いまも見たように、順子との関係を呼び覚ますことになって行った。

そのところが明瞭なのが、『部屋、解消』（中央公論、昭和10年3月号）で、まず順子と書斎で暮らした日々を描くのである。それから政子のことへと移り、政子もまた、部屋を出ていった経緯を扱う。政子との間で現に味わっている嫉妬、疑惑の苦悩が、かつての順子との日々を生々しく甦らせるのだ。

ここから長篇『仮装人物』を書く道筋が、自ずと開けて来た、と見てよかろう。

順子は、先にも触れたように秋田県の富裕な家の出で、小樽の弁護士と結婚した身であったが、本質的には多情な都会的美女で、作家になることを望み、都市に生きた。それに対して政子は、群馬県出身で、実家は江東区へ移住、靴屋を営み、彼女自身、靴職人の修行したこともあり、臈たけた美しさではなく、健康で素朴な男勝りの、堅実な生活者であった。また、順子は、絶えずぐらぐらしていて、その気持がどこへ走るかわからないが、政子は、不特定多数の男たちの接待を職業にしながら、秋聲に対する気持には変わらなかった。

こうした決定的な違いがあったから、秋聲は、自分の不安定な経済的条件や年齢、子供が多い家庭的条件などを自覚しながらも、引き寄せられていったのであろう。そして、自分の中にある彼女に執着する気持の強さを、「政子もの」と呼ばれる作品を書くことで確認するとともに、改めて順子との日々を思い出し、昭和十年七月から『仮装人物』の連載（「経済往来」後「日本評論」と改題）にかかったのだ。

だからこの長篇は、単に過去のことを扱ったのではなく、政子との現在が深く関与している。すなわち、政子への秋聲の今の気持が、順子との過去の事件に絶えず生命を吹き込むのである。そうして、現代へと踏み込み、書くことになった。

＊

ところで、『縮図』にはまだ触れずにいるが、ここらで政子の手元に保管されていた秋聲の政子宛書簡について見て置きたい。政子は、昭和五十九年（一九八四）、数えで八十一歳で亡くなったが、娘の小向佐知子が、平成十六年になってその書簡、原稿、色紙、写真などを、文京ふるさと歴史館に寄贈した。そのおかげで、昭和七年夏以来の秋聲の実生活と、文学活動を深く探ることができるようになった。

そこで、これまで述べたことも含めて、秋聲の政子宛書簡を読みながら、秋聲の晩年を改めて検証して見よう。

ただし、その政子宛書簡は、封筒が十五点あるが、中身は九点にとどまる。それも封筒と中身が揃っているとは限らず、封筒だけ、中身だけのものがあるし、封筒と中身が入れ違っているものもある。

封筒だけ残して中身は捨てた場合、封筒は捨てて中身だけ残した場合があるし、折に触れ読み返して元へ戻す際に入れ違った場合もあったのであろう。その封筒だが、年月日を示す消印が判読できないものも少なくなく、使いの者に届けさせたので消印のないものもある。中身には、多くの場合、末尾に年月はなく日付けだけである。

このような事情で、大半は差し出し年月が不明であり、推量で語るよりほかないのをお断りしておかなくてはならない。

まず、残された手紙のうち最も早いのは、恐らく次のものであろう。括弧内は筆者の補足。

明けましておめでとう！
其のちおかはりもありませんか
先日はわざ々々お見舞をいたゞ（き）有難う
私は暮の二十幾日かに風邪をひき、持病の肺気腫に
たゝられ其上歯がいたんで、づつと閉籠りきりです
二日に友達が来て、ちよつとギンザへ出たので、一層
悪化したのです。
でも両三日うちには暖かいとき、少しくらゐ外出できる
かとおもひます。その時は電話をします。　　　TS
正子様

先に触れた「一つの好み」と突き合わせて見ると、政子の見舞いを受けたのは昭和六年の年末で、

この手紙が出されたのが、翌年一月も十日前後かと思われる。ただし、これに相応する封筒はない。

しかし、この手紙から、二人の関係が本格的に始まったと考えてよいのではなかろうか。この後、電話をし、一度銀座で会ってから、政子の実家へ出向いている。もしこの手紙を秋聲が出さなかったら、政子との間は芸者と客の関係で終わったろう。その意味で、政子にとって最も大事な手紙だったと思われる。

その次が、政子が廃業届けを出し、書斎で暮らすようになったものの、およそ一年半、政子が実家へ戻った直後（8年11月）に出したもの。

ちよつと行かうと思つたけれど、何か又皆さんと身の上の相談があるのではないかと考へひかへてゐた訳です今日電話局へ行つたとき途中電話をかけて、風邪のことを知りました　どんなふうか、心配ですけれど、前に言ふとほり何か方向転換のおつもりかとも想像されるので　今日も差しひかへました。
おぢさんがあの翌日から幾度も迎へに行くといつてゐますけれど、それもさういふ理由で差止めておくのです（後略）

文中の「おぢさん」は、秋聲宅へ家事の手伝いに来てくれていた亡妻はまの妹の夫であろう。「方向転換」とは、廃業届けを出して秋聲の家に入る方向からの転換であろう。

末尾に「十二日夜／秋聲／政子さん」とあって、「番地がわからないので手紙がおそくなつたのです」

と断り書きがあるので、本所区（現江東区）江東町（町でなく橋か）四丁目三十番地十号、小林藤平（政子の父）方にいた政子宛に出したものであろう。封筒は見当たらない。

この後、ふたりは資生堂のパーラーで会い、その後すぐに出したのが昭和八年十一月十九日消印の封筒の、小林藤平方宛手紙である。それによると、秋聲宅で家事をやってくれている亡妻はまの妹とうまくいかなかったことが一つの理由のようである。

しかし、その「おばさん」にしても、「君が出ていつたことを決して悦んではゐないのです。子供だつて大体はさうなんです」「君の考へるほど君を邪魔にしてゐる訳ではないのです。いびられるために辛抱してゐたやうなものだといふのは少し古風な考へ方ぢやないかしら」と、言葉を尽くしている。

この手紙の文面には出てこないが、のちに政子自身が書いた「『縮図』のモデル・銀子―徳田秋聲先生の思い出」（読売評論、昭和25年5月）などを見ると、政子の家側に、より決定的な問題があった。父はほとんど働くことができなくなっていたし、妹五人がいた。政子は女ばかり六人姉妹の長女だったのである。そして、もう男の子は生まれないと見極めをつけた両親は、政子が離婚して戻り、芸者に出た折に、彼女を戸主に据えていた。言い換えれば、小林家の存続と、その生活を支える責任を、政子に課したのである。

秋聲も政子も、徳田家への婚姻入籍を考えたが、政子の両親が許さなかったのだ。

そうして「方向転換」を余儀なくされた政子は、秋聲との関係よりも、両親と妹たちのことを考えて、白山へ戻ったのである。こうした事情が、今回、お会いできた小向佐知子さんの話からもはっきりした。

その芸妓屋（小石川区指ケ谷一三七／現文京区白山一）の開業前夜、昭和八年十一月末日（消印は12月1日）、秋聲は手紙を書いた。

君が戦線へ立つ日も近づいて来た。準備は調ひつゝ
あると思ひます。悦ばしいやうで何か悲いやう
な気がします　僕が完全に君をもつことができたら
ばと思はれてならない

（後略）

こうして、政子は、二、三人の芸者を抱えるとともに、自前の芸者富弥として働くことになった。その店の勝手元は、母親が当たり、時には父親や妹たちが手伝ったようである。

この政子の商売は、当初、順調で客が多く、そうなると、秋聲としては嫉妬せずにおれないようなことがしばしば起った。

今回の遺品のなかには、和紙に筆で書かれた「誓文」がある。

一、永久に変心せざる事
一、絶対の信を置く事
一、営業上の事に関する限り如何なる
　場合にも彼是意地悪の文句を
　言はぬ事
右誓約す

昭和九年四月　徳田秋聲（拇印）

小林　政子殿

すでに引用した、「彼は世にもめづらしい猜疑心の強い僻みやで、始末におへない老人であつた」の一節と照らし合わせると、こうした文章をしたためた背景が知られよう。そして、この年の夏、政子は、芸妓屋を続けながら、自分が座敷へ出るのはやめた。やはり秋聲に気を揉ませるのはよくないと考えたからある。

この頃の暮らしぶりは、「裸像」（文芸春秋、昭和10年9月号）の次の一節に伺えるかもしれない。

「ゐないと困るかい。」

「困るといふこともないけれど、矢張居てもらつた方がいゝわ。皆んなもゐないと寂しいていつてるわ。」

「おれが稼げなくなつたら。」

「其時は其時よ。今だつて貴方一人位食べさせる位のことは出来るのよ。子供さんを見るて訳にも行かないけど。」

「君に喰はしてもらふ訳にもいかない。」

「何で？」

「いや……」

気管支の薬瓶や雑誌や読みかけの本を折鞄に詰めて、自宅から白山の政子の家へ出掛けての会話である。この時代の、蓄えることができずに筆一本で暮らしつづけて来た老作家のありようがあからさまに出ている。そして、こういう不安定なまま、それなりに二人は落ち着きをみせているのである。もっともこの生活上の問題は、この作品が書かれる直前、六月に帝国芸術院会員になることによって、多少は解消された。

＊

こうして昭和十一年早春、二・二六事件の当日、次女喜代子を結婚させたが、四月には頸動脈中層炎で倒れ、一時は生死を危ぶまれる状態になった。それとほぼ同時に、政子の店では、抱えの妓が二人とも肺結核にかかり、療養しなくてはならず、さらに一人は盲腸で手術する事態となり、営業は行き詰まった。秋聲も、原稿が書けなかったので金が入らず、援助できなかった。

そこで秋聲は、政子のために吉屋信子から千円を用立ててもらったらしい。政子自身、さきの文章で言及しているが、遺品のなかには、「徳田先生」宛の吉屋信子による、五百円のうち金参百円也を返済してもらったと記された証書がある。日付は十月三日で、年が分からないが、この折のものであろう。そうして政子は、またお座敷へ出て稼ぐことになったのだ。

こうした状況を島崎藤村らが心配、有志が援助するとともに、全集が刊行される運びになった。秋聲自身も早々に執筆を再開、乗り切ったようである。

その頃（昭和11年秋）の手紙。

あれからどうしました。気がゝりなので行かうと思つても全集に取りかゝると、夜昼いそがしく、本屋の方でも、いつでもあへるやうに家にゐてくれといふし、何も仕事もできないくらゐ忙しい。古いものを部屋に山程つんで、読むのも大変なことな（のだ）ぞ。さうして択らなくてはならんのだそれに右の腕が段々いたみがひろがり、非常に不自由なので、隔日に鈴木博士のところへ通つてるが、注射と呑み薬で胃がわるくなり閉口してゐます

非凡閣による最初の全集の第一回配本は、昭和十一年十一月で、一穂に手伝ってもらいながら作業を急いでいた。しかし、病後のうえ、神経痛にも苦しんでいたのである。つづけて、

そんなことで段々遠くなつてゐます。それに君の生活にも何とか変化や転換があるやうに思はれ、長くなるにつれ行つても悪いやうな気もして……。
若しかしたら、君の気持で一寸様子を知らせて下さい、いろいろの問題について

少しの間会わずにいると、秋聲の気持はぐらつくようである。老いた男としての遠慮もあったのだろう。

年月日がまったく分からないが、近所の占い師を訪ね、ふたりのことと金のことを見てもらったのも、この頃のことかもしれない。紅葉が胃癌の診断を受けた際、手術を受けるべきかどうか、門下生の間で悩んだ末、秋聲が占い師の許へ出向いたが、この時も同様に深刻に悩んだのであろう。しかし、

占いの掛はひどくよく、元気づいている。
大変愉快になつた。僕の運は悪くはない。来年はまださほどでないが、もつと好くなるらしい。金の方の線ものびてゐて、困ることはないが、散るさうだ。人にたのまれると厭といへないのもよしあしだ。
生命も長い。
そこで政子と別れる必要はないし、君にそんな心持は少しもないし二人やつて行つて好いといふのだ。

また、こうした殊勝な手紙もある。

先日は君を少しいぢめたりしてごめんなさい
今夜のやうに会の帰りさびしい家へかへつてくるとき
行きどころもないやうな気持がつひあんな厭がらせみたいな形になつてしまふのだ。

政子に対する厭がらせの言葉は、かなり辛辣なものであったのであろう。先に引用した「誓文」でも、触れられていたが、政子が再び座敷に出るようになると、またも盛んに口にしたのだ。もう一つ、「誓」と題された文章が、館林市の田山花袋記念館に所蔵されている。昭和十一年十一月の日付で、原稿用紙が使われており、内容はあまり変わらないが、短いので紹介しておくと、

一、何んな喧嘩をした場合でも、根本の愛を離さないこと
一、皮肉、厭味、悪洒落を慎しむ事
一、余り猜疑心を起さざる事

宛て名は政代殿で徳田秋聲と署名している。誓紙の類いは、江戸時代から郭などでよく書かれたようだが、そうした先例と無縁ではないものの、文言などまったく違うのは言うまでもない。

こんなふうに絶えず揺れながらも、本郷森川町の自宅と白山の間を行き来する暮らしに、それなりの安定を見出し、昭和十三年一月からは自伝小説「光を追うて」の連載を始め、八月には『仮装人物』を完結させた。

それから二年近く間をおいて、昭和十六年六月から『縮図』を「都新聞」に連載した。

＊

この最晩年の長篇は、政子から秋聲が折に触れ聞いたその半生を綴ったものである。

銀座も尾張町の資生堂パーラーで、秋聲に当たる庸三と政子に当たる銀子が、目下の通を芸者を乗せた人力車が盛んに走り過ぎて行くのを眺めているところから始まり、銀子が初めて芸者に出た折りへと筆は進む。そして、この現在にまで筆が戻って来る前に、戦時色が急速に強まり、芸者を主人公とした小説など許せないとする情報局の厳しい干渉を受け、筆を折らざるを得なくなった。しかし、書かれた部分だけでも、この作家の最後を飾る優れた作品となった。

その叙述の背後には、秋聲が尋ねるまま、あれこれと政子が語る声が不断に聞えるように思われる。そして、筆を動かしたのが、白山の二階であった。芸妓の玉代や薬代の算盤を弾いたり、注文を取り次いだりしながら。『縮図』を書くのに最も相応しい環境であった。

このように政子は、ここに至って題材も書く環境もともに秋聲に提供したのである。昭和八年の東京日日新聞の談話で、「大馬力で随分お書きになる」秋聲の「手足になつて助ける……」と言っていたが、紆余曲折はあったものの、その任を見事に果たしたと言ってよかろう。

十五点にのぼる秋聲の政子宛封筒のなかで、最後は死を一ヶ月と十日後に控えた昭和十八年十月八日消印のものである。この時に至っても、秋聲は政子のことを忘れなかったのだ。ただし、中身はない。なにを言い残したのか、知るすべはないが、しかし、政子にとっては、この封筒を大事に持ち続けるだけで十分だったのであろう。

なお、六月の暑い日、小向さん宅をお訪ねしたが、政子の晩年が娘夫婦と孫たちに囲まれた、幸せなものであっことを知った。老秋聲の切なる願いは果たされたのである。

（原題、晩年の秋聲文学を支えた人――小林政子、文京ふるさと歴史館図録「愛の手紙」平成16年10月）

『縮図』の新聞連載と中絶

都新聞から長篇執筆の依頼を受けたのは、昭和十六年（一九四一）の春でもあったろうか。『縮図』の題をもって連載が始まったのが六月二十八日であった。

これより五年前、昭和十一年三月二十日から都新聞に「巷塵」を連載したが、四月に入って、頸動脈中層炎で倒れ、十六日二十七回目で中絶している。そのため、改めて連載することが懸案となっていたが、この依頼は、社としてかなり冒険であったと思われる。

昭和十二年七月七日に日支事変が勃発、拡大の途を辿り、国内では戦時体制の強化が次々と進められていたのである。

事変勃発の翌月には、国民精神総動員実施要綱が決定され、九月二十九日に内閣情報部が発足。十月には国民総動員中央連盟が結成された。そして、昭和十三年九月、内閣情報部の要請で従軍作家部隊が結成され、久米正雄ら二十二人が漢口へ出発する一方、内務省は雑誌社代表を呼び、検閲の方針を示している。貞操軽視、姦通、心中、同性愛、放縦主義礼讃、股旅物の殺傷・賭博・縄張り争いなど扱うのを、遠慮すべしというものであった。

昭和十四年には、四月に米穀配給統制法が公布され、六月には警視庁が、待合・料理店などの午前零時閉店を通達、国民精神総動員委員会も遊興営業の時間短縮、ネオンの全廃、パーマネント廃止などを決めた。また、ダンスホール、バア、喫茶店などの閉鎖が進められ、生活が著しく窮屈になった。

ただし、米穀を初め衣類が配給の対象になると分かると、人々は買い溜めに走り、それに軍需景気が拍車をかけ、消費ブームといってもよい現象が起り、銀座は大変な人出となった。また、ダンスホールやバアが閉鎖されると、皮肉なことに花柳界が繁盛するようになったのである。

この状況は昭和十七年あたりまで続いたようだが、昭和十五年は皇紀二千六百年の記念行事がさまざまなかたちで挙行され、三月には、衆議院が「聖戦貫徹決議」を行い、五月に、内閣に新聞雑誌用紙統制委員会が設置され、用紙の面から言論統制が図られた。そして、十月に大政翼賛会が発足、これに伴って大政翼賛会文化部が設置され、日本文学者会、日本詩人協会などが結成され、作家・詩人たちはそこに属するかたちになったのである。また、十二月六日には、内閣情報部が改組されて情報局が発足、五部十七課を擁する大きな組織となった。（注一）

こうした動きの最中、金沢以来の幼なじみで住友総務であった小倉正恒が第二次近衛内閣の国務大臣に就任した。

昭和十六年になると、一月に新聞紙等掲載制限令、四月に生活必需物資統制令がそれぞれ公布され、言論も生活も一段と窮屈になり、大東亜戦争開戦へと急坂を駆け下って行くような状況になった。

これに危機感を持つようになった新聞界では、「政府に先手を打って自主的に新しい体制を作るべきだとの議論が起り、結局、情報局とも協議の末」、昭和十六年五月二十八日に全国の日刊新聞、通信社を会員とする「新聞連盟」を設立した（内川芳美「情報局の発足と新聞連盟の設立」『昭和ニュース事典』第七巻、毎日コミニケーションズ刊）。そして、情報局が要求する新聞統合に関しての諮問の取りまとめの協議に入っている。

こうした状況において、秋聲に連載小説の執筆を依頼するとは、どういうことであったか。後に、広津和郎がこう書いている、「軍国主義に便乗する文章以外の文章はみな『時局をわきまへない』といふ折紙をつけられてジャーナリズムから締出しを喰つた。都新聞がさういふ時期にこの『時局をわきまへない』小説を敢然として連載し始めた事は賞讃に値する英断であつたが」(『徳田秋聲全集』雪華社刊「解説」)と。

そうして連載開始に先立つ六月二十五日、予告「作者の言葉」が掲載されたが、そこで秋聲はこう書いている、「未曾有の事変の展開と共に世態も変つたが、私も老いた。――此の頃になると情勢の推移と共に人心も落着が出来、慌ただしかつた前年から見ると、総てが本腰になつて来たやうである。此の時新しい文学の方嚮を見出すことも出来ないでゐる私が物を書くことも何うかと思ふが、都新聞の作品への注文が、商売意識を離れた芸術本位なものなので、わたしも多少の感激があり、時代の許す範囲で自由に書きたいと思ふ」。

「総てが本腰に」と言うのは、戦時体制がいよいよ固まって来たことを意味するのであろう。この時期、「新体制」といった言葉が盛んに使われた。それだけに、文筆活動はいよいよ窮屈になって来ていると承知した上でのことであったのだ。

提案をしたのは都新聞学芸部の堀内喜雄記者であったが、編集局なり社としては、このような状況を受けて、新聞の立場の確保を狙ったのではなかろうか。新聞連盟の設立にはそういう意図があったが、それに呼応しようとしたとも思われる。だから敢えて「商売意識を離れた芸術本位」の作品を、秋聲に求めたのかもしれない。担当記者の堀内喜雄は、依頼の際、「とにかく自由に書いてほしい、私たちの方では一切注文しないし、読者受けも考えてもらわなくていい」(頼尊清隆『ある文芸記者の回想』)と言ったという。この言葉を秋聲はひどく喜び、「じゃあ書かしてもらおう」と答えたというのである。

編集局としては、秋聲が帝国芸術院会員(昭和12年6月の発足とともに)であり、現職の閣僚小倉正恒の親しい友人であること、雨声会以来西園寺公望と係わりを持ち、中央公論社の執筆者による二六会のメンバーとして政財界の要人、評論家たちと通じていることなども考慮していたろう。こうした人脈があれば、他の作家なら咎められるところを、見逃されることがあるだろう。広津和郎は、そういうところも見て言っていると思われる。

そして、情報局から連載許可を取ったのだが、情報局としては、帝国芸術院会員で現閣僚の友人の執筆を許可しないわけにはいかなかったに違いない。

ただし、情報局は、この時点ですでに警戒感を持っていた。予告「作者の言葉」が掲載された六月二十五日と同じ日、豊国社から刊行された『西の旅』を発売禁止処分にしたのだ。収録されたのはいずれも旧作で、それまで問題にされたわけではない。ただし、この時点で、その旧作のなかの「復讐」「卒業間際」「或売笑婦の話」が、花柳界なり商売女を扱っている点が問題にされ（戦後の桃李書院版の徳田一穂による「跋」）、この処分となったという。『縮図』が花柳界を扱うと知った――検閲で最初の数回はすでに見ていたはずである――上での、牽制であったろう。

だから、秋聲も学芸部も社も連載当初から厳しい干渉を覚悟していたと思われる。

＊

こうして、現在生活を半ば共にしている小林政子をモデルに、芸者の実生活を描くこととなった。連載開始前、都新聞の担当者たちと挿絵担当の内田巌を加え、打ち合わせの会を開いてたが、その席上、秋聲はこう語ったという、「今迄沢山の人が芸妓の小説を書いた。しかし誰も芸妓の生活を書いた人はゐない。ひとびとが書いたのは芸妓の感情であつた。私は芸妓の生活を書きたい」（内田巌「縮図」）。

これまで書かれたのは、もっぱら客として接した芸妓の姿だが、今度は置屋の亭主役まで現に勤めている、その立場から描く、と言っているのである。

秋聲が白山の富島屋から出ていた芸者富弥、本名小林政子（明治三十六年〈一九〇三〉生まれ――戸籍上は三十七年二月二日生まれ、当時数えで二十九歳）を知ったのは、昭和六年（一九三一）七月のことであった。「学生でも気軽に遊べる」（野口冨士男『秋聲ノート』）二流の花街で、自宅から本郷台の坂をくだればすぐの距離だったこともあって、身辺に集まって来る作家や作家志望の女性たちとよく出入り、芸者らしくない素朴な生活者の趣きのある彼女にひかれたのである。

政子は、一度は芸者を廃業、秋聲宅で寝起きするようになったが、その日々において、秋聲は「町の踊り場」（改造、昭和8年3月号）を書き、ほとんど休止状態であった創作活動を再開、「白い足袋の思出」（経済往来増刊、7月）、「死に親しむ」（「改造」10月号）と書き継いだ。

この同居は一年半足らずで解消、政子は白山に戻り、この年の十二月、芸者屋富田屋を開業、自らも座敷に出た。これは政子が一家の戸主で、扶養の義務を負っており、両親が秋聲との結婚を認めなかったこと、政子自身、秋聲宅に籠もっていることに倦んだためらしい。秋聲にしても結婚を考えたものの、歳が三十二も下となると、政子の将来を考え、是非ともというわけにいかなかったと思われる。

そうして以後、秋聲は、白山の政子の許で過ごすことが多くなり、芸者屋の手伝いもするようになったのだ。そうした中で、昭和九年には政子との交渉の経緯を扱った「一つの好み」（中央公論、4月号）、「一茎の花」（文芸春秋、7月号）を書き、昭和十年になると、白山での見聞を材料に「チビの魂」（改造、6月号）、「勲章」（中央公論、10月号）を執筆した。その一方で、七月から山田順子との交渉を扱った「仮装人物」（経済往来→日本評論）の連載を開始した。

この長篇の根底を貫いているのは、じつは政子との関係であると見るべきだろう。政子への気持が、順子との過去の日々に生命を吹き込んだのだ。もっとも先に触れたように頸動脈中層炎で倒れ、しばらく連載を中断したりしたため、長くかかったが、昭和十三年八月には完結、十二月に単行本として刊行すると、第一回菊池寛賞を受けた。

このような足取りを重ねるうちに、秋聲は、ますます白山での暮らしに馴染み、玉代の計算をしたり、注文の取り継ぎをしたり、逃げた抱えの芸妓を追ったり、調停裁判のため裁判所へ同行したり、置屋の亭主として結構忙しい日々を過ごしていたようである。本郷の家では、長男の一穂がおおよそのことは取り仕切るようになっていた。

そういう状況に身を置いていたから、秋聲としては政子を中心に据えて、これまで多く書いて来た女を主人公にした作品、『足迹』『爛』『あらくれ』『二十四、五』『奔流』などの流れを、さらに展開するかたちで作品を構想したのであろう。「新しい文学の方嚮を見出すことも出来ないでゐる私が」と、「作者の言葉」で書いているが、そのような自覚を持てば、これまで自分が歩み、踏み固めて来た道筋に立ち戻るのが、肝要だと考えたと思われる。現に『縮図』を執筆した翌年、「三代名作全集」の「あとがき」(昭和17年8月16日、徹夜で執筆)で、こう書いている、「文学にも宿命があつて、甲は乙たることを得ず、乙は甲たることを得ない。勉強によつて、いくらか埒外に進展するであらうが、字と同じく、私の文学はやはり私以外へは踏み出せないであらう。詰まり精々自己を拡充して行くより外はない。さういふ点で、私は出来てしまつた私の文学に一面嫌悪を感じながら、懲りずに新しい創作と取り組むことに生きる楽しさを感ずるのである」と。女の半生、それも芸者なり水商売の女を多く写実的に扱ってきた「埒」をしっかり踏まえつつ、自分の文学世界を僅かでも押し広げ、総決算にしようと考えたと思われるのである。

ただし、このような意図で連載しつづけるのが可能かどうか。『西の旅』の発禁は、これまで許されていたからといって、今後も許容されるとは限らないことをはっきり語っていたのである。

＊

銀座資生堂パーラーで、芸者屋を営む銀子と、均平が夕食をとる場面から書き出される。銀子は、ほぼ政子に当たり、均平は、秋聲自身に近いものの、全く異なった身の上に設定されている。学校を卒業、官吏になったものの、上司と衝突して辞職、一時は新聞社に身を置いたが、製紙会社に勤め、資産家の養子となり、二人の子をもうけたものの、さんざん好き勝手なことをした揚げ句、養家を出て、銀子と暮らしているのだ。

どうしてこのような身の上に設定したのか、よくは分からないが、秋聲と同様、置屋の亭主に等しい身の上になりながら、かつては社会の一員として働いたことのある、いわゆる小説家とは違う人物とする必要があると考えたのであろう。社会的に有為な人物は、これまで通俗小説で描いてきており、そこで意図したこともある社会性ある作品世界を考えたのかもしれない。

そして、この二階にあるパーラーの窓から見えるのは、芸者を乗せて宴席へと引きもきらず人力車が急ぐ様子である。大陸での戦火も足掛け五年になり（前記のように昭和12年7月に始まった）、生活物資も不足、凶作が心配されるような状況で、この盛況なのである。先に風俗営業が取り締まられ、ダンスホールやバアなどが閉鎖されるとともに、花柳界が賑やかになったことに触れたが、その実態が、眼下に展開されているのである。そして、じつは政子の店も、この盛況のお陰を蒙り、高級なこのパーラーで二人は洋風の夕食を採っている。

ここまで漕ぎ着けるには、政子が並々ならぬ労苦を重ねて来たし、秋聲にしても乏しい収入のなかから資金を出し、足りないときは替わって借金（流行作家になっていた吉屋信子から千円用立ててもらったことがある）したりして来ているのである。

その意味で、この冒頭の場面は、何重もの皮肉な意味を持つ。時代に対しても、秋聲自身に対しても。そして、情報局の役人にも。眼下の芸者たちが駆けつける先の宴席には、政財界の要人とともに軍人たちがいるはずなのである。

だから、この場面には、風俗を取り締ろうとする結果、出来したのがこういう状況で、かつ、その状況を享受しているのは、取り締りを主張している軍人や官吏たちにほかならない、という辛辣な指摘を隠している、と見てよかろう。現にこう書き込んでいる、花柳界は「明治時代の政権と金権とに、楽々と育まれて来たさすが時代の寵児であつただけに、その存在は根強いものであり」「時局の統制の下に、軍需景気の煽りを受けつゝ、上層階級の宴席に持囃され（中略）曾ての勢ひを盛り返して来た」。

夕食の後、タクシーを拾おうとするが、拾えず、市電に乗って帰宅、名は出さないが、新興の三業地白山と政子＝銀子の営む置屋の様子がつづられる。

＊

この第一章「日蔭に居りて」が八回つづき、第二章「山荘」となる。

均平が養家に残して来た娘の加世子が、手紙を寄越し、兄均一が戦線から帰還して陸軍病院に入っていたが、病状が安定したので、富士見高原の療養所に移り、父親に会いたがっていると言って来た。そこで富士見高原へ出掛け、娘の加世子と会い、均一を見舞い、銀子を呼び寄せ、加世子と三人で諏訪で食事をする様子がつづられる。

この長男均一が戦線から帰還して陸軍病院に入っていたという設定は、言うまでもなく情報局の意向を配慮したものであろう。ただし、見舞いの場面は、ごく簡単である。戦争に触れるのは、均平が「……戦争は何うだつた？」と問いかけると、こう答えるところだけである。「戦争ですか。何しろ行くと間もなく後送ですから、余り口幅つたいことは言へませんが、何か気残りがしてなりません。病気でもかまはず戦線へ立つ勇気があるかといへば、それは出来ないけれど……。死の問題なぞ考へるやうになつたのは、反つて此処へ来てからです。」

実質的に扱われている元の出来事は、昭和十四年五月に三女百子が肺門リンパ腺で微熱を出したため、富士見高原へ療養にやり、見舞いに出掛け、政子もやってきた折のことであろう。エッセイ「高原より」（昭和14年8月）ですでに書いている。そして、ほぼそのとおりの叙述に終始する。そのためか、平板さが逃れられず、この長篇を通じて最も面白くないところだろう。十一回分あるが、扱うべき主題からの逃避だったと見てよかろう。

その翌日の七月十七日、連載二十回目から第三章「時の流れ」の章に入るが、そうなると秋聲の筆は、現在と過去の幾つかの時点の間を自在に動き回り、芸者たちと男たち（客や置屋の主人）の織り成す独特で魅力的な運命の織物が繰り広げられることになり、回を追うごとに、脂の乗った様子を示す。

この章の二回目が掲載された十八日、第三次近衛内閣が発足、その大蔵大臣に旧友小倉正恆が就任した。より重要な地位を占めたことが検閲の手をいささか緩めることになるのではないかと、多少は期待したのではなかろうか。少なくとも編集担当はそうであったろう。また、松岡洋右外相が退けられ、融和の方向へ向かう気配を見せたとも感じられたようである。そうして、秋聲自身、書きたいことを書くべく筆を進めたと思われる。

全十一節からなるこの章の叙述の運びを見ておくと、まず（一）で、均平が銀子に親しむようになった経緯を語り出す気配を示すが、そうは進まず、銀子が白山に出る前、同棲した男木元のことに移り、「それからどうした」という均平の問いかけで、銀子が話す。そして（二）の終わりで、白山で芸者に出た置屋の主人松島の死に触れ、（三）でその死の周辺、（四）で銀子と均平の暮らしぶりへと進むが、（五）では生前の松島とその若い女将品子との睦み合いへと戻り、（六）ではそれ以前の品子の姉小菊と松島との関係へとさらに溯る。そして、（七）から均平が銀子からは話を聞いているという設定は消え、小菊と松島のやり取りの叙述となり、売れっ子の小菊に松島が嫉妬する様子などがつづられ、（十一）では、その小菊が逆に松島に裏切られ、自殺したことが示され、この二人についての銀子と均平の会話で締めくくられる。

秋聲の筆の運び方の、ひとつの典型だと言ってよかろう。銀子の身の上へは真直に進まず、その周辺の事柄に逸れ、そこからさらに過去へと遡行、幾つもの時点を点綴、さまざまな人物なりある情感を浮かび上がらせるのだ。秋聲自身、ここでは気持ちよく筆を動かすことができたと思われる。

ところがこの章半ばで、早々に注意があった。

度重ねて干渉を受けた末に中絶を決めたとき、秋聲は、一穂宛に連絡の手紙を書いているが、「襟が少しだらけてゐるとか、帯締めの片方が緩んでさがつてゐるとか」「些細な描写にまでゲラに赤線が引かれ、削除を要求されるやうになった」とある。その記述に当るのが、（九）の終わりのこの文章であろう。「松島は出て行く時の、帯の模様の寸法にまで気をつけるのだつたが、帰る時それがずれてゐるか否かはちよつと見分もつきかねるのだつた」。

この注意だが、情報局の担当者から、直接、もたらされたかどうか。土方正巳『都新聞』（日本図書センター刊）には、担当の堀内記者の話として、「情報局の誰から話があったか記憶にないが、情報局クラブ詰めのうちの記者から文化部に電話があったのだと思う」ということである。まずはこういうかたちを取ったのであろう。それも、情報局に限らず、軍部や警視庁からも、同じ社の記者を通じての注意があったと考えるべきだろう。殊に警視庁は、風俗を取締らなくてはならない立場にあり、記者との接触も密であったから、もっぱら間接的に注文がつけられてと思われる。

しかし、このため遠慮なく細かな注文が伝えられ、これに秋聲は困惑したと思われる。殊に男女の性を軸にした微妙な気持の動きを暗示的に表現するところに口を挟まれるのには、堪えた。これでは小説が書けなくなる。が、秋聲には筆を曲げるつもりがなく、書けるところまで書こうと改めて心を決めたと様子である。第二章「山荘」でのように逃避することがこの後はない。ただし、無用の刺激を与えることは避けようと、用心深く振る舞ったろう。すでに『あらくれ』（読売新聞、大正4年1月12日から7月24日まで）の新聞連載時には、微妙な一語を「…」にして伏せ、単行本で起して表記した——お島が自転車を乗り回した末「毛が悉皆擦切れてしまつた」とあるところ（百五）——ことがあり、この程度の配慮はしたと思われる。

＊

そして、第四章「素描」になるが、（一）には、二百字詰め原稿用紙八枚の異稿が残されている。(注2)掲載されたのは、均平が、銀子に以前の抱え主のことを尋ね、それに銀子が答えて語るかたちになって、初めて馴染みになったある大政党の幹事長岩谷とのことが扱われるが、異稿では、銀子と一緒に暮らしている均平の気持とその現在の暮らしぶりになる。そして、自宅でふたりが一緒に暮らし始めるものの、銀子が「もらはれて来た猫のやうに、均平の傍にばかりゐ」て、二人とも「憂鬱になつて来」たところまでを描く。多分、政子が本郷の秋聲宅に入っての日々がそうであったのであろう。

先に『黴』のように、自分たち二人の現在の暮らしぶりに焦点を絞ろうとしたのである。しかし、この方向で書き続ける困難さを感じたのであろう。『黴』での苦労をさらに先まで突き進めるかたちになる恐れがある。それとともに、今日に近いと、差し障りのあることも筆にすることになるかもしれない。そうしたことを考えるのなら、最初の意図どおり芸者の内実を扱うためには、政子が歩んできた道筋へ踏み込むべきだと心を決め、一旦書き上げた原稿八枚を棄てた——そのように忖度することができよう。少なくともこうしてこの長篇を書き進める上での分岐点の一つを通過した。(注3)

銀子に執着した岩谷だが、まもなく松島遊郭の移転問題で起った収賄事件でピストル自殺したと、秋聲は書くが、岩永胖(注4)によれば、岩谷は政友会幹事長岩崎勲で、松島遊郭問題で起訴されたものの、収賄罪ではなかったし、ピストル自殺でもなく、駿河台の杏雲堂医院で病死（昭和6年8月5日）している。すなわち、政治に係わる事柄を、かなり歪めて書き込んでいるのであり、政治家と遊郭の密接な関係は一般に見られ、白山にしても、三業地として認可されるのに代議士鳩山和夫の尽力があったことが知られていた。だから、こうした記述は検閲官の神経を刺激しかねない。ただし、前年夏、政党は解散させられ、十月に大政翼賛会が発足していた。そのため、政党政治家を糾弾するような記述は許されると察知して、書いたとも考えられる。多分、こういた神経の働かせ方はしていたろう。

そうして（三）で、父親が浅草の桂庵に飛び込み、政子が芸者として歩み出したことに触れるが、そこから以前、柳原（いまの江東橋）で父親が靴屋を営んで育った様子、さらに越後生まれの母親の生い立ちへと移り、（四）（五）と三歳で孤児になった悲惨さと、その村を脱出して上京、真綿屋で働き、世話するひとがあってやくざ暮らしを清算して靴屋を開いた父親と一緒になった経緯が綴られる。そうして政子も靴製造の職を仕込まれるが、店がさびれ、父親も怪我をしたことから仕事ができなくなり、芸者に出ることになったが、初めは人形町だった。しかし、芸者がいやで、すぐ退いて、靴職人になるべく修行した。しかし、（六）で、靴職人としては家計を支えることが出来ず、千葉の蓮池から牡丹の名で出た。これ以後、蓮池でのことが（十九）まで扱われる。

この章の（四）、掲載七月三十一日付けでもって、均平の名が出るのが最後で、後は消えてしまう。そして、置屋の親爺磯貝と客の医師栗栖との間で、銀子が苦悩する様子が描かれる。

このような運びで、冒頭以来の均平と銀子が一緒に住み、折りにふれ、銀子の過去を問い、聞き出しているという現在――それはそのまま、筆者と政子の現在――が、読者の意識から消えるわけではないが、希薄になって行く。作者の側から言えば、この問い聞き出し書く現在を横に措いて、銀子の過去を――政子が語る事柄に即して記述して行くことに専念するようになるのである。

こうなったのは、政子の半生の歩みを辿ることに関心が全面的に向かったからだが、そうなったのは、書く方法に思いを巡らす余裕を失い、事実の経過を書くのに急ぐようになったためかもしれない。

その急ぐような思いになったのは、アメリカとの関係が危機的な状況を呈して来て、いよいよ戦時体制が強化され、検閲も厳しさをましていたことが関係しているかもしれない。戦時体制の強化は、思想だけでなく風俗に及んでいたから、殊に「都新聞」という媒体——演芸・風俗に力点を置いて来た——での、芸者を主人公にした連載小説だけに、情報局は神経を尖らせ、戻されて来るゲラの赤字の書き込みは、一段と増えて来ていたらしい。

この後、第五章「郷愁」で、銀子は宮城県のI町（石巻）に住み替え、資産家の息子倉持に親しみ、結婚話まで出るが、結局許されず、一時、身投げまで考えるが、東京の芳町へ住み替えることにするまでが、十七節にわたって記される。ほぼ出来事の推移に従っての叙述だが、北国の冬から春への移り行きを背景にして、まだ若い芸者の情感が流露していて、魅力的なところである。

＊

そして、第六章「裏木戸」になると、検閲は、不適切とする文言について厳重注意するだけでなく、削除を厳しく求めるようになった。『縮図』の原稿は、先に触れた「素描」の異稿のほか、この「裏木戸」の一部が飛び飛びに残っていて、削除されたところが判明する（大木志門「収蔵資料・徳田秋聲『縮図』自筆原稿について—「裏木戸」の章」「金沢文化振興財団研究紀要」3号が詳しい。以下の記述はそれに拠るところが多い）。

銀子は、芳町の置屋春よしから晴子の名で出る。ただし、ここでも置屋の女将民子の過去に溯って書かる。このところ、これまでの繰り返しに近い印象である。政子には若林という五、六歳上の株屋が旦那として付けられる。若林には妻があり、熱心に通って来る五十近い関西の製菓会社の社長永瀬と親しくなる（七）。しかし、若林がいることに気づいて永瀬は遠ざかる。すると、春よしの帳場を手伝っている三十に近い独身の伊沢に惹かれるようになる（八）。

この（八）《連載74回・9月9日付け》の初めの方、藤川のお神が花札遊びが好きで、自分が死んだら通夜には賭場を開帳、花札模様の石塔を立てて貰いたいと高言する部分が削られた。

そして、伊沢をめぐって同輩の染福と銀子が大喧嘩をする（十）《連載76回・9月11日付け》の、染福が樺太の出身で、自殺し損なった過去があるという箇所も削られた。もはや字句に留まらず、大幅に及ぶようになったのである。

多分、この二回目の削除が通知された時点で、秋聲は筆を断つ決心をしたと思われる。白山の政子の店二階で「裏木戸」（十六）の執筆中に、都新聞編集部から秋聲へ電話がかかって来て、話し合った末、決心、その後すぐ、政子に同行を求められるまま彼女の所用のため、一緒に家を出た。その際、訪ねて来る約束の子息一穂宛に、置き手紙（一部はすでに紹介）を書いたが、そこにはこうあった、「今、『都』の堀内君に電話しましたが、少しくらゐ妥協してみたところでダメのやうです。妥協すれば作品は腑ぬけになる。遽に立場を崩す訳にも行かないから、この際潔く筆を絶たうと思ひ、その旨堀内君に通告しておいた――」。日ははっきりしないが、九月十日か十一日だろう。

ここに至るまでの経緯を聞き知っていたと思われる広津和郎は、さきに引用した文章の続きで、こう書いている、「併し情報局の圧迫には抗し兼ね、屡々作者に情報局の意向を伝へて時局との妥協を乞うた。そこでその妥協をゆるせないと思つた秋聲は、未完のまま断乎として執筆を中止してしまつたのである」。

この秋聲の決断を受けて、九月十三日には、次のような断り書きが掲載された。「徳田秋聲老の『縮図』は、他の追従を許さぬ毅然たる文学道への信念を以て、秋聲文学に一つの高峰を加へつつありましたが、作者病気のため十五日紙上を以て一先づ打切ることとなりました」。新聞編集局も無念の思いを噛み締めたのは、その文言からも明らかだろう。

紙面の作品の方は、この後、銀子が冷めた風呂に入って風邪を引き肺炎になって（十一）、危篤状態になり、女将が銀子の公正証書を破り捨てる（十二）。重い病状のまま、銀子は実家に戻されるが、そこでは妹時子の結核が重くなっていて、死ぬ（十三）。ようやく回復した銀子は、母と伊香保へ湯治に出掛けるが、帰って湯疲れが激しいので、早々に山を降りた。ここで中絶する。その連載最後の（十四）の終わりの部分、破った証書は写しだったとするところが削られている。これは検閲のためではなく、一応の締めくくりをつけるため（大木志門が前掲論でも同じことを言っている）であろう。

原稿はさらに一回分（十五）が渡されており、書きかけの八十二回目（十六）の分がある。そして、銀子が「岡惚れ」している相手、瀬川について「お茶もたて花も活け、包丁もちよつと腕が利くところから、一廉の食通であり、」と書かれたところで、ぷっつり断たれたままとなった。

情報局は連載中止を求めたわけではなかった。芸術院会員であり、現職の大蔵大臣の旧友であれば、なおさらであったろう。戦時下に合った作品となることを要求しつづけたのである。その戦時下に合ったとは、戦時下の状況を扱い、戦時意識の高揚に役立つことであって、『縮図』に関しては、女主人公の銀子が芸者の職を捨てて、看護婦に転身、従軍するといったふうなものであったらしい。連載中止に追い込むより、時局に迎合したかたちで書き継いでもらう方がよいという判断もあったのであろう。

そうして、細かな文言に注文を出しつづけた。当時、芸能記者として在社していた尾崎宏次の話として、「ゲラには形容詞まで赤字で消して訂正してあった」と言う。正確なところは分からないが、現在残っている原稿と照合、判明したのは上に記したところに留まる。

その注意の仕方だが、情報局の係官が直接、という場合は少なく、多くは、情報局や軍、警視庁など担当の都新聞記者を介してであったろう。新聞社の統合が日程に上って来ていたため、都新聞の存続自体がからめられるというようなこともあっただろう。そうなると、社内でも連載を継続している学芸部が、学芸部のなかでも担当の堀内記者が徐々に孤立するようにもなったろう。

そして、先にも触れたように連載が「裏木戸」に入って、文章の脈絡も無視した削除が強硬に要求されるようになったのだ。いよいよ持ち応えられなくなって来た事情を堀内記者から聞いて、秋聲は、中絶を選んだのである。

この直後、九月十七日、先に触れた新聞統合に関しての諮問が政府に手渡され、翌年に都新聞は国民新聞と統合、東京新聞となった。この新聞統合問題と、この検閲とが微妙に絡んでいたかもしれない。

＊

この中絶の後だが、どのように書く予定だったのだろうか。中絶の数ヶ月後、広津和郎が秋聲を訪ねると、「宿痾のために次第に健康の衰へ見せ始めて」いたのにもかかわらず、『縮図』の話になると「快活な笑ひ聲を立てて」、「併しイヤがられイヤがられ八十回も書いた事は痛快です。後五十回ぐらゐの予定なので、書き足さうと思つてゐます」と話したという。この頃は、書き継ぐ気持を持っていたのだ。

野口冨士男によれば、書かれたのは大正十一年か十二年、関東大震災前の頃まで、銀子は十九歳（数えで二十歳）である。この後、政子は芳町に二年余いてから浅草に移り、ここで知り合った若者と結婚する。しかし、四年で離婚、昭和六年に白山から芸者に出て、秋聲と出会う。多分、この時点に至って終わる予定だったたと思われるので、まだ八、九年間にわたっての政子が扱われるはずであった。

後五十回ぐらいで、それだけの経緯が書けるかどうか、不明だが、「素描」半ばから以降の、年代記的書き方をするわけでなければ、また別である。

ただし、芸者の実像を描き出そうとすることに変わりはなかったろう。

芸者の世界は、時代の動きを鋭敏に反映する。すでに指摘したように、風俗営業を厳しく統制すると、逆に繁盛するようなことが起るのだ。そして、この時代の流れのなかで金を手にした男たちが多くやって来る。時代を描くのに花街が格好の場所である所以である。また、芸者になることは、当時の女にとって金を得る最も確かな手段で、家族の生活のためにも、自立のためにも、格好の道であった。現に政子は、両親と妹たちを扶養するため芸者となり、芸者でありつづけたのである。ただし、歓楽の巷にあって、健全な夫婦生活を脅かす、危険な存在でもあった。そして、芸者自身、波間に浮かぶ小舟のような存在で、どこへ流れて行くかわからない。東京の繁華な一流の花柳界から山間の温泉宿まで、どこに身を置こうとも不思議はない。それればかりか国力が海外へ及ぶとともに、流れて行く先が、外国のどことも分からない土地ともなる。「東のものが西へ移り、南のものが北で暮らし、この種類の女は遠く新嘉坡《シンガポール》や濠州あたりまでも、風に飛ぶ草の実のやうに、生活を求めて気軽に進出するのだつた」（郷愁一）。「行き詰まれば借金の多いところから、保護法のない海外へ出るより外なく、肉を刻まれ骨を舐られても訴へるところがなく、生きて還るのは珍しい方とされた」（裏木戸一）と書いている。

そのため、芸者を主人公とすることは、現在の場所での生活を扱うだけでなく、いきなり大きな広がりを持つ場合があるのを、視野に入れておかなくてはならない。それにどのような男が客となるか、そしてパトロンになるかも分からない。これまで通俗小説で社会的広がりを絶えず意識して来ていたが、昭和十六年半ばの時点で、最も自分の書き方に即したかたちで、そういうところまで作品世界を持っていくことができるとも、考えただろう。

また、全篇をとおして、繰り返し死が扱われていることも注意してよかろう。「山荘」で均一が戦場と関連させて死の意識に僅か言及するが、「時の流れ」では、銀子の抱え主の松島の死、その前のお神小菊の死、「素描」では政党幹事長松島の自殺、蓮池の置屋の女将の死、馴染みの医師栗栖の病院で劇薬が置かれた薬棚の前をうろうろするところなどが描かれる。「郷愁」では、倉持が結婚したと知って河口あたりをさ迷い「死の一歩手前まで」いく。「裏木戸」では、抱え主の民子が日露戦争で夫が戦死、流産して花柳界にはいったことが記され、銀子が肺炎で生死の境をさ迷い、その間に妹が死ぬのである。

秋聲の書き方はさりげなく、これらの死が際立ってくるわけではないが、これまでの長篇において、これだけ一貫して死を扱いつづける例はない。そこに、この長篇に込めようとした意図が伺えるのではないか。短篇『死に親しむ』では親しくしていた医師の死、『和解』では若い時から交友のあった泉斜汀の死を扱ったが、『町の踊り場』では自身の若い政子を置き去りにしてこの世を去らなければならぬ恐れを基に、死と向き合おうとしたのであろう。主人公の銀子はその死の影から絶えず抜け出す。死の淵へ近づき、呑み込まれそうにもなるが、粘りつよく持ち直し、生を輝かせるのだ。

芸者として生きる政子を捉えて、そういうところこそ描きたかったのではないか。

しかし、情報局の役人たちが、自分の考える戦時体制の枠内に、作品を押し込めようと絶えず働きかけたのである。

「裏木戸」になると、やや緊張感が緩み、これまでの繰り返しに近いところがないわけでもないのは、気にしないつもりであっても、検閲が気になり、十分に集中して筆を運びきれなかったためかもしれない。しかし、それでも気持を立て直し立て直しして筆を運んだのだ。そして、よく克服しつづけたとも思われる。

そういうひどく難しいところで、秋聲は書きつづけていたのだ。その立て直す上で支えになったのが、ほんの些細なディテールとされるかもしれないが、藤川のお神が「私が死んだらな、お通夜に皆で賭場を開帳してな……」と啖呵を切るとか、染福が樺太出身で自棄になっているといったところだったかもしれない。芸者なる存在を浮き彫りにするには、大事なところだし、この一節の叙述に奥行きを持たせるためにも、ぜひ必要だったと思われる。

そういう作者としての思いを無視されれば、書き続けるための緊張感を保てないところへと追い込まれよう。

ただし、筆を措いてもしばらくは書き続ける意欲を持ちつづけていた。それは上に引いた広津への言葉に伺えるが、やがてきっぱり思い切るとともに、言いようのない怒りを抱くようになったと思われる。昭和十八年六月、千葉県御宿にいた浅見淵を、一穂とともに訪ねた秋聲が、原稿は「もう書かん」と激しい口調で言った（浅見淵『昭和文壇側面史』）という。

こうして秋聲は、最後は自ら進んで、小説執筆活動に幕を引いたのである。

注1　内閣情報局が昭和十五年に発足したが、第五部第三課（のち文芸課）の課長は井上司朗で、昭和十六年三月からは平野謙が嘱託となった（井上司朗『証言戦時文壇史』）

2　大木志門は「書かれざる『縮図』？——未定稿「素描」の紹介と考察」（「立教大学日本文学」97号）では、「素描」の異稿を翻刻、詳しく検討している。

3　大木志門は前掲「書かれざる『縮図』？——未定稿「素描」の紹介と考察」で、改稿した理由を「戦争と検閲の強まりから、作品の収束を急いだのであろうか」としている。その可能性もあるだろうが、筆者はここに書いた方向で考えたい。

4　岩永胖「秋声『縮図』の研究」日本文学研究資料叢書『自然主義文学』有精堂刊所収。
（日本近代文学館講座「文学者を肉筆で読む・秋聲『縮図』」稿、平成18年1月21日）

その多面さ

秋聲の出発期

一

徳田秋聲がどのようにして作家として歩み出したか、そのところが、これまでほとんど問題にされることがなかった。これは、近代作家として異例であろう。近代作家であれば、評論であれ研究であれ、必ずと言ってよいほど出発期を問題にする。また、それが当の作家の核心に迫るのに、最も確かな道である。ところが秋聲ばかりは、なぜか、そこが不問に付され続けて来た。

これまで刊行された全集なり選集にしても、八木書店版全集（平成十年十一月刊行開始、全四十二巻、別巻二）が出るまでは、出発期がほとんど空白のままであった。臨川書店版（昭和四十九年十一月刊）も、処女作とされて来た明治二十九年（一八九六）の『薮かうじ』のほかは、長篇『雲のゆくへ』（明治三十三年）一編に、短篇四編を掲載するにとどまり、後は、一気に明治四十年代へと跳んでいた。これでは、この間の執筆量の数パーセントに過ぎない。

全集編纂者も、秋聲を近代作家として遇して来なかった、と言ってよさそうである。

が、秋聲の文学史的位置付けは、周知のとおり日本の自然主義文学を代表する作家、ということになっており、その自然主義文学は、日本において近代文学を確立したところのもの、と言うのが文学史的常識である。

すなわち、すぐれた近代作家と認めながら、その文学なり作家としての在り方を具体的に問題にするとなると、近代文学を扱う最も基本的方法さえも採らないで来たのである。

これには理由があって、採らないのではなくて、採れなかったのである。採ろうと思っても、その方法に秋聲なる存在がうまく収まらない。そこから、自然主義作家となる以前は、出来るだけ無視してすまして来たのである。が、それでもって自然主義作家となった以降の秋聲にしても、よく捉えることが出来るかどうか。

秋聲は声高に語ることはしないが、自然主義の以前、以後に係わりなく、まことに独自な在り方をしているのである。自然主義文学を代表する点ではすぐれた近代作家でありながら、そこから外れるところを大きく抱え持っているのだ。そのために、われわれが持ち合わせている文学観では捉え切れないし、無理に捉えようとすると、その文学観そのものが揺さぶられる。そして、その独自さは、秋聲という一個性に帰することはできず、彼が生きた時代的な広がりと日本の風土、それから文学の本質に深く根差したものとして考えなければならないようである。

二

徳田末雄、のちの秋聲は、明治四年（一八七二）十二月二十三日、金沢市（当時は金沢県金沢区）に、元加賀藩家老横山家の家人の嫡子徳田雲平の六人目の子、三男として生まれた。このことが、すでに幾つもの問題を含んでいる。

まず、この年の七月に廃藩置県が行われ、九月には散髪脱刀令が出ている。すでに明治二年の版籍奉還によって、藩主は県知事と名を変えていたが、いまや新政権が任命した知事と入れ替わり、金沢を去ったのである。名実ともに藩は消滅したのだ。ここに至れば、武士の身分も生活のたつきも失われたことは、疑えない現実として受け入れなければならなかった。まさしく「飛んでもない時」（『光を追うて』）であった。彼の誕生が必ずしも歓迎されなかったのも、やむを得なかった。加えて父雲平は数え（以下同じ）五十四歳になっており、母タケは二十三歳下の四人目の妻であり、先妻たちの子のいる家庭内に微妙な波紋を広げることにもなった。現に他家へ出すことも考えられたらしい。

そうして、翌明治五年には改暦が行われ、彼は、最初の誕生日を祝われることなく、明治六年（元日が五年十二月三日に当たる）を迎えた。このため、満年齢で数える今日では、厄介なことになるし、(注1) 数え（秋聲の生存中は一貫してこの方式）ではほぼ一年の差が生じた。次いで明治九年になると、細々とつづいていた家禄も廃止され、一家は生計の道を断たれた。

このような苛酷な時代の動きのなかで、秋聲は、ひ弱で神経質なこどもとして成長したのである。ものごころがつくにしたがい、自分は「宿命的に影の薄い生をこの世に享けた」との意識を深めることになったのは、避けられない成り行きであったろう。そして、現実を外れた世界へと関心を向けて行くことにもなったと思われる。

もっとも父親が、孫のような彼を可愛がり、新しい教育制度の下で、できる限り高い教育を受けさせようとした。そして、高等小学校から石川県専門学校（改制により高等中学、さらに後に第四高校、現在の金沢大学となる）へと進んだ。それにつれ読書熱が高まり、和漢の古典を読むとともに、東京で起った新しい文学に触れ、教室では主に英文によってだが、外人講師たちから欧米文学を教えられた。すなわち、ますますもって現実を外れた世界へ心を向けることになったのである。

誰にとっても、十代後半からの読書なりそこで身につけたものが、生涯の基礎になるようだが、秋聲も例外ではなかった。ただし、明治十九年（一八八六）あたりから二十五年までの、北陸最高の新しい教育機関に集まった若者の知的世界となると、どのようなものであったか。この時期特有の、予想外にレベルの高いものだったと思われる。

雅俗折衷体で書かれた最初期の作品『三つ巴』『風前虹』『花園』などを見ると、わが国の古典をかなり学び、身につけていることが知られるし、また、漢字の使い方などは、未熟なところが多々ある――上記作に誤用が認められる――ものの、今日のわれわれには想像できない高さを示している。実際に、尾崎紅葉を初め硯友社やそれに繋がる人々も認めたところである。

それから英語力だが、当時では、という限定つきだが、正規の学校の授業として、外人教師により、発音、文法などもきちんと教えられたし、秋聲自身、身を入れて勉強しただけに、抜きん出た力を持っていた。これが、秋聲が作家となって行く上で、大きくものを言うことになった。

ただし、ここで注意しておきたいのは、彼が生まれ育ち、二十二歳（最初の上京から帰った以後も加えれば二十四歳）まで過ごしたのが、どこでもなく金沢の街であったことである。

なにしろ加賀藩は、百万石を誇った飛び抜けた大藩であり、幕府の警戒をかわすためもあって、江戸時代を通じ消費が活発で、多奢に流れる気風があり、金沢の街は文化的に驚くほど豊かで、爛熟状態にあった。そういうところでの明治維新であったから、多くの人たちは、これまでの豊かで平穏な暮らしを、いきなり突き崩すもの、と受け取ったのは当然であろう。「文明開化」とか「近代化」とか言うとき、発展の方向において捉えるのが一般だが、金沢では、明らかに違った。

それでいて沈滞したかと言うと、明治十一年（一八七八）に金禄公債が交付されると、芝居小屋や芝居茶屋が建ちならび、郭が繁盛、一段と爛熟状態に拍車がかかったのである。こうした現象は他でも多少は見られたようだが、やはり大藩だけあって、規模が違った。秋聲や二歳下の泉鏡花が少年期を過ごしたのは、このような時期の金沢だったのである。

そして、その賑わいの下で、士族たちは、没落の坂道を転げ落ちて行った。町内のあちらの家こちらの家が産を失い、家族は四散、美しい娘たちは身売りして姿を消した。徳田家も例外ではなく、従姉妹の幾人かがそうした道筋をたどった。

この状況のただなかに身を置きながら、「文明開化」に希望を寄せるなど、出来ることでなかっただろう。逆に、その明治の時代が華々しく、現実性を持って来れば来るほど、それと無縁の、没落の過程をたどるよりほかない者との自己認識を深めることになった。

もっとも秋聲は、新しく出現して来るものに対して旺盛な好奇心を持っていた。だから、英語を熱心に学び、手に入る限り欧米の小説類を読み、東京からもたらされる新刊物を読みあさった。そして、尾崎紅葉、坪内逍遙、そして二葉亭四迷の『あひゞき』や『浮雲』などに強い共感を覚え、自分の書くべき作品について考えたりしないわけではなかった。が、そこに自身の目標だとか理想を見ることはなかった。その点では恐ろしく冷淡で、冷めていた。それというのも、そこに理想を見いだしたところで、没落の過程に身を置く者が、どうしてそれを目指して進むことが出来きるだろう、自分はその資格を欠いた者、との気持がいよいよ固まる一方だったのである。

こういうふうに時代の空気に対して、冷たく覚めているより外ないかたちで、秋聲は、生を受けたのだ。

三

ただし、このような秋聲ではあったものの、文学への道を踏み出した、それも金沢を出て、東京へ向うことによって。

なぜ、東京へであったのか。理由は簡単で、まず、金沢に身を置く場所がなくなったからである。次いで、現実をよそに思いを膨らませるような者が生きていける唯一の場所が、「文学」という領域だと思われたものの、それが当時は東京にしかなかったのである。

明治二十五年（一八九二）春、二十二歳の時の上京は、庇護者であった父の死を切っ掛けに決行された。四番目の妻の子として、これ以上、家族のなかで特別な厚遇を受けつづけるわけにいかなくなったのである。学業に興味を失ったのも一因だったようだが、大阪で警官をしている長兄直松からの細々とした送金を当てに、他家の養子となった次兄順太郎の様子などを目にしながら、学校へ通うことは、到底、出来ることではなかった。

その最初の上京は、学友の桐生悠々と一緒であったが、結果は散々であった。訪ねた尾崎紅葉にはすげなくあしらわれ――その時に直接応対したのが、同じ金沢出身の鏡花であった――、食い詰めた揚げ句、手内職に精を出したものの、天然痘にかかり、二人枕を並べて寝る事態となり、悠々は金沢に戻り、秋聲は大阪の直松から送金を受け、ほうほうの体で頼って行くことになった。その大阪滞在の間に書いたのが「ふゞき」で、今日読むことのできる最初のものだが、舞台の靫《うつぼ》は、兄が下宿していた京町堀の長安寺にほど近く、実際の見聞を踏まえていると思われるが、貧しい家で病床に伏す父親の様子などに、かつての自分の家でのことが生かされていると思われる。

明治二十八年（一八九五）一月の二度目の上京は、長岡からであった。大阪からは明治二十六年四月に金沢に戻ったものの、母と妹がひっそりと暮らしており、やがて縁者の家の二階へ移る有様で、一人前の年齢に達した男が、稼ぎもせずごろごろしている余地はどこにもなかった。翌二十七年春の石川県高等中学校への復学をぎりぎりで断念、金沢の自由党機関紙「北陸自由新聞」に出入りしているうちに親しくなった渋谷黙庵に誘われるまま、長岡の「平等新聞」へ移ったが、そこも落ち着ける場所ではなく、単身ひそかに雪のなかを東京へと発ったのである。その様子を『雪の暮』（東京新聞、明治30年2、3月）で描いている。

ただし、頼りとしたのは、「北陸自由新聞」で机を並べた「法書生」の窪田安次郎であった。一ツ橋高商で事務を執りながら、高等文官試験を受けるべく勉強していた。その下宿で一週間過ごすと、彼の叔父の下宿（神田界隈）に同宿させてもらったが、夜具を持たなかったから、その布団に入れてもらい、背中合わせで夜を過ごす有様であった。窪田は、さらに電信関係の職業学校で、英語を教え事務を担当する住み込みの職を見つけてくれ、叔父の下宿は出ることが出来た。この間、最低の生活を送ったのだが、この際の恩顧は忘れることがなく、大正九年五月、関西に遊んだ折り、神戸に彼を訪ねている。

この職業学校にいた時に、長岡の黙庵に連絡、新潟出身の代議士小金井権三郎（森鷗外の妹きみ子の夫の弟）へ紹介して貰い、長岡出身の博文館館主大橋佐平宛の紹介状を得て、博文館の編集室の片隅に、臨時ながらも席を得た。四月のことであつた。当時、同館は雑誌「太陽」「文芸倶楽部」「少年世界」を創刊したばかりで、人手を必要としていた。

日清戦争下に始まった出版界の盛況のおかげで、望みどおり秋聲は、東京の文学に係わりのあるところに、生活のたつきを得たのだ。

しかし、この若い秋聲の目に、東京がどのように見えたか。街並も行き交う人々も一向華やかに見えなかった。「駈け出しの田舎ものである彼の目に、見馴れぬ都会人の方が却つて田舎ものに見え」（『光を追うて』）た。そして、そう「見えるのも不思議のやうで不思議でなかつた」と、なぜか自ら納得している。

考えてみると、当時の東京は、二百年かけて作り上げた街並を捨てて、近代化への道を走り始めていたのだ。爛熟した状態をなおも保持していた都市金沢からやって来た若者に、荒々しく粗野に見えたとしても、当然であったろう。本来、都市が持つはずの優美さ、繊細さ、そして熟成した淀みなどまるでなく、巨大な田舎か新開地そのものであった。現にこの都市は、日々四方に向かって急速に発展、つぎつぎと新開地を生み出しつづけるとともに、古くからの街並も新開地化していたのである。これが果たして都市と言えるだろうかと、秋聲は疑ったろう。

そして、このような東京の一隅に身を置くことは、改めて没落過程に身を置く、との自己認識を強めた。本来なら住みつづけるはずの都市金沢を追われて、荒い空気の、粗野さを剥き出しにした歴史のない新都市で、暮らさなくてはならない、と。

四

博文館の編集室には、紅葉宅の玄関で先年顔を合わせた鏡花が、しばしばやって来た。紅葉の使いとしてであったが、やがて口を利くようになり、紅葉から遊びに来いとの伝言がもたらされ、明治二十八年の夏には、紅葉の門に入った。

この紅葉門下となったことが、秋聲の作家活動を考えるとき、やはり大きな意味を持つ。なにしろ紅葉を初め、彼を中心とする硯友社の面々は、近代的な文学観からほど遠く、江戸以来の売文業者としての意識をなおも引きずっていて、自らを職人的存在として捉えていた。そのため日々の暮しから面倒を見て貰うことになったのだ。

秋聲が初めて紅葉を訪ねた折、英文の読物雑誌のページを破って与えられ、翻案して持って行くと、やがて原稿料として五円を渡された。このようにして紅葉から、いきなり書くことによって金を稼ぎ、生活して行く道筋を提示されたのである。肝心なことは、自己表現だとか芸術的野心の達成などよりも、まず職業人としてやって行くことだと、紅葉は考えていたのである。なんであれ人間は、職を身につけ、それで独立の生計を営んでこそ、社会的に一人前になる、と言う考え方に立てば、文学者もそうでなくてはなるまい。しかし、近代という時代は、芸術なり文学を、そうした実社会の規範を越えたものとする方向へと進んでいた。

その新しい時代の考え方を、秋聲は、すでに金沢で承知していたし、自分は士族であって職人ではないという気持も持っていたと思われるが、帰る場所を持たず、それでいて実社会に立ち交じる覚悟も持てない若者にとって、この紅葉の遇し方は有り難いものであったろう。だから、一面では反発しながらも、身を寄せつづけたのである。

職人には徒弟制度がつきものだが、紅葉も、自分の弟子をそのように扱った。そして、明治二十九年（一八九六）暮れ、紅葉宅の隣に設けられた十千万堂塾（詩星堂塾とも）に、博文館を退いていた秋聲も加わった。最初は、小栗風葉、柳川春葉と三人だったが、やがて中山白峰、山岸荷葉、田中凉葉、泉斜汀、藤井紫明と増えた。

この塾にいる間、発表する作品の大半が、紅葉補と明示されることになった。これは、すでに『薮かうじ』（文芸倶楽部、明治29年8月）を発表、二十七歳になっていた秋聲にとっては、不本意なことであったろう。後に、紅葉補の七編のうち紅葉が実際に筆を入れたのは一編だけだと述べているところからも、その気持は伺えるが、しかし、当代一流の人気作家から作家としての未来を保証をされ、かつ、そのことを世間に知ってもらうことになったから、これまた、有り難いことであったのは疑いない。

こうして明治三十二年（一八九九）二月の解散まで、秋聲は主に塾で過ごし、紅葉門下の四天王と言われるようになった。しかし、これはまた、硯友社が作り出し、成長させつつあった組織のなかへ組み込まれることでもあった。

日清戦争から日露戦争にかけては、出版ジャーナリズムが急速に成長した時期である。このことは言い換えれば、多くの執筆者と編集者が必要とされた時期であり、硯友社がそのかなりの人数を供給した。そうして文芸ジャーナリズムの世界に網の目を張り巡らして行ったのだが、これは紅葉を初め、硯友社の同人の巌谷小波、江見水蔭らがそれぞれに弟子を養った成果でもあった。非近代的な徒弟制度がものを言ったのである。秋聲の場合は、明治三十二年に「中外商業新報」に係わり、同年末には、読売新聞に入社したのも、その一齣に外ならない。そして秋聲自身は、その読売新聞に長篇『雲のゆくへ』を連載、作家として認められるようになる。

五

この紅葉門下なり硯友社系の作家のなかで秋聲が重きをなすようになった理由だが、鏡花、風葉らの秀れた才能の間にあって、秋聲が特に目立って発揮し得たのは、とりあえずのところ英語力を生かした翻案であった。

先に、紅葉を初めて訪ねたとき、翻案を課せられたことに触れたが、十千万堂塾が解散になって、初めて紅葉から与えられた新聞連載小説が、翻案（翻訳に限りなく近い）『旧悪塚』（中央新聞、明治32年3月15日～5月14日・60回、後の『地中の美人』青木嵩山堂刊）であった。それから、塾に身を置いた者の作品を集めて一冊にした際、表題作に選ばれたのが秋聲の翻案『楓の下蔭』である。もう少し記せば、最初の書き下ろし長編と言ってよい『驕慢児』（新声社刊、明治35年3月）が、ドオディ『プチ・ショーズ』第二部を下敷きにしたものだし、同じ年、プーシキン原作『士官の娘』を、嚶月訳として読売新聞に六十五回連載した。こんなふうに、要所々々で翻訳なり翻案を行い、短篇の翻案も多く、なかには佳作とされるものも少なくないのである。

それればかりか、例えば『雪の暮』では、女主人公に富農の息子太古作が一途な恋心を打ち開けるところ、『二つ巴』（国民新聞、明治30年6、7月）では、女主人公に恋い焦がれる銀行家の息子が、墓参にかこつけて、女主人公が隠れている寺に花を持って日参する設定などは、ヨーロッパ小説の翻訳そのものといった印象（寺よりもキリスト教の教会がふさわしい）だが、このように翻案まがいと言ってもよいような場面が少なからず織り込まれているのである。これは政治の世界に題材を取った『風前虹』（読売新聞、明治31年12月）、『惰けもの』（新小説、明治32年12月号）にも言えることだし、『潮けぶり』（煙草倶楽部、明治32年6月）は外人邸に雇われているコックを主人公とする。また、文章が少なからず欧文脈を採り入れていることも、留意しなくてはなるまい。

こう言ったところが若い作家秋聲のセールスポイントになった気配である。翻案だと翻訳とは違い、人物名も土地も風俗習慣も日本風になっているし、秋聲にしても、日本化に努めているが、どこか日本人の作品とは違う骨組みや筋の運び、人物や場面設定、表現が見られる。そこが、当時は新味ともなったらしい。この手のものを書く人は、秋聲の他にも少なからずいたが、なにしろ秋聲は、硯友社の後押しを受けていたし、紅葉を介して知った長田秋濤も与かって力があった。当時の外国通としての秋濤の評判は、大変なものであった。

座興的な記事だが、明治三十二年二月の週刊紙「太平洋」掲載の「文士内閣大見立」では、秋濤が外務大臣で、秋聲は外務大臣秘書官となっている。秋濤の翻訳の手伝いをしたことによるのだろうが、はやばやと外国文学に係わる者として登録されたのである。そして、明治四十年四月の「新声」の「文壇一百人」では、冒頭に取り上げられ、こう書かれた、「硯友社連中で、土台西洋ものの読めるものがないのに、大将御自分の書斎にはチャーンとエンサイクロペチャを具へて、ツル（ツルゲーネフのこと）のルージンやパーチンソイルなんどは、英訳で以てお茶の子サイサイに読める」と。

実際にエンサイクロペディア・ブリタニアを書棚に並べていたかどうか。紅葉がそうしていたから、没後に遺品として一時期、そうしていたのかもしれないが、このような存在として地歩を固めたのである。

ただし、翻訳なり翻案は、厄介な問題を含んでいた。なにしろ当時は、原作は勿論のこと、翻訳なり翻案であることの表示もあまり行われていなかった。そのため、翻訳なり翻案か、創作か、容易に判別がつかないということが起った。登場人物名なり舞台の場所名が原文のままなら、勿論、すぐにわかるが、それが変えられ、風俗習慣も日本風になっている場合が多い。そして、先に触れたように秋聲は、ヨーロッパ風の設定、表現を好んで織り込む作風をとっていた。そうなると、いよいよもって創作との区別がつかない。

また、秋聲自身、翻訳や翻案を行うのに、しばしば自由に工夫を凝らし、ときには思い切って変えてもいるのである。それが強まれば、かぎりなく創作に近づく。

当時は、著作権の意識がまったくなく、そのうえ、作品は作家の独自な表現でなくてはならないとは必ずしも考えられていなかった。だから、十千万堂塾の時代、原稿での借り貸しさえ行われていたと言う。原稿を持っている者がそれを提供し、売れ口のある者がその原稿に自分の名を書き込み、売って来て、後で原稿を書いて返すのである。もっとも一目で筆者が分かるような文章の書き手の鏡花は、仲間に入れてもらえず、文句を言っていたらしい(注3)。

秋聲がその仲間に入ったかどうかは分からないが、明治三十二年、三島霜川の名で『ふた心』を「中外商業新報」に掲載、後にその作品を返してもらい、『みだれ心』と改題、自分の名で「文芸倶楽部」に再掲載している。

この時代、一般の大多数の読者は、個性的で独白な表現や近代的理念の具現を求めたわけではなく、読物としての面白さを第一に求めたのである。この読者側の立場に立てば、翻訳か創作か、作者が誰であるかは、ほとんど問題にならない。作者が問題になるとすれば、享受できる面白さを前もって占うための手掛かりの一つとしてである。

こうした状況に応じて、当時の職業作家に求められたのは、注文に応じて、常にあるレベルの面白さを読者に享受させる作品を確実に提供することであった。そこでは、当の作者が自ら手を下して書いたかどうかは、必ずしも問題にならなかった気配である。とにかく作品を提供することが肝要であり、そのためには自ら書く能力を持つだけでなく、時には適当な人材を動員できる態勢を備えていることだったとも考えられる。

秋聲は、そういうところで作家となって行った、と見なくてはなるまい。紅葉門下では、鏡花は作風が独特過ぎ、風葉は行動にむらがあるなかで、秋聲は自らの個性を強く押し出そうとせず、温厚で篤実なところがあり、加えて、翻訳ないし翻案によって外国文学も自らの分野としていた。このため作品の質、題材ともに多様であり、数の上で供給能力を豊かに持っていたのである。そして実際に、秋聲は驚くべき多作ぶりを発揮することになって行った。

紅葉が亡くなった翌明治三十七年（一九〇四）二月十日には日露戦争が始まったが、この年秋聲は、新聞連載を五本も書くようになった。それも「読売新聞」「時事新報」「万朝報」と一流紙であった。三十八年は、前年からのものが主であったが、小説の単行本が八冊を数え、そのうちの一冊『少華族』上巻が刊行された九月には、劇化されて新派により本郷座で上演された。そして三十九年となると、新聞連載を七本も抱え込んだ。

とんでもない流行作家になったのである。その点で、紅葉没後における最も硯友社的で、ジャーナリズムの成長期にふさわしい存在となったと言ってよかろう。ただし、これら多量の作品は、秋聲自身の作品とは限らないということにもなった。

こうなると、秋聲なる作家とはなにか、その作品世界はどのようなものか、問うこと自体が可能かどうかと言うことにもなる。およそわれわれが考える近代的作家なるものと似ても似つかぬ在り方を、彼はとっているのである。先にも言ったように「秋聲」の名は、一作家のものであるよりも、屋号か商標と考えなくてはなるまい。それも専門店ではなく百貨店的であろう。

しかし、そうした在り方をしていながら、秋聲は、秋聲なりに問題意識を持ち、それを追求して書いており、やがて自然主義文学への道を進むことになるのだ。現にその道へ歩を進めるのに十分な才能を示す作品を、早々に書いてもいる。『河浪』（新小説、明治32年6月）などがそうである。だから、ここまで述べて来たことを踏えながら、一方では、やはり一個の作家としての歩みもたどらなくてはならない。そうするとき、この日本の「近代化」の激流のなかで、覚めた意識を抱きながら、決して頑なになることなく自在に自分の道を歩んだ、思いがけず大きな作家の像が浮んで来るのではないか。

注1　いわゆる旧暦から新暦に変わったのは、明治六年からだが、その元旦は、明治五年十二月三日で、その年は十二月二日までしかなかった。そのため明治四年十二月二十三日を誕生日とする秋聲は、誕生日を迎えないまま、次の新年を迎えた。これは秋聲一人でなく、この年の十二月三日以降を誕生日とする人すべてがそうで、紅葉もそうであった。ただし、当時は数えで年齢を示したから、さほど問題とならなかった。ところが満年齢が一般化すると、問題とする人も現われ、そればかりか改暦以前にまで遡って換算、その誕生日は明治五年二月一日だと言い出すひとがいる。しかし、このような年月は、親を初め家族、親戚、近所のひとも、本人も知らない年月である。ことに秋聲自身、年末近くに生まれたことを強く意識しつづけて生きた。暦は、その地域、時代の人々の営為の基底として、その文明が定めたものであって、動かすことが出来るようなものではない。勿論、さまざまな暦に換算して、参考とすることが必要な場合もあるが、あくまで参考にとどまる。なお、秋聲の除籍謄本には「十二月朔日」と記載されているが、野口冨士男が『徳田秋聲伝』（筑摩書房刊）で触れているように、

「壬申戸籍」が作成された翌五年十二月が、上記のとおり二日間だけであったことを勘案しての処置と考えるのが妥当であろう。

2　和座幸子「評伝」（『石川近代文学全集2徳田秋声』石川近代文学館刊所収）、野口冨士男『徳田秋聲伝』に詳しい。

3　伊狩章『新訂後期硯友社文学の研究』文泉堂刊、第二章第二節「小栗風葉」参照。

（八木書店版「徳田秋聲全集」第1巻解説、平成10年11月）

大阪の若き秋聲
——習作「ふゞき」を中心に

一

明治二十五年（一八九二）三月末、数え年二十二歳の徳田末雄、後の秋聲は、東京へ出たものの、紅葉に門前払いを受け、身の置き所を見つけることができず、疱瘡に罹るなど散々な目にあった。同行していた親友の桐生悠々は復学すべく金沢へ戻ったので、大阪で警官をしていた異腹の長兄、直松を頼るよりほかなかった。五月初め、直松からの送金を受け取ると、小さな行李一つを持って夜行列車に乗り、翌朝、大阪の梅田停車場に着くと、その足で、直松の下宿を訪ねた。

直松の下宿は、京町堀（西区京町堀上通二丁目、現在の表示では京町堀一丁目）の浄土真宗東本願寺系の長安寺（注1）（住職、長洲了教）の二階であった。

十六歳年上で、見るからに偉丈夫といった身体つきの直松は、小柄な秋聲とは似ていない。母が違っていたためだが、この末弟を心に掛け、明治十八年に大阪に出てからも、変わることがなかった。直松自身は、弁護士を目指したものの試験に失敗した末、大阪で警官になったのだが、堅実に勤めながら、まだ独身であった。

大阪には、もう一人、縁者がいた。母方の従姉津田すがで、天満（北区天満橋筋一丁目九十一番地、現在の表示では天神橋一丁目十一番地）で機械油を商う笹島と、一緒に暮らしていた。二人は、金沢から駆け落ち同様に大阪へ出て、ようやく商売も順調になっていた。

失意の若い秋聲は、とりあえず直松の下宿に落ち着くが、以後、翌年四月まで、おおよそ十一ヶ月の間、直松の許と津田すがの家の間を行き来して過ごした。この二軒の家を隔てるのは三キロほどの距離で、長安寺からなら、真っすぐ東へ道を取り、大阪の中心の北浜、船場を横切り、上町台地の手前で北へ向かい、天満橋を渡る。そして、少し行って右へ入ったところにある。歩くのが苦になるような距離ではない。

そのあたりのことは、『無駄道』（大正12年5月～6月）、『四十女』（明治42年1月）、『光を追うて』（昭和13年1月～12月）などで扱われているが、秋聲にとっては、生涯で最もやりきれない思いに囚われた時期であった。なにしろ自分の身の処し方の見当がまったくつかなかったのである。桐生悠々のように、一旦やめた学校へ戻る道もないわけではなかったが、学業上での自信も、勉学の意欲も失っていたし、母と妹は縁者の家に寄宿していて、授業料が出せるかどうか疑わしかった。

そのため、金沢でなく、大阪を選んだのだが、兄の力で一気に道が開けるというわけでは勿論なかった。あくまでさ迷いつづける足を、一時、休めたにとどまる。

しかし、それでも自らが望む文学への道筋を踏み出そうと、さまざまな試みをしている。

例えば、当時、関西の文壇の大家であった宇田川文海を訪ねている。笹島が大阪毎日新聞の印刷工場に機械油を納入していた縁から、同社の社員の紹介状を貰ってのことで、「リップ・ヴァン・ウィンクル」の訳しかけの原稿を見せると、「大変硬いな」と言われ、三度目に訪ねたときは、あまり機嫌のよくない顔を見せられ、「取り縋りやうもない」思いをし、重ねて訪ねる勇気をなくした（『光を追うて』）。

また、当時二三流であった「大阪新報」の若い主筆が、笹島と同郷であったことから、紹介され、小説を二十回ほど連載（未確認）したが、難解との理由で、打ち切られたという。

それから当時、文学雑誌「葦分船」を発行していた薫心社（西区京町堀通二丁目一三九番地、現在の表示では京町堀一丁目）に原稿を郵送している。同社は、兄の下宿に近くにあった書店大華堂に併設されており、早々に兄に連れていかれて以来、幾度となく立ち寄り、本や雑誌を買い求め、主人（「葦分船」の発行編集者、小津市太郎か）とは顔なじみになつていた。しかし、若い秋聲は人見知りが強く、直接原稿を手渡すことができなかったらしい。

その原稿は、明治二十六年一月十五日と三月十五日刊の二回（9号、11号）、啣月楼主人の名で掲載され、新聞に好意ある批評が出たりしたが、つづきは放棄してしまった。

こんなふうに、兄や従姉の夫らの助力を受けながら、書き、活字にする努力はした。その努力は実を結ばなかったが、作家秋聲にとっては、大事な意味を持ったと思われる。

二

この間に書かれたものとして、いまのところ読むことができるのは、いま触れた『ふゞき』と『無著庵日記』（1月25日から2月12日までの日記）である。

『ふゞき』は、三回分で、全集では五・五ページの分量だが、忘れられないものであったのであらう、秋聲自身、幾度か言及している。まず『無駄道』だが、三十五節で、兄と同じ長安寺に下宿していた若者が、「新聞に貴方のものを讃めよりましたぜ」と言ったのに、顔を赤くしたことが出ている。それまで雑誌に出たことも気づかずにいたが、「悪戯に好きなことを書きちらしたものなので、それが載らうと載るまいと、大して痛痒も感じなかつたけれど、それでいくらかの期待は繋げてゐた」と書いている。次の節では、兄に続きを書くことを勧められ、煮え切らない返事をし、「彼は『葦分舟』

なるものを軽蔑してゐたので、それが載つても格別うれしくなかつた」とある。

前と後とでは、かなりニュアンスの違いがある。前では、屈折しながら、嬉しさを語っているが、後は、それを切り捨てている。

『光を追うて』では、下宿の若者は出てこず、兄から直接、批評（大阪毎日新聞の投稿小篇の批評と書かれているが、未確認）を見せられ、「其の批評に目を通して窃かに感謝したが、何んだといふ顔で押しやつた。それは大阪の町の暮の叙景から初まつてゐるものだつたが、先の成竹がある訳でもなかつたし、「葦分舟」にさほど敬意が持てなかつたので、大した刺戟にもならなかつた。ただやくざな異母弟を持あつかつてゐる兄への、いくらかの申訳にはなつた」。そして、後日、「葦分船」刊行元の書店に立ち寄ると、その主人に続稿を書くようにと言われたが、「悪戯に書いたものが過つて活字になつてみると、感興も却つて失せてしまつた」とある。

これらは、いずれも遥か後年の記述で、どれだけ信用してよいか、問題はあるだろう。ただし、「大阪の町の暮の叙景から初まつてゐるもの」との説明は、正確である。だから、その他の記述も、まつたく根拠のないことではなかったのかもしれない。

三

その『ふゞき』は、どのような作品なのか。八ページのパンフレットに近い「葦分船」に二回掲載された、未完の習作と言うべきものである。

ただし、いくつか興味深いところがある。それも、数えでは二十二歳だが、今日の満年齢でいえば、まだ旧暦が行われていた明治四年十二月の誕生なので、実質は二十歳相当であり、東京から弾き出されたかたちでやって来て、故郷へ帰ることもできずにいる者の、こころの内がなにほどか投影していると思われるのである。

「年の暮とて巷ハ湧くが如し」と、年末の活気づいた大阪の街の様子が描かれるところから始まる。そして、「靭《うつぼ》のさる路次、貧苦、悲嘆の魔窟なる陋穢き住家あり」となるが、この靭とは、京町堀の南、京町堀を渡ったところである。下宿から二三分とかからない。いまではビジネス街の一角と公園になっているが、この時代、こうした家並があったのであろう。秋聲は、散歩なり、千日前や道頓堀へ行く途中など、幾度となく通りかかったに違いない。

その家に、二十ばかりの娘が、まだ朝早く、竈を焚き付けたり、あれこれと立ち働いている。せっかくの艶ある髪も汚れ、頬に乱れかかり、「顔ハ白しといはむより、蒼白かゝりたれど、眼ハ大きくして、碧色を帯び、黒き瞳子に愛嬌よりも品格おほく具はり、額ハ広きに過ぎたる憾みハあれど、目鼻口ハ、気質の悧巧さ外に露ハれたり。たゞ繋まりたる口元に幽愁の波を湛えたるハ日頃胸に秘めつる憂きの積りてなるか」。

やや詳しい描写がみられる。そして、これは最も早い段階での、秋聲が描いた若い女性像であるだけに、いろいろ考えられよう。多分、好ましい女性像の素朴な現われと見て、間違いない。が、それはともかく、実際に靭で見かけるとともに、金沢で目にしていた、貧苦の底で喘ぐ家の美しい女たちの姿も、踏まえられていよう。

そこへ奥から出てくる者がある。「四十にあまれる、母親ならん、丈高く痩細りて骨もあらはなる老女」である。四十を出たばかりで老女とは、いまのわれわれには奇異だが、当時はこうであったのであろう。

この母と娘の会話は、鍵括弧なしで、地の文につづけて書かれる形式である。そして、こまやかな情のかようものだが、娘は千代といい、彼女自身が自分の身売り話をまとめようとしていることが分

かる。その会話の一節、

「……嫁入でも華々しうさすべき年頃の娘を苦海に沈めるやうに窮窟るとハ。またお母様の愚痴斗り、親に心を痛めさせやうとて、何の左様なことを望みませふ、私ハよふ決心して居ます」。

樋口一葉の世界に、似たものを感じさせる。ただし、明治二十五年暮れという執筆時点までに、一葉の作品を目にしていたかどうかは、疑わしい。もしも目にしていたとしても、「うもれ木」(注2)にとどまる。

以上が（一）で、（二）になると、病苦に臥せっている父親が出てくる。これまた、詳しく描かれる。

「頬骨秀で眼窪み、髫さへ蓬々と生ひたりば陋穢ろしき裡に恐しく凄味うてり、去れどこれ性来の凄味にハあらず、瞳子には優味みちて女にせまほしく、鼻筋ハ通らねど低き方にハあらず、口ハ小なりとハいひ難けれど、肉おちたれバ、実ハこれより小きならん、鼻と唇との間隔いと狭し」。

なだらかな文章になっているとは言いがたいが、とにかく細かに見、描いていこうという姿勢は明らかだろう。この点が、当時の新聞などに多く見られた読み物とは、はっきり違う。この後、こう書きつがれている。

「かゝる眼、かゝる鼻にハ忍耐心なき性質、代表さるれど、慈悲に富める情ハ必ずかゝる面相を有するものならむ、その慈愛ハ慈愛といはむより、寧ろわが懐に思ふこと果断の処置に托して、人の毀誉に憚らず言抜くことの出来ぬ脆弱の心の反照なり。かゝる人にも想ひの外に肝癪もちなるがおほし」。

顔の描写が、そのまま、性格の把握へと向っているのである。『小説神髄』に説かれているようなことを、そのまま忠実に実行している、と言ってよいかもしれない。

もしかしたら、こうしたところが宇田川文海などに「堅い」と言われ、「大阪新報」の連載を打ち切られた理由だったかもしれない。当時の読み物の枠を外れていたのである。しかし、それゆえに、新聞連載が打ち切られても、若い秋聲は、さほど深い挫折感は味合わなかったのではないか。自分が考えている文学と、大阪の新聞が求めているものとは違うと、はっきり言い切れるだけのものは、持っていたのであろう。

それにこの父親の性格だが、秋聲が繰り返し描いた長兄、直松にひどく似ている。慈愛に満ちてはいるが、気の弱く、それでいて癇癪持ちである。これは秋聲の父親そのものでもあろう。後の『風呂桶』で、なにかと言うと母親を打擲、時には槍を持って追い回したことが描かれている。こうなると、自らの父親をモデルにして、筆を動かした、と見てもよさそうである。

どうも秋聲は、若年から身辺の人物を観察し、描くことを行っていたらしい。

その秋聲自身の父親だが、やはり貧苦のさなかに病臥、死んで行った。そして、その死が、当時の金沢で最も高い教育を受けていた秋聲の身の上を狂わせた、大きな要因であったのである。

だから、靱の路次の貧家で病床についている父親の姿は、ほぼ自らの父親と重なるものであったと考えて、間違いあるまい。それとともに、この父親ゆえに、苦海に身を沈めなくてはならなくなった千代という娘と、父の死によって、人生のコースを狂わせ、道を失っているいまの秋聲自身と、なにほどか重ね合わせて考えてもいたのではないか。多分、そこにこの作品のモチーフがあると考えられるのだ。

この父親と、母に娘が嘆き、労りあいながら、まずしい朝餉の膳に向かっているところへ、奉公に出されている十四歳の、金ちゃんと呼ばれる弟が、奉公先の辛さから、戻って来る。姉は、その弟の心得違いを厳しく言ってきかせるのだが、この場面がまた、一葉を思わせる。しかし、こうした情景は、この時代、日本のいたるところで繰り広げられていたのであろう。秋聲の次兄も、養子に出されたものの、また戻り、別の家の養子になるといったことがあった。

（三）もこの場面の続きで、弟は、「焼芋屋なり何なり、孤独で商業がして見度ふ御座ります」と幼いなりに頑張るのだ。

四

この先、どのように書き進めるつもりであったか。題が「ふゞき」とある以上、もっと辛い状況が扱われることになるのであろう。

なにしろ秋聲は、貧しい家々の美しい娘たちが、つぎつぎと売られて行くのを、見聞きして育っているのだし、じつは、笹島と一緒になっている従姉のすがも、芸者に出て、身請けされたものの、金沢にはおられず、大阪へ出て来たという過去を持っていたのである。そうした吹雪が吹き荒れるような境遇に、千代という女主人公を置いて、描こうとしたのであろう。ただし、売色の世界がどのようなものか、若い秋聲は、まだ詳しくは知らず、これ以上、筆を動かすことができなかったと思われる。後年の秋聲が言っているとおり、「先の成竹がある訳でもなかつた」のであろう。

だから、先の展開についての詮索はやめて、この未完の習作から、いま少し考えられることを記しておきたい。

その第一は、貧苦への強い関心である。金沢で見、その幾らかは実際に体験し、東京では、わずかの間ではあるが、その凄まじさのただなかに身を置いた。そして、秋聲自身、いまは兄なり従姉に庇護されているとは言え、いつまたそこへ落ち込むことになるか分からない身の上であった。そのため否応なく、貧苦へ目を向けずにおれなかったのであろう。

この貧苦へ向けた目は、この後もずっと持ちつづけた。早くは、明治三十四年の年末から翌年春までの二度目の大阪滞在の折りに執筆した『小革命』（『驕慢児』新声社刊に併載）となり、やがて悲惨小説と言ってよい『親子』（のち「臨終」と改題、明治36年5月）、『暗涙』（同38年7月）などに繫がって行った。

そして、佳作『二老婆』（同41年4月）などが生まれたと見てよかろう。また、当の従姉の無惨なその後の姿を目にして、『四十女』（同42年1月）で描くことになる。そうだとすれば、この習作に、秋聲の文学活動のひとつの根を見てよいことになりそうである。自然主義の単なる観念によるものではなかったのである。

第二に、辛い身の上にあっても、観察眼を働かせ、かつ、その表面を捉えるだけにとどまらず、人物なら、その性格に及ぼうという、強い姿勢を打ち出したことである。辛い暮らしをしていると、観察眼を働かせることなど忘れるのが普通だが、多分、若さも与かって、秋聲は、その姿勢を貫いてみせようとしている。

第三に、地の文と会話を、一つの流れで書いて行く書き方だが、多くは浄瑠璃の活字本によるところが大きいと思われるが、金沢でさうした本に親しんでいたし、また、語られるのを耳にしてもいたが、やはり本場で、御霊神社や道頓堀の小屋に足を運び、耳を傾けたことが、なんらかの影響を与えたらう。もっともそうした語りの調べが、顕著に出ているというわけではないが、それらに助けられて、筆を運ぶと言うことがあったのではないか。浄瑠璃の語りが秋聲のうちに深く根を降ろす、確かな糸口になったとも思われるのである。

ついでに言っておけば、文楽座のあった御霊社の境内は、兄の下宿から歩いて五分ほどの距離（裏の京町堀通を東へ行き、西横堀川を渡れば、もうそこ）であった。また、天満橋では、従姉のすがが文楽座にも出る芸の確かな師匠の出稽古を受けていて、語り方の細かな心得などを傍らで聞く機会に恵まれた。単に聞いて楽しむだけではなかったのである。

第四に、父を描いたことである。父は、長兄直松とも、多くの点で重なりあっていて、父を観察することが兄を観察することに、兄を観察することが父を想起することになる、と言ったことがあったようである。そして、これが人物を観察し、描いていく態度を、親身で深みのあるものへと導く上で、役立つことになったと思われる。それとともに、この兄と一緒に暮らして、いままでよりも深く知ることにより、幾つかの作品で、兄を念頭において書くことになった。ドウディ『なまけもの』の翻案という側面があるが、『驕慢児』（明治35年3月刊）が、兄と自分との係わりをもとにしている。

五

大阪での暮らしについては、まだ言うべき事柄がある。

この後、紅葉門下の一員としての地位を確かなものとしてから、明治三十四年暮れに再び大阪の直松の許へ赴くが、この時の目的の一つは、どうも兄が下宿していた長安寺の娘長洲世野に求婚するためであったらしい。

先の大阪滞在時、彼女と言葉を交わすことがあったし、長安寺一家は秋聲のことを気にかけてくれ、姉娘の婿は、明治二十五年冬に大阪市の臨時雇いの職を世話してくれ、引き続き翌年春には西成郡役所（現在の福島区福島で長安寺から北東一キロほどの街外れにあった）を紹介してくれた。いずれも筆耕仕事で、興味が持てず、職員たちとも親しめず、短期間で終わったが、好意は忘れることが出来なかった。そして、復学を決心して金沢へと発つ折、梅田停車場に見送りに来てくれた人達のなかに、長安寺の娘がいたのである。

復学を決心するには、大阪市や郡役所で仕事をした体験が少なからずあったろう。高等学校を終えるなり、大学へ進めば、下級吏員としての憂き目を見なくてよいのだ。そこへもって来て、望郷の念が強くなったのだ。

ただし、この復学の決心が簡単に崩れたのは、すでに見たとおりである。学歴を持たずとも、それが不利に働く役所勤めなどしなければよいと見極めがついたのだ。そして、とにかく文筆で暮らして行く覚悟を決めるとともに、その方面に理解のある彼女を妻にと思ったのではないか。

しかし、明治三十五年一月、直松――十三橋警察署（現在の淀川警察署）の署長になり、結婚、長安寺を出ていた(注3)――とともに訪ねた長安寺に、彼女の姿はなかった。直前に結婚していたのである。

注1　浅野洋氏に大谷大学図書館で『寺院録』『寺院名鑑』などを調べてもらった結果、明らかになつた。深く感謝する。なお、この長安寺は、明治四十三年に、東淀川区十三西之町に移転、現在、跡地のあたりは小規模のビルや倉庫が立ち並び、かつての面影はまつたくない。

2　『うもれ木』が掲載されたのは、「都の花」九十五号・十一月二十日刊、九十六号・十二月四日刊、九十七号・同十八日刊の三回。

3　元京都府警の前橋良則氏の教示による。なお、徳田直松についての警官としての職歴を記せば、明治三十四年二月、十三橋警察署（現淀川警察署）の第十代署長となり、三十六年二月、署長を辞するとともに、警部として退職している。

（武蔵野女子大学紀要第32号、平成9年3月）

『みだれ心』と『ふた心』
――三島霜川との係り

一

徳田秋聲と三島霜川との交友は、明治二十八年（一八九五）に始まり、昭和九年（一九三四）の霜川の死まで続いたが、実生活上でも、文学活動の上でも、ひどく複雑に入り込んだものであったようである。すでに野口冨士男が指摘しているが、秋聲がはまと結婚する経緯においても、霜川の存在が大きな影を投げている。

紅葉門下として必ずしも居心地がよいとは言えないところに身を置いていた秋聲と、一歩遅れて加わった五歳下の霜川とは、やや過剰とも言いたくなる親密な係わりを持ちつつ、ともに作家活動へ踏み出して行った。その結果が、霜川をして、やがて小説の世界からはみ出させ、歌舞伎批評の領域へ去らせる一因ともなったのではと疑われるが、しかし、それでいて、二人の交友は、中絶期はあったが、生涯つづいた。

こうした交友ぶりをみると、二人は、随分気が合った者同士だったようである。現に秋聲自身、「不思議なことにウマが合つて」と、『思ひ出すまゝ』に書いている。それに加えて、同じ北陸地方の出身――秋聲は金沢市、霜川は高岡市――だったし、父の死が彼らの人生の道筋をともに大きく変えたことなども少なからず作用しただらう。しかし、親密になればなるほど、多くの厄介な問題を抱え込むことにもなった。

この交友は、まず明治三十四年（一九〇一）三月に、本郷区向ヶ岡弥生町の家で、霜川が妹三人を伴って、共同生活を営むまでになった。

しかし、この最初の共同生活は、半年ほどで解消される結果に終わった。そのあたりのところを、秋聲は、いまも触れた『思ひ出すまゝ』にこう書いている。「散々の失敗で」「貧窮の底にあつた霜川氏の家庭生活の渦に捲き込まれようとした形で、幾分捲き込まれもして、半年余りで足を抜いてしまつた」と。それまで「影の形につくやうに親しくしてゐた」だけに、こうも早々と解消することになるとは、両人とも予測していなかったらしい。それだけ強い不満を、互いにつのらせた日々であったろう。

こうなったのも、二人ともかなり我が儘な人柄であったうえに、生活態度に大きな隔たりがあったことが大きかったようである。霜川は、恐ろしく不精で、金の使い方なども常識外れであった。それに対して、秋聲にもそうしたところがないわけではなかったが、堅実な生活者としての側面を持っていた。

この食い違いに輪をかけたのが、霜川の妹三人であった。共同生活するに際して彼女たちが家事を引き受けることになっていたが、誰も果たさなかった。もともと三人とも家事をきちんとする性格でなく、ひたすら兄の霜川を当てにし、男との関係を引きずっていたらしい。このあたりのところは、秋聲の『同胞三人』（東京新聞、明治42年、2〜5月75回）や『白い足袋の思出』（経済往来、昭和8年7月増刊）に伺うことができるし、この後、翌三十五年四月末から再び同居するのに、妹を外している。最初の共同生活が失敗した主な原因が、彼女たちにあったからだろう。

ただし、それだけではなかった。当時の秋聲が珍しく気負い立っていたこともあったのではないか。

なにしろ秋聲は、読売新聞に連載した『雲のゆくへ』（明治33年8月28日～11月30日）が好評をもって迎えられ、最初の単著として刊行されるのを秋に控えていたし、当時、世の人達の関心を呼んでいた高山樗牛の唱えるニーチェ主義に共感、そこに自分の進むべき道筋を見つけようとしていた。同居解消の後にだが、霜川が高橋山風宛の手紙（明治34年10月16日消印）にこう書いている、「徳田は今や得意の時、気驕り志豪に、生が詩談を陳套として一笑に附し去り、耳を傾け申さず候。（中略）生が詩歌を一笑に附し去る彼は、只今のところ多少の慢心なきやの疑有之候」。不愉快な気持を霜川が抱くようになったのは明らかだろう。

それに加えて秋聲は、吉原の女に執心、熱心に通っていた。だから、自分一人のことで頭が一杯になっていたのは確かで、友人霜川のことを思いやる余裕は、あまり持ち合わせていなかったと思われる。

これに対して霜川は、明治三十一年の夏に発表した『埋れ井戸』以来、どうにか作品を発表できるようになっていたものの、まだまだ作者としての地位を築くというにはほど遠い状態にあったし、この年の始めに社名を東京新聞から変えた人民新聞に入社して、連載小説『黄金窟』の筆を執ったものの、筆はあまり動かず、三月十七日で中断していた。それなのに妹たちには頼られていたのである。父が明治二十八年に亡くなり、別々に育てられていたのを、この頃に引き取っていたのである。

このように生活態度や創作上でも食い違いがありながら、ひどく「ウマが合」うまま生活を共にしようとし、実際にそうしたため、複雑に入り組んだものとなったのである。

二

この入り組んだ創作上の係わりを、霜川の側から明らかにしたのが、佐々木浩氏の「徳田秋声と三島霜川―代作をめぐって」（『富山大学教育学部紀要』40号、平成4年3月）、「続・徳田秋声と三島霜川―代作をめぐって」（富山大学教育学部紀要』42号、平成5年3月）である。そのなかで興味をひくのは、霜川の未完の作『女海賊』（山陽新聞、明治33年9年4日〜12月2日中絶）の一部の描写を、秋聲が、『黄金窟』――霜川作と同一題だが内容は別――（北國新聞、明治39年10月2日〜40年1月19日）でそのまま利用するばかりか、筋立ても利用して展開させており、それをさらに霜川が『あら磯』（神声、40年3月号）で用いていることを明らかにしたことである。

活字になった作品の文章、素材、趣向などを、互いに無遠慮に利用しあっていたのである。このような係わりようは、細かく見ていけば、この作品だけでなく、他にもあるだろう。それも二人が親しくなって以来、かなりの期間、続いたと考えなくてはならないだろう。また、同居までしているから、活字の上だけでなく、原稿の段階や日常会話などを通しても、行われたのではないか。

こうなると秋聲と霜川、どちらの創作で、どちらの剽窃だとは、容易に言えないだろう。もう一つ、この係わりには、硯友社を中心に見られた、作者の署名のいい加減さという事態も考慮に入れなくてはなるまい。佐々木氏は、その点についてあまり考慮していないが、秋聲と署名があるからといって、必ずしも秋聲の仕事とは言えないし、霜川とあっても、霜川が書いたとは断定できないのである。だから、いま挙げた作品についても、署名通り実際の筆者が「霜川↓秋聲↓霜川」と推移したと、簡単には言いかねるところがある。

この署名のいい加減さは、秋聲の仲間、小栗風葉と柳川春葉との間で、原稿の借り貸しがおこなわれていたことにはっきり現われていよう。紅葉の下で、この二人と鏡花が共同生活をしていた明治二十年代末のことだが、小遣いに困ると、ちよっと貸してくれと相手が持ちあわせている原稿に自分の名を書き、雑誌社に持ち込んで金を受け取る、そして、それを返すのも原稿であった、というのである。ところが鏡花は文章が独特であったから融通が利かず、この仲間に入ることができなかった（神田謹三「泉先生と私」岩波版鏡花全集月報九号）ため、鏡花が腹を立て、紅葉の前で、風葉を咎めたところ、逆に、紅葉にたしなめられたという（秋聲『思ひ出るまゝ』）。

こうした原稿のやりとりなり代作を許容する空気が、硯友社にはあり、当然、秋聲と霜川との間にもあったのだ。

もっとも東京で刊行されていた文芸雑誌なり、一流新聞の場合は、それほどのことはなかったようだが、二流以下の雑誌、新聞ではかなり行われていたようで、地方紙となると、おおっぴらに行われていたようである。田山花袋も『東京の三十年』で、彼のゾラの翻案が、斎藤緑雨と合作というかたちで、北海道の新聞に掲載されたことを記しているし、ある地方では秋聲と霜川の合作と表示されているものが、他の地方では、秋聲単独になる、といった例が少なからずあった。また、尾崎紅葉校閲、三島霜川として連載された『自由結婚』（山陽新報、明治33年1月26日〜4月6日）は、単行本になるに際して、表紙に秋聲の名が霜川と並んで出ていて、奥付は霜川一人となっている。

こういう有様だったから、秋聲と署名されていても、霜川一人の仕事であったかもしれず、二人共同の仕事であったかもしれない。それにまた、共同といっても、必ずしも筆の上とは限らず、素材、アイデアを提供するとか、売り込みを引き受けるとか、分担することもあったろう。秋聲作と署名された『黄金窟』の場合などは、連載されたのは、秋聲の出身地金沢で刊行されていた「北国新聞」であったから、秋聲の窓口をとおして秋聲名義で処理された作品、というふうに受け取っておくのがよいかもしれない。現にこの新聞紙上には、秋聲の署名になる作品が幾編も見られるが、少なからぬものが秋聲作ではないようである。

とにかく共同生活を二度までした秋聲と霜川との係わりは、今日の常識を越えたものがあったと、見ておかなくてはなるまい。

三

ところで佐々木氏は、もう一つ、貴重で厄介な事実を明らかにした。秋聲の『みだれ心』(文芸倶楽部、明治34年7月号)が、それより二年前に、霜川の名で発表された『ふた心』(中外商業新報、明治32年8月3日〜29日、22回)と同一作だというのである。(注1)

この作品は、『黄金窟』のような、通俗作として片付けられるものではないし、秋聲の作家としての足どりを考えるうえで、かなり重要な位置を占める。

筆者自身、拙著『徳田秋聲』(昭和63年6月、笠間書院刊)の第一編第四章「自己改造の夢」で、「従来と違つた強い意志と性格の人物を積極的に描き出した」「最初の作品」だと論じ、高山樗牛の説くニーチェ主義に則った、最初の作品と見たのである。

それだけに、この作品が霜川のものとなると、筆者の立論は大きく狂ってしまうことになる。それればかりか、秋聲は、その大事な作品を霜川からそっくり頂戴した、ということになる。佐々木氏は、「まさに『代作』であり、霜川が先に発表していた作品を、秋聲がそのまま自分の創作であるかのようにみせかけて発表したもの、と言わざるを得ない」(前出「続・徳田秋声と三島霜川—代作をめぐって」)としている。

しかし、本当に『みだれ心』は、霜川の作なのか。

霜川の名による『ふた心』と秋聲の名の『みだれ心』がまったく同一の「一字一句として違うところがない作品」であることは、指摘の通りで、疑いを差し挟む余地はない。が、だからといって、霜川が書き、発表したものを、二年後に、秋聲が自分の作として発表したのだと、簡単に言い切れるかどうか、少なからぬ疑問点がある。

まず、その発表舞台である。霜川の『ふた心』は「中外商業新報」であり、秋聲の『みだれ心』は「文芸倶楽部」である。前者は、商業専門の業界紙であり、一般紙とははっきり性格が違う。そしてこの時期、尾崎紅葉の意向が強くものをいい、彼の門弟たちが、習作に近い作品を掲載する場になっていた。それに対して「文芸倶楽部」は、博文館発行の、れっきとした文芸雑誌なのである。そして、硯友社系の作家たちの表舞台といった性格を持っていた。

こうなると、「文芸倶楽部」での発表時の署名のほうが、はるかに信用できることになろう。それに同じ「中外商業新報」に、翌年、秋聲が連載した『旧悪』（明治33年10月24日〜1月30日）の場合だが、『みだれ心』が掲載されたと同じ明治三十四年七月に、加筆のうえ、『いほ子』と改題して、『新小説』（春陽堂発行）に掲載されている。この場合は、明らかに「中外商業新報」に掲載されたものを、下書き扱いにしている。そこに掲載されて、読むに耐えるものだと認められた作品を、加筆して、文芸雑誌に改めて公表しているのである。こうしたことが許されたのも、先にも述べたように、読者層がまったく別であったから、文芸の世界とは別枠として考えていたという事情があったのであろう。そして、その転載は、ことに『みだれ心』のように作者名まで変えての掲載となると、紅葉は勿論、文学仲間も編集者も承知した上でのことであったのではないか。実際に、これまでの経緯からしても『みだれ心』が、霜川の名で出た『ふた心』であることを、紅葉を初め、硯友社の主だった人達、そして、「文芸倶楽部」の編集者が知らなかったとは考えられない。

このようにして二度掲載された後、『みだれ心』は、博文館から明治四十四年二月、「名家小説文庫」第九編として刊行された短篇集『秋聲叢書』に収められた。この本には、代作の疑いがかけられた『運命』が入っているが、いまでは秋聲の手になる翻案だと明らかになっている。

このように見てくると、先に発表されたのが霜川と署名された『ふた心』だからといって、簡単に霜川作と言い切れないばかりか、秋聲作としたほうが妥当ではないかと思われるのである。

じつは佐々木氏からして、この作品が霜川のものであることに疑問を挟んでもいるのである。ここで描かれている人物について、霜川の「これまでの作品にみられる人間像とはあまりにも異質なものが感じられ」「疑問が残る」（「三島霜川論―明治三十二年の作品」富山大学教育学部紀要30号、昭和58年）としている。

このように作品そのものが、霜川の当時の作風と異質であるとなると、これは、ほとんど決定的な理由になるのではないか。

秋聲にとっては、逆に、後にも触れるように、「これまでの作品」なり、前後に「みられる人間像」を扱っていて、「異質なもの」は「感じられ」ないのである。

四

勿論、以上からだけで、『ふた心』なり『みだれ心』を、秋聲のものだと断定することも難しいかもしれない。そこで、「中外商業新報」に『ふた心』が掲載された前後、および、それが『みだれ心』として「文芸倶楽部」に発表された前後の事情を、もう少し見ておきたい。

まず、この『ふた心』の前には、秋聲の翻案『氷美人』（明治32年7月12日～8月2日・17回）が掲載され、それに続いて連載された。そして、この後がまた、秋聲の翻案『銀行手形』（8月30日～10月25日）となっているのである。

ついでに言っておけば、秋聲は、翌年も三編を同紙に掲載していて、そのなかの一編が、先に触れた『旧悪』なのである。こんなふうに秋聲は、この二年間に限ってだが、同紙上で筆を振るいつづけている。

その最中の三十四年十二月に、紅葉の世話で、読売新聞社に、島村抱月の後任として入社しているのである。もしかしたら、この人事は、秋聲が「中外商業新報」で見せた編集者としての手腕に負うところがあるのではないか。

もしそうであったとするなら、この二年の間は、紅葉の監督の下、「中外商業新報」の小説欄の実質的な責任者になっていたと考えてよいかもしれない。

それに対して霜川は、先にも触れたように、勤務し始めた「日刊人民」に三十二年一月一日から『黄金窟』を連載し始めたのだが、三月十七日、四十三回で中絶した。そして、紅葉の紹介で、『ひとつ岩』を「世界之日本」四月号に発表、二十円の稿料を得たものの、同誌八月号に『長髪先生』の第一回を掲載したが、これまた、中絶することになる。

このように作家としての仕事を始める糸口は、一応掴んだものの、思うように筆が動かず、苦しんでいたのだ。この事態は、本人は勿論だが、彼を推薦し、紹介した紅葉にとっても、はなはだ具合いの悪いことであったろう。そこで対応策として考えられたのが、せめて「中外商業新報」において、霜川の名で、一定のレベルの作品を完結したかたちで掲載、同時に生活上の援助もすることだったのではないか。あるいは、もともと執筆者として予定されていたのかもしれない。それなら、なおさら、そうする必要があった。が、霜川には、それを書く余裕もなければ、それだけの能力もまだ身につけていなかったのだ。

この時期、秋聲が「中外商業新報」の小説欄の責任を負わされていたとすれば、当然、紅葉からどうにかしろと命じられただろう。それに秋聲は、紅葉門下のなかでは誰よりも霜川と親しかった。そして、霜川の困窮ぶりを目にしていたのである。

こうして、秋聲が作品の提供する羽目になったのであろう。それも、前後に秋聲が翻案を掲載することになっていたから、翻案ではない創作をと、言うことになった。そこで、文芸雑誌あたりでの発表を考えて、かなり力を入れて書いた手持ちの作品を提供した……。

想像と推測ばかりでものをいうことになって、気がひけるが、こうした事情があったと考えると、辻褄があうのではないか。そうして、「中外商業新報」の小説欄での責任を立派に果たしたことによって、紅葉から、読売新聞社への入社というかたちで報われたのであらう。そうでもなければ、金沢と長岡での地方紙と、博文舘での校正者としての僅かばかりの経験しかない秋聲を、いきなり推薦するわけにはなかったらう。また、読売新聞社側にしても、受け入れるはずはなかったのではないか。

このあたりの事情について、秋聲はほとんど語っていないのも、以上のような公言できない事情があったのではないかと思われる。

こうして入社した秋聲は、出世作『雲のゆくへ』を読売新聞に書いたのである。その意味で、秋聲は、鏡花や風葉などには遅れをとりながらも、紅葉の配慮に確実に応えて、文壇に出ていったのだ。もっとも、この長篇の就筆に当たっては、紅葉を介さず、直接、主筆に申し出たため、紅葉との間が気まずくなった、といったこともあった。それも一因であったかどうか、より自由な活動を求めて、秋聲は、明治三十四年四月末には読売新聞を退社し、霜川とその妹三人と同居した。ただし、わずかの期間で解消することになったのは、すでに見たとおりだが、じつはこの共同生活中に、「文芸俱楽部」七月号への、秋聲名による『みだれ心』の掲載が決まっているのである。

これは、霜川にとって、少なからぬ打撃であつたかもしれない。「内外商業新報」でのことではあれ、彼の仕事の内実を暴露したかたちになる。後に秋聲が、自分が利己的だったかもしれないと反省していることを考えると、単に困窮から足を抜いただけでなく、このあたりのことも、なにほどか共同生活解消の原因になったかもしれない。

ただし、二人が日々顔を突き合わせているところで、この決定がされたのである。当然、霜川が納得したからで、霜川が納得するだけの理由――この作品が秋聲単独の作品であったという――があったからであらう。

五

想像を交えて語りすぎたかもしれないが、ともかく『みだれ心』を、秋聲の作品とみて、ほぼ妥当ではないかと思われるが、そうなればなったで、いろいろ問題が出てくる。

それというのも、就筆時期が二年も溯ることになるからである。これでは、樗牛が唱えたニーチェ主義とは、およそ係わりがないことになる。その点で、先の拙論は訂正されなくてはならない。

そして、明治三十二年の、『河浪』『潮けぶり』(6月)、それから『惰けもの』(12月)などの意欲作の間に置いて考へなくてはならなくなるのである。さうなると、秋聲という作家の形成において、この作品は、一段と重みを加えることになろう。

もっともその場合でも、「従来と違つた強い意志と性格の人物を積極的に描き出した」「最初の作品」といつた指摘は、より一層、確かなものとなる。ただ、これまでは、『惰けもの』などで弱い性格についての追求がかなり行われて後に、強い性格の人物を描くところへと進み出たとしたが、同時期に平行して、行われたとしなくてはならない。

それゆえに、『みだれ心』の女主人公のお絹は、『河浪』のおむら、『潮けぶり』のお秀を引き継ぎ、『雲のゆくへ』のお咲へ、それから『後の恋』の秋野貴志子、『春光』の冬子といつたニーチェ主義に衝き動かされて書いた人物へと、繋がっていく位置に据えなくてはならない。

また、風葉に踵を接するかたちでニーチェ主義の影響を作品化したとしていたが、それとは係わりなく、秋聲自身、強い性格の人物を描き進めていたのである。そして、ニーチェ主義が喧しく言われるようになると、それと呼応するかたちをとることになったのだ。

以上、拙論を訂正するとともに、ごく短かい期間であったものの、「中外商業新報」を舞台にした秋聲の活動について、注意を喚起しておきたいと思う。

注1　いずれも拙著『徳田秋聲』笠間書院の「第一編付論合作と代作の間―『煩悶』について」への批判が大きな部分を占めているが、ここでは扱わない。ただし、三島霜川については、佐々木浩氏の論考に負うところが多い。

（武蔵野女子大学紀要第30号、平成7年3月）

秋聲の表現と浄瑠璃

明治二十一年（一八八八）、徳田末雄は数え十八歳で、石川県専門学校から第四高等中学校（明治二十六年には第四高等学校）へ進学したが、カナダ人教師ダニエル・ライアル・マッケンジー（Daniel Rial McKenzie）の指導を受け、英語を得意とするようになるとともに、英書の小説類をよく手にした。「我は如何にして小説家となりしか」（「新古文林」明治40年1月）に従って記すと、デッケンズの『キュリオシチィ・ショップ』を繙き、つづいてリットンの『ゴルコフィン』に至って、ようやく「能く解せ」た思いをしたという。

デッケンズの英語は少々手に余ったのだろうが、リットン（Edward George Bulwer Lytton）は面白く読み通せたのであろう。それとともに西欧の小説というものも「能く解せ」た、と思ったのである。

この時代、リットンとかスコットと言った通俗味の勝った英国の小説がよく読まれたが、若い秋聲もそのなかの一人であった。

ところが秋聲の場合、「其のあげくに近松物」を読んだ、というのである。

この脈絡がよく分からないが、若い時期特有の、そして、明治のこの時期が可能にした、乱読の結果であろうか。浄瑠璃はこれまで高座や舞台で語られたり、浄瑠璃好きの素人が街角で口ずさむのを耳にするものであったが、その床本なり速記が活字化され、読むというかたちで接する――言い換えれば、英書や当時の新しい刊行物と同じ形態で、接するものとなったのである。それがひどく新鮮であったのだろう。

最初に活字化されたのは、明治十四年（一八八一）四月に刊行された小野田孝吾編纂『やまと文範』第一集（出版元も小野田）のようだが、総ルビで、「仮名手本忠臣蔵」「国性爺合戦《こくせんやかっせん》」などを収めている。第三集まで出た後、「浄瑠璃全書」として二十七年まで続刊、また、明治二十年代は娘義太夫が人気を呼んだことと、歌舞伎など上演台本の著作権の問題が持ちあがったこともあって、浄瑠璃の活字本の刊行が相次いだ。[注2]

その『やまと文範』第一集の緒言には、人情風俗を知るのに演劇が有用であるとして、英国では「セイキスピーヤ、ワータスコット等ノ著作」云々と書かれている。また、『近松世話浄瑠璃』（明治25年、叢書閣刊、なお奥付が脱落、刊行月不明）には不知庵が序で、近松を「我が国唯一のドラマチスト」とし、シェクスピヤを引き合いに出している。いま、「英書や当時の新しい刊行物と同じ……」と書いたが、編纂し、出版する者たちは、そういう意識をもっておこなっていたのである。

そうして、聞くことと読むことの両面から、浄瑠璃に深く親しむようになったのだ。

殊に秋聲の場合、幼少期から日々聞くことに親しんでいた。金沢は、江戸時代を通じて巨大な消費都市で、芸能が盛んであったが、日本海を行き来する船によって大阪、京都と深く結び付き、上方の気風が濃厚であった。そこへもってきて、明治の金禄公債の交付によって享楽的気風が高まり、家から程近い浅野川畔に芝居小屋が建ち並ぶようなことが起り、学校の行き来にその前を通った。また、姉が常磐津（浄瑠璃の一種で、義太夫節から出た）を習っており、三味線と唄が日々聞けたのである。

このような育ち方をした若者が、活字で、それも英国の小説を読むことを経由して、浄瑠璃を発見したのである。

もしかしたらカナダ人教師マッケンジーは教室で英語を話し、テキストを声を出して読むのを常としていたから、(注3)聞くことに集中することがあって、秋聲自身、聞くことに自覚的になっていたということがあったかもしれない。

ところでその浄瑠璃の中でも、とくに印象深かったのが、近松の『博多小女郎浪枕』(注4)だったという。「非常に感服」「此んな豪い文学者も世の中にあつたのか知らんと思ひ実に茫乎と致しました」と書いている。また、『光を追うて』では、「今までになかつた感激に打たれてしまつた」「読後の頭脳はまだ何か強い酒にでも酔つてゐるやうで、興奮はなかなか去らなかつた。日本にもこんな天才がゐるのかと、彼は思ひつゞけた」。

正直なところ、船を舞台にして、海賊の荒々しい所業を扱ったこの作品が、なぜ秋聲のこころを捉えたのか、よくわからない。ただし、スケールが大きいのは確かだろう。ここではもっぱら音声であった近松の浄瑠璃が活字となったことが、改めて秋聲の心を深く捉えた、と言ってよいかもしれない。この後、その他の活字になった浄瑠璃を次々と読み耽った。『光を追うて』では、近松の世話物から、紀海音の諸作品、『妹背山』『二十四孝』を挙げている。なかには床本もあったと思うが、それについての記載はない。

ただし、耳でもって浄瑠璃に親しむのを止めたわけではなかった。一層深く親しんで行った。

そのところを少し述べておくと、明治二十五年（一八九二）三月に高等中学校を中退して上京するものの、すぐに行き詰まり、五月には長兄をたよって大阪へ行き、翌年四月まで滞在したが、ここでは存分に浄瑠璃に触れた。経済的余裕はなかったろうから、頻繁に小屋に通ったわけではなかっただろうが、直松の下宿は京町堀にあったから、ほど近い所に御霊筋の小屋があり、道頓堀にしても堀江にしても、歩いて二十分とかからない距離である。また、しばらく世話になった母方の従姉津田すがの嫁ぎ先（天神橋筋一丁目）では、すがが浄瑠璃を習っており、絶えず耳にするだけでなく、語る上での勘所なども自ずと聞き知ったようである。師匠はかって文楽座で三味線を弾いていた、近所の三味線屋の主人であつた。この町内では義太夫の会がよく催され、聞きに出かけてもいる。

やがて東京で作家活動に入ってからも、機会があれば、浄瑠璃を聞きに小まめに寄席に通っている。明治三十二年十二月に読売新聞に入ると、浄瑠璃好きの上司小剣がいたし、親しい友人の三島霜川、近松秋江らも大変な浄瑠璃好きであった。

そして劇評の筆をとるようになると、浄瑠璃をよく取り上げた。その最初が「大隅一座評」（「新小説」明治41年9月）だが、そこでこう書いている、「元来私が義太夫が好きで、よく一寸〳〵寄席へ行くし、阪地から来る者があれば、誰といふ事もなく聴きに行く」。本場の大阪から名のある大夫が上京すると、行かずにはおれなかったのである。

＊

この浄瑠璃への一方ならぬ親近が、秋聲の作品に少なからぬ影を及ぼしていると考えても自然だろう。それも核心的なところに及んでいると思われるのだ。

もっともそのことを秋聲自身、自覚していたかどうか。創作との関係で浄瑠璃に触れている文章は、ほとんど見当たらない。

ただし、紅葉の門下となって、小説修行に取り組み始め、会話が書けずに苦しんでいた際、浄瑠璃が役立ったと言っている。「会話を書く上の苦心」（明治43年9月）だが、当初、秋聲が書いたのは「会話の必要が余りない」、「地の文」の多い小説であったらしい。『断片』（青年文、明治28年9〜11月）あたりを思い浮かべればよいのだろうか。この習作は、書簡体であったからもともと会話の必要がない設定になっているが、基調はほとんど評論である。このように評論とほとんど変わらないところで、初めは小説を書こうとしていたのであろう。『厄払ひ』（明治29年7月）や『薮かうじ』（明治29年8月）には、会話らしいところがないわけではないが、際立ってきちんと書かれてはいない。また、作品の発想自体が、いずれも評論的で、『厄払ひ』は義援の寄付金集めに対しての皮肉な態度を、『薮かうじ』は差別の問題を提起するのを主眼としている。

もっともこれだけが理由でなく、「東京語の智識」を持ち合わせていなかったせいがあった。「東京語」なるものが当時成立していたかどうかもあやしいが、金沢育ちの秋聲にとって、東京で暮らす人々の語る言葉がよく分からなかったようだし、多少は分かっても、現に耳にしている会話が小説に書いてよい会話であるかどうか、判断がつかなかったのではないか。加えて、当時は会話を示す記号、鍵括弧なども一般化していなかった。だから、鍵括弧で括って、これが当の人物たちが語っている会話だと、投げ出すわけにもいかなかった。そのため会話も、筆者が書く文章として示さなければならないと考えたようである。そうすると、会話が「地の文」に溶けてしまいがちになる。

そのところを工夫するよう、紅葉からしばしば注意されたらしい。紅葉門下になって最初の作品『雪の暮』(明治30年2月)から鍵括弧を使い始めている。ただし、地の文の続きといったかたちであり、改行して文頭から鍵括弧で会話が来るのは、紅葉補と明記された『二夜泊』(明治30年11月)からである。

会話は、登場人物が、言わば肉声を響かせ、その人となり、置かれている状況などを端的に示して、作品にリアリティを与える決め手ともなる。また、経緯を説明し、描写を行う地の文と異質であることによって、作品の運び全体に変化を与え、かつ、奥行きを作り、立体化する働きをする。そういうことは承知していないわけではなかったようだが、実際にはなかなか書けなかった。

評論であるなら、筆者の想念から一筋の言語を紡ぎ出し紡ぎ出しして書いて行けばよいが、小説となると、そうはいかない。会話そのものを初め、さまざまな異質な次元の言語を織りなしていかなくてはならないのである。それも無闇矢鱈にでなく、必要な時、場所に、効果をもってでなくてはならない。そのところがよく分からないのだ。

「その時分私は能く義太夫を聞いて居た」と、秋聲は書いている。「義太夫に地の文句から会話へ移つて行く呼吸がある。始終聞いて居るうちにその呼吸が頭へ入つて来たし、東京語の智識も次第に豊富になつて来たので、会話も以前ほど難かしくはなく、却つて地の文よりも容易く書けるやうになつた」。

「地の文」を書き続け、そこへ会話を出す、その「呼吸」が、浄瑠璃によって分かった、と言うのである。考えてみれば浄瑠璃は、太夫一人がすべてを語る。語り手として直接語りもし、経緯を説明し、情景を描写もする。そして、人物が登場して来ると、その人物の発する言葉を発する。男であれ女であれ、また、老人、子供であれ、太夫一人がその人物となって発するのである。

これは小説作者がやっているのと同じではないか。大夫は自らの音声ひとつでもって行うのに対して、小説作者は自らが手にする一管の筆でもって行う。それだけの違いではないか。

このように考えて、大夫の語り方に注意を凝らすとき、地の語りから会話へ移る際の「呼吸」が、分かった。会得できた、と言うのである。

秋聲は、樋口一葉を「近松の娘」（「一葉女史の作物」明治40年6月）と呼んでいる。博文館にいたとき、社の使いとして一葉を訪ね、面識を得ていたが、『たけくらべ』『にごりえ』を愛読、「多大の尊敬を払つて多少崇拝の気味もあつた」とも書いている。そこには、いま問題にしている会話の書き方も係わっているのではないか。一葉は、鍵括弧などを用いる事なく、地の文と会話とを、文章の運びひとつでくっきりと際立たせて書いている。多分、近松に学ぶことによってだと、見たのであろう。そうして「近松の娘」の呼称を与えた……。

とにかく浄瑠璃のお陰で、秋聲は、会話が書けるようになったのだか、それは会話だけに止まらず、小説自体を書くことに繋がった、と思われる。

＊

明治の小説を成立させたもとになるものとなると、読本、洒落本、人情本、滑稽本などに加えて、講談などが考えられて来た。それも講談の場合、円朝の速記本である。しかし、早く前田愛が指摘しているように、音声との係わりを考える必要があり、そうなら、当然、浄瑠璃も考えなくてはならない。先にも指摘したように、明治十年代から東京で浄瑠璃が改めて流行、二十年代に入ると娘義太夫がすさまじい人気を呼んだことと平行して、床本の活字化が行われ、中には速記本もあったらしい。

いま、明治の小説言語全体に一般化して論じる用意はないが、秋聲の場合は、明らかに浄瑠璃があり、それをなんらかのかたちで踏まえることがあったのは確実だと思われるのだ。

その一つが自然主義へ接近するに従い、擬態語が頻出する事態である。すでに拙著『徳田秋聲』で指摘しているが、念のため少し例を挙げると、

其時分は可也間の抜けた顔で、背ばかりヒヨロ〳〵と高く、長い足を内輪にギクンシヤクンと、歩いてゐた。（「発奮」明治40年1月）

子供は看るまにゲツソリ肉が落ちて、目も窪み、鼻も尖つて来た。体中ジワ〳〵する脂汗で、グツタリと蚊帳のなかに臥された。気味の悪いやうな白い目を瞬くかと思ふと、熱で粘つく口をモガ〳〵させて……（「入院の一夜」明治41年10月）

ざら〳〵とするやうな下宿の部屋に落着いてゐられなかつた笹村は、晩飯の膳を運ぶ女中の草履の音が、廊下にばた〳〵する頃になるといら〳〵するやうな心持で、ふらりと下宿を出て行つた。（「黴」）

これらの擬態語は、ごく類型的なものもあれば、秋聲が発明したとしか思われない独特なものまで、多様である。この主な源は、明らかに浄瑠璃であろう。ある様態を、意味を棄てて音声自体でもって端的に、印象的に表現するのが擬態語であり、その表現法をよく使うのが、浄瑠璃である。現行の活字本にも同じ擬態語を幾つも見いだすことができる。

しかし、写実的姿勢をとり、推し進めることが、秋聲にあっては、どうしてこういうことになるのか。擬態語による表現が多く類型にとどまるのは、秋聲自身もよく承知していて、いま引用している文章でも、その工夫は「古い調子で書いて居た時分のアート」で、「一種の声色のやうなもので、その人物の身振りとか、癖とかを、写実よりは会話の調子で現はしてある」と書いている。だから写実的姿勢を採るに従って、擬態語が減少するのが一般である。しかし、秋聲の場合、引用からも明らかなように擬態語が頻出するようになるのだ。そうして、作品は写実性を著しく強める。

いま、秋聲が発明したとしか思われない独特な擬態語が見られることを指摘したが、これは秋聲が、擬態語を既存の言葉としてばかりでなく、表現活動の最中において新たに案出する表現として使っていることを意味しよう。ある様態を忠実的確に表現しようと、対象に迫る、そこから案出されるのである。言い換えれば、写実的態度を厳しく突き詰めることによってである。

その場合、この表現者秋聲は、既製の文字に定着した言葉を組み合わせて書くのではなく、音声として現に身内に働いているものを思いがけず迸らせ、より直截に表現するというかたちで、書いているのである。だから、類型性に陥らず、写実性を進展させることになる。

ただし、これは、いわゆる近代散文の枠組みを逸脱することによる、成果と見なくてはなるまい。

*

この擬態語の多用とともに、目立ってくる記述の独特な運びがある。時間の倒叙とも錯綜とも呼ばれる書き方である。これまた、写実的姿勢と両立するかどうか。

これまた、本来は矛盾すると言うべきだろう。対象と向き合うのは現在であり、その現在は未来へと流れて行く。だから、その時間の流れ——過去から現在を経て未来へ向かう——に添うことによって、写実的態度を働かせることになるはずである。

ところが秋聲の叙述は、どこへ向うか分からない。書き出された時点から、過去へ飛ぶし、また、先の時点へ移ったりもする。そればかりか、描写が行われてもその時点が定かでないことが少なくない。例えば、『新世帯』では「新吉がお作を迎へたのは、新吉が廿五、お作が二十の時、今から丁度四年前の冬であつた」と書き出されるが、それからすぐさま新吉が十四の時に上京したこと、そして、独立したものの一人で切り回すのが難しいと痛感、そこへ仕事仲間から縁談が持ち込まれたことなどが、半ばその過去の時点に筆者が身を置いた形で綴られ、五節に至って「四年前の冬」の婚礼の場面になるのだ。それから二人の暮らしが綴られるのだが、四年後には至らず、三年足らずの年月が経過したところで終わる。

『足迹』だと、その冒頭は、「お庄の一家が東京へ移住したとき、お庄は漸と十一か二であつた」と、書き出されるのだが、『新世帯』と同じように、ついで村を出る際の記述になり、父親がまさかの時の用意に山林を少し残して、家屋敷も家具も膳椀の類いも残らず売り払い、「縫立の胴巻に仕舞込んだ」と描写になり、「どうせこんな田舎柄は東京にや流行らないで、こんらも古着屋へ売つちまはう。東京でうまく取着きさへすれア衆に好いものを買つて着せるで心配はない」と、母親へ話しかける。そして、それから先へと時点を移しながら叙述が進むかと思うと、そうはならず、これまでのさまざまな時点で母親がこぼした愚痴となる、といった調子である。

その父親の言葉、母親の愚痴だが、その場その時の情景を鮮やかに思い浮かべさせるものの、描写の視点は発せられた時点に必ずしも据えられているわけではない。そのところがまことに不思議だが、ある時点に至るまでの幾つもの事象を要約してもいるのである。だから、その時その場を印象的に浮かびあがらせながら、その一時点からは逸脱している。

このような性格は、次の「など」の使い方によく現われているのではないか。

湯に入つてゐると牡丹色の仕扱を、手の届かぬところへ隠されなどして、お庄は帯取裸のまゝ電灯の下に縮まつてゐた。

（『足迹』一九）

風呂からあがったものの、仕扱が手に取れず、帯取裸のまま電灯の下に縮まっているのは、ある一時点の姿のはずだが、それが「など」の一語によって、ある一定期間の間、繰り返し見られたことであり、それを要約してみせたかたちとなっている。ここではこの描写の時点が、ある日の一時点であるとともに、一定期間に繰り返されたというふうに幅をもっているのであり、かつ、そうして、その一連の出来事を要約してもいるのである。

このような言及は、本来なら説明に堕する恐れがあるのだが、逆に、一つに折り畳まれ、一時点の描写では持ち得ない厚みを持つに至っている。

この提示の仕方は、事実の写実・描写の姿勢を強めながら、「語り」の姿勢も保持し、からめ合わせていると見ることが出来よう。

ただし、その「語り」は、現実の出来事が生起する時間に密着することはせず、そこから離脱、距離を置いて自由に働く。秋聲の作品を貫くのも、基底にあるのはそれだろう。

「リアリズムへのあくなき指向と語りという手段の制約とのぎりぎりのせめぎあいの世界に、文楽という人形劇の特質は成立している」と、水落潔が『文楽―そのエンチクロペディ』（新曜社刊）で述べているが、秋聲の作品にも同じことが言えるのではないか。意識するしないにかかわりなく、浄瑠璃に学び、表現行動を浄瑠璃と重なり合うところへと持っていたからではないかと考えられるのだ。

そうして獲得した自由さをもって、「描写」も行っている。それが「描写」の域を広げ、音声による端的な表現、擬態語もおおいに使うようにもなったのであろう。

＊

また、浄瑠璃の「語り」には、耳ひとつを通して物語の推移がよく分かり、かつ、効果が上がる工夫が凝らされている。その工夫の一つが、語るべき事柄の要点なりその輪郭を最初に出来るだけ要領よく示して、それから詳しく述べるやり方である。

豊竹山城小掾が三島由紀夫を相手に、「枕」として語っているのが、それだろう。「なんとか枕でもって全体を解らせるんだということで苦心しております」。郡司政勝は常磐津文字兵衛を相手に、やや大きく構えて、「一つの作品全体のテーマによる何か運命感みたいなものを暗示する神の言葉みたいなものを、まずぽんと出して、置きます。それから物語にかかる」（伝統芸術の会編『話芸―その系譜と展開』）とも言っている。

この「枕」――郡司は「置き」と言っている――の部分だが、そこに見られる時間は、当然、実際の時間の流れとは違う。これから語る一連の出来事を俯瞰するなり一摑みするなりしているのだから、複雑に凝縮、総合する。その「枕」は、全編のとば口ばかりでなく、節目々々にもあると考えるべきだろう。浄瑠璃で言う「切場の枕」である。

秋聲もまた、書こうとする時、これに類した工夫をしたのではないか。

秋聲の場合、小説を書こうとする際、「口」を開けるのに苦労する、と晩年だが、繰り返し言っている。

長篇なら、冒頭あるいは一つの章の書き出しをどうするか、あれこれ考え、これで行こうと決め、ある程度書き進め、これで行けるとの見通しをつける、それが「口」を開けるということであったようである。そうして一旦、「口」を開けることができたなら、安心して就寝した。

殊に秋聲は、自分の体験を題材にする一方、親しい人々――妻はま、近親者たち、小林政子ら関係した女たち――から聞き、ノートに取るようなことはせず、記憶に留めた事柄を題材にして書いた。それも一旦、記憶に留めた事柄を思い出し思い出しして引き出し、生き生きと蘇らせては総合、凝縮、まずは文章化することから始めた。

だから秋聲が筆を執って記述していく時、扱う出来事の時間だけでなく、それと別のさまざまな時間が、複雑に絡んで来る。取材の際の時間、思い出し思い出しして語る相手の時間、それを聞く自分の時間、そして、それを記憶にとどめて改めて思い出す時間、さらにそれを言語化する時間……。それらが錯綜する。

＊

以上のような擬態語の多用、時間の錯綜などとともに、次のような場面も目立ってくる。『足迹』の一節。

お庄は空腹を抱へながら、公園裏の通をぶらく歩いたり、静な細い路次のやうな処に彳んで、入染《にじみ》出る汗を袂で拭きながら、何時までも茫然《ぼんやり》してゐることが度々あつた。

慵い体を木蔭のベンチに腰かけて、袂から甘納豆を撮《つま》んでは私《そつ》と食べてゐると、池の向ふの柳の蔭に、人影が夢のやうに動いて、気疎い楽隊や囃《はやし》の音、騒々しい銅鑼のやうなものゝ響が、重い濁つた空気を伝つて来た。するうちに、澱んだやうな碧い水の周りに映る灯の影が見え出して、木立のなかには夕暮の色が漂つた。

聞こうとしているわけではないのに、楽隊や囃の音、騒々しい銅鑼が聞こえてくるのだが、そこでお庄は、じつは聴覚を通してこころの地とでも言うべきところを露わにして、いろんなものを感じ取っている気配である。

もう一つ、『爛』の冒頭である。


迷宮へでも入つたやうに、出口や入口の容易に見つからない其一区劃は、通の物音なども全然聞えなかつたので、宵になると窟《あな》にでもゐるやうに闃寂《ひつそり》して居た。時々近所の門鈴の音が揺れたり、石炭殻の敷かれた道を歩く跫音が、聞えたりする限であつた。


ここでは、郭からひかされて妾となった女が、一人ぼんやりしている。すると、遠くのささいな音まで聞こえてきて、こころの内深くに届くのだ。そして、確かな像を結ぶわけではないが、彼女のこころの内、その彼女が置かれている状況が、ともに却って鮮やかに浮かんで来る。

自分を空っぽにして、ただ音を受け止めているところを捉え、柔軟な写実性と表現性を発揮している、と言ってよかろう。写実が、対象を客観へと措定し把握するのではなく、主観性の内へ呼び入れ、自ずと現成するかたちをとっている。

秋聲は、恐ろしいリアリストであって、対象を正確に捉える力量に恵まれているが、視覚でもって見据えて把捉するのではなく、恐ろしく感覚的、それも皮膚の域にとどまらず、もっと内的であり受容的であって、耳朶の穴の奥の鼓膜のさらなる奥で受け止める——とでも言えばよかろうか。

こうした聴くひととしての在り方が、表現者としての秋聲の根本にはあり、そのことが浄瑠璃を好んだだけでなく、浄瑠璃に深く親しんだことをとおして、浄瑠璃の技法を小説を書くのに生かし得たと思われる。

秋聲は、紅葉の弟子とはいいながら、四歳しか違わず、小説家として歩み出したのが、いわゆる雅文なり雅俗折衷体の文章から言文一致体へと変わり始める時期であった。この時期において、浄瑠璃がどれだけ有効であったか、具体的には論証することは出来ないが、少なくとも秋聲の場合は、大きな頼りになったのが確かであり、この姿勢を持ち続けた。そして、いまも指摘した、深く耳を澄まし無私に至る姿勢が養われたのであろう。

擬態語の多用、時間の錯綜、対象の客観的描写とその主観的印象表現の一体化といったことが成立するのは、こういうところではないかと思われる。

＊

以上述べたことは、確実に論証できるような性格のものではなく、所詮、筆者ひとりの「感じ」をさほど出ないかもしれない。しかし、秋聲が、『新世帯』『足迹』『黴』『爛』といった作品で達成したところを解くには、浄瑠璃との繋がりを想定するのが有効ではないかと考えている。

「生まれたる自然派」と言った評言がおこなわれたのも、じつはここに根拠があったのではないかと思われる。秋聲自身、浄瑠璃に親しむことを通して養っていたものを、この時期――明治四十年――あたりから、欧米文学に倣う態度を棄てて、文学表現の場に素直に持ち出したのであろう。この前者と後者の姿勢が重ね合ったところで書かれたのが、別稿で指摘したように『凋落』（明治40年〈一九〇七〉9月30日～翌年4月6日）であった。そうして、このあと本格的に現実に対して写実的態度を徹底させたのである。

それは、繰り返すが、描写を突き詰めるとともに、ある視点から因果関係などを捉えて、いわゆる物語を編み出すのではなく、逆に排除しながら、音声言語でもって「語る」基本的な態度を保持して、書くことだったのではないか。

この特異な姿勢が、秋聲文学の中核をなしたと思われる。

注1　秋聲は「ダニエル・アル・マッケンヂィ」と記している。一八六一年カナダ生れ、メソジスト教会の伝道のため一八八七年来日、翌明治21年から四年半、第四高等中学校に英語教師として勤務。後、関西学院（西宮市）の経営に当る一方、同学院神学部で教えた。昭和10年没。後藤田遊子「D・R・マッケンジーと金沢英学院」（北陸学院短大紀要、平成10年12月）による。

2　「浄瑠璃全書」は、中近堂、金鱗堂、金桜堂といった本屋（出版社とは言えないものだったと思われる）から出た。また、明治二十二年には、「素人浄る璃」と角書きされた団平堂主人校閲、木葉散人編纂『天狗大よせ』岡本書房から初編（8月）、第二（9月）が出ている。著作権問題が深く係わっていたことは倉田善弘『芝居小屋と寄席の近代―「遊芸」から「文化」へ』岩波書店に詳しい。

3　マッケンジーの英語教授法は、Natural Method といわれる、文法訳読中心に対して、音声面の指導を重視したもの。わが国では最も早く提唱、実践した。注1と同じ後藤田論考による。

4　先出『近松世話浄瑠璃』叢書閣で読んだのではないかと思われるが、確かなところは不明。

秋聲と新聞

徳田秋聲と言えば、地味な人柄で、作風もまたそうであり、平凡な日常に密着したところで、冷厳な目を働かせ書きつづけた作家と考えられて来ている。確かにそれに間違いはないのだが、しかし、それがすべてではない。ひどく新しがりのところ、観念的な議論に惹かれるところなどがあり、政治的社会的な興味も十分に持ちあわせていた。そして、彼が社会に出て、最初に踏み込んだのは新聞の世界であった。

その新聞と秋聲との係わりは、これまでほとんど注意されてこなかったが、この経歴は、秋聲という作家の在り方、また、彼が作家として地位を築いて行く過程などを考える上で、意外に重要な意味を持つ。

＊

明治二十四年（一八九一）十月、父雲平が没して、いよいよ窮乏の度が深まり、徳田末雄（秋聲）は、当時の金沢では最高学府であった第四高等中学校にこれまでどおり通うのが難しくなった。それに数学など不得手な教科があり、すでに落第をしたこともあったので、翌明治二十五年春、退学届を出し、友人桐生悠々とともに上京した。そして、尾崎紅葉の門を叩いたが、すげなくあしらわれ、当時の代表的な出版社博文館を訪ねたものの、そちらでもなんの成果も得られず、加えて天然痘に罹る有様であった。そこで悠々は帰郷、復学、秋聲は大阪にいた兄直松をたよって、一年足らずをそちらで過ごし、明治二十六年四月、金沢へ舞い戻った。

その頃、家は母と妹の二人だけとなり、御歩町で借家住まいをしていた。そこへ転げ込み、復学を目指して受験準備をすすめたのだが、数えで二十三歳にもなっていれば、困窮を極める家計に無関心でいるわけにはいかなかった。

そこで、文学的雑文を持ち込んでは小遣いを得ていた自由党機関紙「北陸自由新聞」に、九月末からは常時出るようになった。

金沢はもともと政争が激しく、流血事件を起したりしていた。その事情は複雑で、簡単に捉えることはできないが、そうした地元の政争に加え、明治二十三年七月の第一回の衆議院議員選挙で自由民権運動は終息したものの、その余燼がなおも燻りつづけるなか、自由党と改進党の二大政党の対立となって推移、それぞれの党が各地で新聞を刊行、論戦を戦わすようになっていた。そうした状況のなか、明治二十六年に金沢では幾つもの新聞が創刊された。その一つが「北陸自由新聞」であった。

また、この同じ年の八月には「北國新聞」が創刊されている。

その金沢の新聞界で華々しく活躍していたのが、改進党の立場に立つ赤羽萬二郎で、彼は「東京横浜毎日新聞」で筆を振い、招かれて「北陸新報」の主筆を勤めていた。ところが「北陸新報」の社主川瀬貫一郎が変節、自由党へ転じた。そこで六月に辞任、独立して創刊したのである。

もっともこの頃、政論中心の新聞の退潮期に入っていたが、しかし、まだまだその熱気は保たれていた。そうしたなかで、どうして秋聲が自由党の機関紙を選んだのか。

秋聲の最も親しかった友人桐生悠々が赤羽と親しく、たまに論説の代筆（『光を追うて』による）をしたりしていた。ただし、この時期、赤羽は、いまも述べたように「北國新聞」を創刊するという忙しさのただなかにいた。そのような赤羽を、悠々の後を追って頼る気持になれなかったのであろう。また、いまも引いた自伝的小説『光を追うて』での記述を見ると、赤羽に共感を寄せてはいなかった。こんなふうに赤羽について書いている。「少しは操觚界に名の売れた、白皙美貌の紳士だつたが、何かといふと西洋の大哲学者や政治家の文句を引いて、田舎の読者を脅かし、時には迹形もない偽造の文句を並べたりして、学識を衒かさうとするのだつた」（十九章）。

かなり手厳しい言い方である。それに秋聲自身が指摘していることだが、当時、都市部の知識層に人気があったのは赤羽の属する改進党で、自由党は泥臭く、郡部に勢力をもっていた。このことから、天の邪鬼なところのある秋聲は、自由党に近づいたのかもしれない。

また、金沢は政争が激しく、流血事件が起こったことがあると書いたが、そうした事件を起こした結社が盈進社だが、その盟主遠藤秀景に長姉が嫁いでいて（早々に離婚）、幼い時にその家へ幾度か連れていかれたことがある。あるいはこうしたことも多少は影響したかもしれない。そうして政論をもっぱらとする政党機関紙に、若い秋聲は係わり、それが社会への第一歩となったのである。

＊

この北陸自由新聞社に常時出て仕事をするようになった、初めての日の編集室の様子が、短篇『糟谷氏』（新天地、明治41年10月）で描かれている。当時の地方新聞の編集室がどのようなものであったか、よくわかるので、少し長く引用しよう。なお、その日は、「十月の初め」とあるが、この年、明治二十六年十月に書かれた『秋聲録』に、「十月十二日、自由新聞社に出でてより早や十五日斗」とあるので、先に記したように九月末とするのが正確であろう。

「部屋は鍵なりに二タ室あつた。二タ間とも随分乱暴なもので、一室には東京、大坂、その他各地方の新聞、やくざな雑誌などが積んであり、古版木、ステロなども崩れるほど、不規則に置かれてある。畳も障子も砂でザラ〳〵するやうであつた。一方の部屋が編輯の仕事をする処で、小刀の痕や、糊の粘着いた汚い机が二脚並べてあつた。壁や畳も、インキがベト〱してゐたり、楽書がしてあつたり、新年附録の絵が貼つてあつたり、大通にも斯様家があるかと思ふほど不潔だ。」

座ろうとすると、三面担当の記者が注意する。

「君、古新聞を布《し》かんと、迚《とて》も座れやせんよ。」

その記者が着ている縮緬の襦袢の袖が、スタスタに切れ、袷の襟は垢で光っていた。『光を追うて』によれば、松平胡蝶という、眉が濃く、鼻の高い、さる門閥生まれの青年で、三面の艶種の記事で戯作風の筆を振るうとともに、編集室の棚で埃まみれになっている古い挿絵の版木に合わせ、小説も書いていたという。小説家が原稿を書き、画家がそれに合わせて挿絵を描くのではなく、当時は保存されている古い挿絵の版を適当に再利用して、記者が小説を書くようなことが行われていたのである。挿絵の版を作るのに費用がかかることと、小説が穴埋め程度にしか考えられていなかったからである。

この三面担当記者と差し向いに、主筆が、ネルの単衣の腕をまくり、手拭で鉢巻きをし、横に継いで長くした原稿用紙（巻紙に準ずる形に作ったのであろう）に社説を書いている。もう一人、若い男が郡部から来た通信や投書を見たり、東京などの新聞から記事を切り抜いたりしている。切り抜いた記事は、資料としてではなく、紙面に使うのである。通信社の組織もなければ、著作権の観念もない当時は、このようなことが行われていたのだ。

それにしても創刊間もないという気配がどこにもない。先にも触れたように、この頃は幾つもの新聞が創刊されたり廃刊されたりしているから、あるいは別の新聞の編集室を引き継いだのかもしれない。自由党系の新聞としては、先に「北陸新聞」（明治二十年創刊）が出ていたから、その後継紙でもあったのだろう。

ところでこの短篇の主人公は主筆の糟谷氏で、本名は、渋谷黙庵である。『光を追うて』ではこう書いている、「岡山県人の主筆は、朝から酒くさい息を吹いてゐたが、政治論に熱して来ると、鉢巻の下から小さい目が火のやうに輝き、厚い唇から泡を飛して、拳で卓子を叩きながら慷慨するのであつた。社説を書くとき、彼はいつも鉢巻をしてゐたが、引き締つた其の文章にも熱と力があつた」。また、こうも書いている、「板垣宗に凝り固まつた山出しのバンカラ」で「東洋仕立の奇骨漢であつた」(三十三章)。

短篇『糟谷氏』の記述もほぼ同じで、鉢巻を締めて社説を書き、議論に熱中する様を描いている。それとともに、「様子にも取繕つた処、上品ぶつたやうな処は少しもない。然かといつて、乱次がないとか、疎放な……とか云ふ風も先づ無い」とある。

この後の記述から、秋聲がこの人物にいかに好意を抱いたか、あきらかであろう。秋聲好みの男らしい男、と言ってよいかもしれない。実際に付き合いは生涯つづいた。そして、その死を知って、この短篇を書いているのである。

その黙庵だが、記者を相手に、新聞は記者の「弄物」じやない、記者は「徳義」を守らなくてはならないと説き、さらに自由党の歴史を説き、最近、執行部は妥協の末に政府党になろうとしていると机を激しく叩いて批判するのだ。「私は、可恐しい熱烈な自由主義者の宣伝者もあつたものだと驚いた」と短篇では書き添えている。

この黙庵が、改進党を代表する赤羽と対抗したのだが、赤羽は「中央から招聘されたハイカラの新人」で、「薄つぺらながらもエマアソン仕立」(『光を追うて』)であった。都市部の知識層に人気があったのも、当然かもしれない。そのようなところに加えて、「北國新聞」では、創刊間もない十一月、帝大在学中に文芸評論で活躍、名を知られるようになっていた石橋忍月を編集顧問として招いた。そして忍月は、論説や小説に筆を振るい始めたのである。

多分、このためもあって、「北陸自由新聞」では、翌年早々に慶応義塾経済学部卒業の若い記者（『光を追うて』では春名となっている）を招いた。彼も主筆ということになっていて、主筆が二人並ぶことになったが、黙庵は、その座をすぐには渡さなかった。が、結局、二月には新潟の長岡で創刊（明治26年11月25日）されたばかりの「平等新聞」の主筆となって去った。

黙庵の熱烈さ、純粋さ、「東洋仕立の奇骨」では「北國新聞」に対抗できないとの判断が、自由党支部の幹部にあったのであろう。その黙庵から、長岡へ来るようにと秋聲はしきりに誘われた。そこで四月初め、復学のための試験を途中で放棄、長岡へ行った。「北國新聞」の人事が、間接的ながら、秋聲を再び金沢から去らせる結果になったのである。

この長岡行きは、秋聲が再上京するための重要なステップとなったから、金沢を舞台とする、政争がらみの新聞社の争いが、思わぬかたちで秋聲を、とにかく望む道へと近づけた、と言るかもしれない。もつとも秋聲は、新聞編集部での日々に喜びを見いだしていたわけではなかった。先に触れた『秋聲録』で、こんなふうに書いている。

「反故狼藉の裡にありて、痴漢の類似をすること余りに体屈（退屈）なれど、これも一時の権道にて詮方なし」。

あくまで生活の方便で、仕方がないと言っているのである。しかし、いかに方便であれ、その日々が重い意味を持ってくるのである。

＊

長岡では、「平等新聞」の記者というよりも、黙庵に英語を教えることで過ごした。黙庵には、英語を身につけ、新聞人なり政党人として雄飛したいとの思いがあったのだ。そうした黙庵の思惑に自分が使われることに不快感を覚えながらも、英語教授をつづける一方、記事も少しは書き、当地の有力者などにも近づきを持ち、先の上京の際に訪ねた博文館の館主大橋佐平の面識を得たりした。

そして、明治二十八年（一八九五）元旦、黙庵が離さないので、母から電報を打ってもらい、長岡を離れ、再び上京した。

頼ったのは北陸自由新聞社で机を並べた窪田安次郎(注1)という法律を学ぶ若者で、彼も新しい進路を求めて上京、東京高等商業学校（現在の一橋大学）の事務の片隅に席を得ていた。その世話で当座を凌ぐと、黙庵からの紹介状を得て長岡地区選出の代議士小金井権三郎を訪ね、博文館に口をきいてもらった。日清戦争が終結しようとしていたこともあって、博文館では「太陽」「文芸倶楽部」「少年世界」などを次々に創刊、人手が必要な時期であった。

こうしてようやく得た職であったが、住み込みの編集手伝いといったものであった。ただし、当時の文芸出版の最大手の博文館に席を置いたことは、尾崎紅葉ら文壇の中心的存在に知られることになった。

そして、やがて紅葉門下となるのだが、その前に、当時若者の間に人気のあった「青年文」に投稿、主筆の田岡嶺雲の面識を得たことも触れておく必要があるだろう。当時の秋聲は、議論を好む若者といったところがあり、黙庵といい嶺雲といい、言論をこととする人物に親近感を持っていたのである。それに親友が、桐生悠々であったことは、先にも触れた。

また、紅葉の門に入ることになったのは、博文館に紅葉の使いとして出入りしていた鏡花（秋聲と同郷で、石川専門学校の受験の際、顔を合わせたことがあった）を介して、紅葉から誘われたのだが、紅葉にはそれなりの思惑があったのではないか。先年、紅葉宅を訪ねてた熱心な若者で、いまは博文館に身を置いているということがまずあったが、当時では中退ながら学歴といえるものがあり、英語がかなり出来たこと、それに新聞編集の経験が少々あったことが数えられたように思われる。

当時、紅葉を中心とした硯友社は、新聞・雑誌の記者なり編集者を供給する役割を果たすようになっていた。そして、このことに紅葉は、かなり自覚的になっていた気配がある。先にも述べたように新聞は、政論中心から社会種（三面記事）なり読物に力を注ぐように変わって来ていた。いわゆる大新聞の小新聞化、あるいは、小新聞の大新聞化だが、このことが硯友社に人材を求める機運を生み出していたのである。

こうした事情の下、秋聲は紅葉門下となり、作家への道を歩き始めたのだが、その早々の仕事の幾つかの舞台が新聞であった。明治三十年（一八九七）には『雪の暮』を「東京新聞」に連載（2月21〜3月17日）したのを初め、『三つ巴』を「国民新聞」（6月1日〜7月4日）に、三十一年には『風前虹』を「読売新聞」（12月8日〜30日）にといふ具合であった。

いずれも門下生としての執筆で、『三つ巴』『風前虹』は紅葉との連名であったが、秋聲ひとりの筆になるものと考えてよいようである。そして、そのいずれにも政界なり政党新聞が出てくる。『三つ巴』は、かつて政界で活躍したものの、いまは逼塞している人物が登場するし、『風前虹』は、地方で政論家として一時華々しく活躍するが、やがて失意のうちに沈む若者が描かれる。これらの題材を踏まえ、発展させたかたちで書かれたのが、成功作『惰けもの』（新小説、明治32年12月）である。

このように出発期にあって秋聲は、題材の多くを政界なり言論界に仰いでいるのである。それは明らかにこれまで見てきた「北陸自由新聞」と「平等新聞」に身を置くことによって得た体験によると思われる。また、黙庵は、秋聲を相手に、酒を飲みながらあれこれ語ったようだが、その多くが生かされているようである。秋聲自身、『糟谷氏』にこう書いている。

「彼が、熟々古い党内の名士が、新しい金力のある無識の党員に圧迫せられて、次第に凋落して行く状を見て、深い一種の感慨に打たれてゐると云ふ事も、話のうちに歴々見えてゐた」。

まさしくこの「古い党内の名士が、新しい金力のある無識の党員に圧迫せられて、次第に凋落して行く状」が、以上の作品で秋聲が描いているところである。なかでも『惰けもの』は、すぐれてそうであって、ある点では、黙庵からテーマも材料もそっくり貰って書いたと言ってよいかもしれない。

＊

明治三十二年（一八九九）二月、十千万堂塾が解散、その頃から秋聲は、作品を単独名で発表するようになり、どうにか一人前の作家としての歩みを始めたが、夏から初冬まで業界紙「中外商業新聞」の小説欄の編集に責任をもって当たった。紅葉から与えられた仕事で、当時、この欄は門下の者たちが試作を掲載する場になっていた（「『みだれ心』と『ふた心』」の章参照）。その職務をどうにか果たすとともに、意欲作『河浪』（新小説、6月号）、『惰けもの』（新小説、12月号）を発表すると、紅葉の推薦で、十二月一日から読売新聞社に出るようになった。島村抱月の後を受けた美文雑報の担当で、同僚には上司小剣、山岸荷葉らがいた。

多くの門下生のなかから秋聲が選ばれたのは、鏡花や風葉のような華やかな才能は持たなかったが、新聞の世界で着実に仕事をこなすだけの力と経験は備わっていると、認められたからであろう。「読売新聞」の当時の編集長は高田早苗であった。彼は、かつて赤羽と同じ新聞社にいたことがあったから、秋聲との間で、赤羽のことが話題になったかもしれない。

この職に就くにあたって、美文雑報欄の種を記したものを紅葉から与えられたが、それなどを使って日々の仕事を果たすとともに、翌年明治三十三年（一九〇〇）には他の新聞に連載小説を書いた。『大破裂』（中外商業新聞、3月2日～5月8日）、『うき雲』（山陽新聞、4月7日～6月22日）だが、その上で高田に直接交渉して、「読売新聞」に『雲のゆくへ』（8月28日～11月30日）を連載した。これはあくまで新聞社お抱えの小説作者としての仕事であったが、思いの外に好評を博し、作家としての地位を築く第一歩となった。

そこに至るまでの通俗小説の書き手としての秋聲の道筋を考えるうえで注意されるのは、いま挙げた『大破裂』だろう。ごく平凡な家庭生活をベースにして、やや緩やか過ぎる運びで書きすすめられているが、明治三十年代も初めでは、その平凡な家庭生活を扱うこと自体が、まだ珍しかったという側面もあったと思われる。それに新時代らしい新味もわずかながら加味されていた。

地方の町で母と娘一人が暮らしている。その娘お嶋には結婚を約束した男がいるが、上京してすでに六年、手紙のやりとりをするばかりで打ち過ぎていたが、いよいよ約束を実行するから上京するようにと言ってくる。そこで彼女は、単身、上京を決意するのだが、そのところをこう書いている。「今更余り大胆なりしに驚けるらむやうに、屹と口を結び、面を赧めて、気遣しげなる眼もて母の気色を覗ひたり。処女の小さき胸は有繋に跳ればなるべし」。

若い女一人、旅をして、結婚先へ出向くなど、当時としては、「余り大胆なりし」行動だったのである。しかし、このささやかな大胆さが彼女をしてこの一篇の小説の主人公としているのである。

こうして上京した彼女の前に、幾多の困難が立ち塞がる。旧来の考え方になずんだ彼の母親と姉が、冷たい仕打ちをとる。また、仕事に追われた彼は出迎えないばかりか、なかなか姿を現わさない。そうした状況のなか、ただ一人、弟が味方になってくれるが、それがいらぬ疑いを招いてしまう。母親は、お嶋の面前で最近の世相を嘆いてみせて、こんなことを言う。「親の目を偸んで夫婦約束をして、揚句には男の家へ出抜に　押駆たりなんかして本当に油断も隙もありはしないわ」。

男は親に無断で結婚約束をしていたのである。果敢に単身上京して来たはずの彼女だが、こうした彼の母親と姉を前に、ひたすらおどおどする。その揚げ句、家を飛び出し、苦労を重ねる。が、結局は無事に結婚して、幸せになる……。

この筋書きは、同時に書いた『うき雲』（のち『愁芙蓉』）のものでもある。念のため記しておけば、祖父母に育てられている女主人公喜代子は、堅苦しい二人に反発、幼なじみの曲垣新三と駆け落ちしようとするが、列車に乗り遅れたことから踏みとどまり、祖父母に連れられて上京、洋行帰りの相手、敏作と見合いをし、好意を覚える。が、彼はあくまで彼女の意志を確認しようとする。女性の自主的意志を尊重する、その点が、この作品の新味だろう。しかし、喜代子は、曲垣新三が逮捕され、裁判に掛けられたことを知る。夫に乱暴され瀕死状態になった女の世話をしたところ、その女が死んだことから、殺人の嫌疑をかけられたのだ。そのことを知った喜代子は、敏作との結婚を諦め、裁判所に駆けつけ、証言台に立つ。真実のため一身の幸せを犠牲にするのであり、新しい女性として自主的意志を貫くというわけである。そうして曲垣を救い出したものの、行き場を失い、家庭教師となって自立する道を探る。このあたり、弱々しい女のありようがながと綴られるが、結局、彼女の行方を知った敏作と結ばれる。

＊

こうした標準的な作柄から、『雲のゆくへ』は抜け出たものであったが、以後の作品となると、また、以前に戻ったようなものとなったが、とにかく書き継ぐことによって、新聞小説作家としての地位を確かなものとし、筆でもって生活して行く道筋を切り開いていった。

当時、上京して東京で暮らしていた若者の多くは、故郷に親の家があり、生活に行き詰まれば、故郷に戻ればよかった。現に『足迹』のお庄（モデルは秋聲の妻になる小沢はま）の父も叔父もそういう行動をとっている。しかし、秋聲の場合、故郷の金沢には、すでに家がなかった。長兄は大阪に出、次兄は他家の養子となり、母は娘の嫁入り先などに身を寄せていたのである。それだけに、安堵する思いであったろう。

ただし、勤め人生活はどうしても身に合わなかったらしい。明治三十四年四月には退社した。そして、「福岡日日新聞」に『其亡骸』（7月6日～10月12日）を、「読売新聞」には『後の恋』（10月13日～12月31日）を連載し、新声社から書き下ろし長篇の依頼を受けると、年末には大阪へ旅立った。

十三警察署長となっていた兄に会うためであった。そして、その兄の元で、『驕慢児』（明治35年春）を書き上げると、兄嫁が勧めるまま、九州・別府へと足を伸ばした。

やがて帰京すると、意欲作『春光』（文芸界、明治35年8月）を発表、反響があった。その頃には、借りた家の家事手伝いに来ていた老女の娘小沢はまと関係が出来、妊娠する事態になった。

一方、師の紅葉が病み、東大病院で胃癌の診断を受け（明治36年3月）、療養生活に入った。その医療費捻出のために長田秋濤がユーゴー『ノートルダム・ド・パリ』の翻訳文を提供したことから、その文飾の役目が秋聲に回って来た。硯友社およびその傘下の者のなかで英語がよくできたことから、選ばれたのである。

この時期が秋聲にとって最も生活が苦しかった時期であったようである。その最中に男の子（一穂）が生まれたが、正式に結婚に踏み切ることができなかった。

そうして、十月三十日に紅葉が亡くなると、文壇に大きな穴があき、それを埋める役割の一端が、秋聲にも回って来た。同年の十一月から「時事新報」に『血薔薇』（翻案だと思われる）、十二月からは「読売新聞」に『結婚難』を連載、息をつく思いをした。このあたりの様子は、『黴』に描かれているとおりである。そして、明治三十七年二月十日に日露戦争が始まると、従軍記者になることを希望したが果たせないまま、『通訳官』『出征』を書き、それと平行して、「読売新聞」に『病恋愛』（6月22日～9月3日）を、年末には「時事新報」に『冷腸熱腸』（7日～翌年3月2日）を、さらに当時発行部数が最も多かった「万朝報」に『少華族』（9日～翌年4月15日）を連載した。この『少華族』は舞台化されて、一応の世評を呼び、作家としての地位をより確かなものとすることになった。
もっともこの作家としての地位は、あくまで新聞小説作家としてのものであり、文壇の表に立つのは、もう少し年月を必要とした。

＊

新聞小説は、もともと社会雑報記事の連載読み物として始まり、書き手は、もっぱら戯作者なり、その系列の記者であった。論説とは違い、日々新たな世相を伝えるのには、なによりも戯作の文章が有効であったし、草双紙同様に挿絵が大きな役割を果たしていたから、挿絵を生かす工夫ができるのも戯作者であったといったような事情（本田康雄『新聞小説の誕生』平凡社刊に詳しい）があったらしい。そうして明治十九年正月から、読売新聞で小説欄が初めて独立して設けられ、やがて各紙でも行われるようになったものの、実録読み物から出て来たという実態は、後々までも尾を引いたようである。ことに読売新聞は、江戸時代の「よみうり」に始まる、小新聞を代表するだけに、その空気は濃かった。そのあたりの一端は、秋聲も出席している座談会「新聞小説の創始時代から現在まで」（「女性」大正13年3月号、全集第25巻収録）に伺うことができるが、紅葉の『金色夜叉』（明治30年元旦〜35年5月未完）が現われ、大変な人気を呼び、新聞小説なるものがほぼ定着したものの、まだ一部にとどまる状況のなかで、秋聲は新聞小説を書き出していたのである。

すなわち、新聞連載の筆者は基本的に巷間の出来事を面白おかしく伝える雑報記者であり、多分に戯作者的気風をひきずった存在であった。読売新聞の秋聲の前任者は島村抱月であったが、実質的には、その前の、やはり紅葉門下の堀紫山と見るのがよいだろう。紫山の跡を継ぐべく送り込まれたのであり、それに際して紅葉が持たせてくれた雑報の種子が、向島の水神を舞台にした光妙寺三郎と千歳米坡の情事の粗筋をつづった「朧脂紅」と題するものであった（『光を追うて』）。

通俗味を持ち、世相を写し、読者の関心をそそることがなによりも肝心で、近代的な作家意識などとは無縁であったのである。そのあたりに、代作問題が出て来る根の一つがあるだろう。

この時期はまた、政論を中心としたいわゆる大新聞が後退、小新聞が大新聞の要素を取り込み、飛躍的に世に迎えられた明治二十年代中頃の状況を受け継いで推移するとともに、日清戦争によってさらに部数を伸ばした後になるが、新聞は、街頭や応接間・客間から茶の間へと入り込み、幅広く女性を読者とするようにもなって来ていた。低俗ながら、啓蒙性と娯楽性をもった読み物が呼び物となったのも当然だろう。そして、それが新聞小説の形成に影を投げかけた。いわゆる家庭小説が現われて来るのだが、その初期の代表作が徳冨蘆花『不如帰』（国民新聞、明治31年11月～5月）であり、菊池幽芳『己が罪』（大阪毎日新聞、明治32年8月～翌年5月）であって、実際に女性読者の間に人気を呼んだ。

こういう事情もあって、秋聲は、読者として女性を強く意識したようである。そして、いわゆる新しい女性に一貫して関心を寄せ、ささやかながら新味を加える工夫をしつづけたことは、『大破裂』以下に見たとおりである。そうして意欲作『春光』（新聞ではなく文芸雑誌「文芸界」に発表）となった。主人公は新しい女の最たる存在、女性評論家である。もっともその肩書以上に新しさが出せたかというと、そうはならなかったといわなくてはならないが。

こういう姿勢は、『結婚難』を単行本として刊行するに際して、巻頭に掲げた「はしがき」の次の一節に明らかだろう。「結婚は人生の重大事なり。誰か熟慮し考察せざらん。……世上幾多の純潔なる処女に向つて、いささか貢献するところあらんとすと云ふのみ」。

題名に言う『結婚難』は、結婚する難しさを言うのではなく、結婚自体がもたらす多大の困難を言っており、無思慮な「自由結婚」（女性本人の自由意志による結婚）を戒め、「いささか貢献」しようとしているのである。『大破裂』や『うき雲』と反対の方向だが、女主人公は曲がりなりに自分の意志を貫いたのであり、最後は鉄道自殺でハッピーエンドになっていないところが、ともにこの作品のささやかな新味だろう。

これについで読売新聞に連載したのが『病恋愛』だが、作者名は「▲△▲」であり、匿名であった。予告には「暫く作家の名を秘すと雖も、黒頭巾を被れる文壇の名家」と記されているが、匿名にすることによって読者の関心を呼ぼうという企画だったのである。

このことが、明治三十七年当時、秋聲の置かれていた位置がいかなるものであったかを、よく示していよう。すなわち、作者名だけで読者を惹き付けるようにはなっていなかったこと、作者名を明かせばそうかと思わせるだけの多少の知名度は得ていたこと、そして、新味を期待させるだけの力量は備えていると考えられるような存在になっていたこと、である。

その作品の方だが、亡くなった大審院判事を父とする、肺病に罹った若者を中心に、彼に心を寄せる女性との交渉を扱う。しかし、それとともに彼の母の兄で、鉄工所を営む、無頼な男も併せて描く。この男を登場させたことによって作品は幅を持ったが、これは実録物でお馴染みの悪者の系譜に繋がる人物だろう。そうした巷に蠢く男女への読者の関心を織り込み、若い女性については可憐さを際立たせる工夫をしている。ただし、会話を中心にした、例によって緩やか過ぎる展開ぶりである。これは読者が要求する分かりやすさに応えての、咬んで含める平易な叙述を目指したためかもしれない。

ついでに言っておけば、この緩やか過ぎる平易な叙述に鋭く対立するのが、『新世帯』『足迹』『黴』などの叙述で、秋聲自身、自覚的に前者の叙述を反措定することによって生み出したと考えられる。その点で、こうした作品を書きつづけたことは、少なからぬ意味を持つのだ。

その『病恋愛』だが、いわゆる家庭小説から一歩抜け出たところがあると受け取られたのであろう。そして、上に触れた『少華族』に繋がる。

＊

硯友社系の作家から自然主義作家への変貌は、文学潮流の変化と秋聲の作家としての境地の深まりによるが、それとともに、いわゆる純文学的作品と通俗作品とがはっきり分離されるようになったことも係る。そこにおいて秋聲は、政論なり言論人への関心・それに即応した視点を通俗小説へと全面的に譲り渡した、と言ってもよかろう。先に触れた『凋落』を最後に、そうした題材を純文学的作品では採り上げるようなことはなくなり、日々の日常の暮らしに焦点を厳しく絞ったのである。そして、『新世帯』『足迹』『黴』以下の名作をつぎつぎと書いた。

ただし、それと平行して、通俗長篇を一段と旺盛に書き継ぎ、大正に入ると相次いで創刊された婦人雑誌の常連執筆者となったのである。

その通俗長篇での成功には、新聞人であった時に身につけた視点、関心の持ち方がものを言ったと思われる。主な読者層は、若い女性――いまとは違い主に結婚して親の下から離れた女性たちであったが、その興味を惹くためには、彼女たちの生活空間を知らなくてはならない。しかし、華やかであるとともにつつましやかな、夢や憧れの気持で彩られた生活空間は、秋聲自身のそれとも、純文学作品でもっぱら採り上げている厳しい現実とも大きく隔たっている。その隔たりを越えて捉えるのを可能にしたのが、間違いなく新聞人のものであろう。自分の在り方を別にして、社会現象として、新しい読者の出現を捉え、その生活空間もまた、捉えるのである。

かつて『後の恋』『春光』などで女性評論家を、『女教師』などでは教職にある女性を扱ったが、時代に応じた新しい現象とも言うべき女性の職業進出を手早く採り上げた路線を、再び活発化させたと言ってもよかろう。

このような姿勢は、大正三年（一九一四）の一年間だが、一旦退社した「読売新聞」に客員として復帰、勤めたことが少なからず役立ったようである。もともと社員という在り方はイヤであったが、新聞社の仕事は好きであったのであろう。まことに楽しそうに、職務に励んでいる。

この後、大正六年二月から『誘惑』（東京日日新聞、大阪毎日新聞、7月5日まで）を連載するが、開始に当たって「新聞連載小説に聊か新紀元を隔したい」と書いているとおり、現代社会を舞台にした意欲的な作で、人気を呼んだ。完結に先立ち劇化され、六月に東京では歌舞伎座で新派により、大阪では浪速座など五つの舞台で上演される人気ぶりで、そのなかには舞台と映画を組み合わせた連鎖劇（楽天地）もあった。また、本格的に映画化（日活映画・監督小中忠、白黒無声）も行われ、同じ月に公開された。（注2）

新聞の連載小説も新しい次元に入ったといってもよかろう。引き続いて大正七年九月から『路傍の花』（時事新報、翌年3月13日まで）を連載するが、連載完結の前の二月初めから明治座で、下旬からは本郷座で上演され、翌十年秋にも再演された。

また、大正十年一月から『断崖』（大阪朝日新聞、7月9日まで）を連載すると、松竹キネマにより映画化（監督・牛原虚彦）され、十月には公開された。大正十一年には八月から『二つの道』（東京日日新聞、大阪毎日新聞）を連載、完結の前の十二年一月には、大阪浪速座、楽天地、京都南座などで上演、連鎖劇（大阪九条八千代館）も行われ、二月には本郷座で新派大合同により上演、松竹キネマ映画（監督・池田義臣）が公開された。さらにこの十二年には、十月から『掻き乱すもの』（名古屋新聞、翌年3月31日まで）を連載すると、完結前の十三年三月十四日から、名古屋の真守座で劇化、上演され、下旬には連鎖劇が名古屋宝生座で上演された。

こうした事態は、新聞が東西において発行部数を飛躍的に伸ばしたことがある。大阪毎日新聞の場合、大正期に入ると、紙面刷新による情報量の増加に伴い、発行部数も急激に増加、大正十年には六十八万六千五百余部、十二年には九十二万八百部、翌、十三年には百万部の大台に乗る勢いで

あった。（注3）

この現象は、第一次世界大戦後、ひろく新聞全体に見られたことであった。いわゆる巨大な情報化現象が、まずは新聞に集中的に具体化したのである。そして、その新聞と演劇、そして、映画が結びつくようになったのは、ごく当然の展開で、そこに秋聲が深く関わっていたのだ。

＊

このようにひどく華やかといってもよい存在に秋聲はなり、その許に、これまた別の形で華やかな山田順子といったような女が訪ねて来るようになった。そうして大正十五年一月二日、妻はまが急死、順子と急接近すると、新聞にしばしば取り上げられ、自らも順子ものの連作を執筆、その状況に油を注ぐかたちになる。そこには個々人なり作家とジャーナリズムとの新たな関わり合いが見られよう。その点については別項「順子ものの諸作品」で見たが、昭和五年（一九三〇）二月には、総選挙に立候補しようとする。その立候補騒ぎについては、「北國新聞」が詳しく報道しているので、紹介すると、

この年二月七日付け二面に、一段見出しながら、トップに出ている。その見出し「秋聲徳田氏／此闖入者に対する判決如何」とあり、社会民衆党（労働農民党を脱退した右派の日本労働総同盟などが中心となり、安部磯雄を委員長に、大正十五年に結成されたミニ政党）の石川県第一支部が石川県第一区からの立候補者として秋聲に白羽の矢を立て、委員が上京して説得、二月五日に同意をとりつけた経緯が書かれるとともに、第一区ではすでに有力候補がしのぎを削っており、そのようなところに名乗りをあげた唐突さを指摘している。そして、別面では、これまたトップで、大きく「書斎から壇上へ／白髪を染めて／秋聲老乗り出す」とあり、つづけて二段見出しで「文壇の大家／引き連れて政戦へ」とある。

社会民衆党石川県第一支部が、秋聲を選んだのは、作家として名の知られる存在であったことが第一の理由だろうが、次いで、その言説よりもかつて自由党の機関紙にいたことが大きかったのではな

いか。また、秋聲としても、その頃の気持が蘇って同意したのではなかろうか。

この後、秋聲出馬の記事が連日続いたが、十日付けで、早々に立候補断念が二段見出しで伝えられる。次兄正田順太郎ほか親戚が強く反対したためとある。順太郎は、旧主横山家が経営する尾小屋鉱山（小松市）で責任ある地位を勤めた経歴の持主で、社会民衆党とは立場が違い過ぎたのである。その記事の下のコラム「小春秋」にはこんな一節がある。

「▲果然徳田秋聲子候補辞退を申出づ▲自ら小説を通り越して芝居がかりに出てゐる▲失望する者は本屋ばかりださうだ」。

軽く揶揄されて終わったかたちだが、秋聲自身、「名ばかりの普通選挙」（昭和5年2月）で次のように理由を述べている。現地に行ってみると、選挙運動がかなり苛酷で自分の健康が耐えられそうもないこと、運動費が予想以上の巨額に上ること、投票日まで時間があまりないこと、当選は覚束無いこと、次兄の反対は聞き入れないわけにはいかなかったこと、それに秋聲の立候補について党本部の了解が取られていなかったことである。いずれにしろ秋聲は、いささか軽率であったと言わなくてはなるまい。

＊

この後、ほとんど注文も途絶え、筆を執らなくなるが、この時期、友人桐生悠々が主筆をしていた「信濃毎日新聞」に、昭和六年十一月から翌年六月まで二百回、『赤い花』を連載した。ダンサーを主人公にするが、地方紙であったから、反響を呼ぶことはなかったが、小説の筆を手放さずにいるためには、貴重な連載であった。そして、昭和十年（一九三五）七月からは『仮装人物』を雑誌に連載し始めるが、これは現代性と人間の内実に深く迫る姿勢とを融合させた、大作となった。

そして、最晩年には『縮図』を都新聞に連載するが、これは新聞紙上に日々書くことが、戦時下の状況へと傾いていく時代と渡り合うことになる。これらについては、別に採り上げる。

注1　「旧友」（大正13年8月、週刊朝日）に木下の名で出てくる。
2　八木書店版秋聲全集第三十六巻、平成十四年五月刊、小林修「解説」参照。ここには連鎖劇について詳しく説明、場割なども紹介されている。
3　八木書店版徳田秋聲全集第三十七巻、平成十四年七月刊、紅野健介「解説」参照

主要参考文献
『金沢市史』（現代篇）昭和44年3月、金沢市刊。『北國新聞一〇〇年誌』北國新聞社刊。『徳田秋聲全集』八木書店刊。『秋聲全集』臨川書店刊。『石川近代文学全集2　徳田秋聲』平成3年1月、石川近代文学館刊。野口冨士男『徳田秋聲伝』昭和40年1月、筑摩書店刊。野口冨士男『徳田秋聲の文学』昭和54年8月、筑摩書店刊。

（北国文華5号、平成12年6月。八木書店版「徳田秋聲全集」第20巻解説、平成13年1月による）

代作の季節

明治三十年代、秋聲が活動し始めた頃の、新聞や雑誌の文学作品の扱い方は、今日とはかけ隔たったものであった。

例えば、『旧悪塚』（中央新聞、明治32年3月15日から60回）だが、翻訳とも翻案とも説明がなく、挿絵にはヨーロッパらしき人物や風景が描かれている。ただし、文章上は日本人名の人物が、外国の地で活躍するといった具合である。その上、この作品は翌年に『後の懺悔』と改題され、人物名、地名も変えられて九州日日新聞に連載（明治34年10月5日から80回）、さらに『地中の美人』と改題され、明治三十七年に刊行されている。

『旧悪』（中外商業新聞、明治33年10月24日から20回）は、三島霜川の名で掲載されたが、翌年、『いほ子』と改題、秋聲の名で「新小説」七月号に掲載されている。中外商業新聞掲載作は、当時、紅葉門下の下書きの場扱いされたことを別稿で見たが、ここでは当初、秋聲が霜川の代作をしたかたちになっている。

また、『霊泉』（煙草倶楽部、明治33年1月号）は、アイルランド伝説に基づく作品の翻案と思われるが、この後、正月用の読み物に書き直され、『人の春』（北國新聞、明治39年元旦）、さらに『愚人』（新愛知、大正2年1月）として掲載されている。北國新聞は秋聲の出身地金沢から出ている新聞、新愛知は秋聲の学生時代からの友人桐生悠々が主筆を勤めていた新聞で、後者の場合、作中、「大正二年の正月」と、掲載時点の年月が書き込まれている。

明治三十五年八月、単行本『自由結婚』（駸々堂）が出ているが、表紙は秋聲と三島霜川の連名だが、奥付は三島才一とだけある。実際にこの作者は基本的には三島霜川一人であろう。連名では『日陰の花』（京都日日新聞、明治43年2月11日から48回）があるが、これもそのようだが、この頃、霜川はろくろく書けない状態だったから、秋聲がかなり手伝ったのではないか。

こういった具合であったから、作者名が今日、われわれが考えているようなものではなかったのである。ただし、代作とはっきり言えるかどうか。しかし、明治三十八年（一九〇五）夏以降となると、代作と言う他ないものが急激に増え、大正四、五年（一九一五、六）まで及ぶ。

これには時代状況が大きく関わっているようである。

第一には、明治三十七年二月十日、日露戦争が始まり、翌年には旅順陥落、奉天会戦、日本海海戦があって、九月には日露講和条約がポーツマスで調印されるなど、歴史的事件が相次いで起こったから、人々はニュースに関心をもち、新聞雑誌の発行が急速に伸び、創刊も相次いだのである。そして、以降数年間は、その発行を持続し、さらに進展させるためにも、読み物に対する要求が高まったのである。

いま、岡野他家夫『日本出版文化史』（昭和35年9月、春歩堂刊）で、創刊された主な雑誌を見ると、明治三十七年は「新潮」「時代思潮」「直言」など八点、三十八年は「女子文壇」「新古文林」「天鼓」「婦人画報」「ムラサキ」など十六点と急増、三十九年は「婦人世界」「文章世界」「趣味」など十三点、四十年には「演芸画報」「家庭文芸」「日本及日本人」など十一点、四十一年には「実業之世界」「婦人之友」など十三点、四十二年には「スバル」「無名通信」「新文壇」など五点、四十三年には「雄弁」「婦女界」「白樺」「三田文学」など十六点、四十四年は「新婦人」「講談倶楽部」「青踏」など十点といった具合である。

このように次々と増加した雑誌は、当然、執筆者を必要とした。創刊号なり創刊後まだ間のない時点で、秋聲の小説が掲載されているものを見ると、現在判明している限りでは次のとおりである。明治三十七年はなく、三十八年は「ムラサキ」「清光」「天鼓」「新古文林」、三十九年は「婦人世界」「文章世界」、四十年は「趣味」「家庭文芸」、四十一年は「演芸画報」「江湖」「新天地」「新文林」、四十二年は「家庭雑誌」「東亜文芸」、四十三年は「日之出公論」、五年の間を置いて、大正五年は「新家庭」「黒潮」、大正六年は「大学評論」「婦人公論」「新時代」である。

この事情は新聞にも言えた。新聞の創刊も相次ぎ、東京から地方に及ぶとともに、いわゆる外地、朝鮮、満州なども例外ではなかった。また、既刊の新聞でも小説欄を新たに設けるようになった。

そして、それらにとって秋聲は、掲載するのに恰好の作家の一人となっていたのである。目次に名が出れば、それだけでも一応ふさわしいと思われたのだ。尾崎紅葉が明治三十六年十月三十日に没し、文壇の状況が大きく変わり、ポスト紅葉の一員として秋聲がようやく一人前の書き手として活躍し始めたのは、明治三十七年も後半から翌八年にかけてからであるから、ほぼ同時に、注文が殺到するようになったのである。その点で、作家としての実力が十分に認められた上での、各紙誌からの注文であったかどうか、多少の疑念は残るが、紅葉門下の四天王としての実績は十分であった。

それにこの時期、紅葉のような凝った文章ではなく、平易で読みやすく、新しい時代への目配りもささやかながら見られる作品が迎えられるようになっていたのだ。情報量が急激に増えるなか、小説の文章にも平易さと軽さが要求されるようになったのである。自然主義期とは違い、この時期の秋聲の作品の多くが、それに応える性格を持っていた。いまから見れば、特徴のない淡泊な筆で、魅力に欠けるが、この時期にあっては、目立たないだけに安心できる、そして、時代が要求し始めていたスピードのある、程のよい新しさだったのかもしれない。なにしろこの時期は、いわゆる雅俗折衷体から言文一致体への移行が、小説の領域でほぼ完了する頃で、書き手はさほど多くはなかった。

しかし、この過度に多量の注文を捌ききることはできなかった。が、この注文を断るには勇気が必要であった。なにしろ昨日までは注文を取るのに駆けずり回っていたのだ。断れば二度と注文を貰うことが出来なくなる恐れもあった。

それに硯友社的な考え方では、作者名は、必ずしもその個人のオリジナルであることを意味せず、ともかく当の紙誌に掲載する作品を提供するのを業務とする、という意味合いが強かった。だから、ともかく約束した紙誌には秋聲名で作品を提供すればよかった。そこに代作が入り込んでくるのは、当然であった。

＊

当時、こうした秋聲の周辺には、言うまでもなく硯友社の面々を初め、それに繋がる人々が多くいた。そして、その人たちがいろんなかたちで係わった。自分たちのグループの影響力を保持するため、四天王の一人とされる秋聲を積極的に押し出そうとしたひとたち、また、新聞雑誌の編集者となっていた者も少なくなく、なかには雑誌を創刊しようとする者もいた。硯友社は、そういう方面での人材提供の役割も果たしていたのである。

それに秋聲に近づき、その代作をすることによって、作家となる機会なり、原稿料を手にしようと画策する者も、少なからずいた。仲間の一人、小栗風葉はすでに代作を盛んに使っていたが、身辺に作家志望の若者を集めていた。

それから当時は、東京で一戸を構えるとは、親戚一同ばかりか同郷の者たち、また、志を同じくする者の世話をする義務が半ば生ずるようなところがあり、生活費が意外にかかったという事情もあった。秋聲自身、下宿を出て三島霜川と家を持つと、さっそく甥を預かるなどしている。

こうしたところに身を置いていた秋聲に、原稿の注文が急速に増え、一人では処理し切れなくなったのである。明治三十八年は、連載長篇は前年からの継続の『冷腸熱腸』（時事新報）と『少華族』（万朝報）の二本に、『わかき人』（北國新聞）一本だけだが、明治三十九年となると、七本にもなっている。『亡母の紀念』（時事新報）、『秘密の秘密』（北國新聞）、『黄金窟』（同）、『心の闇』（朝鮮新報）、『落し胤』（満州日報）、『おのが縛』（万朝報）、『奈落』（中央新聞）である。四十年は、『煩悶』（北國新聞）、『焔』（国民新聞）、『順運逆運』（北國新聞）、『処女作』（東京日之出新聞）、『凋落』（読売新聞）の五本といった具合である。この他に多くの短篇も書いているのだ。これだけの仕事がどうして可能だろうか。

そこに代作が、半ば不可避的に入り込んだ。秋聲自身、それを拒否せず、大勢のおもむくままに任せる態度を採った。いま挙げた新聞連載のうち、地方新聞なり創刊間もない新聞の場合、すべてが代作なりそれに準ずる作品と見てよかろう。

当時、秋聲は硯友社的な考えを引きずっているだけでなく、紅葉などよりも遙かに無個性的な自分の在り方を自覚していたし、翻案・翻訳を仕事の大事な一部としていたから、自分の文学世界を積極的に押し出そうとはあまり考えていなかった。秋聲の傍らには、同門で、強烈な独自性を発散、代作などしたくてもできない泉鏡花の存在があったことも留意してよかろう。当然、上に言ったような自らの在り方を痛切に自覚させられていた。そうして比較的抵抗なく、代作を使う方向へ行ったように思われる。

ただし、一言で代作と言ってもさまざまな形態があり、他人の作をそのまま自分の名で媒体に売る形態もあれば、最終的には自作として責任がとれるよう、かなり筆を入れる場合、また、題材などの提供を受けて書く場合もあった。

いま、明治三十九年、四十年を例に挙げたが、この時期に執筆した中央紙の連載作では、新しい文学の動向に応えようとする力作を書き継いでいた。『おのが縛』『奈落』『凋落』がそうで、作家秋聲としての歩みにおいて無視できないどころか、今後とも評価しなおす必要があるが、これらに対して地方新聞の連載作は、そうしたところと無縁な通俗作で、なかには海外の通俗作をなぞった程度のもので、代作か自作か、問うこと自体さえ意味がないとも言いたくなる程度のものもある。多分、それらの幾つかは霜川が手伝っただろうと思われる。

ただし、それらのなかで『煩悶』はいささか変わっていて、若者の精神的な苦悩を扱い、『おのが縛』などと類縁性がある。そのため平野謙が注目、『石川近代文学全集・徳田秋聲』（平成3年刊）に収められたが、北國新聞での連載が終わると、『処女作』と改題され、東京日之出新聞に掲載され、その際には秋聲と草風の合作の表示が二十二回まで行われている。さらに秋には『女の秘密』（古今堂、明治40年11月刊）とさらに改題されて単行本化されるが、その中表紙裏には赤インクで「此の篇を作するに当りて友人清水一人が多大の助力を得たることを表明す」との断り書きがある。こうなると秋聲単独の作品ではないのが明らかだが、清水一人の作とも言えないだろう。この人物は、紅葉門下で、藻社の一員として秋聲と一緒だったことがあり、草風、山里弦次郎、山里玄崖、清水弦二郎と多くの名を持つ、怪しげな人物である。この他にも秋聲と連名で、明治四十年には『四人』（九州日報）を連載、単行本『わたり鳥』（卍倶楽部刊）を合著として出しているが、「無名通信」の「代作調べ」（明治44年4月1日号）に柳川春葉と佐藤紅緑が同一作を某代作者から売りつけられ、恥をかいた話が出ている。その某代作者がこの人物で、作品は『四人』であるようだ。秋聲の場合、連名であったし、掲載紙が九州であったため、問題にならなかったようだが、この一年きりで、交渉は絶ったと思われる。ただし『煩悶』に限っては秋聲の筆が入っていそうである。

秋聲は代作を使った場合、責任を取ろうとしたことがあったようである。その一端を伺わせる手紙がある。

明治四十年十二月の、千葉滑川在住の詩人高橋山風宛（12日、千葉県香取郡滑川局受信）で、和田芳恵が公表、すでに広く知られているものだが、それを見ると、秋聲は翌年元旦からの新聞連載小説を二本抱えていて、うち地方新聞の五、六十回連載分を山風に依頼してあったが、山風からいきなり書けないとの連絡があり、慌てて執筆を懇願している。手が回らないので、なにがあっても書いて送ってくれるよう繰り返し求め、「小生自身は非常なる苦痛に候」「何分小生は絶体絶命の場合につき御一考相煩はし度重ねて申上候」とまで書いている。

山風とは、小栗風葉に次いで古くから親しい三島霜川を介して知り合い、個人的な問題でも交渉があった。それにしても、これほど必死になって懇願しているのは、なにがあっても外せない義理のある相手との約束だったからであろう。紅葉が亡くなる前後、秋聲は密かに関係を持った小沢はま（後の妻）が妊娠し、出産するという事態になって経済的に困窮、原稿の買い手を探して奔走した。そうした時に救いの手を差し伸べてくれた編集者などに義理を感じたとしても当然であろう。そして、自ら筆を執ろうともしたのだろうが、明治四十一年元旦から始まった新聞連載は、現在のところ知られていない。

ただし、この問題は、さらに持ち越されたことは、野口冨士男「ある代作者の周辺」（『徳田秋聲ノート』中央大学出版部刊所収）で紹介された山風宛秋聲の書簡で判明する。翌四十一年二月二十五日付消印で、こうある、「拝啓　北國新聞より別紙の如く申越され候ニ付き御手数恐入候へども義憤結末までの大体の趣向至急御漏し被下度願上候　怱々」。地方新聞が北國新聞で、連載予定作の題が「義憤」であった。ただし、この後、北國新聞紙上に秋聲の作品はながらく掲載されない。約束を引き伸ばした末、違約したため、北國新聞との縁は切れたのであろう。

この明治四十一年の暮れ近い頃、安成二郎と永代静雄（花袋『蒲団』のモデル）が秋聲を訪ね、書斎で話をしていると、中村武羅夫（泣花）と水守亀之助の二人がやって来て、中村が着物の懐から原稿を取り出し、これを先生の名で「新小説」の正月号に出させてほしいと依頼した。その作品が『鶏』だったと、安成が「秋聲先生」（『花万朶』同成社刊所収）で書いている。

この『鶏』は、早々に代作の指摘を受けたが、秋聲は、多分、その原稿を見もせず、名だけを貸した様子である。中村は、風葉の弟子で、風葉を介して親しく出入りするようになっており、当時は「新潮」の編集者になって一年たらずの時点である。

この事件の背後にどのような事情があったか、よくは分からないが、個々の雑誌を越えて、編集者同士で原稿をやり取りし、その作者としての名義を気心の知れた作家から借りるようなことが行われていたと考えざるを得ない。

＊

そこで秋聲の代作者たちについて、これまで判明しているところをまとめておくと、まずは硯友社系の人たちである。

紅葉門下で、最も気のおけない友人が三島霜川であったことはすでに触れたが、お互いに気安く頼めたのだろう。ただし、これまで霜川の代作とされて来たもののなかには、翻案がかなり含まれているようである。「無名通信」秘密号（明治四十三年四月一日）は、『焔』『母の血』『血薔薇』を挙げているが、少し割り引いて考えなければならないかもしれない。

この霜川に親しくなる前から仲がよかったのが小栗風葉だが、風葉自身、代作を盛んに使っており、それも秋聲とほぼ同時期に当たる。当然、なんらかの関係があったと思われるが、その風葉の身辺には真山青果、岡本霊華、中村武羅夫らがいて、いずれも風葉の代作をしたが、そのうち霊華、武羅夫は、いまも見たとおり秋聲の代作も行っている。殊に投稿文芸雑誌「活動之友」（のち「活動」）と風葉は親密な関係を持っていたようで、風葉の名が執筆者として盛んに見られるが、上記の者たちを初めとする風葉の息のかかった者たちが、代作をしたと思われるし、そのうちの何人かが秋聲の名義を借りたようである。多分、『餌』『墨液』『白い女』がそうである。安成が目撃したようなやりとりは、そうしたことの延長線上でのことであろう。

また、霊華の縁者（妻の妹の夫）に、英文学者の佐伯有三がいるが、「無名通信」が指摘する『伯父の家』『桎梏』」の代作者の佐伯某は彼ではなかろうか。このような縁からも、作品が持ち込まれると、代作として使うようなことがあったと考えられる。

中村武羅夫は、先に述べたように「新潮」の編集者になったが、同社内に設けられた文章学院（小説、論文、書簡、漢文などの作法を通信教授するとともに、講義録など関連の実用書を刊行）の教授となった人たちも、代作者となったようである。もっともこの場合は小説ではなく、実用書・入門書の類いである。文章学院編集として、秋聲編『会話文範』、秋聲著『人物描写法』が出ており、文章学院の名は出ていないが『新文学百科精講』に収めた「創作講話」も、実際は文章学院の活動の成果で、これらはいずれも文章学院に係わった人たちの仕事だと思われる。例えば、ロスタン「シヤントクレエル」を共訳した加藤朝鳥が、その一人であったと思われる。

いま挙げた「創作講話」だが、後に『小説の作り方』と改題、刊行され、版を重ねた。その他、『明治小説文章変遷史』『小品文作法』『日本文章史』『日本文学講話』といった著作が秋聲名で出ている（八木書店版全集第二十四巻収録）が、これらもいま言ったような人たちの筆になると考えられる。なかでも『明治小説文章変遷史』は、先に挙げた加藤朝鳥の執筆であることは、曾根博義の調査（「加藤朝鳥ノートはしがき」「舢板」第3期2号、平成14年7月）で確実となった。加藤は、本間久雄の早稲田大の同級生で、ポーランド文学などにも詳しい英文学者であり、この後、新潮誌上で評論の筆も執った。

以上は、秋聲周辺の人たちだが、それと異質なのが、夏目漱石が紹介した飯田青涼である。漱石自身の書簡と、秋聲の飯田青涼著『女の夢』序文から明らかになった（「漱石と秋聲—青涼を介して」参照）が、発表当時、秋聲と合作の表示された「女の夢」のほか、長篇が幾編かあると思われる。明治四十二年夏から、四十四年六月の『女の夢』まで、あるいはそれ以後しばらくの間ありそうである。

また、漱石門下の鈴木三重吉が出していた「赤い鳥」の大正七年七月号に、芥川龍之介『蜘蛛の糸』などとともに、秋聲の『手づま使』が出ているが、これは小島政二郎の筆であることが明らかである。その間の事情を小島自身が『眼中の人』で書いているが、それによれば、三重吉が喘息の発作で入院、代わりに編集を担当、秋聲、鏡花らに童話の執筆を依頼、承諾してもらったが、いざ原稿をもらいに行くと、二三人を除いて、書けないと言われたので、八人分の童話を書き、三重吉から「約束不履行の償いとして、名前を借りることを強引に承諾させて来てくれたまえ」と命ぜられるまま、作家たちの許を訪れ、承知してもらったという。そうして掲載した秋聲作の童話を、芥川と久米正雄が「うまい」「とても叶わない」と言って絶賛したというのである。

いま読んでみて、絶賛するような童話とは思えないし、もう一編、「赤い鳥」に掲載されているものも、秋聲作ではないと思われる。

ただし、この小島の証言は、必ずしも正確ではなく、「赤い鳥」大正七年七月号は創刊号で、上記の他に掲載された既成作家の童話は、島崎藤村、小山内薫、小宮豊隆であり、鏡花は童謡『あの紫は』を寄せている。だから、芥川だけが自分で書いたとしても、八人にはならない。あるいは他の号も合わせてのことかもしれない。

その翌年だが、創刊号などに童話を載せている丹野てい子宛に、鈴木三重吉が手紙（大正8年2月15日付け）を書いており、そのなかに次の一節がある、「童話は、あなたが書いたことにしてくれないと困ります。雑誌の内幕がバレて、だれのでも代作のやうに思はれると困る」（根本正義『鈴木三重吉と「赤い鳥」』鳩の森書房刊による）。

いずれにしろ童話という領域では、この時代になってもまだこうした名義貸し（代作の最たるもの）が行われていたのは確かで、代作最盛期にはこうしたことが盛んに行われていたのだ。

また、時期が少し下って大正十年頃になるようだが、野口冨士男が『徳田秋聲伝』『徳田秋聲ノート』で平野止夫の名を挙げている。秋聲の本郷森川町宅の近所に住み、出入りしていた関係から、秋聲に「頼まれ」て、地方新聞の連載小説を初め、中央の雑誌に、短篇や連載物を書いたと本人が記している（文芸広場、昭和38年10月号）のである。ただし、作品、新聞雑誌名を示していないので、確認はできていない。

＊

代作者までは分からないが、その可能性の濃いものが幾つとなくある。この時期になると、文章などから、多少は判別出来る。

例えば『団欒』（新潟新聞、大正2年）は、文章のタッチが明らかに秋聲のものではないし、家族思いの円満な父親像は、およそ秋聲らしくない。『発足』（雄弁、大正3年1月号）は、仲がよく、屈託のない若い夫婦をあつかっているが、その滑らかすぎる筆は、やはり秋聲のものではなかろう。『とらのこ』（秋田魁新報、同1月）は扱っている世界は秋聲のものだが、表現に言い足りなさが常につきまとい、秋聲作でないのは確実である。

大正五年の連載『若き生命』（女学世界、初回は「暗潮」）は、冒頭を初め幾度か海の描写がでてくるが、ことに最初のわざとらしい稚拙な比喩など、秋聲のものではない。もっともこの稚拙さはすぐに消える。一応の力量ある者に替わったのだろう。もしかしたら秋聲が大幅に手を入れるようになったのかもしれない。「暗潮」から「若き生命」への改題には、そうした事情があったとも考えられる。後半は北海道の農村が舞台になるが、これは元の作者が提供した材料に基づいているのであろう。

この作品あたりから、代作と疑われる作品は、ほぼ姿を消す。

代作の疑いを招いたものとして、先にも指摘したように翻案があることも言っておく必要があるだろう。作品の材料、発想、展開法などを外国の作品に求めると基本的には国内の他者に求めるのと同じ、ということになるのだ。文章が秋聲のものであっても、代作の疑いを掛けられやすい。

例えば山本健吉が代作とした『運命』（読売新聞、明治37年9月）だが、根拠は秋聲唯一の時代小説で、凶暴な盗賊と馬喰、それに役所の奉行が活躍、およそ秋聲作らしくない点である。しかし、翻案で、明治時代に置き換えることが出来ず、こういう工夫をしたと考えられる。

＊

代作の問題は、作家個人の問題でもあろうが、編集者も関与する場合が多く、それも主導的役割を果たすことがある。先に指摘したように代作が急激に増えたのは、新聞雑誌が次々と創刊され、既刊の新聞雑誌も大幅な紙面刷新を行なった時期であったが、それはまた、編集者なりそれに係わる者の役割が急速に大きくなった時期でもあった。

その編集に責任を持つ者が果たさなくてはならない最も肝要にして基本的な役割は、すでに述べたように紙面をきちんと埋め、膨張しつつある購読者の関心を惹きそうな要素を織り込んだ刊行物を、定期的に確実に供給しつづけることであった。このことを着実にやり通さなくては、生き残ることができない状況に、急になったのである。主張を掲げての新聞雑誌なら、いま言ったようなことは必ずしも基本とならないが、読み物に力点を置くとそう変わらざるをえない。そして、編集者による強引な紙面づくりが行われることにもなったのだが、それがこの時期に代作を急増させた要因であろう。

しかし、この代作の季節に踵を接して、近代文学なるものの考え方が流布し、ジャーナリズムもその信頼性が問われるようになった。そして、「無名通信」秘密号（前出）のような代作を指弾する声が出て来た。

が、それですぐさま消えたわけではない。幾人もの作家が昭和になっても代作を使っていたことが明らかになっているが、その意味が大きく変わって来ていて、そこに文学観そのものの変遷が、鮮明に現われてもいる。

（八木書店版「徳田秋聲全集」第30巻解説、平成14年9月）

漱石と代作——飯田青凉を介して

徳田秋聲と夏目漱石が初めて顔を合わせ、言葉をかわしたのは、明治四十一年（一九〇八）十一月、九段で能が催されたときであった。

高浜虚子が席を設け、引き合わせたもので、秋聲は、フロックコートという正装で出掛けた。もっともこの頃、能見物は、格式張ったものであったから、漱石に会うからフロックコートにしたわけではなかっただろう。秋聲は金沢育ちで、能について多少は親しんでいたと思われる。今日でも金沢では、能が日常の暮らしに入り込んでいるのに驚かされるが、明治の初めは、なおさらであったろう。

この出会いの前、十月十六日から、秋聲は、『新世帯』を「国民新聞」に連載し始めていた。虚子が同新聞の「文学部部長」になって最初の連載小説である。

「ホトトギス」に集まる者たちの間では、秋聲の評価が高く、それを受けて虚子が依頼、そして、漱石に紹介することになったのである。

こうして秋聲は、三年近く後のことになるが、『黴』を「朝日新聞」に連載（明治44年8月1日〜11月3日）する。

顔を会わせてから『黴』連載開始までの間に、漱石と秋聲の間で、興味深いやりとりがあった。そのことについては、紅野謙介が「漱石、代作を斡旋する」（「文学」1巻2号、平成12年3月29日）で詳しく紹介している。漱石が長谷川如是閑と飯田政良（号は青凉）宛に出した書簡で、政良が書いた長篇『女の夢』を、秋聲と政良の合作というかたちで、大阪朝日新聞に連載（明治44年6月11日〜9月7日）した経緯が明らかにされている。

この『女の夢』だが、連載後十四年も経過した大正十四年九月十日、実業之日本社から刊行されている。これについては紅野氏が触れていないので、少し詳しく紹介しよう。

この本は、徳田秋聲序、飯田政良著となっていて、飯田政良の単独作であることが明瞭になっている。秋聲序に加え、自序がついており、そこで政良自身、冒頭にこう書いている。

処女長篇『女の夢』を書き上げた時の私の歓喜は迚もこゝに書き現はすことは出来ない。私はその頃まだ二十過ぎたばかりの青年であつた。両親や兄弟や姉妹達、そつくり揃つた家族と、藁葺屋根の檐の深い、陰気な一軒家に住んでゐた。書き上つたばかりの原稿を腕一配高く差上げて、「書けた、書けた」と叫んだ。原稿を抱えたまゝ、室から室へ雀躍して駆け廻つた。その原稿が半年経つて辛つと、漱石先生のお世話で、徳田先生の御諒解を得て、同先生と私の合作と云ふ名義にして長谷川如是閑氏や渡辺霞亭氏の御尽力を受けて、大阪朝日新聞紙上に掲載された時は天へも昇る心地であつた。

この後、創作意図をこまごまと書き綴り、二年ばかりの間に、長篇を七編、短篇を四十編ばかり発表したが、間もなく筆を投げ捨て、「病人と貧乏人に使はれて十年餘も黙唖で暮した」。その間に、中山昌樹（ダンテ『神曲』の翻訳で知られる）からキリスト教の洗礼を受けたが、いま、「運命の一喝、私はまた筆を執らねばならなくなつた」と書く。こうしたやや芝居掛かった言い方が散見する。

さらにつづけて、文壇に最初に紹介してくれたのが坪内逍遙で、そのため本書の序文を依頼したが、固辞された旨を記し、逍遙からの断りの書簡三通を掲載している。

この三通の書簡を見ると、政良は執拗に序文を願い、最後には、自分で序文の原稿を書いて送り付け、諒解をとろうとしたようである。逍遥からの三通目（葉書）は、こうである。

書留の御序稿は只今熱海から回送して来ましたから更に御返送します折角のお頼みに応じかねる事情なので甚だお気の毒に存じます　草々
七月九日
別便書留にて同時に出します

ずいぶん強引で、無神経な政良の態度だが、十数年前、漱石に対しても同じような強引さ、執拗さを見せたのだろうか。それに対して漱石は秋聲に名義を貸してくれるよう頼み、長谷川如是閑には何度も手紙を書き、これまた強引に割り込ませて連載するよう取り計らった。もっとも二十歳ごろは、それが直向きさと受け取れたのかもしれない。漱石に紹介状を書いた時の逍遙にしてもそうであろう。しかし三十代も半ばを過ぎた政良は、もうそのようなものは持ち合わせておらず、厚かましさばかりを感じさせるようになっていたのかもしれない。少なくとも逍遙はそのように受け取った。

彼の自序からは、他人の気持に気づこうともしない、まことに自分勝手な、それだけ呑気な人物像が浮かんでくる。

しかし、秋聲の序は、好意あふれたものである。

逍遙、漱石の門に出入りしていたが、秋聲のところへはずいぶん原稿を持ち込んで来た。いずれも五六百枚から千枚の力作で、「作の質から言ふとドストイエフスキイに似たやうなもの」だったという。

その顔付き、人柄も「ドストイエフスキイもこんな男ではなかつたかと思はれるくらゐ、正直で、敬虔で、偏屈で、世渡りが下手で、さうして貧乏で、努力家であつた」と言う。二十歳の彼に、逍遥も漱石も、そういう若者を見たのだろう。先の書簡のなかで漱石は「金を五円上げるから又湯にでも這入つて氷水でも呑み給へ」と心使いを見せている。秋聲は、つづけて「君のごとく読んだり書いたりすることに熱心で、酬はれるところの鮮いのは、近来の文壇には珍しい」と書く。

それから、この作品が「夏目さんの好意深い計らひで、私と合作と言ふことにして」大阪朝日新聞に連載したものであり、初めは、「夏目さんが大阪朝日新聞社の提議で、私に署名してやつては何うかと言つたくらゐだから、作品と人とに相当の信用をおいてゐたことは疑ふ余地がない」とある。

この書き方から、秋聲は、この作品を読んでいないと見てよさそうである。漱石はどうであったか。すでに紅野氏が述べていることと重複するが、漱石の書簡から伺えることは、政良が代作をして金を稼ぎたい意向を持っているのを承知した上で、秋聲の名を挙げ、接触するように奨めており（明治42年7月18日付書簡）、それを受けて、この明治四十二年の夏の間に、秋聲の許に出入りするようになったのだろう。やがて政良は、自作を自分の名で公表したいと考え出し、漱石に無理を言ったのに違いない。そこで漱石は、長谷川如是閑に依頼することになったのだが、その手紙で政良のことをこう紹介している。

　此男は徳田秋聲杯の代作をしてやつて原稿料の半額以下をもらつて僅かに生活をしてゐる気の毒な男に候（明治44年5月27日付書簡）。

「代作をしてやつて」という言葉遣いに、なにやら微妙な心理がうかがえそうだが、この漱石の記述を信ずれば、明治四十二年夏以降、この頃、あるいはもう少し後まで、政良は秋聲の代作をかなりやっていたと考えなくてはならない。

念のため、その期間の新聞連載小説で、通俗的なものを挙げれば、『母と娘』東京毎日新聞、『妾腹』北海タイムス、『罪と心』信濃毎日、『恋と縁』北海タイムス、『覆面の女』九州日報がある。また、大阪朝日新聞には、四十三年に『昔の女』を連載している。それから、三島霜川との合作『日陰の花』（「妻の心」とも）京都日出新聞・函館日日新聞なども挙げてよいかもしれない。

この内の幾篇かは政良の代作であろう。そして、そこには漱石の配慮が係わっていたのである。その点で、漱石も、硯友社の作家たちとあまり変わらないところに立っていたのだ。漱石門下と言えば、知的エリートばかりが問題にされるが、そうでない者の存在も考えなくてはならないし、それを許容した漱石についても、考えなくてはならない。

その漱石だが、代作者の地位から抜け出そうとする政良の気持は察したものの、いきなり彼一人の名で大阪朝日新聞に、と言うわけにはいかず、すでに面識を得ていた秋聲に依頼して、共作と言うかたちにしてもらったのである。そこには言うまでもなく当時の新聞連載小説の実態と、そこにおいて秋聲がどのような働きをして来たか、そのところを承知し、受け入れた上でのことであり、秋聲にしても断るわけにはいかなかったのだろう。

秋聲は、序の終わりで、「夏目さんが私の署名の件について、長い手紙を私に書かれた当時の事情を懐かしく思ひ起す」と記しているが、「懐かしく」との言葉にどのような思いが込められているのか。その「長い手紙」が見つかれば、その時の事情なり、二人の作家の心の機微がもう少しはっきりするかもしれない。

（八木書店版「徳田秋聲全集」第14巻月報、平成12年7月）

職業としての小説家

秋聲と言えば、自然主義の代表的作家で、純文学を体現しているような存在と見なされて来たが、それがいかに実態と懸け隔たったものであったか、八木書店版全集の巻々を見れば、自ずと明らかであろう。秋聲はやはり硯友社の流れのなかに位置し、新聞社なり雑誌社の一隅に、断続的ながらも身を置いて来ていたから、時代の変化に鋭敏で、決して過敏ではなく中庸を得たかたちだが、その変化に的確に応じて仕事をするのを忘れなかったひとである。

こうした在り方をしながら、いまも言った自然主義の代表的作家で、純文学を体現したと言ってもよい存在となったのである。それはなぜだろうか。

勿論、時代状況、殊に大正から昭和十年代までの状況が大きく作用しているようだが、それ以上に秋聲の独特な在り方がものを言っていると思われる。

その独特な在り方だが、時代の波に巧みに抜け目なく乗りつづける才覚の持主と見ることもできそうだが、秋聲は、そうした器用さも目端の利くところも、まるで持ち合わせていなかった。同じ紅葉門下の鏡花、風葉らと比較しても明らかである。彼らより遥かに地味で、際立った才能を見せることなく、もどかしいような歩みを重ねて来ているのだ。それでいて、硯友社の時代が去り、自然主義文学全盛期になると、その代表的作家といつのまにかなっていて、大正になると、女性向け通俗小説の有力作家となっていたのである。しかし、一方では心境小説の傑出した書き手でもあった。

硯友社と自然主義文学は敵対関係にあったし、自然主義文学なり心境小説と女性向け通俗小説もまた、それに近い関係である。しかし、秋聲ばかりは、ごく自然に横滑りするばかりか、平然と兼ね備えたのである。

さすがに自然主義文学へと横滑りしたとき、一部から非難する声が出たものの、強いものとならなかった。なにしろ意図してそのような道筋を採ったわけでないのは、誰の目にも明らかだったからである。ごく自然に、そうなってしまったのだ。

そして、晩年には少なからぬ人々から信頼と尊敬を寄せられ、文壇で重きをなした。その在りようは、八木書店版第二十五巻に収録された、大正十三年（一九二四）以降の、秋聲が出席した多量の座談会、特に「新潮」での「創作合評」（昭和15年2月まで）に明らかである。鏡花がその特異な才能を、時代の動きと別個に発揮して、孤独な道を突き進み、風葉が早々に東京を離れ、忘れられたのと考えあわせると、不思議な対称をなす。

なにがこうした成り行きをもたらしたのか。

いま考えられる第一の要因は、文学というものを、実生活と別の特権的な位置にあるものとは考えず、この世に生を受けて、暮らしていかなくてはならない人間が採る、営みの一つと、根本のところで捉え、職業作家として歩みとおしたことであろう。文学が、他の職業と比べると、恐ろしく特異なものであるのは確かだが、しかし、生計の道の一つであることに違いはなく、そういうものとして文学を選び取り、書きつづけた。

この心得、と言うよりも覚悟は、紅葉から叩き込まれたものと言えそうだが、それよりも前に秋聲は、生まれ故郷の金沢で身を置くべき場所がなく、いかに拙くても書くよりほか生きる術がないと思い知ったことが、決定的であったろう。勿論、鏡花、風葉にしても変わらぬ身の上であったが、彼らはだれの目にも明らかな輝かしい才能を持っていた。それに対して秋聲は、そうした才能を持ちあわせていなかった。それを十分自覚しながら、他に生きる術はないと思い定めていたのだ。

もっとも秋聲自身の言葉を拾うと、後年、紅葉門下に身を置いていた当時を振り返って、当時、自分は「人間は飯を食つてゆかなくてはならないものだといふ事もはつきり考へてはゐなかつた。甚だ漠然としたものである」(「或る秋聲論」昭和3年3月)と書いている。長年の作家生活をくぐり抜けて来た時点だから、こう見えたのも当然だが、覚悟は決めていたと受け取るべきだろう。

その文章のつづき、「そのうちに妻子が出来たりして、少し勉強しなくてはといふことになつたので、一時は相当に努力したこともある。いはば、さうして無い才能を絞り出したといふわけで」とあり、明治三十年代中頃になると、間違いなく職業作家としての自覚を持つに至っていたのである。

そして、こうも書いている、仕事として「何か他に適当した事があつたのではないかといふ事を、最近殊に考へるが、ではどういふ方面に行つたらよかつたか、何に適当してゐるかと思ふと、何をしても余り役に立ちさうもない。一体に消極的に出来てゐて、神経は相当に鋭敏でも、頭は余りクレバーな方ではない。従て世間的な仕事は一切駄目である」。

自分に対してははなはだ辛い採点ぶりだが、そうした自覚、というよりも覚悟が、早くから根底にあったから、紅葉門下として通俗的な作品を書き、翻案を盛んにし、一時的には、代作を大いに使ったのである。それとともに、自分を離さない「飯を食つてゆかなくてはならない」現実を踏まえつつ、時代とも向き合い、そこを捉え、表現しようともしたのだ。だから、自然主義文学が喧しく言われるような時代がくると、その態度をより露わにして、「生まれたる自然派」と言われるようになった。

この「生まれたる」という生田長江の評言は、多分、いま述べた在り方を的確に衝いている。作家である以前に、「何をしても余り役に立ちさうもない」「世間的な仕事は一切駄目」な男として、日々を暮らして行かなくてはならない以上は、希望的観測を排して、現実を在りのまま的確に見、受け入れて行かなくてはならないのである。冷徹と言うよりも、ごく当たり前に、生きる必要から妥協することなく見ているのだ。

そして、大正に入り、新聞が大衆性を意識した編集になるとともに、より大衆性の濃い婦人雑誌がつぎつぎと創刊され、それにふさわしい小説が要求されるようになると、精力的に応じた。

秋聲にとっては、それが矛盾でも自分の文学的立場への裏切りでもなかった。いまも言ったように、まずは生きる必要、暮らしの手立てとして捉えていて、自己の思想感情の表現とは必ずしもしなかったのだ。その姿勢が日々齷齪している人々の在り様によく届けば、そういう人たちが抱く文学への期待を受けとめさせた。この点が、多分、最も肝心なところである。

＊

ところで大正になって顕著になって来たのは、別のところでも触れたが、女性読者層の急速な拡大である。義務教育を終えただけで十分に読み、実生活に役立て、楽しむこともできるよう配慮したとする、婦人雑誌が次々と創刊され、それぞれが何万という読者を獲得したのである。そして、その誌上には、娯楽読み物、あるいは人生案内、または文学的教養に役立つものとして、小説が載せられるようになった。

それまでも女性読者を意識した小説が、新聞に掲載されてはいた。いわゆる家庭小説なりその流れを受け継いだものだが、読者を婦人雑誌のように特定していたわけではない。その新聞の、もっぱら現代を舞台に、女を主人公にして、ややバタ臭く、時代の新味を多少は出した連載小説の有力な執筆者の一人が秋聲であった。

そうした在り方から、作家志望の女性が幾人も秋聲の許に出入りするようになっていた。明治三十九年には加藤みどり、四十一年には尾島菊子が師事しており、やがて彼女たちはいずれも「青鞜」に加わるが、秋聲自身も、生田長江とともに発足に関与している。

この関与がどのようなものであったか、よく分からないが、女性たちの新しい動きに少なからぬ関心を持続的に持っていたのは、疑いない。秋聲には、当時の女性の社会的地位の不当性を強く感じるとともに、時代の推移につれ力を増してくる女性の在り様がはっきり見えてもいたのだ。大正三年（一九一四）の一年間だけだが、秋聲が読売新聞の客員として、文化欄に執筆するとともに、日曜付録婦人欄の編集も担当、田村俊子を同じ読売新聞の客員に推薦したりしていることは、すでに触れた。

そのような秋聲に、婦人雑誌の編集者が注目したのは、当然だろう。

秋聲も、それにぼつぼつと応えて行くことになった。大正三年に短篇『腹ちがひ』を「婦人画報」に、四年には『ある女の手紙』をやはり同誌に寄せ、五年には『若き生命』（初回は「暗潮」、代作の疑いがある）を「女学世界」に連載、『別れ途』を「新家庭」に、六年には『秘めたる恋』を「婦人公論」に、七年には『野茨』を「婦人之友」にそれぞれ連載するようになる。

いま挙げた作品のなかでも『別れ途』は、「新家庭」の創刊号と第二号に掲載されたもので、編集者自身が初回の冒頭に「口上」を掲げているが、そこにはこうある。

「此雑誌の編輯者は最初記事の割当を為すに当り、小説は徳田秋聲君に書いて貰う可きものと定めて仕舞つた。現下の文壇、外にも名士大家が沢山あるが、此雑誌の編輯者は初号の巻頭を飾るためには何様しても秋聲君でなければならぬと思ひ定めた」。ところが、秋聲は断った。それでも説得を繰り返したものの、やむなく他の作者の小説を用意した。しかし、遅れて承諾の返事が来たので、既に印刷所に入れてあった小説と差し替えて、急遽掲載した。そう経緯を記して、「編輯者は之れを以て我が家庭小説界に革命を与へたものと思ふて居る許りでなく、確かに我が文壇其ものに与へられた警鐘だと信じて居る」と。

作品そのものが、この言に相応しいものであったかどうか、どうもそうではなかったと言わなくてはならないようだが、しかし、ここまで編集者を熱くさせるだけのものを、当時の秋聲は持っていたのである。

＊

大正九年（一九二〇）十一月三日、秋聲は、田山花袋とともに生誕五十年を文壇を挙げて祝ってもらったが、この祝賀会は、明治以降の文学の歩みにおいて注目すべき出来事の一つであった。高見順も『昭和文学盛衰史』をこの会から書き出しているが、文学と言い、文壇と言い、その頃は、まだ社会の片隅にほそぼそと存在を容認されているようなものであった。そのようなところから、より広く社会に認知される方向へと動いて行く過程でのことである。
現に翌十年七月には、菊池寛が呼びかけ、秋聲が応えるかたちで、小説家協会が設立された。前年の九月、劇作家らが劇場側の処遇に対し自らの立場を守る必要から劇作家協会を結成したのに呼応、著作権を初めとする権利と収入の確保と、作家相互の扶助、さらには表現活動の自由の保持を目的とするもので、大正十五年一月に両者が合併、文芸家協会が発足することになる。(注1)
このような流れの中での祝賀会であったが、思いがけずその中心に置かれた秋聲は、どのように考えていたか。三ケ月半前にこう語っている。「有難いには有難いのですが田山君は文壇の先駆者でさもあるべきことと思ひますけれど、私自身は平の作家で、もともと好きで書き出したのが初まりで、到頭それに衣食することになつたので、自身のための芸術を自分の勝手で楽しんでゐるに過ぎません。それに報はれるだけは報はれてもゐますから、何か為ていたゞくと言ふことは心苦しくもあるのです」
（「私のこと」時事新報、大正9年7月23日）。

しかし、つづけて、「勿論何か社会的の意味の付加したことで、文壇のためになることでしたら悦んでお受けするつもりではをります」。祝賀会には、二作家に対する純粋な祝意だけでなく、社会的な狙いがあることを、秋聲は正確に捉えていたのである。

祝賀会の直後は、めずらしく高揚した気持を率直に現わして、「私はあの光栄ある祝賀会の後、非常にパセチックな気分になった」（「祝賀会の後」時事新報、大正9年11月27・28日）と書き出し、これまで自分は作家として「盲目的に働いてゐた」が、「質に於て下根に座れついてゐる」と自己認識を示すが、それとともに祝賀会は、「文壇の存在が最近に至つて著しく社会の視目を惹くやうになつたにもせよ、より一層我らの社会的存在を明瞭ならしめるための宣伝であるのは言ふまでもない」と記す。そして、自分が祝賀の「対象の座の一つを流したのは、一半以上はあの会の企てを、実現させた人々の気持に殉じようと思つたから」だと、自分一個の思いは捨て、文壇全体の「宣伝」役を勤めるためと、はっきり言っている。

その上で、一日目の文章はこう締めくくっている。「文壇その物の存在が、何れほどの程度で、一般社会に認められてゐるかを、あの会合によつて測定することができるとすれば、我々の芸術はまだまだ一般社会から軽侮され、若しくは敬遠されてゐるものと覚悟しなければならぬ」。

これまでの経緯から見れば、間違いなく盛事であったが、近代社会における文学者の在るべき姿としては、まだまだ「一般社会」から「軽侮され、若しくは敬遠され」ている――、むきつけに言い換えれば、社会の脱落者なり無頼漢とも見られている、と承知すべきだと言っているのである。このように秋聲は、自分が中心に押し立てられた催でありながらも、社会的な意味合いを客観的に捉えていたのである。

「祝賀会の後」の二回目では、文学が「浮気な読者の玩弄として持囃されてゐるやうな不満」を言うとともに、「真の人間を見る」姿勢を強調している。この頃、新聞雑誌出版ジャーナリズムが一段と盛んになり、なかでも婦人雑誌が隆盛を迎え（前田愛「大正後期通俗小説の展開—婦人雑誌の読者層」『近代読者の成立』所収に詳しい）、秋聲は、それに応えて、大衆向けの作品を盛んに執筆するようになっていた。すなわち「浮気な読者の玩弄」物である作品の作者となっていたのだが、そこにおいて「真の人間を見る」ことを心掛けると言うのだ。

これが純文学と通俗小説を同時に書いている秋聲の立場だと見てよかろう。その点については、「自分の経験を基礎にして——謂ゆる通俗小説と芸術小説の問題」（新潮、大正8年2月）で触れているので、後に採り上げるつもりだが、ここでは二回目の文章の最後のところに注目したい。秋聲自身、こう書いている。

「私たちはやはり退いて、所謂文壇といふ天地に始終すべきであらうか。生ぬるい芸術などを棄て、もつと実行的な道へ足を踏出すべきであらうか。それとも一切を棄てて、独善を楽しむべきであらうか。少なくとも私一個はその岐路に迷つてゐることを感ずる」。

この部分は、はるか後年、昭和四十一年（一九六六）正月に書き綴った三島由紀夫の文章にひどく似ている。「文学はもちろん大切だが、人生は文学ばかりではない。……（行動に出るのは）今からでも、ひよつとすると、遅すぎないかもしれないのである」（「『われら』からの遁走」）。時代も違えば人となりも作品世界も違い過ぎるほど違う。が、その違いを越えて、いまのようなことを言っているのである。

じつは大正八年秋に、当時秋聲が最も親しくしていた正宗白鳥が、文学を捨てることも考えて郷里の岡山の漁村に引き籠もっている。このことが少なからず影響しているのだろう。また、武者小路実篤の新しき村の創設（大正七年）なども、無縁でないかもしれない。

いずれにしろ大正のこの頃は、文学に携わる者が、文学自体に懐疑を覚えざるを得ないような空気があったのだ。西欧の文学にならい、文字どおり一身をなげうつようにして小説を書いて来た（自然主義がすぐれてそうであった）が、それがある程度の成果を挙げ、社会的に存在を主張するまでになっていたし、第一次世界大戦が終結（一九一八年・大正7年11月11日）し、その惨禍が明らかになって来て、これまで規範として仰ぎ見て来たヨーロッパ文明に対し、批判的に見ざるを得なくなって来たことも係わっていよう。そうして、これまで蔑ろにしていた根本的な問題が、作家たちを脅かすようになっていたのだ。

秋聲は、このような時代の空気を鋭敏に感じとり、深刻に受け止めていたのである。

だからこそ、却って現に文学に携わっている同輩や後輩たちがいかにして生計を立て、活動をつづけるか、実社会の中での現実問題として、考えていたのだ。

昭和五年（一九三〇）二月、第二回普通選挙に立候補しようとしたのは、この「実行的な道へ足を踏出すべき」と考えたためかもしれない。

秋聲は、自らは文学にしか身を置く場を持たないと見定めながら、却って視界は文学の世界を越えていたのである。

＊

この問題は、そのまま当時の純文学と大衆文学の議論ともなる。もっとも秋聲の発言は、ごく平凡である。しかし、それゆえに却って注目される。

大正八年、「新潮」二月号で、「謂ゆる通俗小説と芸術小説の問題」の特集が組まれたが、その冒頭に置かれたのが、先に挙げた秋聲の「自分の経験を基礎にして」である。ここで通俗小説と芸術小説（純文学）を、「新聞の読者を相手にしてゐる長篇小説」と「月々の高級雑誌に現はれる短篇小説」と言うふうに、形式および媒体の問題に置き換えて、言う。

「私などは健康がすぐれないために、作をすることは可成辛い仕事となつてゐるのだが、新聞の方だと毎日々々なし崩に、どうかかうか続けることができると云ふ便宜を感じてゐるので、新聞小説の方に多くの感興を覚える習慣になつてゐるところから、一面通俗小説の方にも筆をつけるやうな形となつてゐる」。

題にあるとおり、あくまで日々筆を執っている実作者としての経験をもとに発言しているのだが、『新世帯』を初め、『足迹』『黴』『爛』『あらくれ』の傑作群が、いずれも新聞連載小説であったから、秋聲の二分法は、ほとんど意味がない。ただし、一回分の執筆量が原稿用紙三枚程度で、毎日書く継ぐ書き方がひどく身に合っていた、ということは分かる。

そして、この書き方を採りつづけて年々書き継いでいるうちに、時代は読者の拡大へと急速に向い、新聞連載の通俗小説は重要性を増し、それに応じて秋聲も意欲的に取り組むようになった。そうして『誘惑』（大正6、7年）、『路傍の花』（大正7、8年）と人気を呼び、劇化、映画化もされるなど成果を挙げたのである。作家の小説を書く現場は、こんなものであったろう。

この文章ではつづけて、より実践的に、純文学と通俗小説の違いを述べている。

「読者受けのする通俗小説となると、可成苦しい努力」を必要とするが、その努力は、「全人格的のものではなくて、読者の興味をいかに繋ぐかといふこと」であり、そのために「自分を没却してプロットや何かを作」らなくてはならない。これは「然う楽なことではない」。芸術小説の場合なら「湧いてくる感興のために、一度内部へ入つてくると、比較的速く調子づいて進む筆も、読者を目の前に置いてかゝつてゐる仕事だけに、通俗小説の場合には、常に全体の構図に目を注いでゐなければならぬ」と言う。これまた、実践的な区別法である。

そして、いずれにしろ小説を書く以上はあくまで「人間を描きたい」。読者が喜ぶ「人情味」も忘れないようにするとともに、「多様な人間性」と「私の見た人間の交錯」を扱いたい。この欲求は、芸術小説の場合と基本的には少しも変わらないばかりか、「時とすると、もつと自由に奔放に、空想的にさへ書けるものだと言ふ興味」を感じる、と言う。

こういうところ、意外に小説なるものの本質に届いているのではないか。それとともに、秋聲が通俗小説に対して、明らかに積極的な姿勢を採っていることが知られる。実際に最晩年まで通俗小説の筆を執りつづけていることを考えれば、当然であろう。

さらにこうも言っている。「私は現文壇に於ける多くの才人によつて書かれた短篇小説——自然主義旺盛時代の日常生活若しくは自己告白を除いて——殊に幾分でも時代思想とか哲学的概念を含んだ作品は、それを敷衍し誇張しうるものとすれば、大抵のものは通俗小説に引直され得る可能性をもつたものだと思つてゐる」。

ここでの「時代思想とか哲学的概念」が如何なるものか、これまたはっきりしないが、この文章を秋聲自身の仕事に当てはめれば、『黴』のような自らの日常生活を扱い、かつ、自己告白的な作品、また、大正期に入ってからのお茶の間小説などと言われる自らの身辺を扱った私小説（やがて心境小説とも呼ばれるものも）は除いて、女を主人公にした『爛』『あらくれ』などの客観小説は、それが含む「時代思想とか哲学的概念」を「敷衍し誇張」すれば、通俗小説になると言っているようなものであろう。

現に、『奔流』（大正4～5年）、『何処まで』（9～10年）などは、いま挙げた作品を通俗小説の方へわずかに押しやったものだと言えるのではないか。そうした作品はこの外にもあるが、ずっと後の『仮装人物』（昭和10～13年）にしても、『奔流』などとは違ったかたちで、いま言ったような意図を強く働かせた側面が認められるのではないか。

勿論、それは、この時代の一般的な論調とは別の、秋聲という独自な途を歩んでいる作家の、密かな道筋かもしれない。

　その密かな道筋については、「私の創作の実際」（文章倶楽部、大正8年6月）などがいくらか参考になるようだが、「創作座談・執筆の実際」（文章倶楽部、大正10年9月）が注意を引く。そこで秋聲は、一人称より「三人称の方が書きやすい。それはつき離して書けるからである。つき離さないものでもつき離したやうな態度で書けるからである」と言っている。その「つき離さないものでもつき離したやうな態度で」とは、実作者ならではのものの言い方だが、つづけて「本当の描写といふものは三人称であるべきで、一人称といふものはあり得ないものだらうと思ふ」と言っているのは、描写をどう捉えているかを、よく示している。この考え方には、雑誌掲載の短篇小説が含むものを「敷衍」すれば通俗長篇小説となる、などと言い得る所以も、潜んでいそうである。

＊

　秋聲独自の小説の書き方の実際に拘り過ぎたようだが、大正九年六月から、「通俗小説に於て大成功を納め」（小島政二郎）、「文壇、あるひは文学者の生活に、画期的な変革をもたらした」（川端康成）と言われる菊池寛『真珠夫人』が大阪毎日新聞と東京日日新聞に連載（同年12月まで）され、爆発的な人気を呼んだ。菊池はいうまでもなく、芥川龍之介、久米正雄、松岡讓らとともに、第三次「新思潮」で作家活動を始め、大正七年に至って「無名作家の日記」「忠直卿行状記」など秀作をつぎつぎと発表していた。そして、九年に至って一転、通俗小説の筆を執ったのだ。当時、いわゆる純文学と通俗小説とを隔てる壁は恐ろしく高く、およそ越えられぬもの、越えてはならぬものとされていた。

　その壁を踏み破る行動に、菊池がどうして出たのか。大阪毎日新聞にいた薄田泣菫の説得があったようだが、背景には、一歩先んじた久米の存在、いまも触れた女性読者の急速な増大、それに応じた婦人雑誌を中心とするジャーナリズムの急成長があった。それに加えて、秋聲の存在があったのである。秋聲ばかりは、その純文学と通俗小説との間に聳える壁を、硯友社出身であることをもって以前からくらくらくと越えて往復、新聞に、婦人雑誌に、女性向け通俗小説を書いていた。

壁を越えるのは、決して不可能でも許されないことでもないのを、身をもって秋聲が示しつづけて来ていたのだ。その姿を、菊池自身、積極的に学び取っている。大正七年九月から秋聲が『路傍の花』を時事新報に連載（翌8年3月まで）したのも、じつは依頼したのがほかならぬ時事新報記者の菊池だったのである。そしてこの作品が作者によって如何に書き継がれ、読者に如何なる反応を呼び起こしていくか、その経緯を編集者としてつぶさに見た。まさしく秋聲に学び、導かれたと言ってよい。

もともと秋聲と菊池の間には、上に述べた以上に深く通いあうものがあり、お互いに一方ならぬ親しみを覚えていたと思われる。

例えば菊池は、『半自叙伝』にこう書いている、「私は文壇に出て数年ならざるに早くも通俗小説を書き始めた。私は、元から純文学で終始しようという気など全然なかった。私は、小説を書くことは生活のためであった。青少年時代を貧苦の中に育ち、三男ではあるが没落せんとする家をどうにかしなければならぬ責任があった」。「生活の安定だけは得たいと思ったのである。清貧に甘んじて立派な創作を書こうという気は、少しもなかった」。

いささか誇張があるかもしれないが、これは秋聲の一貫した思いでもあつた。「生活のため」「生活の安定だけは得たい」との思いで、筆を執りつづけたのである。

この菊池を論じて小林秀雄が、『半自叙伝』のいまの一節を引用して、こんなことを言っている、「作家が、芸術といふものについて、ロマンチックな夢を抱いてゐるから、作家の仕事に、何か特権的意識が伴なふ。何故、そんなものから離脱して、社会の他のさまざまな職業のうちの作家業をやつてゐるに過ぎないといふ自覚に立戻らないのだらう。それが根底的なことだ、と彼は言ひたいのである」。

「当時の文壇は、自然主義文学の風潮に抗して、技巧を凝らして、独特な個性的世界に読者を誘はうとする作家たちが輩出した時なのだが、菊地寛の足どりは、これに全く逆行したと言つてよい。彼は、当時の天才主義の傾向に対して、断固として作家凡庸主義をもつて抵抗したと言へる」（「菊池寛文学全集」解説、昭和35年）。

この言はほとんどそのまま、秋聲について当てはまる。多分、そのことを互いに感じとっていたからこそ、深い信頼を寄せあったように思われるのだ。さきに文芸家協会の設立にともに動いたことに触れたが、職業作家としての暮らしについて、きちんと考え、社会に訴えかけるようなことに対し、的確な理解力を持つのは、秋聲だという考えが、菊池にはあったのだろう。

勿論、その作品世界も性格もまるで違う。しかし、この二人はともに、文学にも自分にも囚われずに、生活を基盤として社会全体を視野にいれ、ものごとを見、そこで文学に係わったのだ。文学や自分に囚われてものを見るのとは、根本的に異なる。

注1　発足に際して役員に秋聲の名はないが、これは妻はまの急死によると思われる。以後、しばらく順子とのスキャンダルがつづき、昭和七年になって評議員となる。

（八木書店版「徳田秋聲全集」第39巻解説、平成14年11月）

爛熟からの出発――徳田秋聲と金沢

秋聲が生まれ育ったのは金沢であるが、この都市の長い歴史のなかでも、最も賑わった時期に、幼少期を送った。

明治維新により、禄高百万石を謳われた加賀藩も解体され、大きな変動に見舞われたが、その最中、秋聲が「黄金の洪水」（『光を追うて』）と呼ぶ事態が起こったのである。明治十一年（一八七八）、秋聲が数えで七歳(注1)の七月のことだが、俸禄を失った藩士たちに対して金禄公債の交付が始まったのだ。なにしろ大勢の藩士を抱える、わが国最大の藩であったから、その金額は膨大なものであった。徳田家もその末端に繋がっていた(注2)が、金禄公債を受け取った者の多くが現金化し、消費に走った。芝居小屋があちこちに建ち、茶屋が栄えた。

金沢はもともと消費の盛んな都市であったが、巨大な藩の常として江戸幕府の目を恐れ憚っていた。ところが明治維新は、その幕府を消滅させたのだ。こうした事情もあって、一時的ではあれ、膨大な現金が消費に向け派手に放出されたのである。

勿論、この事態は、明日はどうなるか分からないという深刻な不安を抱えていた。が、それがまた、消費へと走らせる要因ともなったようである。

そうして、京都や東京から役者や芸人たちも繰り込んで来た。この時期、他の多くの地域では、人々は大きな不安に囚われる一方、政府が唱える「文明開化」に望みを繋ぐ傾きが強かったが、金沢では違っていた。

そのあたりの様子を秋聲はこう書いている、「少年期に、早くも好ましからぬ敗徳の種子を卸したあの芝居小屋も、世間の景気につれて出現したものだつた。この建物は最初は山のうへにあつた。その山の裾には、江戸の八百善の系統をひいた料亭も、ずつと後まで残つてゐたが、凝つた器物の贅沢なことは、他に比べるものもない程であつた。山の下には京都風の紅殻塗りの格子がはまり、入口に浅黄色の暖簾の垂れた、薄暗い家の立ち駢んだ色町もあつて、他の場所にある幾つかの花街に君臨してゐた」（『光を追うて』）。

その花街とは、東郭だが、それに程近いところで、生まれ育ったのである。もう少し引用すると、「……小銭をせびつては一人で（芝居を）見に行つた。芝居ばかりでなしに、彼は役者の乗り込みも、茶屋の梅本の二階で催される稽古をも見に行つた。その銅鑼の音、相方の音にも胸を唆られた。まだ一人では行けない時分に、彼は紙屋治兵衛の花道での台詞や、東天紅の赤面の言葉をつかつて、隣りの相場師の主婦から、南京が鳩に豆をまいてゐる錦絵なぞ褒美にもらつて来たりしたが、後には女友達を集めて不器用な芝居の真似事をするやうになつた」。

近所には二歳下の泉鏡花がおり、後年その様子を『照葉狂言』で描いているが、秋聲も、歌舞伎や浄瑠璃、その他の歌舞音曲に親しみ、父親に連れられてだが、東郭にも足を踏み入れている。そして、爛熟し、崩れ始めた文化の空気を、鋭敏な感受性をもって受け止めながら育ったのである。

そして、その繁華な一時期の崩壊と元藩士たちの急速な没落を、近隣の美貌の少女たちが次々と身売りして消える、という事態として知って行った。

だから明治の「文明開化」は、なによりも贅沢で洗練された暮らしが頂点を究めるとともに、無惨に瓦解していく事態として、鋭く意識したのだ。

このことが秋聲という文学者の在り方を考えるうえで、大きな意味を持つ。同時代の人たちの多くが、近代化に夢を託したが、秋聲は逆であった。夢は萎み消えて行く。そして、上京しても、首都東京に圧倒されるどころか、逆に貧しく苛酷な暮らしを科す粗野な大都市として見ることになった。

＊

ただし、当時、金沢は全国でも有数の都市であったから、(注3)近代国家形成を目指す明治新政府が、それなりの配慮をし、教育機関の充実を図つた。その施策の下、学校制度が目まぐるしく変わり、整備されて行ったが、秋聲は、父雲平の保護の下、絶えず恵まれた位置に身を置くかたちで、成長したことは見逃してなるまい。

尋常小学校、高等小学校と進み、明治十九年（一八八六）、数え十六歳で、石川県専門学校に入学した。同校は二十一年に第四高等中学校、さらに第四高等学校となり、先の連合軍占領下での学制改革まで、この地方最高の教育機関でありつづけた。

この学校は、創設期であつたため、近代国家にとって有為な人材の育成といった側面が強かったようで、秋聲は馴染めきれなかったものの、受け取るべきものはしっかり受け止めた。

まず、これまでになく広い地域から優秀な学生たちが集まったが、その中に多くの友人を得た。『光を追うて』を見ると、いろんな人名が出てくるが、同級生では桐生悠々（新聞人）、小倉正恆（住友総理事、第三次近衛内閣蔵相）、安宅弥吉（安宅産業創設者）、国府犀東（漢詩人）、八田三喜（教育者）、中山白峰らがいるし、直接は係わりを持たなかったが、上級には鈴木大拙（仏教思想家）、西田幾太郎（哲学者）、藤岡作太郎（国文学者）といった人たちがいた。

そして、本格的な英語教育を受けることができた。教師はカナダ人ダニエル・ライアル・マッケンジィで、秋聲は熱心に勉強、抜群の成績を収め、発音、文法など基本をしっかり身につけ、(注4)西欧の文学のおおよそのところを知った。

このことが持つ意味は意外に大きいと思われる。秋聲は坪内逍遙や二葉亭四迷、森鷗外、また田山花袋たちとは違った西欧文学に対する独特な姿勢を貫いたが、そうする上での強固な足場になったのである。

また、当時は鉄道も通じていなかったが、東京や大阪での新しい動きをいち早く知ることが出来た。街の本屋や貸本屋には、創刊された雑誌、新刊本が時を置かず並べられ、学生たちは盛んに話題にした。

この時期の出版界は、金属活字を得て活発化、さまざまな分野の著作が刊行されたが、翻訳とともに、平安朝文学を初め西鶴や近松の浄瑠璃なども活字化され、広く読まれるようになったことにも注意すべきだろう。若い秋聲の読書範囲はわが国の古典にも広がったのである。

明治維新からさほど隔たらない時代的特殊性という条件の下であるが、金沢という街において「高等教育」(注5)を受ける学生であったからこそ可能であったことである。

もう一点、注意してよいのは、金沢では明治二十一年には市会議員選挙、二十三年には衆議院選挙がともに初めて行われ、いやがうえにも政治的論議が高まったばかりか、流血騒ぎまで繰り返されたことである。その流血騒ぎの中心人物が、異腹の姉きんが結婚したものの離婚した相手、盈進社の遠藤秀景であった。結婚当初、幼かった秋聲はその広壮な家を訪ねていたから、特別の関心をもって注視したらう。

明治三十年代初め、文壇への登場期に、政界に取材した『風前虹』などを書いているのは、このあたりに一因があるだろう。また、昭和五年(一九三〇)には衆議院立候補を求められると、一旦は承諾したのも、このことと無縁であるまい。

＊

このように秋聲は順調に青年期を過ごしていたかのように見えるが、その足元はすでに崩れ始めていた。長兄直松は弁護士への志望を棄て、警官となるべく大阪へ去ったし、次兄順太郎は他家の養子に出たものの、暮らしの目処が立たず、筆匠になろうとしたが、一転、鉱山技師への道をとるなど、苦労を重ねていた。そのなかで末の男の子の秋聲ひとり、父雲平の庇護の下、学業にあったが、明治二十四年に父が死去すると、これまでの道を歩み続けることが難しくなった。

それとともに秋聲自身、文学への関心が高まると、理数科がいよいよ不得手となり、満遍なく勉学する意欲を失ったし、金沢の町の生活気分そのものに激しい「反感」（「初冬の気分」）を覚えるようにもなっていた。

そこで退学、桐生悠々と上京（明治二十五年）、尾崎紅葉を訪ねるという挙に出た。それは国家社会の有為な人材たるべきコースから脱落することであり、金沢の生活気分に反撥しながらも、そこで養われた姿勢を押し出すことだった、と言ってよかろう。

もっとも紅葉にすげなくあしらわれると、悠々は金沢に戻り、復学したが、秋聲は大阪の直松を頼り、なおも自立の道を探った。しかし、一年後には帰郷、一旦は復学を目指した。

この時期、秋聲は迷いに迷ったと思われる。常識的には、復学するのが最も好ましいのが明らかであったが、如何に努めてみても、理数科まで満遍なく勉学することは、一旦中断しただけに、難しかった。それに兄二人とも家を離れ、母タケと妹フデは二間きりの借家に住んでおり、翌年には知人の二階へ移るありさまであった。成人した男が身を置く場所はどこにもなかったのだ。（注6）

それでも復学の準備をし、その傍ら小遣い稼ぎのため、「北陸自由新聞」に出入りして、渋谷黙庵を知った。（注7）

当時（明治二十六年）、金沢では、自由党と改進党がそれぞれに機関紙を擁して対立、後者が勢力を持っていた。その後者の責任者赤羽萬次郎と悠々は親しくなり、活躍し始めていた。学生の身でありながら、力のある者なら、活躍することがこの時代は出来たのである。これに刺激された面もあったかもしれない。

その黙庵が、長岡で自由党機関紙「平等新聞」を創刊するため、早々に転出、同行を誘った。秋聲は迷ったものの、それに従った。ここに至って、復学をきっぱり断念、文筆でもって身過ぎ世過ぎをするべく心を決めたのだ。結果的には、これによって縺れた道筋がほぐれて来るのだが、この時点で一時は母と妹を見棄てたと言ってよいのではないか。

＊

長岡で一年を過ごし、再度上京、博文館に身を置くことによって、当初の希望どおり紅葉の門下となることができた。そうなると、母と妹なり金沢との繋りが蘇って来る。いくら切ろうとしても、肉親の絆は切れるものではないのだ。まだ十千万堂塾に身を置く身分であったが、明治三十年十一月に帰郷すると、次姉太田きんの長男を預けられ、東京の蒔絵師に入門させる世話をしなければならなかったし、小沢はまと変則的な同居を始めた頃には、きんの次男がやって来て、いろいろ面倒を引き起こした。(注8)

東京で曲がりなりに暮らすようになると、東京が首都としての機能を果たし始めるにつれて、地方の親類縁者がなにかと頼りにするようになったのである。改めて金沢なり、そこで暮らす肉親たちと向き合わなくてはならなくなったのである。

そして、次々と作品に取り上げて行くことになった。肉親を扱う場合、やはり中心は母親であった。明治三十八年の帰郷の折りのことを扱った『甥』(明治41年6月)が最も早いようだが、こうである。

——ガス灯の暗い、田圃の中にできた金沢駅に降り、人力車で寂しい武士町へと入って行き、重い耳門を潜る。この屋敷の一角、知り合いの家に母が同居しているのだ。「広い式台の杉戸の蔭から萎びた母親の顔が現はれる。色白の寂しい顔の背の高い姉、色の黒い、目容の険相な小柄の次の姉と、其子も姿を見せた。孰れも表情も愛憎もない燻つた顔をして、久振で弟を迎へるのに髪一つ奇麗に結はず、多勢の子供や不運な世帯の苦労で、窶れ切つてゐる様子が一目で解る」。

こういう調子で、暗澹たる思いが重く垂れ込める。『黴』などに表現されている暮らしの暗さが、こちらにも凝縮されているのだ。ただし、男女なり夫婦の関係と、故郷の肉親となると、暗さが違う。突き放しても突き放しきれず、しつこく纏い付いて来て、そこに幼時の甘やかな記憶も甦えらないわけではなく、複雑に屈折するのだ。

母が亡くなって、最後に会った折りのことを取り上げたのが、『感傷的の事』（大正10年1月）だが、その冒頭をこう書く。

「何うした心のそれ方をしてゐたために、私はそんなに長く彼女を振顧つて見る気になれなかつたのか」。

ここで言う「彼女」は老母である。この書き方そのものが、奇妙に屈折する「心のそれ方」を如実に示していよう。ことに秋聲の場合は、一旦は金沢を棄て、母と妹を棄てた、という思いが横たわっていた。

その複雑に屈折した思いが、晩年になると、いくらか解けてくる。その消息は、次兄を中心に扱った『籠の小鳥』（大正12年6月）などを初めとして、『挿話』（大正14年1月）、『町の踊り場』（昭和8年2月）などに窺える。

そうして行き着いたところが、死の前年の昭和十七年に帰郷した際の講演の、次の一節だろう。

自分は「あの時代の郷里にとつては、言はば孤独な異端者」であったと言い、その上でこう語る、「金沢の雰囲気が嫌で、どこか他の土地で、自分の生きる道を求めた人があつたとしても、老境に達した人で、故郷を振返る機会があつたとしたら、疲れた体と、心の憩ひを求めるのに、こんな静かな、しかも、伝統的な文化に恵まれた土地があつたのかと、墳墓の地に、愛着を感ずるに違ひないと考へられる」(「郷里金沢」)と。

少なくとも秋聲は、この最後の帰郷によって、金沢との絆を結びなおした、と言ってよかろう。それとともに、今の自分が、昭和の日本において「孤独な異端者」になっていると、感じたのではないか。なにしろ最後の長篇『縮図』を未完のまま抱え込んでいたのである。(注9)

注1　秋聲の誕生は明治四年十二月二十三日だが、翌五年末に改暦が行われ、同年十二月三日が明治六年(一八七三)一月一日となったため、満一歳の誕生日は迎えておらず、基本的に満で数えることができない。ただし、実質の年齢は数えからほぼ二歳下である。

2　父雲平は、加賀藩の家老横山三左衛門の家人、徳田十右衛門(七十石)の長子で、明治元年に家督相続、廃藩置県により士族で切米高五十三俵二斗一升となっていた。

3　『金沢市史』現代篇(昭和44年刊)「町と社会」では、明治を迎えた時の人口は十二万余、江戸、大阪に次いで三番目(京都が抜けている)の大都市で、名古屋より大きかったことを強調している。

4　明治二十一年七月、三学期の成績では、英語の読方・訳解81点、会話・綴方・書取96点であった。中でも文法には自信を持っていた。

5　「高等教育」という言葉は、大学、旧制高校を指すものとして、ごく普通に使われていた。

6　大阪から金沢へ戻って来てからの絶望的な気持は、かなり虚構が凝らされているが、『頽廃』(明治41年10月)に読み取ることができる。

7　渋谷默庵のことは『糟谷氏』（明治41年10月）に扱われているが、金沢における新聞の黎明期の一端も捉えている。
8　姉きんの子とのことは、『甥』（明治41年6月）や『黴』などに扱われている。
9　『縮図』は昭和十六年六月二十八日から都新聞に連載したが、情報局からの再三の干渉により、九月十五日、八十回で中絶した。

（国文学・解釈と鑑賞「金沢と近代文学」平成20年11月）

表町・本郷・白山——秋聲の居場所

作家が、如何なる土地に生まれ育ったか、そして、如何なる土地に身を置き、日々を過ごしながら、創作活動をおこなったか、意外に大きな意味を持つように思われる。殊に徳田秋聲のように、日常の暮らしを重んじる写実的作家の場合、そうではなかろうか。そして、この作家の秘密を解く鍵にもなるのではないかと思われるのだ。

秋聲は、廃藩置県の行われた明治四年（一八七一）に、加賀藩、金沢の下級士族の子に生まれ育った。このことが、秋聲の採る視点のおおよそを決めることになったようである。加賀藩の前田家は、江戸時代を通じ全国において最大の百万石を領有、幕府がこの富裕な藩の動向を絶えず警戒したから、財を蓄えるよりも散じることに努めたため、城下町金沢は消費文明が栄え、生活文化は高度に発達した。それだけに明治維新は、なによりもその生活文化を突き崩すものと受け取られたようである。文明開化によって文化なり生活が向上するのではなく、逆に安定した優雅な秩序が突き崩され、洗練された暮らし方が破壊され、混乱と粗野へと下降して行く、と思わざるを得なかったのだ。だから、文明開化だ、近代化だと走り出すのではなく、走りだした日本社会を、半ば冷ややかに背後からから見るなりゆきになった。

このことが、秋聲という存在を考えるとき、大きい。多分、ほぼ同年齢の泉鏡花についても言えることだろう。

加えて秋聲は、当時金沢で設立された最高の教育機関、第四高等中学――後の第四高等学校――に進んだものの、文学に熱中、理数科を疎かにして落第の憂き目を見たこと、官学としての規律が喧しかったことへの反発から、ドロップアウト、退学したことが大きい。この時期の第四高等中学なり第四高等学校からは、優秀な人材が輩出、その幾人かとは生涯を通じて親交をもったが、その明治国家が敷いた出世へのコースから、自ら好んで外れたことは、いよいよ近代化を背後から見る立場へと秋聲を置いたと言ってよかろう。

＊牛込、神田周辺

父親雲平が亡くなり、大阪へ出て警官になった長兄直松からの仕送りも途絶えがちになり、いまも指摘したように学業が思わしくなく、窮屈な学校に嫌気がさして、明治二十五年（一八九二）、数えで二十二歳の春、初めて上京した。

この時は入門を望んだ尾崎紅葉には相手にされず、博文館など出版社も同様で、早々に長兄を頼って大阪へ行き、一年ほど滞在したが、結局は金沢へ舞い戻った。しかし、母と妹が知人の家に下宿している有り様で、もう二十三歳にもなっていた若者に、居場所はなかった。明治維新による社会変動が、そういう苛酷な状況を彼の上にもたらしたのである。

一度は復学を目指したものの、結局は断念、誘われるまま、長岡の新聞社に赴いたが、新聞社と言っても名ばかりで、呼んでくれた人も、仕事より秋聲から英語を教えてもらうつもりであった。秋聲は、数学や化学は駄目だったが、漢学と英語は好きで、よくできた。これではダメだと、翌年の明治二十八年（一八九五）正月、二度目の上京をした。そして、紹介者を得て、当時、日清戦争で活況を呈していた博文館に臨時雇いとして住み込むことができ、ようやく東京に足場を得たのである。

博文館は、当時、日本橋本町にあり、表通りには鉄道馬車が走っていたが、店舗は瓦屋根あった。その編集部の一隅に、秋聲は席を得たものの、正式の社員となったわけではなく、あくまで臨時の雇い人で、書籍の荷造りをし馬車に積み込んだりする男たちと一緒に、夜は店に泊まったり、創業者の大橋家に泊まったりして夜を過ごした。

仕事は、原稿にルビを振り、校正をし、英文の書籍広告を訳し、時には作家との連絡に走らされる、といったものであった。その作家の一人に、樋口一葉がいた。秋聲より一歳下だが、明治二十九年（一八九六）七月二十五日と言えば、もう病気がかなり進行、死を四ケ月後に控えている頃だが、この日付け刊行の「文芸倶楽部」臨時増刊海嘯義捐号に、一葉は随筆「ほととぎす」を寄せており、秋聲は、コントとも言ってよい小編小説『厄払ひ』を掲載している。初めての掲載である。この前後のある日、本郷区丸山福山町四番地（現在は文京区西片一ノ一七ノ八）に住む一葉の許へ、原稿料でも届けたのだろうか、訪ねている。そして、色紙を書いてもらったりしたらしい。もっともその色紙は秋聲の遺品の中から見つかっていない。

そうこうしている間に、尾崎紅葉の弟子となって博文館に出入りしていた泉鏡花と口をきくようになった。鏡花とは、金沢でお互い見知っていたし、先年、紅葉の門を叩いた時、鏡花が玄関番を勤めていて、言葉を交わしていた。そして、前回の訪問を覚えていた紅葉の意向を受けた鏡花に勧められ、紅葉を訪ね、門下となり、作家としてスタートラインについたのである。

その同じ門下として親しくなったのは小栗風葉で、彼に誘われ、牛込横寺町四十七番地の紅葉宅の裏の崖下、箪笥町の、いわゆる十千万堂塾に加わった。風葉、柳川春葉との共同生活であったが、やがて人数が増えた。

牛込横寺町なり箪笥町は、現在は新宿区になるが、神楽坂の繁華な町筋を、西へ少し入ったところで、そこからは、紅葉の玄関を出て一戸を構えたばかりの鏡花もよくやって来た。その外、紅葉や硯友社なりその同人たちの門下たちが遊びにやって来た。花袋もその一人であった。こうして、文学的交友も順調に始まったのである。

この時に得た友人知人、先輩たちが、以後の小説家暮らしを営む上で、大きな財産になったと思われるが、この塾は、明治三十二年（一八九九）二月に解散、その後は、もっぱら下宿住まいとなったが、ごく近辺の、牛込とか神田周辺であった。この頃の東京は、下宿屋が非常に多く、特に学生の多い神田周辺はそうであった。普通の家でも二階や余分な部屋があれば下宿人を置いた。

もっとも明治三十四年三月には、富山県出身の三島霜川が妹三人と暮らす本郷の弥生町の一軒家で同居した。が、四ヶ月ほどでこの兄妹の生活ぶりに閉口、逃げ出すようなことがあった。

＊表　町

そうするうちに、初めて家らしい家を持つことになった。

明治三十五年の初夏だが、金沢の第四高校の前身、高等中学での友人が、東京の大学へ進学、その学費なり生活費にと、彼の親が貸家を建てたが、入居者が見つからなかったので、貸家の差配を兼ねて入居しないかという話が持ち込まれたのである。

そこで三島霜川と一緒に、その家へ入った。場所は小石川区表町百九番地（文京区小石川三丁目）であった。

伝通院から白山通の近くまで下がって来たあたりで、いまでは落ち着いた住宅地と商業地の境といった感じだが、いまから約百年前は、東京の町外れ、地方からやって来た人たちが住み着き始めた、まだ空地の多い「新開の町」で、床屋や蕎麦屋、荒物屋、塩煎餅屋に、酒屋などが細かな商いをしていた。だから、かつての江戸の街とは違い、出身地も身分も異なった、雑多な人たちが集まっていた。

その近所の酒屋の新婚夫婦をモデルにしたのが『新世帯』（明治四十一年）である。丁稚奉公の末に暖簾分けをしてもらい、店を開いて間のない、酒屋の店主新吉が、迎えたばかりの妻に向かってこう言う、

「此辺は貧乏人が多いんだから、皆細い商ばかりだ。お客は七八分労働者なんだから、酒の小売が一番多いのさ。店頭へ来て、升飲を極込む輩も、日に二人や三人はあるんだから、然う云ふ奴が飛込んだら、此処の呑口を捻う捻つて、升ごと突出してやるんさ。彼奴等撮鹽か何かで、グイ〴〵引かけて去かア」。

こういう町に秋聲は、数え三十二歳で、曲がりなりにも一戸の家を構えたのである。そして、このことが秋聲の人生において、大きな節目となった。

食事や掃除洗濯など勝手元をやってもらうために、老女を雇い、住み込ませた。長野県上伊那出身の小沢さちと言ったが、やがてその娘が、母親の手伝いに出入りするようになった。名は「はま」と言い、結婚したものの、義母との折り合いが悪く、中野の婚家を出ていた。しかし、帰るべき実家がなかったので、よくやって来た。てきぱきとした性格で、素人らしからぬ色っぽさもあり、行き届いた心配りを見せてくれた。そうしたことから、いつしか親しみ、深い関係になって、女は妊娠するに至った。

しかし、秋聲は、彼女と正式に一緒になる決心は容易につかなかった。なにしろ、作家としてスタートラインについたばかりで、自分の身ひとつ食べていけるかどうか、まったく分からなかったのである。それに頼みとする尾崎紅葉が胃ガンのため、病床につくようになり、やがてその死（明治36年10月30日）に接するのである。

師の紅葉こそ職業作家として生き、華々しい葬儀で送られたが、秋聲は、自分が小説を書いて生計を立てられるか、まったく自信が持てなかった。なにしろ当時、小説家は、まともな職業とは考えられていなかったのである。

多分、まともな職業とは考えられていなかったからこそ、帰るべき家も故郷もなく、学校も中退して、行き場を失った者が縋って行くのにふさわしいと、秋聲は考えていた節がある。

この、どこにも身の置き場がなく、東京という都市で、怪しげでありながらも細々と命をつないで行けそうな仕事に係わっている若者は、考えてみれば、明治という時代が新たに生み出した存在であろう。

じつは、はまにしても、一家を上げて上伊那から上京したが、父親小沢幸三郎に働く意欲がなく、土地や家財を売って作った資金を使い切ると、家族を東京に置き去りにして、自分ひとり上伊那の親の家に戻ってしまい、ほとんど遺棄されたかたちになっていた一家の長女だったのである。

この父親の無責任さには呆れるが、そのため母親は、秋聲の家に手伝いとして住み込んだのだし、娘は離婚すると居場所がなく、母親の許へしばしばやって来たのである。これまた、明治という時代が東京という都市において生み出した存在であろう。

そのような寄る辺ない男女が馴れ合い、関係を深めるままに、私生児を産み、離別を言いながら別れられず、ぐずぐずと踏ん切りのつかない日々を過ごすのである。

決心がつかなかったのには、他に幾つも理由がある。なにしろ彼女には住み込みの老女という老母がいた。だから、入籍した瞬間に、この母と赤ん坊とを同時に抱え込むことになるのだ。思っただけで気が重くなるだろう。いまの自分には背負い切れない、と思ったはずである。それに金沢には、半ば置き去りにした母がいる。そちらこそ面倒を見るべきなのである。

さらに彼女は、婚家を出たばかりで、元の夫との関係もすっきり清算していなかったようだし、結婚する以前、女中として茶屋勤めをしていた。そして、恋人がいて、これまた、きれいに清算していないのだ。加えて、教育を受けておらず字が読めなかった。

こういう女ではなく、純潔で、教養もあり、生活の苦労も知らない、資産家の娘を嫁にすることが出来るかもしれない、という夢を抱いたとしても、若者としては無理がないだろう。この頃の秋聲の作品を読むと、そういう夢を追うものの、結局は破れるという設定のものが幾篇もある。多分、秋聲自身、そうした夢を抱きもしたのだ。また、友人のなかには、はまの経歴に難色を示し、手を切るよう忠告する者がいた。当時においては、それが常識であったと思われる。

こうして逡巡をつづけ、はまが出産しても、なおも逡巡し続けた。

そして、一年ほどしてようやく決心、母子とも入籍する（明治37年3月）のだが、そうしてからも、まだ心が定まらず、別れ話を持ち出したりする……。二人の家庭は、いつまでたっても安定せず、ぐらぐらし続けるのだ。

いまから言えば、妻に対して恐ろしく残酷な仕打ちと言わなくてはなるまい。が、秋聲にとっては、あまりにマイナス要素が多く、実際に生活が破綻する恐れを感じつづけたのである。

こうした家庭の在り様は、表町という、上に触れた、たつきを求めて故郷を捨て、東京へとやって来た者たちが集まり、形成した町並みと、多分に照応するところがあった。だから、この町で営まれた暮らしを題材にすることによって、この時代の陰に蠢く男女の姿を、心情や神経の領域においてまで、捉えることができたのである。

そして、やがて自然主義文学屈指の傑作とされる『黴』（明治44年8月1日～11月3日）が書かれるが、まずは中篇『新世帯』（明治41年10月16日～12月6日）によって、表町での暮らしを扱った。先に当時の表町を説明するために一節を引用したが、酒屋に丁稚奉公した末に独立、新しく店を出し、妻を迎えて、苦労する新世帯ぶりが描かれるが、秋聲自身の新世帯ぶりも、幾らか重ねられている気配である。

このように秋聲は、この表町において、文学史的にも意義のある作品の題材を得たのだが、実際に、この時代、この東京で暮らして行く難しさ、それが孕む不安といったもの、それとともに自分という人間のやりきれないところ――気が弱く、恐ろしく神経質で、容易に自己嫌悪に囚われるかと思うと、ひどく我が儘で、弱い者に苛酷に当たる――そういうところがあるのを、いやと思い知らされたのである。

＊本郷森川町（1）

ただし、作品の舞台は表町だが、執筆したのは、『新世帯』を含めて現在も居宅が都の文学遺跡として残る本郷森川町一番地一二四（現在は文京区本郷六丁目六番九号）であった。明治三十七年夏に表町を去り、本郷森川町一番地も清水橋の傍らへ移り、三十九年四月に小石川富坂へ、そして、その翌月に本郷森川町に移った。

清水橋の借家は、買い手がついて出なくてはならなくなり、富坂の家はいい造りの落ち着く家だったが、殺人犯の妾が住んでいたと分かると、妻はまがひどく気味悪がり、はまが近くを探し、森川町に家を見つけて来たので、急いで移ったのである。

表町は、当時、小石川区だが、あとの家々はいずれも本郷区森川町に属する。ただし、いまでは同じ文京区である。そして、直線距離で見れば、表町と生涯を送ることになった森川町とは、六百メートルほどしか離れていない。当時、森川町周辺には二階屋などほとんどなかったというから、高台に位置する森川町の家を出れば、かつて住んだ町を見下ろすことが出来た。

ただし、その表町と本郷森川町では町の佇まい、雰囲気がまるで違っていた。『新世帯』では、表町の店で新吉が迎えた妻お作は、西片町の或る「教授の屋敷」に奉公していたという設定になっているが、その西片町の西、同じ高台に隣接しているのが森川町である。もっとも西片町ほど格式ある住宅地というわけではなかったようだが。

当時の様子を、秋聲はこう書いている、「この界隈が皆生垣をめぐらされた家ばかりで、二階屋も殆どなかつた。庭も広く取つてあつてこんなに立込んでゐなかつた」。そこに生涯を過ごすことになる家があったのだが、「青い建仁寺垣のそばに斑入り椿が咲いてゐたり、躑躅があつたり何かして、一寸しつとりした、落着いた家」だったという（わが文壇生活の三十年）。

このようなところに住み始めたことが、表町での自分たちを含めた暮らしを、適度に距離を置いて対象化し、客観的に描き出すのを可能にした、一因であったのであろう。そうであったとするなら、この移住が持つ意味は大きい。

＊本郷森川町（2）

ところで、この本郷森川町一番地一二四（現在は文京区本郷六丁目六番九号）がどのようなところであったか、もう少し詳しく見ると、

東京帝国大学が大きく場所を占める、高台の町で、その帝国大学の正門とその南の赤門の間の向かい側を、少し入ったところに、その家はあった。

西片町は大学の教師が多く住んでいたが、こちらには、学生相手の下宿が多く、表通りを入ると、落ち着いた住宅街であった。それでいて、本郷三丁目交差点まで行くと、市街電車の終点で、商店が並び、当時は芝居小屋や寄席があった。また、菊坂を下ると商店街で、生活必需品を求めることがで

きた。

ここもまた半ば新しい町であった。飯田町あたりから本郷三丁目交差点近くまでは江戸からの街であり、その先は前田藩を初めとする武家屋敷があった、いかにも山の手らしい一画で、帝国大学がはやばやと設立されたこともあって、知的な雰囲気が漂っていたのも確かである。小森陽一が文京ふるさと歴史館の特別展「愛の手紙」図録（平成十六年十月刊）に寄せた「漱石と本郷界隈」で述べているように、文明開化、西欧近代化の知的拠点であり、漱石としては「描くのを可能な限り避けた場所」ということになろう。

ただし、漱石は、その明治の西欧近代化の知的エリートであっただけに、この場所を鋭く意識したが、秋聲は、それに対して、すでに見たように西欧近代化の知的エリートたるべき道筋から自ら脱落した者であり、その近代化を背後から見がちな地方の出身者であった。だから、帝国大学の間近に住んでいることをほとんど意識しなかったようである。鏡花とは逆で、コンプレックスを持つこともなかった。ただし、表町とは違い、明治の新しい思潮に触れる機会が身辺にあった。自然主義文学に自ずと馴染むことにもなったのも、いささか係わりがあったのではないか。秋聲の自然主義文学への接し方は、フランスの新しい文学思潮を摂取しようという意図的な努力の結果ではなく、なにげなく自然に身についてしまったという塩梅なのである。

そして、そこから表町の暮らしを、距離を置いて俯瞰するように、突き放して客観的に描いたのだ。この点で、時代の最も新しい思潮が、秋聲にあっては、日々の暮らしの現実を通して捉える助けになったと、言うことにもなりそうである。

小森陽一は先の論文で、『三四郎』の美禰子について、「本郷の台地からは、底辺の闇に潜む現実が見えなかったのです」と述べているが、秋聲にあっては逆で、この台地から「底辺の闇に潜む現実が見え」た。また、小森氏は結論として「「本郷」という場所は、すべての日本人が欧米人化することに強迫観念的に追い詰められ、ついにそれが達成できぬことを思い知らされつづける、私たち一人ひとりの中にある空白の場所なのかもしれません」と言うが、秋聲にとってはまったくそうではなかった。逆に、日本人の暮らしを見据えて、豊饒な作品を生み続ける場所となったのである。

＊銀　座（1）

こうして『新世帯』に始まり、『足迹』『黴』と自然主義文学を代表する傑作を書き継いだのだが、大正三年（一九一四）一月からは一年間、森川町から京橋の傍らにあった読売新聞社に、客員編集員として通った。

順次路線を伸ばしていた市街電車が、明治三十七年（一九〇四）一月には本郷三丁目まで来て、四十年七月には、乗り換えなしで日本橋まで出られるようになっていたのを利用したのである。

市街電車は、本郷の住民にとって、上野や浅草、そして、日本橋、銀座、日比谷を近い場所にしたが、その銀座と日比谷は、新聞社や雑誌社が集まっているだけでなく、大正という時代にあって最も新しい風俗、文物を差し出す街であった。

この通勤と、引けた後、銀座や日比谷を徘徊した体験なども含めた、その最初の成果が『あらくれ』であった、と言ってよいかもしれない。女主人公のお島は、東京の北、王子近く、植木屋の家に生まれた気性の荒い女である。生みの母に疎まれ、紙漉きを業とする農家の養女に出され、婿を迎えるが、婚礼の夜に飛び出して終わり、その後、後妻に入ったのが神田の缶詰屋である。缶詰は、まだ珍しいハイカラな商品であった時代で、当の主人は、北海道で缶詰屋修行をして来た、鳥打帽で自転車を乗り回すモダンなしゃれ者であった。その彼と別れ、次いで一緒になったのが、洋裁師であった。洋服自体がまだ珍しい頃で、日露戦争で軍人の外套の注文が多量にあり、男と一緒に独立、浮き沈みした末に、お島は、横浜で買い揃えた洋服に身を固め、自転車に乗って、セールスに走り回る。女のセールスなどいなかった時代のことである。彼女はさらに赤門の向かいあたりに洋服店を開くが、ガラス戸で、ショーウインドーがあり、床が畳ではない、当時では最先端のものであった。本郷は、こういう店が似合うところがあったのであろう。ただし、お島は、そうして欧米人に自らを似せ、できればなりたいと思ったわけではなく、この時代の都市風俗の最も新しいところを利用して、自らの暮らしを立てようとしたのである。

そうした秋聲の狙いもあってか、秋聲の筆にかかると、なんであれ日常の平坦さのうちに据えられ、新しさが浮かび上がらず、今日のわれわれにはひどく古臭いかのように思われるが、当時にあっては、最も新しい風俗なり、その尖端を行く人物を採り上げているのだ。『黴』にしても、考えてみれば、登場する人物たちがこの時代になって新たに出現した小説家という存在であった。秋聲の目は、常にそういうところに向けられていたのである。

＊銀　座（2）

時代の推移とともに、やがて大きな変化が到来する。ジャーナリズムが急激に発展、読者も急増するとともに、新しいタイプの小説か要求されるようになったのである。

すなわち、現代の都市を舞台の中心にした、読みやすい通俗長篇小説である。通俗長篇読み物といえば、講談か時代小説と決まっていた。それでなければ、いわゆる家庭小説であったが、現代の都市を舞台に、現代を生きる男女が、旧来の家庭の枠組みを越えて、現代の風俗をまとって登場するのである。

その拡大する読者層だが、明治の初めは、学生たちに勤め人という、新しく出現した階層が中心であったが、明治を通しての女性教育の成果と言うべきか、この頃には大勢の若い女性たちが読者となって登場して来たのである。また、いわゆる近代化が家庭内にも及んで、旧来の在り方が崩れるとともに、新たな情報・案内が必要とされるようになったことも大きい。そして、いわゆる婦人雑誌がつぎつぎと創刊され、多量の読者を獲得したのである。その雑誌および新聞では、長篇小説の連載が、読者獲得の有力手段となった。

漱石が朝日新聞に入社したのも、この状況が一要因であったが、漱石が死去する大正五年（一九一六）頃からは、性別を越え、職業も地域も越えた、より多くの読者を対象にした、いわゆる近代化・都市化現象に即応した新しい通俗長篇小説が求められるようになったのである。

この気配をいちはやく察知した一人が秋聲であり、自らその手の長篇小説を書き出したのである。秋聲自身、紅葉門下として通俗的な翻案小説なり家庭小説の書き手として活動して来ていたが、そのところを越え出て、できれば自然主義作家として獲得した成果――それは当時にあってはヨーロッパ近代小説に学んだ成果ということになる――を生かして、新しい時代と社会に即応した、多くの読者を獲得し得る小説を構想したのである。その最初の作品として、大正六年（一九一七）一月から連載を開始した『誘惑』（東京日日新聞・大阪毎日新聞）を挙げることができよう。

秋聲は、紅葉門下として出発したためもあるだろうが、書き手側から小説を追求するとともに、読み手側からも、社会的な広がりをもって、小説を考えることができたひとであった。それというのも、小説を書くことは作家の芸術的営為である以前に、生計の道であることを思い知らされていたからである。すなわち、幾つもある職業の一つとして小説家を考えて来ていたのである。そして、職業として成立するには、世の多くの人たちが期待するような小説を提供しなければならない。

そうすることは文学的価値の高い作品を書くことには必ずしもならない。逆に通俗性ばかりを強めることになりがちである。そのことを十分に承知した上で、その要望に応えなくては、社会的に文学が容易に認知されないと承知していた。それに、通俗であるないに係わりなく、小説は同時代を描かなくてはならない。秋聲の目はそのところにも届いていた。

こうして秋聲は、新しい通俗的長篇現代小説を盛んに書き出した。久米正雄、菊池寛などが出てくる、前夜のことである。この『誘惑』は、完結を前に真山青果によって脚色され、新派により歌舞伎座で上演され、さらに白黒無声だが、映画化された。

この成功に目をつけたのが、いまも名を挙げた菊池寛で、翌七年夏、時事新報の記者として秋聲に連載小説を依頼、『路傍の花』を連載、これまた完結を待たずに青果の脚色で、明治座と本郷座で上演された。

こうして秋聲が作り出した流れを受け継いで、菊池自身、大正九年に『真珠夫人』で成功を収めるのである。

秋聲と言えば、燻し銀の作風として称えられるが、決してそれだけではなかった。ただし、これら通俗長篇を精力的に書く傍ら、心境小説あるいはお茶の間小説と言われる短編を書いたのである。こちらの短編を評価する人は、通俗長篇を無視しがちで、その人たちの声が強くなったため、燻し銀が強調されることになったが、いわゆる流行作家としての華やかな側面も持っていた。その両面を見なくては、秋聲の全体像は見えて来ない。

こうした在り方は、森川町の秋聲の居間と、銀座、日比谷を市街電車が密接に結ぶことによってもたらされたと見ることもできるだろう。

＊順　子

こうして大正十五年（一九二六）を迎えたが、その正月二日、妻はまが脳溢血で急死、山田順子が出現した。

彼女は、竹久夢二と関係を持ったりスキャンダルに塗れた美貌の、小説家に憧れるモダンガールの一人であった。

このような女が、秋聲の前に出現したのも、いま指摘したように、秋聲が流行作家であり、幾つもの懸賞小説の審査員などを務める存在だったからである。

そして、その関係は、もっぱら本郷と神田、銀座あたりから大森を中心に展開されるが、大森は、当時、谷崎潤一郎の『痴人の愛』（大正13～14年）の若い男がナオミと一緒に住んだりした、モダンなところで、いまも挙げた本郷と神田、銀座といったところのモダンさを、掬い取って移したような場所だったのである。

それとともにタクシーが登場して来た。市街電車網がいよいよ発達するとともに、タクシーが円タクと呼ばれ、気軽に利用できる交通手段となった。銀座や日比谷のモダンが、森川町の居間との距離を一段と縮めた。

また、全国に張り巡らされた鉄道網も、視野に入れなければなるまい。山田順子は、秋田県本荘（現在の由利本荘市）の出身で、小樽の弁護士と結婚、その小樽から原稿を携えてやって来たのである。そして、離婚、本荘に戻ると、その本荘からしばしばやって来たし、秋聲も二度も赴く。

このような大きな変動のなかで、順子と秋聲の関係は生まれ、ほぼ二年で終わる。

秋聲は、二十数歳も隔たった、気まぐれな美女に引きずり回されて、ほとほと疲れ切ったようだが、その関係の推移をその場その場で、秋聲は短編小説に書き綴った。いわゆる「順子もの」と呼ばれる私小説群だが、そこで私小説の極限を行った、と言ってよかろう。

＊白山　政子

こうして秋聲はほとんど小説の筆を執らなくなり、代議士に立候補しようとしたりダンスに夢中になったりして時を過ごすが、そういう折、昭和六年（一九三一）夏、ひとに誘われ、白山の花街を訪ね、芸者小林政子を知った。

白山は、明治も末年になってできた花街で、西片町から降りて行ったすぐのところに位置する。かつて住んだ表町からなら、白山通を六、七百メートルほど北へ行ったところにある。

秋聲が初めて足を踏み入れた頃（昭和六年）の印象を、『縮図』でこう書いている。

「新開地時代そつくりの、待合の建物が余り瀟洒でもなく、雰囲気も清潔でないので、最初石畳の舗詰つた横町などへ入つて見た時には、何処も鼻のつかへるやうなせせこましさで少し小奇麗な家はまた、前の植込や鉢前灯籠のやうな附立が、どことなく厭味に出来てゐるのが鼻についた」。しかし、慣れるに従い、「結局その方が気楽であつた」。

この三業地の規模は、白山三業組合の調べ（『白山花街二十周年記念白山繁盛記』昭和7年12月、白山三業株式会社刊）によると、昭和六年では、

待合 八十三軒。料理店 十三軒。芸妓屋 七十九軒。

芸妓 二百二十二人、幇間 三人。

警視庁から指定を受けた地域は、指ケ谷町一三七番地、一四四番地、一四五番地、一四六番地、それに一三三番地の、計約八千五百坪であった。

これより少し以前の昭和四年十二月刊行の今和次郎編『新版大東京案内』によれば、芸妓が増えて二百五十八人。この人数は新橋、浅草の三分の一だが、日本橋、四ツ谷などとほぼ同じである。そして、新橋、浅草、葭町、日本橋などが一流とされていたのに対して、白山は二流とされている。ただし、玉祝儀が一時間二円九十銭で、二時間三円九十銭の向島や三時間三円の神楽坂と同じ、二流よりは上であったようである。

政子は、本所の靴屋の娘で、靴屋になる修業もしたが、父親が仕事に熱心でなく、競馬に入れあげた揚げ句、ケガで仕事ができなくなり、六人姉妹の長女である彼女一人に家計を支える責任が掛かってきた。そこで浅草から芸者に出た。しかし、この職業が嫌いで、一度は足を抜いたが、暮らしが立たず、千葉の蓮池から出た。が、その家のおやじが自分のものにしようとするのを嫌い、そこを出て仙台の先のI町（石巻）へ移った。しかし、そこで親しんだ男との結婚が許されず、東京へ引き上げ、葭町へ出て、好きになった男と結婚したものの、頼りになる男ではなかった。そこで別れ、白山から勤めに出たところであった。

以上のような経歴でいながら、政子は芸者らしくない芸者で、健康で陽気な、決して挫けることのない性格が秋聲には気に入ったようである。また、政子にしても、芸者扱いしない秋聲が好ましく、頼りになると思ったらしい。

そうして親しみ、一時は政子が秋聲の書斎に寝起きするが、家に収まることはできず、また、家計を支えなくてはならず、白山に戻って芸妓屋を開いた。そうなると秋聲は、その芸妓屋の二階で過ごすことが多くなったが、そこで政子をモデルに晩年の傑作『縮図』を書くのである。

『縮図』が「都新聞」に連載されるのは、昭和十六年六月二十八日からだが、その冒頭、銀座も尾張町角の資生堂の二階で、女主人公の銀子と、秋聲の分身の均平とが向き合っていて、眼下を芸者を乗せた人力車が次々行くのを見る。この時期、戦時色が強まると、カフェやダンスホールと言った欧米風遊び場が制限されたお陰で、却ってお茶屋が盛んになっていた。「時局的な統制の下、軍需景気の煽りを受けつつ、上層階級の宴席に持囃され、たとひ一時的にもあれ、曾ての勢ひを盛返して来た」と書いている。

そのような時期に生活を共にして、お座敷の注文を聞いたり、玉代を帳面につけたりもすれば、政子の抱えの芸妓が引き起こしたトラブルで裁判所に出向いたりしながら、執筆したのである。

もし、その原稿を書く場所が、この場所でなかったら、戦時色を強める日々にあって書くのが難しく、書いたとしても、早々に筆を置いたかもしれない。いずれにしろ、この作品にとって最も好ましい条件の場所に身を置いて、書いたのである。結局は官憲の圧力で連載中止に追い込まれる（9月15日、80回で中絶）が、これゆえに、書けるところまで書くことが出来、作品も優れたものとなったと思われる。

ところで白山となると、これまでの表町や本郷森川町とは大きく性格を異にする。

花街なるものは、昭和三十一年（一九五六）四月一日の売春防止法の施行で姿を消したが、徳田一穂さんの葬儀（昭和56年〈一九八一〉7月3日）の後、野口冨士男さんに連れられ、筆者が訪れた際は、町並みは意外に残っていて、空き家となっていたが、秋聲が筆を執った芸妓屋は残っていた。ただし、平成十六年夏には跡形もなくなっていた。

金沢に育った秋聲は、幼いとき、東の廓内にあった親戚の家へ、父親に連れて行ってもらった事があるし、後年、金沢滞在の折には、そのなかの一軒の一室に、二十日あまり身を置いたこともある。そして、なによりも秋聲の記憶に刻まれているのは、士族が凋落、父方の二人の叔父の娘も含めて、美しく芸事にも優れた自分と歳のかわらぬ少女たちが、つぎつぎと廓に身を沈めて行ったことである。

だから、秋聲にとって廓なり花街は、単なる遊興の場ではなく、血を分けた娘たちの運命に深く係わった場でもあったのである。そして、自分は男だから、彼女らと同じ道は辿らなかったが、しかし、本質的にはあまり変わらぬところに危うく身をおき続けてきた、という思いも持っていた。小説家という職業がそうである。およそ掴みどころのない、不安定な、社会的信用はほとんどない、しかし、才能と努力で自分の道を切り開いていくことはできる職業である。多分、そういうこともあって、政子とは芸者と客の関係にとどまらずに、深く踏み込んだ結び付きを持つに至ったのであろう。

そして、政子から身の上を聞くままに、芸者の流転する姿を扱ったが、ところどころでは、政子と仲間なり競争相手なり係わりを持った芸者たちの身の上にも及んだ。秋聲にとっては、政子ひとりに留まらず、芸者という存在が、作家としての関心の対象になっていたことをよく示す。

この秋聲の芸者への対し方は、やはり芸者なり遊興の巷の女を好んで描いた永井荷風と対比させると、明らかだろう。荷風は、知的エリートの二代目で、はやくアメリカ、フランスに渡り、その文物に触れ、そこから遊興の巷へ身を置く態度に出た。そして、そこで出会う女たちとは、結局のところ、生活をともにはしなかった。芸者の八重次（内田ヤイ、舞踊家の藤間静枝）と大正三年、三十六歳の時に結婚したものの、翌年二月には、ヤイの方で家を出た以降は、同棲することがなかった。

＊まとめ

以上、見て来たように秋聲が暮らした所は、東京も文京区の中の一キロ四方にも足りない、ごく狭い地域を移動するに留まった。

しかし、それぞれの町の性格となると、じつに大きく違う。

表町は、当時、貧しい地方出身者が集まり、形成した地域であり、金沢と伊那から出て来た居場所を失った男女が世帯を持ち、暮らすのにはふさわしい地域であった。

本郷森川町は、帝国大学の近くで、居住者には学者が少なくなく、学生向き下宿が建ち並び、アカデミックな雰囲気もあり、新しい時代の思潮が打ち寄せる渚のようなところのある地域で、これまで触れなかったが、文人たちも多く住み、互いの交流が行われ、それに相応しい喫茶店なども出来ていた。そして、市街電車が、日本橋、銀座、日比谷、また、上野や浅草も近い場所にしていた。日本橋や銀座、日比谷は、出版社や新聞社があり、ジャーナリズムとの係わりを持つのには好都合であったし、現代都市の先端的風俗に容易に触れることができた。

それに対して白山は、後発の花街で、一流所とは違い、気楽に遊べる場所だった。秋聲が赴いたのは、年配の文学関係の女性たちに連れられて行ったようで、女たちも気兼ねせずに行けるようなところだったのである。そして、金沢以来、身近に見守って来ていた、ある意味では近代化の裏側に根差した華やかな存在、芸者とともに暮らし、その日常を見届けることができた。

これら町の性格の違いが、多様な創作活動を展開する一助となったと考えることができよう。言い換えれば、五十年近い秋聲の創作活動にあって、期せずして多様性を生み出すことになったのである。もっとも、こうしたことをあまり強く言っては間違う。創作活動は、環境に一方的に支配されるわけではないからである。

しかし、作家が日々を送る町、地域とまるで無縁であることはあり得ない。最近のように超高層マンションに住んでいたりすると、無縁であることもあり得るかもしれないが、人間は本来、抽象的な空間に生きているのではなく、具体的個別的な、ある特定の空間に身を置き、なんらかの相互関係、時には応答関係を持ちつつ、暮らし、書いている。だから、作品になんらかの影が投げかけられるだろうし、それが作品に、なんらかの存在感とでもいうべきものを付与することにもなる。

秋聲は、私小説の場合は当然だが、そうでなくても人間を捉え、描くのに、日常性、日々の暮らしを殊のほか重んじたから、そうなり、秋聲の描く人物に深い陰影と存在感を与えた。

いずれにしろ秋聲は、ボーダーレスな空間でなく、文京区の異質な三つの町で暮らし、書くことによって、自らの文学世界を大きく育て上げたと言ってよかろう。このことをいまの時代、確認することは、決して小さくない意味を持つと考える。

（文京ふるさと歴史館での講演稿、平成16年11月21日）

時代への沈潜と超出

作家の自伝　徳田秋聲

徳田秋聲は、過去を振り返るのが苦手であった。例えば、田山花袋とともに生誕五十年を祝ってもらった大正九年（一九二〇）のことだが、「その頃のこと――文壇生活の回顧」（「読売新聞」10月10日）で、「やくざな過去の生活を振顧ることが誠に嫌ひな方だ」と、はっきり書いている。

もっとも自然主義作家として認められるようになってから、『黴』を初めとして、自分自身のこれまでの実生活に題材を求めて、多くの作品を書き継いだ。そのため、それらの作品によって、秋聲の私生活の詳細から生涯の歩みのおおよそを知ることができる。その点で、秋聲は多くの自伝的作品を書いた、と言えば言えそうである。しかし、それらの作品を自伝的作品と言えるかどうか。自らの過去に題材を求めても、「振顧」り、「回顧」するのとは明らかに別の姿勢を、秋聲は採っているのだ。その点を重く見る必要があるだろう。

が、大正もこの頃になると、婦人雑誌に通俗長篇をつぎつぎ執筆するかたわら、「お品とお島の立場」など、市井の男女の姿を、熟した筆で描くとともに、「屋に迷ふ」「初冬の気分」など、いわゆる心境小説を書くようになっていた。自分の存在なり生活を中心にして、痛切な現実なるものと真正面から取り組むところから、やや退いたところに身を置くようになっていたのである。

そうした折り、いまも触れた生誕五十年を祝う会の主賓の席に座らされ、初めに引いた文章を書かされるなど、これまでの歳月を振り返る機会を与えられたのである。そこへもって来て、翌大正十年十二月三日には、若年の頃から親身になっていろいろ面倒を見てくれた異腹の長兄直松が、数えの六十七歳で胃癌のため亡くなった。

こうしたことが切っ掛けになって、自らの過去を「振顧」り、「回顧」して、小説の筆を執ったのが、『無駄道』である。大正十二年（一九二三）五月九日から六月二十四日まで、四十五回にわたって、「報知新聞」に連載された中篇である。

内容は、明治二十五年（一八九二）春、金沢から親友桐生悠々とともに初めて上京したものの、入門しようと志していた尾崎紅葉にはすげなくあしらわれ、雑誌社に働き口を得ることもできず、うろうろしているうちに天然痘に罹り、悠々は帰京、秋聲は、警官をしていた直松を頼って大阪へ行く。そして、寺に下宿していた兄と、母親の縁につながる商家の世話になって、翌年春まで過ごした末、金沢へ戻る――、そうした日々が描かれている。

しかし、『無駄道』という題が、秋聲の「振顧ることが誠に嫌ひ」と言う態度がいくらか尾を引いているのではないか。いまとなっては懐かしく、思い出されてくるが、そうなればなるほど、当時のことを「無駄道」と不愛想に極め付けてみせる。そっけなく突き放した態度を示すのだ。しかし、修三という名を与えられた主人公（ほぼ秋聲自身と考えてよい）を優しく包んでくれた繁（ほぼ直松）の描き方は、やはり肉親ならではのものがある。そっけなく突き放そうにも突き放せないものがあり、また、自らのうちにも、懐かしむ気持が自ずと動くのだ。このあたりが、秋聲の他の小説とは違つた、自伝的作品たる所以だろう。

＊

それから十五年後の昭和十三年（一九三八）に、本格的な自伝小説を書いた。同年一月から同年十二月まで「婦人之友」に連載した、『光を追うて』である。翌十四年三月に新潮社から刊行された。

主人公は向山等となっていて、明治維新の混乱がつづく明治四年（一八七一）に、金沢で生を受けたところから書き出されている。そして、少年期にもかなり筆が費やされ、貧窮のなか、唯一の頼りであった父親が死ぬとともに、第四高等中学校（後の第四高等学校、現在の金沢大学）を止め、悠々と上京したが、結局は直松を頼って大阪へ行くよりほかなくなったところなどは、『無駄道』で記されているとおりで、その日々の様子も簡単ながら描き込まれている。この後、金沢へ戻ったが、もはや落ち着く場所を見つけることができず、知人の招きを受けて長岡へ行き、新聞記者勤めをしたものの、明治二十八年（一八九五）に再び上京する。今度は、博文館に臨時ながら職を得、それを足場に尾崎紅葉の弟子となって作家となる道を歩み出す。そうして、明治三十三年（一九〇〇）に読売新聞に『雲のゆくへ』を書き、一応、作家としての足場を獲得するとともに、明治三十四年の年末には、再び大阪の兄直松を訪ねるべく新橋を発つところまでが扱われる。

執筆時点で秋聲は、数えですでに六十八歳になっており、大きな仕事としては、この後、『縮図』（昭和16年・一九四一）を書くだけで、生涯にわたる仕事のおおよそを終えていた。そういう時期にあって自らの生涯を振り返り、書いただけに、自伝らしい自伝になる条件を十二分に備えていたと言ってよかろう。

ただし、『無駄道』で指摘した、そっけなく突き放す態度は依然として見られる。が、自らの生涯を振り返って書こうとするときに、自ずから立ち添ってくるものがある。自己自身の物語化への志向、と言えばよかろうか。過去のさまざまな出来事を、生涯全体の流れのなかで捉え直そうとするとき、不可避的にそうなってしまうのだ。秋聲という作家は、可能な限り物語化を退けたところで小説を書いた作家であり、基本的には、ここでもその姿勢を多少なり保ちつづけている。それが秋聲の自伝の特色と言ってもよいかもしれないが、しかし、その志向を排除することはできない。

その叙述だが、『無駄道』とは違い、兄直松一人だけでなく、父母を初め、兄姉たち、姉の婿、そして、学校の仲間たち、さらには尾崎紅葉やその門弟たち、友人たちへとひろがる。そうして、その人たちの大部分から、少なからぬ恩恵を受けて来た記憶を蘇らせて行くとともに、これまでの恥多い自分の歩みを、なにほどかは是認することにもなる。

この自己是認なしに、振り返り、反芻し、書くことはできないのだ。そして、そこに、いま言った自己物語化が入り込むのである。多分、自伝の魅力の大きな源泉は、そのあたりにあるのだ。自伝なり自伝的作品となるか、ならないかの分岐点のひとつである。秋聲の場合も、決して例外ではない。ただし、そこにおいても秋聲は、自己なる存在を正面切って押し出そうとはしない。他を主とした叙述をもっぱらとし、それをとおして自己の姿が浮かび上がるままにとどめる。あるいはそこに、読者はもの足りなさを覚えるかもしれない。が、それだけ秋聲という作家が生きた時代の、人々の暮らしぶりがよく見えてくる。

もっとも、その叙述には、年月日の記載が皆無に近いという特徴がある。戦争といった社会的大事件や、人々の動向から、それと察せられるように書かれているにとどまる。先の梗概で、明治四年、明治二十八年などと記されているのも、筆者が補ったものである。秋聲というひとは、年月日といった客観的な尺度で記憶を整理することをしないのだ。記憶がよみがえって、生き生きと動いて来る、そのところで、書いていると言えばよかろう。それだけ秋聲にとって記憶は、現に生きているものなのだ。

ところで、『光を追うて』は、先に触れたように昭和十四年三月、新潮社から刊行され、三年半後の昭和十七年九月には、河出書房から出た三代名作全集『徳田秋聲集』に収録されたが、それに際して増補され、全四十八節であったのが、八節増え、全五十六節となった。これは、昭和十五年になって執筆した「西の旅」(6月)、「浴泉記」(9月)を加えたためである。この両作は、大阪の兄の家を訪ねてしばらく滞在するうち、兄嫁が薦めるまま、彼女の伯母のいる別府へ赴き、温泉暮らしをした後、東京へ戻るまでを扱っている。この河出書房版以降は、角川書店版昭和文学全集、雪華社版秋聲全集も、このかたちを踏襲している。

この増補によって、『光を追うて』は、やや重々しくなったきらいがあるが、しかし、秋聲の生涯の仕事のなかでの位置付けは、一段とはっきりしたと思われる。

念のため河出書房版の最後の締めくくりの文章を引くと、こうである。

三月余りの放浪の旅から帰つて来た等が、仕事に取りかかる迄には、しかし未だ少し間があつた。

『黴』の読者なら、ピンと来るだろう。追加されたのは、年月で言えば、明治三十四年(一九〇一)の年末から翌年の四月後半までで、この帰京は、そのまま『黴』の冒頭の節につながるのである。温泉での暮らしにも倦み、京都の友人に会って帰京、楓の青葉が初夏の風にそよぐ窓辺に、机を据え、原稿用紙を買い求めて来ると、その匂いを嗅ぎしめたと、そこには書かれており、この原稿用紙を使って仕事を始めようとする少し前までが、河出書房版では扱われるかたちになったのである。

もっとも、先に触れたように、『光を追うて』と『黴』とでは、作品の質が違う。『黴』では、自己是認だとか物語化などの姿勢はまったくなく、自分自身の日々の暮らしにおいての在り方を見極めようとする厳しい姿勢が強く打ち出されているのだ。そこには回顧的姿勢はまるでなく、自伝性などは吹き飛んでいると言ってよい。しかし、自らの生涯の日々を書きとめつづけるという営為は、河出書房版の新しい結末によって、明治三十四年末から、『黴』執筆の時点（明治44年）まで一気に伸びたのである。

その河出書房版三代名作全集にあとがきが掲載されている。末尾に、昭和十七年八月十六日、と日付が記されているが、徹夜で執筆したあと、秋聲は吐血している。そして、以後ほとんど筆をとらないようになったので、絶筆に近い性格の文章である。そのため、なおざりには受け止められないのだが、そのなかの『光を追うて』について触れているところを引くと、

「光を追うて」は、その後二回にわけて、文芸春秋に書いた「西の旅」と「浴泉記」とをこめて、私の自叙伝のやうなものであるが、掲載雑誌が「婦人之友」といふ若い婦人連の雑誌であり、編輯者の希望も小説といふのでもなかつたので、出来るだけ小説らしくなることを避け、文字も生硬で、題目も私の柄にもなく「光を追うて」となつてをり、人生の光明面を描いたやうに見えるが、事実は必ずしもさうではなく、強ち光なぞ追つてはゐなかつたのである。無論私の文学は否定的ではあらうが、一概にさう極めてしまふことも出来ないので、生きる上に光が必要なことは当然である。ただ余りちかくする光は、私の弱い目には目眩しすぎるのである。私は尫弱な少年の頃、小学校の教室から外へ出ると、強い太陽の光に、目がくらくして、空を仰ぎ視ることが出来なかつたことを今でも覚えてゐる。

いまも触れたように、『西の旅』と『浴泉記』を追加したことを記して、「私の自叙伝のやうなもの」と書いている点が、まず注目されよう。秋聲自身、このようにはっきり自認しているのだ。そして、『光を追うて』という題だが編集者から与えられたのであろう。それを受け入れて執筆し、連載し、一冊

の本として刊行したものの、「私の柄にもなく」と、拘らずにおれない気持を引きずっているのだ。当然だろう。秋聲は、光を追い求めるような姿勢を執ることはついになかったはずである。この時代、誰もが光を追い求める姿勢を執っていた。いまは辛いが、あすには必ず光が差す、その光を自分のものにするために、耐え、努力して行こう、と言う考え方が、時代に共通するものとして強固にあった。例えば、田山花袋、島崎藤村と言った自然主義作家にしても、そうである。近代という時代が、そのような姿勢を人々に課したのだ。ところが秋聲ばかりは別であった。只今の自分の在り様、日々の暮らしぶりをじっと見つづけとおした。

この姿勢は、『光を追うて』を書いている場合でも、基本的には同じだと言ってよい。ただし、ここでは「出来るだけ小説らしくなることを避け」ようとした、と言う。そこには、多分、二つの意味があったと思われる。一つは、いわゆる小説らしい展開があるかたちにはしないと言うこと。もう一つは、秋聲がこれまで書いて来た小説のように、厳しく現に在るところを追求するようなことをしないと言うこと。その二つの「ない」の間で、思い出されることを淡々と書こうとしたのであろう。それが、およそ自伝なり自伝的作品を書くところから最も遠いところに位置していた秋聲に、この作品を書くのを可能にした要因だろう。

＊

以上のように見てくると、秋聲が自身の私生活に取材したからと言って、それが即自伝ないし自伝的作品になるわけではないことが、明らかであろう。そして、自伝的作品かそうでないかは、個々の作品に当たって検討してみなければなるまい。

そのようにすると、いま挙げた二作以外にも、自伝的作品が幾つかあがって来るかもしれない。ただし、意外に少ないのではないか。例えば山田順子との関係を、その進展を追うように書いた、いわゆる順子ものと呼ばれる短篇などは、まるっきり自伝的作品ではない。また、その短篇を半ば集成したような長篇『仮装人物』や最後の長篇『縮図』は、ともに回想の枠組みを持っており、主人公なり副主人公は、ほぼ作者自身に重なるが、やはり自伝的作品と言うことはできない。

＊

このような秋聲にとって、すぐれて自伝的性格の強いものとなると、談話が挙げられるのではないか。

『わが文壇生活の三十年』は、大正十五年（一九二六）一月に、三、四、五、六月と計五回、「新潮」に掲載されたもので、文芸記者ではなく速記事務所の記者が記録している。そのため、記憶違いなども正されぬままのところがあるが、秋聲のナマの語り口がよく示されている。それに談話となると、書くのと違い、思い出すまま、勢いにまかせてというところが出る。

二月号が休載になったのは、妻はまが同年一月二日脳溢血のため急死したためである。そして、この中断により秋聲は混乱したのであろう、三月号では一月号との重複が目立つ。ただし、微妙な違いがあって、それなりに意味があるように思われる。

硯友社の全盛期、二度目の上京で博文館に入ったところから始まるので、これまた『光を追うて』とも重複するところが少なくないが、そこでは採り上げられない幾人もの人物への言及があるし、文壇の秘話とでも言うべきエピソードも多く出てくる。『黴』で紅葉の死に触れたことが泉鏡花の怒りをかったことなど、面白いところだろう。やはり語る気安さが働いているのだ。

（作家の自伝「徳田秋聲」解説、日本図書センター、平成11年4月）

作家案内　徳田秋聲

明治四年（一八七一）七月、廃藩置県が行なわれ、旧藩士とその家族たちは不安な思いにとらわれていたが、その年の十二月二十三日、現在の金沢市横山町で、旧加賀藩の家老横山家の家人《けにん》であった徳田十右衛門の嫡子、雲平と四番目の妻タケとの間に、徳田末雄、後の秋聲が生まれた。「飛んでもない時に産れて来たものだ」と、後年、自伝的小説『光を追うて』に書いているが、まさしくそのような状況であった。それに家庭内は複雑で、先妻の二人にこどもが四人あり、六番目の子で三男であった。里子に出されるはずであったところ、父親が不憫《ふびん》がって取り止めたらしいと、秋聲は書いているが、そうしたことがあったとしても不思議ではない。彼の誕生そのものが、「誰の心にも暗い影を落した」のである。

その翌年、暦が新暦に変わり、十二月三日が明治六年一月一日となったため、最初の誕生日を迎えないまま、彼は、年齢を加えていくこととなった。

こうした時代と家庭の事情、それに加えて病弱であったため、「宿命的に影の薄い生をこの世に享けた」との自覚を深めるようにして、成長した。ただし、父親は、歳をとってからできたこの三男を可愛がり、異腹の長兄や姉たちも、やさしい配慮を注いだ。

明治九年（一八七六）になると、士族としての家禄がいよいよ廃止され、金禄公債が交付されたものの、生計の手立てを失った。しかし、この城下町に現実に起こったのは、「黄金の洪水」（『光を追うて』）であった。わずかながら現金を手にした人々の多くは、消費に走ったのである。浅野川の東馬場などに芝居小屋が建ち、茶屋が栄えることとなった。

江戸時代を通じて加賀百万石が蓄えたものが、幕藩体制の崩壊と同時に、枠を外され、爛熟、頽廃、放埒へと向ったと言ってよかろう。もともと歌舞音曲の盛んな土地柄であったが、これまでに増して上方や江戸の歌舞伎、浄瑠璃が上演され、各家庭へ習い事として入りこんだ。そして文明開化の波も、そうした情勢の一角をなすものとして受け取られた気配である。東京から各地を経て入ってくるので、必ずしも伝統を圧倒し破壊するのではなく、沸き立つような消費生活を活気づけるものの一つと捉えられたようである。

こうした享楽的、頽廃的な街の空気を存分に吸い、それに敏感に反応しながら、秋聲は幼少年期を送った。

この同じ時期に、金沢にいたのが、二歳下の泉鏡太郎、後の鏡花である。住居もあまり離れていず、小学校も同じであった。その彼が作家として自己形成するうえで、この時期がはかり知れない意味を持ったことは、『照葉狂言』一編からも窺《うかが》うことができるが、秋聲の場合は、それほど目立ちはしないものの、しかし、受けた影響の大きさは基本的に変わらなかったと思われる。

ただし、経済的危機は、人々の生活を確実に蝕み、秋聲少年の身辺からは、次々と美しい少女たちが姿を消していった。彼の一家も引っ越しを繰り返し、次兄が養子となって家を出、長兄も大阪で警官の職についた。

そうしたなかにあって、彼ばかりは、当時、金沢で最高の教育機関であった石川県専門学校へ進み、二年後の明治二十一年、学制改革により、第四高等中学校（後の第四高等学校）となると、受験して進学した。老父の方針によるものだったと思われる。この受験のとき、教室で泉と顔をあわせているが、泉は不合格となり、東京へと去った。が、早々に尾崎紅葉の門下となり、文壇に登場することになる。

明治二十四年十月、父が死去すると、学業を続けることが難しくなり、彼自身も、文学熱に取りつかれ、学業不振に陥っていたことから、退学して、翌年春、親友桐生悠々とともに上京した。

この最初の上京は、尾崎紅葉の玄関にいた鏡花と顔はあわせたものの、紅葉にすげなくあしらわれ、金沢に舞い戻る結果となった。が、金沢にはもはや身を置く場所がなかった。父の死が、徳田家を離散させてしまっていたのである。

そのため、長岡市の新聞社に八ヶ月ほど勤め、明治二十八年（一八九五）一月、再び上京、新聞社勤めの伝手《つて》を使って、当時の文芸出版の中心であった博文館の編集に入った。校正などの手伝いが主な仕事だったが、出入りする硯友社の作家たちや鏡花とも繋がりができ、明治二十九年には紅葉の門下に入り、職業作家への道を歩み出した。

＊

以上、紅葉入門に至るまでの経緯をやや詳しく記したが、秋聲という作家の独自性を知る上で重要だと思われるからである。

例えば、秋聲も地方出身の作家と一括されがちだが、本質的には都会人であった。育った金沢が、その時期、都会のなかの都会とでも言うべき街であったのである。それに対して東京は、名実ともに首都となって、急成長と文明開化の渦中へ踏み込んだばかりで、都会性の中核をなすはずの洗練、頽廃を著しく欠いていた。この状態は今日までつづいているようだが、多分、それゆえに秋聲の都会人性に気付かずにきたのである。秋聲の現実を見る目にしても、人々の暮らしのヒダにまで入り込む繊細さを備えているのは、都会人だからこそであろう。

しかし、この「都会」金沢は、衰退の途上にあり、秋聲の一家と周辺の人たちの多くもまた、その道筋を辿ったゆえに、時代の変動を、進歩と発展の方向ではなく、凋落の方向で捉えることになったのは当然だろう。それが、明治の近代化の幻想から自由にした。時代の波に絶えずゆさぶられながら、苦渋を浮かべつつ暮らしている人々の姿を、的確にとらえる目を持たせたのである。

そこにおいて、もう一つ、自分は「影の薄い生を享けた」との自意識が、有効に働いているのが認められる。この自意識ゆえに、自分の立場を押し出すことをせず、時には投げ遣りな態度ともなるが、しかし、一定の立場に囚われることなく、いかなる事態であれ、柔軟に対応、観察、表現することを可能にしているのである。

その柔軟さは、小説の手法にも及んでいて、いくつもの異なった表現法をとらせることになった。ただし、その表現法の根底には、一貫して、浅野川東馬場の芝居で親しんだ浄瑠璃の語りが、大きな影を投げているようである。秋聲自身、生涯を通じて浄瑠璃好きであったが、そうして身につけたものが、知らず知らずのうちに働いている節々がある。そこが、西欧の近代小説に学んだ他の作家たちとの、大きな違いの一つであろう。

そのほか、同郷意識だとか家意識が恐ろしく希薄であったことも、都会人であることと一家が離散の道を辿ったことなどとの関連で考えられる。彼の東京の家には、縁者なり同郷の者が絶えず寄食していたが、不思議に囚われていない。

＊

紅葉の紹介で、明治三十二年（一八九九）十二月、読売新聞に美文雑報記者として勤務、翌年、連載した『雲のゆくへ』が好評を博し、鏡花、小栗風葉、柳川春葉とともに、紅葉門の四天王と称されるようになった。その作品の多くは、言うまでもなく、硯友社文学の系列に属する、通俗性のかったものであった。彼は、比較的英語が堪能で、幾つも翻訳、翻案を手がけたが、欧米の新しい文学を紹介するなり、自分の文学の糧にしようとはほとんど考えず、ジャーナリズムの要求に応じて、読者の興味をひく読物を提供するにとどまった。

しかし、風葉らとともに、徐々に自然主義文学からニーチェ主義などに関心を向け、西欧近代文学に倣《なら》うかたちで作品を試みもした。

師の紅葉が死んだ明治三十六年頃になると、秋聲は、押しも押されもせぬ中堅作家となっていた。執筆活動は旺盛をきわめ、三十九年などは、長篇七編、短篇二十二編、翻訳三編、単行本二冊。四十年になると、長篇四編、短篇十七編、翻訳など七編、単行本十冊といった有様である。そして、この年には西園寺公望の招宴（後の雨聲会）に森鷗外、小杉天外らとともに出席している。

このように流行作家となっていたのだが、最も力を注いでいたのは、じつは、いま言った西欧近代小説に倣うかたちの作品であった。『おのが縛』『奈落』（明治39～40年）などがそれで、『凋落』（明治40年）では、知識人の群像を描いている。

しかし、こうした企てを抱いての多作、乱作の中で進行したのは、硯友社系の作家から自然主義作家への転換であった。秋聲を考える場合、このことの持つ意味は小さくない。すなわち、意図的な自己変革の努力によるのではなく、現に書いている自分の身により合った書き方へと、知らず知らずのうちに進むことにおいて、行なわれたことを意味するからである。実際に、自然主義文学とはいっても、当時、力を持ち始めていたそれへ歩み寄るのではなく、写生文への親近性から、やや呑気といってもいい態度でもって、写実性を深めることが、転換へと通じたのである

このあたりの事情は、秋聲最初の自然主義的作品とされる『新世帯』（明治41年）の発表の経緯に、窺うことができる。当時、写生文を熱心に唱導していた高浜虚子が、国民新聞の文芸欄の責任者となり、その最初の連載小説として依頼したのがこの作品なのである。すなわち、虚子が、共鳴するもの

を秋聲に見た結果であって、虚子と親しかった夏目漱石も、秋聲に好意を寄せた。

このようなこともあって、秋聲が自然主義作家として認知されたのは、『新世帯』によってではなかった。さらに三年後の『黴』（明治44年）を待たなくてはならない。その前編といってよい『足跡』（刊行に際し『足迹』と改題）でさえも、ほとんど世の注意をひかなかった。

『黴』が注目されたのは、田山花袋『蒲団』が注目を浴びたとほぼ同じ文脈においてであった。作家自身が自らの私生活をありのまま、自らの社会的対面など顧慮せずに、赤裸々に描きだし、人間の真実の追求の一助とした、と受け取られたのである。実際にここで秋聲は、婚家を逃げだしてきたはま（作中ではお銀）と自分（笹村）が関係を持ち、手を切ろうとしながら、踏切りがつかないうちに、妊娠し、出産に到るものの、正式に結婚する気持になれず、ずるずると過ごす有様を、淡々と、しかし、執拗に描いているのである。

これは、『蒲団』の熱っぽい「告白」と違い、構えたところのない自在な写実であった。そこに人々は驚き、「生れたる自然派」と生田長江は評した。しかし、秋聲は、隠すべきところは隠していたのであり、その点について、野口冨士男が詳しく指摘している。

こうして自然主義を代表する作家となったのだが、自分の私生活を扱うばかりでなく、身辺の女性たちをモデルにして、いくつもの作品を書いた。『二十四五』（明治42年）、『爛』（大正2年）、『あらくれ』『奔流』（ともに大正4年）、『何処まで』（大正9年）などである。いわゆる客観小説だが、時代の激変のなかにあって、多分に自堕落な女たちの、あまり幸福とは言えない凡俗にまみれた市井の暮らしを扱っているのだが、そのディティールを印象的にとらえるとともに、人間の命の瑞々《みずみず》しさ靭《つよ》さとでも言うべきものを的確に表現した。

それと並行して、通俗小説も盛んに書き、隆盛に向った商業ジャーナリズムの注文に旺盛に応じた。

やはり硯友社系の文筆業者としての意識は、強固に持ち続けていたのである。

＊

こうした日々に、大きな変化をもたらしたのは、大正十五年（一九二六）一月の妻はまの死であり、その直後から、主婦のいなくなった徳田家に出入りするようになった山田順子との関係であった。

順子は、秋田県由利本荘市の出身で、小樽市の弁護士と結婚、すでに二児をもうけていたが、夫が破産したこともあって、しばしば上京、秋聲らの序文を得て、長篇小説『流るゝまゝに』を刊行した。そして、出版元の足立欽一と深い仲になるとともに、装丁を担当した竹久夢二とも関係するなど、奔放な行動をとっていた。その彼女との間に恋愛関係ができ、経緯を次々と短篇に書いて発表した。『子を取りに』『逃げた小鳥』など「順子もの」とよばれる短篇群だが、これが大きな反響を呼んだ。

その結果、当然のことながら、スキャンダラスな好奇心の対象になり、二人ともジャーナリズムに追い回されることとなった。そして、三十歳も隔たった、老作家と奔放な美女が、衆人注視の下で情をかわすといった様相を呈したのである。この関係は、最初のうちこそ熱をおびていたが、秋聲にも順子にも、それぞれ事情があり、それなりの打算もあって、複雑にもつれた。それとともに作品は弛緩して、厳しい批判を受けるようになった。

この恋愛沙汰は、おおよそ二年間で終息、それとともに秋聲の創作活動も、火が消えたようになった。折から、プロレタリア文学全盛期に入り、書く場もほとんど与えられなくなったのである。

しかし、プロレタリア文学も退潮を見せるに到った昭和八年、短篇『町の踊り場』を発表、好評で迎えられるとともに、創作活動を再開させ、昭和十年から十三年にわたって、『仮装人物』を「経済往来」（のち「日本評論」）に断続的に連載した。

この長篇は、順子との恋愛沙汰を正面からあつかったもので、順子ものの集大成の趣がある。

ただし、『仮装人物』と順子ものとの間には、質的な違いがある。まず第一には、短篇と長篇との違いで、やはり長篇となると、大きな構想が必要となる。もっとも秋聲は、構想というべきものを放棄したところに立っていて、その欠落自体が、独自な構想の役割を果たしていると言ってよかろう。それは「野放図の方法」とも呼ぶべき性格のもので、描くべき事件に真正面から取り組むことをせず、絶えず回避運動を繰り返すようにして、さまざまな過去の時点を、飛び石を伝うように移動しながら、書き続けていくのである。

そこでは、現実の出来事を客観的に忠実に描きだそうという姿勢は、背後に退いている。しかし、それが却って、二人の関わりの思わぬ側面と、それを成り立たせている時代状況を照らしだすことになった。そして、さまざまな時点を自由にとりながら、進められていく叙述は、現実の時間の流れを無視して、読むものに不思議な酩酊感をあたえることになったのである。

こうして客観的な事実の冷厳な叙述からも、回想からも遠く離れながら、現代都市のジャーナリズム世界に生息する、男女のとりとめない情痴を表現する、不思議な、今日なお刺激的な長篇小説となったのである。

ついでに、『町の踊り場』を書く前から交渉を持っていた、もと芸者で、置屋を営む小林政子をモデルに、いくつかの短篇をぽつぽつ書き、昭和十六年になると、長篇『縮図』で、彼女の半生を扱った。戦時中であったため、官憲の干渉を受け、未完のまま筆を断ったが、『あらくれ』などの女の半生を客観的に描く姿勢と、自らの暮らしを淡々と写す態度とが、老年の無作為さのなかで結びついた、味わいの濃い作品となった。

このあと、ほとんど筆をとることがなく、昭和十八年（一九四三）十一月十八日、肋膜癌で死去した。

＊

秋聲は、長らく自然主義文学の代表的作家としてばかり評価されてきた。わが国の近代文学において自然主義が占めていた位置の大きさから言えば、当然であったと言ってよいが、しかし、自然主義文学が文学史のなかにおさまってしまった今、それではすまなくなったと言わなくてはならない。それというのも、秋聲の作品は、いまなお生命を持ちつづけ、少なからぬ実作者に対し、豊かな刺激を与えつづけているからである。

その主な理由については、これまでにも触れて来たつもりだが、ごく簡単に要約して置けば、近代という時代が振り撒く幻想に惑わされず、西欧の文学に依拠することもなく、自らの生存の根から汲み出すべきものを汲み出し、時代の変動に柔軟に対応、平凡に生きる人々の姿を的確に捉え、書く者としての自分の在り方に即した姿勢でもって表現している点だろう。明治以降のいわゆる近代文学は、もっぱら知識人のものであったが、それとは異質の文学なのである。

（講談社文芸文庫『仮装人物』平成4年9月）

全体像へのアプローチ
──『徳田秋聲全集』の刊行開始とともに

徳田秋聲が昭和十八年十一月十八日に亡くなって、今年は、もう満五十五年になります。昭和十八年と言えば、二月には、ガダルカナル島の撤退、四月には山本五十六連合艦隊司令長官の戦死といったことがあり、景気のよかった戦局が一気に傾いた年でしたが、そうした最中での秋聲の死でした。

あれから、時代は本当に遠くまで動いて来ました。わたしなど、昭和の一桁生まれの者は、父や祖父の世代に比べて、大過ない日々を送って来たように思っているのですが、いまになって振り返ってみますと、どうしてどうして、それどころではなかったような気がします。

そうした五十五年という歳月が経過したのにもかかわらず、秋聲という作家の姿は、一向に見えてこない、という恨みがあります。勿論、これまで広津和郎、川端康成、野口冨士男といった方々の、貴重なお仕事があり、秋聲文学の核心なり、ある部分は、的確に捉えられたとは思います。なかでも野口さんのお仕事は、画期的でした。しかし全体像となると、残念ながらまだ十分ではない。

これは、いま名を挙げた方々の責任ではまったくありません。秋聲というひとが、多方面で、多量の仕事をしながら、それをきちんと本にすることなく、大半はうっちゃったままにした、そういう事情が、まず、あります。作品を掲載した新聞ひとつ採り上げましても、満州、樺太から、北海道、九州と言った具合いです。勿論、金沢もあります。そのほか幾つもの事情に加えて、全集と呼ぶに足る全集がいまだに出ていない。

秋聲全集と称するものは、一応、京都の臨川書店から出たものがあります。念のため、それについて申し上げたいと思いますが、そのためには、これまでの秋聲全集の歴史を、ざっと述べなくてはなりません。それと言うのも、臨川版全集は、これまで出た全集の継ぎはぎだからです。

最初が、昭和十一年（一九三六）の十月から翌年十二月まで、非凡閣という出版社から出た、十四巻別冊一冊の全集です。昭和十一年と言えば、『仮装人物』もまだ完結していませんし、『縮図』に手をつけるのは、まだまだ先で、当然、それらを欠いています。このことからもその不備は明らかですが、当時、秋聲といえば、なによりも自然主義の作家でした。ただし、実際は、紅葉の門弟として出発しており、かつ、硯友社系の作家として一家をなすところまで行っていました。その側面が、この全集からはほとんど切り捨てられているのです。収録作を見ましても、明治四十年（一九〇七）以前の作品は、長篇一編に、短篇五編だけです。

しかし、だからと言って、明治四十年以降はきちんと収められているかと言うと、大事な作品もかなり漏れています。大変、偏った、杜撰な全集と言わなくてはなりません。

このような状況でしたから、秋聲の没後、幾度となく全集なり作品選集の企てがあり、実際に刊行されたものも少なくありません。しかし、不思議なことに、いずれも中断しています。昭和二十三年、文芸春秋新社が『徳田秋聲選集』を出し始めましたが、五冊で中断、昭和二十七年には、乾元社が全十巻の予定で刊行を開始しましたが、三冊で中断、昭和三十六年には、雪華社が『秋聲全集』全十五巻の予定で始めましたが、これまた、六冊で終わりました。

どうしてこのようなことになったのか。売れなかったのです。実際の作品数と収録数との隔たりが大きすぎ、作品の選定が難しかった。編纂に当った秋聲の子息徳田一穂さんが気難しい方であった上に、あまり厳密にお考えになり過ぎた。その他いろいろな理由が考えられます。が、それはともかく、三度も挫折を繰り返せば、もう秋聲全集なり大部の選集の刊行に乗り出そうとする出版社がなくなるのも当然でしょう。

しかし、それでも秋聲を読みたい、というひとがいました。その声に答えて、昭和五十年に、臨川書店の『秋聲全集』全十八巻が、一括して刊行されたのですが、これはいま申しました昭和十一、二年の非凡閣版十四巻別冊一をそのまま復刻するとともに、後の雪華社版の既刊分の内から二冊、それに随想集『思ひ出るまゝ』『灰皿』の単行本を、これまたそのまま復刻、併せて一冊とするという、なんとも奇妙な作り方をした巻を加えて、十八巻としたもので、新しく活字を組んだのは、随想集の巻に添えられた、解説と、簡単な作品年表だけでした。

文字どおりつぎはぎだらけの全集ですが、その上、ベースになっているのが、自然主義文学中心の考え方が強烈な時代の制約を、もろに受けたものだったのです。そのために、全集と言いながら、ひどく半端なもの、と言わなくてはなりません。

こうした状況では、全体像と言ってみても、出て来るはずがありません。

ところで今日、やっと新しい全集の刊行が始まりました。わたしも編集委員の一人として加わつているのですが、なにしろ厳しい出版状況ですので、どれだけ完全な全集が出せるものか、いまだによくは分からないような有り様ですが、しかし、四度目の挫折だけは犯さないようにして、許されるかぎり、信頼できる、秋聲の全体像を示すに足る全集にしたいものだと努めている最中です。

そこで、ここでは、この全集を編む作業において、おぼろげながら見えてきた、秋聲の全体像を描くのに注意すべき幾つかのことを、おおまかに述べてみたいと思うのです。

＊近代作家にして、その枠をはみ出す

ただし、まず最初に申し上げておきたいことは、秋聲は、明治以降、われわれが築いて来た近代作家なるものの概念を、大きくはみ出した存在である、と言うことです。

勿論、明治、大正、昭和の三代を、作家として第一線で生き通していることからも明らかなように、間違いなく近代日本の作家であることは疑いないのですが、それでいながら、その枠組みにはうまく収まり切らない。

だから、秋聲に対するとき、近代作家として捉える目を持つと同時に、そこから自由な目も、また、併せ持つことが必要だと思われるのです。

具体的にそれがどういうことか、ぼつぼつ述べさせてもらいますが、例えば、全体像をいうのなら、秋聲の作品の総数を言え、とおっしゃる方がおられるでしょう。ところが、それがすんなりとはお答えできない。全集を出そうというのに、それさえはっきりしないのは何事か、とお叱りを受けるでしょう。が、それがどうしてもはっきりとは申し上げられない。まあ、戯曲は一編、小説は、長篇が八十五、六編あまり、短篇が四百五十編近く、幼少年向けが二十数編、翻訳が二十編ぐらい、共同制作の長編が十編ほどでしょう。それからいまだに処置の仕方がわからない作品が数十編あるようです、と漠然と申し上げるよりほかない。なんとも歯痒い次第ですが、いま申した数字も、数え方次第で、大きく動きます。

この作品数が大きく動くこと自体が、もう近代作家の枠から外れている証拠でしょうが、その数も大き過ぎます。秋聲についてよほど詳しいひとでも、長篇の題名を挙げることができるのは、十編ほどでしょう。ところが、実数は、八十編を越えます。もっともそのほとんどは、通俗小説ですが。

その他に、秋聲の名で出ているものに、『小説の作り方』『小説入門』などといった、小説の実技指導書とでも言うべきものがあります。これはほとんど秋聲が書いたものではありませんが、しかし、視野に入れておく必要があるだろうと思います。

これらのうち、臨川書店版の『秋聲全集』に収められているのは、小説に限っても三分の一、いや、四分の一にも足らないのではないでしょうか。

＊出発期

いま、数を問題にすることによって浮かびあがりかけた厄介な問題は後に譲って、秋聲が作家としてどのように出発したか、そのあたりのところから申し上げようと思います。

文芸雑誌といってよいものに、秋聲が最初に載せた作品は、片々たる小編です。明治二十九年七月、「文芸倶楽部」の増刊号に載せた、『厄払ひ』です。寄付をと頼まれても、知らん顔をする老人の姿を描いた、皮肉なコントと言ってよいものです。そして、翌月、同じ雑誌に『藪かうじ』を載せます。これが「めざまし草」の合評欄で取り上げられ、秋聲の名を、文壇の片隅に登録することになりましたが、習作の域を出るものではありません。

そうして秋聲は、順調に作家活動を始めたかと言いますと、そうはいきませんでした。彼が博文館の編集部に身を置いていた縁から、これらの作品が日の目を見たにとどまり、暮らしを立てて行くことなどは、夢また夢であることは明らかでした。そのことを見極めたのでしょう、博文館を止め、前年から出入りするようになっていた尾崎紅葉の許へ、改めて一門下生として入る道を採ったのでした。そして、親しくなっていた小栗風葉の誘いを受け、この明治二十九年の暮れ、十千万堂塾に加わり、紅葉宅の裏の塾に住み込みました。そのため、翌三十年の秋以降、明治三十二年（一八九九）春まで、多くの作品は、「紅葉補」として発表されることになりました。一人前の作家ではなく、紅葉門下となって修行する身となったわけです。

もっとも、その仲間のなかで年齢がいっていた秋聲は、門下生といっても特別な扱いを受けたようです。しかし、対外的には、あくまで門下生の一人でした。そして、紅葉の仲間たち、硯友社員の間では、紅葉門下の新参者で、才能は鏡花、風葉らの下に位置するが、英語、漢学では優れている、というふうに見られたようです。

そして、三十二年（一八九九）春から、やっと一本立ちになって、秋聲単独名で、作品を発表するようになったのです。

このあたりの秋聲の在り方、その仕事振をしっかり見ることが、秋聲という作家を考えるとき、ぜひとも必要だと思います。そして、その注意すべき点ですが、とりあえず次のことが指摘できるかと思います。

まずは、いまも申したように、紅葉の門下となったことです。

紅葉という人は、近代的なものの考え方をする人ではありませんでした。第一に、文学をやるのに、師匠と門弟という関係を持ち込みました。近代的な文学観を持っているなら、こうした関係はおよそ成り立つはずがない。しかし、紅葉は、あくまで師匠の位置にあって、弟子を育てる態度をとったのです。

その関係は、いわば職人の世界のものだった、と言ってよいでしょう。師匠が、自らの技能を弟子に教え込み、それを身につけた弟子が、それでもって食べていけるようになる。一人前の人間として、社会に伍していけるようになる。師匠たるもの、そうなるように面倒をみるのです。こうした紅葉の考え方、生活態度を、秋聲は、日々見せつけられることになったのです。

第二には、その門弟仲間の中でも、とくに風葉に親しんだことです。

この風葉というひとは、鏡花とともに、紅葉から大変可愛がられたひとですが、奔放なところがあり、さかんに酒を飲み、好き勝手をやりました。それが、彼が作家として生涯をまっとうするのを阻んだ理由の一つともなったようですが、仕事には恐ろしく熱心でした。それも職人気質といった熱心さであったように思われます。

その風葉を筆頭とする仲間によって、秋聲は、職人的文学者の世界へと、一段と深く立ち入っていくことになったと考えられます。

そこに代作の問題が現われてきますが、その点については、後に触れたいと思います。

第三は、翻案、翻訳の仕事にかなり重点を置いたことです。ただし、外国の作家の誰をとくに好む、というところへはいきませんでした。

この三つの点が、秋聲という作家を考えるとき、とくに大事なように思われます。

＊翻案、翻訳

いま申し上げた三つの点について、いま少し詳しく、翻案、翻訳の問題から述べて行きたいと思います。

明治二十五年、初めて東京へ出て来たものの、行き場がなく、大阪にいた兄を頼って行ったときのことですが、当時、文名の高かった宇田川文海を訪ねるのに、『リップ・ヴァン・ウィンクル』の訳しかけを持参しています。そして、二十八年に、再び紅葉を訪ねた際には、英語の読物のページを千切って与えられ、それを訳し、原稿料というものを初めて受け取りました。

こんなふうに、翻訳、翻案が、文章らしい文章を書き、職業作家への道をたどるのに、大きな支えになったのです。

このあたりの事情は、他の紅葉門下生と一緒に、紅葉補として発表した作品が一冊の本にまとめられたとき、表題作に選ばれたのが、秋聲の翻案『楓の下蔭』であったこと、また、やっと一本立ちとなって最初におこなった新聞連載が、やはり翻案の『旧悪塚』(「中央新聞」後の『地中の美人』)であったことにも、つながっているでしょう。

この後、ドーディ『プチ・ショーズ』第二部を下敷きにして『驕慢児』を書き下ろししていますし、病臥する紅葉のために、長田秋濤から贈られた訳稿ユーゴー『ノートルダム・ド・パリ』に手を入れています。それから、プーシキン『士官の娘』(『大尉の娘』)、『目なし児』、ゴルキー『熱狂』、ユーゴー『哀史』(「ミゼラブル」)などの翻訳、翻案、編訳を出しています。

いま挙げた原作者の名のほかに、明らかなものを挙げれば、こんな具合いです。ディッケンズ、ホーソン、コムペルト、マゾッホ、ツルゲーネフ、ビヨルンソン、モーパッサン、カロリンコオ、ロスタンといったところです。これらはいずれも英訳で読んだのでしょうが、手当たり次第であったように思われます。そこには、なんの一貫性も認められない。

それらを翻訳、翻案するのに、秋聲は、自ら好んでしたと言うよりも、求められて、たまたま読んでたもののなかから、適当に選んで、といったところであったのでしょう。二葉亭四迷や田山花袋などが、ある考え、主張をもって翻訳したのとは、まったく違うのです。

が、その翻訳、翻案の作業をとおして、秋聲のうちに蓄えられ、育ち、達成されたものがないわけではありません。

まずは社会的に、外国文学に詳しく、比較的新しい作品を、注文に応じて紹介できる人、という評価を得たのが第一の成果でしょう。明治期の秋聲の写真を見ると、洋服姿が多いのも、多分、このことと無縁ではないと思われます。明治三十六年の紅葉の葬儀の折りには、フロックコート姿で参列、ひどく目だっています。

それから、文章表現においても、欧文脈を積極的に取り入れています。従来の日本語にはない、受け身形を多用するのも、このためでしょうし、「何々しなければならなかつた」という表現を、しばしば使うのも、そうでしょう。また、関係代名詞の直訳的な文章も書く。このように欧文脈を積極的に採り入れているのです。

これは、文章だけでなく、他の面にも及んでいるはずです。ただし、それを具体的に指摘するのは難しい。とりあえずは、抽象的な言い方をしておきますと、現実密着ではなく、現実から離脱したところで、作品を書く姿勢、でしょうか。秋聲という作家は、資質的には、現実密着型だと思います。この資質は、後に生かされることになりますが、しかし、現実にべったりと密着したところでは、書くことができない。書くためには、そこからなんらかのかたちで離脱、距離を置かなくてはならない。

そこにおいて、外国語と、外国語による作品に親しむことが、期せずして大きな役割を果したと思われるのです。翻訳し、翻案するとは、日本においては現実から遠い言語に係わり、かつ、その言語が表現する、日本の現実から遠く隔たった事柄を、親しく扱うことです。この日本と外国との間に横たわる隔絶感は、現在ではひどく希薄になってしまったようですが、明治のこの時代、恐ろしく大きなものでした。その隔絶した、異質な現実を踏まえた、異質な言語の、異質な作品世界へと踏み入って行くのです。ヨーロッパの文学作品の持つ虚構性は、今日のわれわれには思いも及ばないかたちで、二重にも三重にもなっていた、と言ってよいかもしれません。そして、そのようなところで、小説世界を展開したのです。

その展開に従って、この時代の日本語を操りながら進んで行くとき、間違いなく日本の現実から離脱するのです。そして、現実に拘束されずに筆を運ぶことのできる地平が、心細いながらも広がって来て、ストーリーを呼び込むこともできるようになった、と思われるのです。

あまり器用ではなく、現実密着型の秋聲が、紅葉の門下として、いわゆる硯友社的な作品をとにかく書き、皆に伍していけたのも、多分、このところによる点が大きかったのでしょう。秋聲は、ストーリーを作るのが本当に下手なひとでした。しかし、外国の作品を手本にし、それが開く作品世界という、日本の現実ならざる、別の世界を考えるならば、曲がりなりにも作ることができた。いわゆる自然主義作家として秋聲が活躍し始めるまで、翻訳、翻案の仕事が比較的多かったことも、その事情を語っているように思われます。

秋聲にとっては、それだけ翻訳、翻案すること自体に意味があったのでしょう。その当の作家の思想、立場、そしてその作品が表現しているものが如何なるものか、といったことは、ほとんど問題にならなかった。だから、ユーゴーであろうとプーシキンであろうとマゾッホであろうと、一向に構わなかった。二葉亭四迷にとってはツルゲーネフらロシアの作家でなくてはならず、花袋にとってはモーパッサンでなくてはならなかったのですが、秋聲は誰でもよかったのです。

これをもって、秋聲の外国文学に対する態度が、いい加減なものだと言うことはできないでしょう。却って、書くという行為において、より直截に、役立つものがあったのではないでしょうか。

＊硯友社系の作家として

こうして、とにかく紅葉の門下としてスタートを切り、いわゆる硯友社的な作品を書き、皆に伍して行ったわけです。

ただし、その書き方は、あまり腰の据わったものではなく、ぎごちなさが時には目立つようなものでした。それと言うのも、ストーリィを作るのに重点がかかっていましたから、一種の観念性に陥らざるを得なかったのです。ただし、硯友社系の作家として通俗小説を書くのには、それでよかった。

この硯友社の文学観が、いわゆる近代の文学観とはかなり異質なものであったのは、すでに述べたところからも明らかでしょうが、別の言い方をすれば、作者中心ではなく、読者を中心として捉える考え方、とすることができるでしょう。作者がなにをどう表現するかではなく、読者を如何によろこばせるか、そこに主眼があるのです。

こういう立場を採っていたからこそ、紅葉を初めとする硯友社の面々は、弟子をとり、弟子を育てたのです。一般読者がなにを喜ぶか、それを見届け、かつ、実際に喜んでもらうためにはどう書けばよいか、その方法、技術なら、ある程度は教えることができる。職人的心得なり技術に属することです。

この読者を中心とする立場は、さらに二つの態度を採らせることになりました。

一つは、いわゆる通俗作を盛んに書くことです。読者を喜ばせようとするのですから、当然です。秋聲は、実に多くの通俗作を書きました。長篇小説の八割方が、通俗小説です。

そして、この態度は、出発期から晩年まで一貫しています。

さきに挙げた翻案、『旧悪塚』がすでにそうですし、中外商業新報に明治三十二年から三十三年にかけて、『氷美人』『銀行手形』といった翻案に、『暗剣殺』といったものを載せています。その同じ三十三年に、山陽新聞に『うき雲』（のち『愁芙蓉』）を載せ、この勢いで、読売新聞に『雲のゆくへ』を書いています。この長編は、当時、盛んであった家庭小説の枠を越えた、なかなかの意欲作で、秋聲の作家的能力をよく示したもので、これにより作家としての力量を認められました。

ただし、以後は、家庭小説の枠にすっぽりとおさまつた長篇通俗小説を多く書き綴りました。そうすることによって秋聲は、亡くなった紅葉、それとともに後退していつた硯友社の作家たちの穴を、埋めたのです。

もっともそれとともに、じつはヨーロッパの近代小説に学んだ、注目すべき長篇を幾編か書いているのですが、それはまた、別の機会に話させて頂きます。

こうして、明治四十一年の『新世帯』を初として、『足迹』『黴』『爛』『あらくれ』といった、自然主義文学の傑作を書くことになったのですが、しかし、通俗小説を書くことはやめませんでした。この態度は、晩年にいたるまで、一貫して変わりませんでした。

この通俗作家としての活躍について考えるのには、ジャーナリズムの進展に留意しなくてはなりません。殊に大正時代に入り、やがて女性雑誌がつぎつぎと創刊されました。大正五年（一九一六）には、「婦人公論」「新家庭」、六年に「婦人界」、九年には「婦人倶楽部」、そして、十一年には「女性」、「女性改造」といった具合です。そして、そこには、必ず小説が連載されたのですが、秋聲は、その有力な書き手の一人となったのです。

これらの雑誌の読者は、家庭に入ろうとしている、また、家庭に入って間のない若い年頃の女性が中心でした。新しい読者として、このころに大きく登場して来たのです。その年頃の女性の衣服、化粧から、家庭内での料理、洋裁、それから夫や姑などとの関係などに、はっきり欧米化現象が入り込むようになった結果、情報が求められるようになったためで、その女性層が、いわゆる「教養」なるものを要求するようになったのです。

その時代の流れに、秋聲は乗ったのです。

そして、大正後半になると、久米正雄、菊地寛といった作家が登場して来ますが、秋聲は、これらの新しい作家たちに立ち交じって、一段と盛んに、婦人雑誌、新聞に書きました。それらの作品の大半は、文学的にはとるに足らぬものがほとんどですが、なかなか巧みなもので、いま読んでも、感心させられるものがあります。

このように婦人雑誌の常連の小説作者となったことから、秋聲の許には、吉屋信子、林芙美子、それから山田順子らが出入りするようになりました。彼女らは、この時代の新しい女性、いわゆるモダンガール、ちぢめて言えばモガの、代表的な人たちで、そうした女性の憧れの的に、秋聲はなっていたのです。秋聲と言えば、和服を着た、渋い姿の写真を思い浮かべてしまう今日のわれわれには信じ難いことですが。

そして、そのなかの一人で、最も美貌に恵まれ、竹久夢二と一時同棲するなど、奔放な行動を見せていた山田順子と、夫人を亡くしたばかりの秋聲が、恋愛関係に入りました。

この恋愛は、その進展ぶりを秋聲自ら短篇に書いて逐次発表、新聞雑誌も二人の言動を報じ、活況を呈し始めたジャーナリズムの渦の中で、おこなうという様相を呈しました。そして、そこから『仮装人物』が書かれることになったのですが、この長篇は、これまで、作家の自己凝視、自己追求の観点からばかり問題にされて来ましたが、上に述べたような時代の動き、ジャーナリズムとの係わりなどからも見る必要があるでしょう。

ことに秋聲は、博文館に入り、やがて読売新聞に席を置くなど、ジャーナリズムと係わりの深い人です。それだけに、ジャーナリズムに晒され、かつ、自らを晒すようにした、恐ろしく現代的と言ってよい人間の在り方を追求した作品、という見方も成立するはずです。

＊小説の実践的指導

いま、吉屋信子、山田順子などの名を挙げましたが、彼女たちが秋聲の許に出入りするようになったのには、懸賞小説という制度が係わっていました。明治の早くから投稿雑誌があり、その流れから、文章の添削、小説の実作指導といたことが行われるようになっていたのですが、それがジャーナリズムの拡大によって、懸賞小説というかたちになったのでしょう。その方面でも秋聲は活躍したのです。

このような仕事にかかわりを持ち始めたのは、明治四十二年、「秀才文壇」でおこなったあたりからかと思いますが、その後、新潮社から出た作文叢書では、『会話文範』（明治四十四年六月刊）、『人物描写法』（四十五年九月）を担当しています。

そして、大正三年には『明治小説文章変遷史』、七年になりますと『小説の作り方』『小説入門』『小品文作法』と三冊も出しています。

これらは、持続的に売れつづけたようで、わたしの手元にある本を見ますと、『会話文範』は、大正三年八月の七版、『小説の作り方』ですと、大正十三年三月の三十二版となっています。十年間、売れ続け、この驚くべき数字になっているのです。この後、どこまで行ったか、調べなくてはならないと思っています。

このように実践的創作技法の指導者として、秋聲が果たした役割は、意外に大きく、そのまま文芸の啓蒙活動ともなったはずです。

先に触れたように、吉屋信子、山田順子らが秋聲家に盛んに出入りするようになったのも、婦人雑誌の書き手であるとともに、このことがあったからです。吉屋信子は、秋聲が選者であった懸賞小説の入選者であり、山田順子は、入選を狙う者としてでした。そうして、秋聲は、間違いなくモダンガールの憧れの的となったのです。

また、秋聲の方にしても、山田順子を愛人にするばかりか、この時代の活動的な女性たちと広く付き合いました。昭和七年でしたか、ダンスを始めるのも、ごく自然ななりゆきであったと思われます。

このような流行現象に係わりを持ちつづける秋聲は、紅葉の葬儀にフロックコートで参列した姿からも繋がっているのでしょう。

＊共同制作

昭和まで話が行ってしまいましたが、先に、硯友社の文学観が、作者の側ではなく、読者の側に重点を置く、と申しました。そして、そこからは二つの態度が出て来ると言い、通俗小説が多いことをお話ししたのですが、もう一つは、この立場を採るとき、作者が誰であるか、あまり問わないことになります。読者がどれだけ喜ぶかが肝心であって、作者の側のことは二の次となるのです。

ここから、代作なり共作が出てきます。

代作というと、今日では、作家たるものの最も基本的倫理にかかわる事柄と、考えられています。しかし、この考えは、あくまで作者ひとりが自ら固有ななにものかを抱えていて、それを固有なかたちで表現したのが文学作品だと捉えるからであって、この前提が変われば、必ずしもそのように考えなくてもよいはずです。

作者なるものは、作品を生み出した源、と言うよりも、一種の「のれん」、ブランド名と見るのがよいのでしょう。秋聲自身が自ら筆をとって書かなくとも、秋聲というブランドで、秋聲という作家業を営んでいる人物が、一応、それなりの責任をもって、出版業界に流通させている商品、とでも受け取るべきなのです。

紅葉というひとは、先にも触れたように作家を職人として捉えており、その門下生の十千万堂塾に集まったひとたちも、当然、そうした考え方を強く持っていました。紅葉は、秋聲に指示して、長田秋濤の翻訳の下働きをさせましたが、あるいはこれが、代作なり共作の実際に係わらせたことになったのかもしれません。

そして、秋聲が仲良くなった風葉が、職人的な考え方を持ち、親分肌とで言うべき気質の人であったため、身辺には多くの仲間、後輩たちが集まり、彼らに、いわゆる代作を盛んにさせたようです。代作は、名の出ていない人に原稿料を稼がせることになるし、作家修行をしている者には、実作の体験を積ませることになるのです。そして、作家本人にとっては、作品の流通ルートを保持し、拡大することになったのです。風葉なら、風葉という作者名の作品を、各方面に多く提供し、より広く流通させることができるようになったのです。

秋聲は、この風葉の作ったグループから、かなり作品の提供を受けたようです。また、それとは別に親しくしていた三島霜川とも、そのような関係を持ちました。互いに作品を提供しあったり、連名にしたり。それから、風葉を通して知り合った中村武羅夫とは、中村自身が代作をするだけでなく、新潮社の編集者として知った作家志望者のなかから、代作者を紹介することがあったようです。

これは水面下で行われることですから、推量の域を出ません。ですから申し上げにくさが付きまとうのですが、代作とか共作とか言うよりも、共同制作として捉えたほうがよいかもしれません。

殊に硯友社ですと、それに属する作家たちなり、その弟子集団を含めた人たちによる共同制作が行われたのです。そして紅葉は、自分の弟子のなかから、やがてブランドとして流通する名の作家を育てようと努めたのです。十千万堂塾がそうだったのです。そうして風葉なり秋聲も名を出すようになったというわけです。

秋聲は、決して親分肌のひとではありませんが、風葉などと親密な関係を持ち、翻訳、翻案で独自の地位を固め、かつ、多くの仕事をこなして来たこともあって、その集団内での一つのグループの代表となる立場を得たのでしょう。

もっとも共作者を明示する場合もありました。明治三十五年の三島霜川との『自由結婚』、四十年の山里水葉（清水弦二郎、清水一人、山里玄崖などの名を持つ）との『四人』『わたり鳥』、四十四年の飯田清涼との『女の夢』などがあります。

しかし、いわゆる近代的な文学観が流布するに従って、連名は芳しくないものと考えられるようになり、集団制作が隠され、文字通りの「代作」へと移行していったのです。

もっともこうした作品のほとんどは、通俗作です。また、そうでなければ、代作、共作は難しいのだと思いますが、これらにあっては、実作者がだれかを判別するのは、ほとんど不可能です。実際の書き手は誰でもよい、というところで書かれるのですから、当然です。

全集を編むのに、こうした作品をどう扱えばよいか、厄介な問題です。近代的文学観に従えば、切り捨ててもよい。いや、切り捨てるべきでしょう。しかし、秋聲の全体像をと言うことになると、どうか。簡単に切り捨てるわけにはいきません。冒頭にも書きましたように、いはゆる近代的な文学観に囚われない立場を採ろうと考えているのです。

もっともこうした作品は、文学作品としての価値は、明かに低い。けれども、ある時代の共通の考え、感じ方、表現法が、端的に示されていて、ある点では貴重だし、なによりも、自然主義作家という最も近代的作家でありながら、それと全く異質な在り方を示している点で、今日のわれわれの関心をそそるところがあるのです。

＊全体像へ

これまで、あまり問題にされて来なかった事柄について、もっぱらお話してきました。それによって、「生まれながらの自然主義者」と言われて来た秋聲像と、大きく違う姿が浮かんで来たかと思います。

これまでの秋聲像は、明治末年から大正にかけての作品群がベースになっているとともに、核になっているのは、大正末から昭和の初めに登場して来た作家たちが、描き出したものであったのではないでしょうか。そして、その他の、硯友社の仲間たちの見た像や婦人雑誌の読者が描いた像といったものは、切り捨てられ、忘れられた。

もっともいま言った大正末から昭和の初めに登場して来た作家たち、具体的に名を挙げれば、葛西善蔵を初め、広津和郎、川端康成といったことになるかと思いますが、彼らの捉えた像が、秋聲の最も深みに達していることは疑いないと思います。が、その像も、これまで触れて来た幾つもの像と併せて、見なくてはならないでしょう。

そうして、さまざまな像を重ね、立体化していけば、明治・大正・昭和の前半の、三代を生きた作家の全体像が見えて来るのだろうと思います。そして、この時代の日本の文学とは、なんであったか、それも同時に明らかになって来るだろうと思っています。

（石川近代文学館講演稿、平成8年11月16日）

「近代」を超える輝き
――『徳田秋聲全集』完結に寄せて

全集なり選集の刊行が、没後に二度、三度と企てられたものの、いずれも挫折、五度目、没後六十二年にしてようやく完結に漕ぎ着けたのが、今回の八木書店版『徳田秋聲全集』である。A5判二段組で全四十二巻別巻一巻という例のない膨大さである。隔月配本で足掛け八年かかった。

徳田秋聲といえば、明治、大正、昭和の三代にわたって大きな足跡を残し、川端康成からは「小説の名人」と呼ばれた。そして、今日まで実作者に強い影響を与えつづけている。それにもかかわらず、作風が「燻し銀」などといわれるように人目を引く派手さがないためか、読もうとしても本が容易に手に入らないような状況になって久しく、今回の全集にしても、いつ中断しても不思議はないと見られていたのではなかろうか。

ことに最近の出版状況は、中絶、挫折を繰り返した過去のいずれの時期と比べても、遥かに深刻である。それだけに編集委員の一人として、完結（まだ別巻一冊が残っているが）を迎えて、ほっとするとともに、大きな喜びを味わっている。

そうして、秋聲の仕事の全容をようやく見渡すことができるようになって、改めてその大きさに圧倒されている。

刊行作業に着手した頃は、自然主義の代表的作家という評価を、より確かなものにすると同時に、それ以前の尾崎紅葉門下として活躍した実態を明らかにできれば、という程度をさほど出ていなかった。が、刊行の進行にしたがい、秋聲は逞しく「成長」した。

「成長」というのも、これまでの秋聲観が狭く偏っていたと思い知らされたからだが、それだけにとどまらず、近代文学の研究法、ひいては近代文学観そのものの限界も見えるようになったからである。

例えば、秋聲には代作が少なくない。他人が書いたものを自分の名で出すのだから、今では絶対に許されない行為だが、芸術の歴史を振り返ると、決して珍しいことではない。そして今日の文学観を相対化、新たな模索へと踏み出さずにおれなくするのである。

また、自然主義文学の極北に位置するとされる代表作『黴』を書き上げた時点で、現代の都市を中心に多様な男女が登場する通俗的長篇小説を書こうとしていたことがはっきりした。家庭内の私小説空間に鋭く絞る一方、思い切り広く、現代社会をすっぽりと、読者ごと取り込むことも考えていたのだ。その最初の成果が大正六年（一九一七）、東京日日新聞と大阪毎日新聞（現在の毎日新聞）連載の『誘惑』で、完結を待たずに舞台化され、東京の歌舞伎座を初め、大阪、京都、名古屋などで上演、白黒無声だが映画化もされた。

大正期前半は、婦人雑誌がつぎつぎ創刊されるなど、女性読者が急増したが、その時代の波にいち早く応えたのである。

こうした驚くべき敏感さ自在さ幅の広さをもって、誰よりも深く日本人の暮らしを捉えたのが、秋聲だったのだ。明治以来、二葉亭四迷も夏目漱石も芥川龍之介も、作家は近代的知識人であったが、秋聲ひとり、その枠から自由であった。その値打ちがいま輝き出そうとしていると思われる。

（毎日新聞夕刊、平成17年2月22日）

「女教員」の洋服
――共同研究「和装から洋装への文化史的考察」の内

＊洋装化の道程

「婦人之友」は、明治三十六年（一九〇三）に、羽仁吉一・もと子夫妻によって、「家庭之友」として創刊され、明治四十一年に改題されたが、生活改善の重要な柱として、洋服の普及を一貫して主張して来た。その歩みは、「建業三十五周年記念」と銘打った昭和十三年（一九三八）四月号（第三十二巻四号）掲載の、娘の羽仁説子による「婦人之友と服装合理化三十五年」に、簡明に記されている。

「洋服を、健康的な能率的な服装として取り上げたのは、婦人之友がはじめてでありませう。三十五年前その頃婦人子供洋服といへば上流婦人の専用物のやうに考へられ、贅沢であらうとか不経済であるとか片づけられてゐたのですが、その洋服を実は手のかからぬ、身軽な、合理的な服装として見抜き、その長所を家庭に取入れようと主張したのであります。」

独自なキリスト教信仰にもとづく、生活改善なり生活近代化の一環として、「健康的な能率的な服装」である洋服を追求するとともに、普及に努めたのである。上の文章はさらにつづく。

「所謂流行にのつたものでもなく、時勢におもねつたのでもなく、それはミセス羽仁が健全な家庭生活を求めて真剣に衣食住の改善を工夫した結果であります。『ほどきもの、洗ひ張、つぎもの、つもりもの、縫ひものに煩はされて、何をする暇もないといふやうな私たちの生活が、我国の家庭生活の進歩を妨げてゐる最大のものの一つ』であるといふ考へからの熱心な願ひであつたのです。」

創刊者の夫妻を「ミスタ羽仁」「ミセス羽仁」と呼び慣らしており、「婦人之友」を核とした結社的な性格を窺わせるが、合理的実用主義に基づいた進歩主義が強く貫いていることが明らかである。

こうした考え方が、明治から大正をへて昭和に至る、和装から洋装への大きな歴史的変動のなかで、どのような役割を果たしたかは、容易に見定め難いところがあるが、文部省も基本的には同じ方針を打ち出していたこともあって、少なからぬ成果を挙げたようである。

現に女性が活発に動くためには、洋服の機能性が不可欠といってよいものであるのは、いまや明らかだろう。女性のいわゆる社会進出と和服から洋服への移行は、密接に繋がっている。

それとともに、ほどきもの、洗い張、つぎもの等々からの解放も、戦後に起こった家庭電化に比すべきものがあったのではないか。じつはこの家庭電化にしても、家庭の主婦の省力化にほかならず、前者の考え方をより強力に進めたもの、と捉えることができるはずである。いま、「合理的実用主義に基づいた進歩主義」を指摘したが、その家庭生活への適用において、一貫する。

その点で、「近代化」を家庭で、ことに着衣において実際的に推進した羽仁もと子らの功績は大きいが、いままでは批判される面もないわけではあるまい。

しかし、この洋服化の運動がいかに進められ、いかなる段階を踏んで現実化していったか、そこにはいかなる要因が絡み、働いたかを検証する必要があるだろう。それは明治以降の「近代化」なるものを、何にもましてわれわれ自身の身体と日々の暮らしに添ったところで、考察することになるはずである。

いや、そればかりでない。都市の形成から工場生産、流通の新たな展開とも密接に関係しているのである。とくに女性の場合、和装から洋装に変わるのには、衣服そのものだけにとどまらず、化粧品から小物、履物、そして髪型にまで及ばなくてはならない。そして、それらを日常的に供給する店舗が軒を並べなければならないのである。すなわち、新しい街が出現しなくてはならないのだ。それとともに、その街は、洋装になった女たちが、その装いを競い合い、享受する場ともならなくてはならないのである。

また、その洋装が、富裕階層にとどまらず一般の庶民にまで、半端なかたちでなく、完備されたかたちで行き渡るのには、洋服および関連する品々が工場生産品とならなくてはならず、かつ、そこには流通から宣伝・販売の問題も係わってくる。

一応、これだけの大まかな展望を持ったところで、いまは「婦人之友」昭和六年（一九三一）十月号（第二十五巻十号）一冊に焦点を絞りたい。多分、上に言ったような大きな変化の流れのなかで、重要な一観測点になり得るだろうと思われるからである。

＊「婦人之友」昭和六年十月号の特集

まず表紙だが、アールヌーボー風である。安井曾太郎の、日本画風の筆使いで柿の実のなる枝を描いた絵を下寄りに置き、左端に婦人之友の文字を白抜きにした青色の柱が、上を空けて置かれ、下端に至って幅を狭め下辺に沿って右へ伸び、さらに右端を三分の一程まで上がる。そうして、上の半ばを欠いた額縁のようになっている。そこに十月号、１９３１の文字が入っている。これだけモダンな表紙も珍しい。

そしてグラビアだが、安倍能成が「朝鮮の秋」、湯浅芳子が「モスクワの秋」、近衛秀麿が「伯林――秋」と、それぞれ写真に短文を寄せ、平福百穂が「マロニエの実」、佐伯米子が「パリの秋」と題して絵と文を書いている。いまの言葉でいえば、いわゆる国際化が随分進展していたものだなと思わせる。

つづいて、ＹＳ国産旅客機の設計でわれわれには馴染みのある木村秀政が「飛行機の形態」と題して、英米独仏の旅客機から戦闘機、爆撃機の写真を載せている。双翼機もあって興味をひくが、飛行機を生活と無縁なものとは考えない空気が生まれていたのだろうか。

グラビアページはまだ続いていて、この後、「清楚な秋のセウエター」「秋の服装」「洋服に似合ふ束髪」とあり、最後の一ページが「女教員のためのよい服装」で、自由学園本年度卒業生の考案による洋服を身につけた二葉の写真が掲載されている。

じつはこの号は、「全日本の女教員に献ぐ」と題され（表紙右端柱の上の空白に、目立たない大きさの活字で、この文字がある）ていて、羽仁説子の論説「女教員の問題」、小学女教員懸賞課題論文「われらの主張」入選作十篇、それに「『女教員の服装』についての座談会」、自由学園卒業生考案「活動的な経済的なそして誰にも似合ふ女教員服」が型紙図とともに掲載され、さらにこの服を自分で作った場合の、一年間の予算表までが添えられている。グラビアの二葉の写真は、その作例だったのである。すなわち、この特集は、女教員の服装に焦点をしぼっているのである。

そして、掲載の型紙図がすべて洋服であることからも明らかなように、手仕事を含めて、洋服を推進する方針で貫かれている。

その昭和六年の時点での状況は、座談会によく見てとることができるので、その要旨をまとめつつ、問題点を考えてみたい。

出席者は、「最初の女校長」と紹介されている木内経子を初め、八人の小学校の女教員――この言葉はいまでは耳慣れないものとなっているが、自称し、公の名称としても使われていたので、そのまま使う――である。写真がやや不鮮明だが、うち五人が洋服、三人が和服である。司会の羽仁もと子は和服、編集の女性は洋服である。ついでに言えば、羽仁もと子は、主張とはべつに、生涯和服で通した。

まず初めに、七、八年前（大正十一年頃か）に、全国女教員会が「女教員の服装を如何にすべきか」という諮問案を、全国の女教員に送ったところ、洋服反対論が強く、執行部が働きかけを行った結果、どうにか「なるべく洋式のものを用ひること」という決議をすることができた。その結果、洋服になった人も相当あったものの、二、三年のうちに、急に少なくなり、それまで洋服を着ていた人までやめてしまうような有り様になった。そこで三年前（昭和四年か）に、東京市内の女教員会で、再び「女教員の服装」について審議会を開き、「小学校女教員は原則として洋服を着ること」と決議をしたというのである。

こうした動きの背景には、文部省の方針が強く働いていたのは言うまでもない。大正八年（一九一九）十一月から翌九年一月まで、文部省が生活改善展覧会を東京教育博物館で開き、その九年一月には、文部省主導のもと、財団法人生活改善同盟会を結成、生活の合理化と経済性を高めるために洋服化を進めることとし、七月にはその調査委員会が男女児童の洋装化を宣言したのである。そして、十一年十一月に、文部省普通学務局が『生活の改善研究』を刊行、学校教育における生活改善の方針を示すとともに、全国の高等女学校家事科主任女教員を集め、講習会を開き、洋服の着用を説いた。また、前年に発足していた生活改善同盟会が、十二年二月に『生活改善調査決定事項』を発表、洋服化の細目を定めた。

一方、女学校では生徒の制服を採用するところが徐々にふえていたし、東京市バスの女子車掌が制服を着用（大正八年一月）、三越百貨店の女店員の事務服を決めるなどのほか、女子工員も制服とする工場が出て来ていた。このように洋服化では制服が先行した。洋服が社会的認知を得るためには、これが最も効果的な方法であったようだが、それはまた、女性教育なり女性が就く新しい職業そのものの社会的認知の獲得という意味も兼ねていた。

＊モガの流行とは別の道

そして関東大震災、金融恐慌などがつづき、女性の職業進出が著しくなり、活発に動ける服が求められるとともに、モボ・モガの流行がみられるようになった。ただし、この流行は、必ずしも洋服を一方的に推進することにはならなかった。却って軽佻浮薄な、風紀上問題があると反発を受け、昭和二年（一九二七）には、鉄道省がモダンガールの事務員十数人を退職させ、警視庁が検挙するようなことさえ起こった。

しかし、昭和三年（一九二八）七月以降、文部省は毎年夏には、全国の高等女学校、師範学校の女教員を対象に、洋服の講習を行うようになり、四年九月には、東京市小学校女教員修養会が小学校の女教員は洋服に限ると決定するばかりでなく、「現代職業婦人の標準服装」と銘打って、上野の松屋百貨店で陳列会を開催したのである。座談会で言われた東京市内の女教員会による審議会とは、この修養会のことであろう。

服装など個人の自由であってしかるべきだと、今日のわれわれは思うが、当時は選ばれたといってよい教員の職についていた女性たちにとっても、個人で対処できるような問題ではなかったのである。すでに学童・生徒たちは、都市部では洋服が多くなり、制服を定めた学校が少なくなかった。しかし、女教員の方は、なかなか踏み切れなかったのが現実であった。私立学校では、制服を定めたところもあったが、公立学校ではそうはいかなかったのである。そこで、上に見たように文部省の方針を踏まえ、女教員の会で決議を二度にわたって行ったが、それでも一向に進捗しなかった。現にこの問題を話し合う座談会でも、出席者のうち三名が着物である。

もっともこの座談会の場合は、仕事ではなく、少々改まった場所であり、そうした場所に着ていくものとして、洋服がまだ十分に認知されていなかったという問題があった。上層階級でこそ、礼装と言えば洋装が中心になりかけていたが、一般の女性の間では、和装が圧倒的であったのである。

いずれにしろ男なり子供が服装を変えるのは、比較的簡単だが、成人女性となると、容易ではなかった。銀座街頭の調査でも、大正十四年（一九二五）五月で洋装はわずか一パーセント（今和次郎による）、昭和三年（一九二八）十一月の日本橋三越（当時、恵まれた女性たちがお洒落をして行く場所であった）でようやく十六パーセント（自由学園生徒による）、五年（一九三〇）四月では銀座街頭で十三パーセントである（今和次郎『新版大東京案内』および中山千代『日本婦人洋装史』参照）。

＊上っぱりから

理由は、銀座のようなところでさえ昭和五年で十三パーセントに留まる服装を、日常の場で敢えてするだけの積極的理由がなかったのである。例えば一女教員が、家を出て勤め先の学校へ行き、そこで業務を果たすに際して、どのような状況があったか。

出席者の体験談によると、出勤途上、好奇の目に晒されるばかりか、面と向かって文句をつけられたり、ときには嘲られ、罵られることさえあったと言う。それも洋服を着た男が、そうした行動に出たようである。電車に乗っていると見知らぬ男が前に立ち、「あんたは心得違ひをしてをる。日本婦人の癖にこんな風をしてよいと思つてゐるのか」と大声でわめき、堪り兼ねて席を変えると、追って来て、「親も兄姉もないのかな。親兄姉が黙つて見逃してゐるといふのが不埒千万だ」と言い募った。また、歩いていると、前に立ち塞がり、「おいこら！　何のため洋服なんか着てゐるんだ。今後もこんな格好をしてゐるやうなら、見つけ次第叩き殺すぞ」と怒鳴られたとも言う。

東京のような都市においてさえ、女の洋装は、周囲がなかなか認めなかったのである。

また、学校内で、校長や年上の女教員が賛成しないという場合もあったと言う。

しかし、文部省の方針が浸透して来て、校内では洋服が奨められるようになると、少なからぬ女教員が和服で登校、学校で洋服に着替えたり、洋服風の上っ張りを羽織ったりした。

着替えることは、男の場合、家のなかでは和服、外出する際に洋服に替える習慣は、洋服が取り入れられて以来、昭和二、三十年代まで広く見られた（筆者の父がそうであった）が、女性の場合は、この頃になって職場で行われるようになったのである。男女の服装に対する一般社会の認識度の違いが、こういうところにもよく表われている。

また、上っぱりを羽織ることだが、震災後、カフエーの女給が、縞のお召しの上に欧米の給仕人を真似て白いエプロンをし、紐を蝶結びにしたのと、基本的には同じだろう。勿論、カフエーの女給の場合、男たちの関心を引き寄せるための工夫で、女教員と比較するのは不謹慎だが、職業の大きな違いを越えて、基本的には同じ現象がみられたのが興味深い。和装のまま、洋装を採り入れる最も初期の段階だろう。なお、昭和四年八月現在で、東京市内のカフエーは六千百八十七軒、そこで働く女給は一万三千八百四十九人（警視庁調べ、今和次郎『新版大東京案内』による）だったという。その中で流行の先端を行ったのが、銀座のタイガーやライオンで、いま言った上っ張りはそこから広まったようである。

＊女教員がターゲット

ただし、この座談会開催時点より一、二年前と言えば、昭和四、五年のようだが、その頃から目立って状況はよくなったと、座談会出席者たちは言う。着用率は上がらないものの、モボ・モガの流行とそれに対する反発が下火になって、やや見慣れてくるとともに、利便性が知られるようになり、かつ、国の方針の所在も知られるようになったことが働いたのであろう。

そして、この状況の変化に即応するかたちで、この昭和六年十月から、主婦之友社では『婦人子供洋服裁縫大講習録』全十六巻（一冊一円八十銭）の刊行を開始する。この企画は、これまでのこの雑誌で行って来た積み重ねを踏まえての企画で、講習会も併催させているが、これだけのものを実行しても大丈夫との見通しがついたのであろう。

この雑誌の特集自体、じつは、その企画と連動しており、女教員にターゲットを絞った販売戦略でもあったのである。女教員は、当時の働く女性のなかでも、社会から尊敬される存在で、世間一般の女性より、一歩先んずる存在とみなされていた。そして、なにしろ児童およびその親に対して絶大な影響力をもっていたのである。卓抜な着眼であったと言ってもよかろう。

その広告文を羽仁もと子が書いている、「皆様はこの夏の街頭において、婦人・子供洋服の、目ざましい進出振りを御覧になつたでせう。殊にそれよりも家の中で、学校・工場・事務室及びさまざまな仕事場の中で、洋服が盛んに愛用されてゐます。」

もっとも昭和六年夏の街頭を賑わした洋服の多くは、大量生産と廉価で評判を呼んだ簡易服アッパッパであった。大正十二年に大阪で売り出され、ことに夏着として人気を博して、昭和五年には東京でも人気を呼ぶようになって来ていたのである。そして、翌七年の夏は、猛暑であったことも手伝って、大流行することになった。

＊夏と冬の違い

ところで出席者のなかには、東京市の女教員修養会で洋服を着る決議をするため活躍した新津妻子がいるが、彼女が洋服を着始めたのは大正十三年だと言っている。

ついでに触れると、東京女子高等師範学校を出て、英国に留学、被服教育で指導的な役割を果たした成田順(明治二十年生まれ)にしても、初めて洋服を着て学校に出たのが、大正十二年一月三十日であったという。当時、東京女子高等師範学校付属高等女学校の教員で、生徒は大部分が洋服であったが、外人教師以外、洋服の女性はおらず、文化裁縫学院(後の文化服装学院)を創立したばかりの並木伊三郎に、ツーピースの洋服を作ってもらい、アメリカ帰りの友人に着方の教えを受け、三越で下着一式を整えて、という手順を踏んだ。しかし、それでも遠慮気味な態度で歩いていて、生徒に「背を伸ばして」といわれたと言う(『被服教育六十年の回顧』正続、昭和四十九年)。

この時代、成田のように恵まれた、そして、指導的役割を課せられていたひとでも、こうだったのである。当時、洋服をきちんと着ようとすると、これだけの手順が必要だったのだ。一般の女教員にとって容易でなかったのは言うまでもあるまい。

そして、関東大震災の後、洋服を着るひとが増えたと言っても、冬になると、和服になる場合が多かった。コートやオーバーにまで手が回らなかったのである。購入するのには高額だったし、自分で仕立てるのには、生地も手に入りにくいし、仕立て方がよくわからなかったのである。

ところで関東大震災後八年を経過した昭和六年、出席者の報告によれば、東京一ツ橋小学校では、八人の女教員全員が洋服になったものの、うち五人は和服で通勤しているという。落合第一小学校では、新任のひと一人が洋服で、他は洋服風の上っ張りをつける程度であった。

児童の方は、当時東京の近郊とされていた月島小学校では、夏は「浴衣の洋服」に下駄履きが多く、冬は洋服の上に羽織をきるというめちゃくちゃ振りだという。三河台小学校では、ほとんどが洋服だが、冬には四五人が和服になる。落合第一小学校では、冬に和服の子供が四分の一だと言う。

近代化がさまざまな混乱をもたらしたが、このような衣服の混乱状態は、われわれの近代化の実情を如実に示していよう。

いま、月島小学校の児童の様子に触れたが、その児童たちの母親、祖母となると、混乱ぶりはもっとはなはだしかったろう。しかし、それが和服から洋服への変遷のなかで、われわれの風土に根差した、日常生活の現場での実態であったのは疑いない。

＊肌に馴染むかどうか

ところでこの座談会の発言でいま一つ注意されるのは、着る当人の問題として、肌に馴染まない、そして、着ていることがうれしくない、おしゃれをしているという感じを持てないという問題である。いかに美しく高価な衣装でも、身に合わなければ、違和感が付きまとい、美しく装っていると感じることができないのだ。そればかりか、惨めな気持にさえなる。成田順が初めて洋服を着たとき、遠慮気味な態度で歩いていて、生徒に背を伸ばしてと言われたことを記したが、伸びやかで自然な態度が採れないのである。

このところが、多分、文化史的には最も肝要なことであろう。さほど問題でなさそうに思われながら、じつは最も厄介な点である。洋服が定着するのに百年ほどもかかったのは、多くはここに拠るのではないか。

百年と言えばおよそ三世代で、親が子に洋服を着せて育てることが三度繰り返されているのである。多分、これも衣服が工場製品になり、宣伝広告がおそろしく盛んになるという社会的変革が拍車をかけて、恐ろしくスピードアップされ、短縮されて、こうなのである。ファッションとして衣服は目まぐるしく変化するものの、根底的に変わるとなると、引き留める力は根強い。

＊仕立て直す

それはともかく、いまは昭和六年前後に戻って、当時の成人女性が積極的に洋服を着ようと努め、実際に着るようになる道筋を、この座談会の発言に見たい。

十年前は反対であったが、三年前には推進派に変わったという新津つま子の場合――、洋服を着始めたのは、友人が長襦袢の袖で作ったブラウスだとか羽織を仕立て直したスカートを着ているのを真似て、黄八丈で洋服を作って着たところ、評判がよく、洋服派になったと言う。

和服地で洋服を仕立てることは、この時期、よく行われたらしく、「婦人之友」でもその記事を幾度も繰り返し掲載しているが、われわれの暮らしのなかに成立していた衣服の扱い方、美的感覚、趣味、そして、実際に手元にある布地、裁縫道具といったものが大きな意味を持っていて、それを踏まえなければならないことを語っていよう。

さらに彼女は、私が着ているのは洋服ではなく、「洋服式の着物」だという。こう考えれば、洋服を着ても、外国の習慣をそのまま取り入れたり、流行を追ったりしなくてすむと補足する。この視点もまた、非常に大事なことだろう。服をそのまま採り入るとは、その服を習慣的に着用している人たちの生活習慣も同時に採り入れることになるはずだと捉えるのは、ごく真っ当な考え方であろう。ちょっとした身振り手振り、人との挨拶の仕方、食事のマナーなども、和装には和装独自のものがあるように、洋装にもあって、洋装を採り入れる以上は、西洋の習慣をそのまま採り入れなくてはならないだろうと考えるのだ。

ただし、異国の習慣をそのまま採り入れることなど、基本的に不可能である。現に今日、われわれにしても、洋服が普通になっているのにかかわらず、欧米の習慣のごく一部を取り入れているにとどまっている。しかし、最近、信者であるなしにかかわりなくキリスト教の教会で結婚式を挙げる例が多くなっているのは、花嫁の洋装に合わせてのことのように思われる。服装は、それを生み出した風俗習慣、そして、住居、家並み、時には宗教にまでおよぶこともあり得るのである。

こうした厄介な、大きすぎる問題に、正面から向き合うことになるのだ。

このところをとりあえず乗り切るための工夫が、「洋服式の着物」という捉え方であったろう。風俗習慣を抜きにして異国の衣服を身につける落ち着きの悪さから、こう考えれば、解放される。身振りや礼儀作法など生活上の基本的動作は、これまで身につけているとおりでよいということになるのである。

また別の人は、日本服を徹底的に改良して行けば、洋服と一致するという言い方をする。そして、洋服と一言で言っても、欧州の国々でそれぞれ違い、それぞれの国民性が現われているように、「日本の国民性の表はれた洋服」ができるはずで、そうならなくてはならないと言う。今日、世界を舞台に日本人デザイナーが活躍しているのは、まさしくこの言葉を実現したものと見てよかろう。

しかし、この「洋服式の着物」と考えようという提案には異論が多く、羽仁もと子も反対している。和洋双方の長所を取り入れようとすれば、双方の長所を消すことになる。現にこれまでの改良服は成功しなかった。洋服を取る以上、すっぱりと洋服にすべきだと言うのである。

羽仁もと子の主張は、衣服が風俗習慣と一体であることを無視し、衣服を衣服だけに限定して捉えたところのものである。ただし、短期的に見れば、羽仁もと子の意見が正しかったと言わなくてはなるまい。ただし、もと子自身、和服で生涯を通したことからも明らかなように、彼女はいま上に言ったような領域へは踏み込まずにすましたのである。そこに彼女の根本的な問題があるだろう。

それから、端的に肌に馴染む、馴染まないの問題がある。

勿論、この問題は単に皮膚感覚の事柄ではない。皮膚感覚の領域に属するとともに、生活習慣、それもかなり外的社会的領域の事柄との繋がりも切り離せない。

そのあたりのことは、井上章一郎『パンツが見える』（朝日選書、平成十四年五月）が詳しく扱った下着のなかでも下穿きの着用に、よく現われていよう。白木屋の火災（昭和七年十二月）以降、着用が増えたというのは伝説にすぎず、容易に進まず、たとえ着用しても、不断に穿き替え清潔に保つことにはならなかったと指摘している。もっともこうした指摘は、すでに青木英夫『下着の文化史』（平成十二年十一月、雄山閣刊）にも見られる。

羽仁もと子は、この問題も横に置き、あくまで衣服の機能性、運動性、衛生性、経済性、そして、洗い張りや縫い直しの労力の軽減化を追求した。いや、彼女は自分の主張と別に、生涯、和服で通したことは、肌に馴染むかどうかについて徹底して拘ったからかもしれない。しかし、洋服化推進の立場で問題とすることなく、いまも言ったように横に置き続けたのである。

この点については別の機会に詳しく考えたいが、日本の近代化の根本に横たわる微妙な、しかし、肝要な問題だろう。

この日本の風土で暮らして来た大多数の女たちには、しかし、それを横に置いたままにすることはできなかった。また、本来、横に置いてすますことのできる事柄でもなかったのだ。ただし、洋服化推進の現実は、そこをきちんと克服するのではなく、なかば迂回、横にずれたところに開けた道筋を進むことになったと思われる。社会の変化が女性の社会進出を要求し、それに応じて服装が変わるというところにおいてである。もっともこの女性の社会進出による服装の変化は、まず欧米に起り、ほとんど踵を接してわが国でも起ったのである。そして、先進、後進を言うほどの差もなかったように思われる。

＊縫い、仕立て、繕い、編む

　以上のように機能性、運動性、衛生性、経済性などの追求を軸にして、風俗習慣との係わりを薄めながら、洋服化が進められたが、しかし、この洋服化をわれわれの暮らしのなかに迎え入れ、徐々に肌に馴染むものとしていったのは確かである。

　ただし、直接、肌にというわけにはいかなかったろう。そこで決定的な役割を果たしたものがあった。外でもない、家庭内で日々行われていた、縫うという行為である。和服の場合、ほどきもの、洗い張り、縫いもの、繕いものの作業が不可欠であったが、遥か昔から行われて来たこれらの日々の仕事の一角に、洋服が入り込んで来たのである。そして、女性たちは鋏と針と糸を手に、裁ち縫い繕うという作業をとおして、洋服生地、洋服の断ち方、縫い方、そして、それに応じた道具にじかに接し、まず手に馴染んでいったのだ。

　実際、これまで洋服と言ってきたのは、この時点では、大半が女性たちの手で家庭で作られたものであった。このことは見逃してはならないポイントの一つだろう。座談会に出席している女教員にとっても、間違いなくそうであった。長襦袢の袖や黄八丈を、いわば「廃物利用」として、自らの手で洋服に仕立て直すようなところから始めているのだ。冬になると和服が増えたのも、コート、外套の生地が羊毛製で厚く、和裁の縫い方では対応できなかったという面が大きかったのである。それに対して夏物なら、慣れ親しんでいる木綿、麻、絹でよかった。

　この家庭内の日常の作業の一角に洋服が入り込むには、洋服の実物が身辺になくてはならず、生地が容易に手に入るとともに、その裁ち方、縫い方が知られ、それに応じた道具がなくてはならないが、実物の方は徐々に増える着用した人が提供した。そして、裁ち方、縫い方は、もっぱら婦人雑誌が提供したのである。まずは簡単な子供服、子供用の下着の類いからはじまり、徐々に成人女性に及んだ。その集成と言ってよいのが、先に挙げた『婦人子供洋服裁縫大講習録』であった。その宣伝文句は「洋服裁縫の大衆化」である。

このように「裁縫」を通して洋服は、女性の手に馴染み、日々の家庭での暮らしのなかに入り込み、肌にも着実に馴染んで行ったのだ。この縫うという作業は、日常に溶け込んでいるだけに見えにくいが、その進展の様子は、ミシンの普及に見てとることができよう。

また、この点を考える上で、毛糸編みが果たした役割も注意すべきだろう。大正十四年十一月、主婦之友の社屋がお茶の水に完成するとともに、その講堂で「毛糸編物展覧会」が開かれ、以後毎年、同社の最大の行事になった。こうして「縫う」とともに「編む」という女性の家庭内で動く手が、洋服を根付かせるうえで着実な働きを果たしたのである。

この座談会では、他にも取り上げてしかるべき問題が触れられているが、別の機会に譲りたい。なお、昭和六年の女教員の洋服が、一観測点として有効であることは明かになったと思う。

参考文献

中山千代『日本婦人洋装史』吉川弘文館、今和次郎『新版大東京案内』ちくま文庫、金井景子「自画像のレッスン」（『メディア・表象・イデオロギー』小沢書店所収）、米村みゆき「〈女教師〉という想像力」（『青鞜という場』森話社所収）、『主婦の友の五十年』主婦の友社

（武蔵野日本文学第12号、平成15年3月）

野口冨士男

野口冨士男の「発見」
——徳田秋聲、川端康成との係り

＊野口さんとの出会い

昭和四十年の春だったと思いますが、当時、わたしは大阪の新聞社に勤めていました。記者は記者でしたが、取材に走り回るのではなく、編集整理部に属しており、取材記者が提出した記事を、そのニュース価値を判断して扱いを決め、見出しをつけ、紙面にまとめあげるのが仕事です。

その勤務の合間に、同僚とお茶を飲みにいったり、ひとりで本屋をめぐったりするのですが、社のあった桜橋周辺には、古本屋が並んでいましたし、新刊の本屋も何軒かありました。そのなかに、小さいながら、良書を選んで置いている本屋があり、その書棚で、野口さんの『徳田秋聲伝』(筑摩書房刊)を見つけたのです。分厚い、どっしりした、品位のある造りの本でした。

それまでわたしは、野口さんのお名前を知りませんでした。ただ、秋聲に関心を持ち、ぼつぼつ読んでいたところから、手に取り、秋聲についての初めての大著と分かり、さっそく買い求めたのです。

これがわたしが野口さんの存在を知った最初でした。

それから、年月がたって、昭和四十九年に東京へ転勤になり、五十一年春でしたか、文化部に移りました。新聞社に入ったのも、文化部記者になりたくてのことでしたが、もう四十代になり、夢も希望も捨ててしまった頃になっての、文化部への配置でした。

当時、文化部には金田浩一呂がいました。独特の浮世離れしたところのある人物で、遠藤周作、阿川弘之さんが、そのすっとぼけた行動をエッセイに書き、一部ではよく知られた名物記者で、いまでは恐妻ものを書いていますが、その彼が、文化部に移ってすぐだったと思いますが、紹介するひとがあるから一緒に行こう、と行って、社のすぐ近くの大手町ビルの地下の喫茶店へつれて行ってくれ、会わせてくれたのが、誰あろう、野口さんだったのです。

東京へ出て来て、文化部の記者となって、初めて会ったのが、『徳田秋聲伝』の著者だったのです。なにか不思議な因縁を感じたのも当然でしょう。

野口さんとは、年齢が二回りほど違うのですが、初対面からすっかり打ち解けてしまいました。どうしてわたしのような者がお気に入ったのか、わかりませんが、わたしの顔を見ると、コーヒーを飲もうと誘い、よく話の相手にしてくださった。野口さんはお酒が飲めない方で、わたしもそうなのですが、これがどうも大きな理由だったようです。野口さんは和田芳恵さんと仲がよかったとのことですが、その和田さんもまた、お酒ではなく、コーヒー党でした。下戸は下戸で仲間をつくるようです。

こんなふうにして野口さんとお喋りをし、コーヒーを御馳走していただくのを楽しみにするようになったのです。

ところで、そのちょっと前、前年の昭和五十年十一月、京都の臨川書店から『秋聲全集』が出ました。この全集は、変則的なもので、秋聲がまだ『仮装人物』を書いている最中の、昭和十一年から数年の間に刊行された全集に、戦後、雪華社から出ましたものの中絶した全集を二巻補い、『灰皿』などエッセイ集を加え、いずれもそのまま復刻したものですが、その最終巻に、秋聲の長男の徳田一穂さんが解説をお書きになっておられましたので、さっそくインタビューに出かけました。それから、一穂さん宅へうかがって、何度かお話を伺い、夕食にチキンライスを御馳走していただく、といったことがありました。

じつは、当時、野口さんと一穂さんは、ひどく仲がわるかった。かつてはずいぶん親しく交際をされていたのですが、野口さんが『徳田秋聲伝』を書いたことによって、決定的に悪くなった。

そんなことをわたしは知らず、お二人ともに親しくしていただく、ということになりました。

「君はいいよな。一穂君のところへ出入りできるんだからな」

なにかの折り、野口さんが言われたのを覚えています。野口さんは、一穂さんが敵意をむきだしにしてくるのが、やりきれなかったし、寂しくもあったようです。

＊野口さんの執念

いま、一穂さんが敵意を云々と言いましたが、一穂さんの側から言えば、そうせずにおれなかった面もありました。なにしろ親父の、世間的に言えば、かんばしからぬ行為があからさまにされるのですから。とくに一穂さんの場合、自分の出生の前後のことが洗われ、誕生日が変わってしまう。その上、親父ばかりか自分の女性関係までが明らかにされる。これは、たまったものではなかったでしょう。

「娘の嫁入りに差し支える」

そう言って一穂さんは怒ったそうですが、たしかにそういった恐れが皆無ではなかったと思います。

そして、そうしたことを誰よりも承知していたのが、野口さんだったろうと思います。しかし、秋聲という作家を追求していけば、そういうところへも踏み込まずにはいられない。もっとも野口さんは、それを無遠慮にはおこなっていません。ずいぶん慎重に、気を使っているのですが、しかし、最後のところでは遠慮しない。

伝記を書くとは、対象とした人物ないしその家族に、しばしば残酷な仕打ちに出ることになり、憤激を買うことになりがちですが、野口さんの場合も、まさしくそうでした。

わたしがお会いした時期は、『徳田秋聲伝』が出て、もう十年、その波も過ぎ去ったはずであるのにもかかわらず、二人の仲は修復されず、膠着したままだったのです。

そう言った点も含めて、この『徳田秋聲伝』は恐ろしい本だと申してよろしいかと思います。その恐ろしさの第一は、この本に賭ける野口さんの執念です。秋聲という作家、そして、その人間の秘密を、可能な限り解き明かそうとする執念の前には、たじたじとせずにはおられません。

たとえば、秋聲が一時期、住んだ「菊坂」をめぐって、「南坂」と言う記述がありましたが、これが誤植であるのを突き止めるのに、「南」の一字をめぐって考察に考察を加えるとともに、そこを書き込んでいます。いかに些細なことであれ、納得できないところは、徹底的に追い詰めるのです。

そのために、どれだけ調査をし、関係者にどれだけ手紙を書き送り、どれだけ原稿を書き改めたか。ながらく家族のほかにもう一人、秋聲という人物が加わったような日々を送ったと、野口さんは書いておられますが、毎日々々、奥さんやご子息を相手に、秋聲について語って飽きなかったようです。家人は、わたしが狂ったように思ったかもしれない、とまで書いておられます。

しかし、奥さんは清書、息子さんは図書館などに調べ物に行く、と言った日々は、いわゆる無頼の文学者が知らない、幸福なものであったと言ってよいかもしれません。しかし、いかにそうであったとしても、秋聲という目に見えない同居人がどっかり座り込んでの、よそ目には異様としか言いようのない日々であったのも確かです。

＊なぜ秋聲研究か

こうまで秋聲研究にとりつかれ、のめり込んでいったのはなぜでしょう。

小説家としてスランプに陥ったことが、秋聲を改めて読む切っ掛けになったと野口さんは言います。それまでは、人柄には深く親しみながら、作品には、あまり共感を覚えず、熱心に読んではいなかったようです。

しかし、丁寧に読んで行くと、不思議なことに気づいたのです。野口さんは、それを「発見」とまで言いますが、秋聲自筆の年譜よりも、『黴』など、作品のほうが事実を正確に語っていたのです。年譜は、事実を書くはずのものです。そのことは秋聲も承知していて、自分の記憶している限り、また、確かめることができるかぎり、事実を記したはずです。ところがその年譜には、かなりの間違いがある。一年や二年の食い違いがざらなのです。それに対して作品となると、時間の錯誤はともかく、事実そのままがじつに正確に記されている。これはなぜだろう。そう考えたことが、のめり込んで行く大きな理由になったようです。

なぜ、この「発見」が、それほど大きな意味を持ったのでしょうか。いろんな解釈ができそうですが、野口さんは、多分、秋聲をして、意図を越えて事実をありのまま書かせたところに、小説を書くことの不思議さ、さらに言えば、小説を書くときに働く、独自で霊妙な力を見たのでしょう。

年譜という、はなはだ非文学的な、客観的記述にとどまり、事実に終始するはずの領域では、意図を越えることがまったくなく、そのためにかえって、意識せずにある意図の枠に囚われ、虚偽、錯誤を紛れ込ませてしまうが、意図を越えて書くとき、事実そのままが生き生きと蘇ってくる……。できることなら、その霊妙な力を自分のものにしたい、と考えたのではないでしょうか。

野口さんは、決して研究者ではなかった。あくまで小説家でした。又は、小説家であろうと深く決意していたひとでした。

だから、秋聲という作家なり人物を明らかにしようと執念を燃やしたのも、こうした思いからであったのでしょう。いわゆる研究するつもりなど、さらさらなかった。机の上だけで、秋聲を扱うつもりなどなかった。作家として自分が生きようとする、そのところへと引き込んだのです。

＊残酷な言葉

ところで、ここでスランプに陥った野口さんが、どうして秋聲を選んで、読んだのでしょうか。

野口さんが文学に関心を持ち始めたのは昭和の初めで、雑誌「行動」の編集者となって、親しく接したのが秋聲だったわけですが、当時、秋聲は、長いスランプから脱出、短篇『町の踊り場』で奇跡的な復活を遂げるばかりか、小説の名人とまで言われるところへと登り詰めていました。

勿論、一般読者にひろく人気を得ていたわけではありませんでした。あくまでごく限られた一部の、作家なり読者のこころを摑んでいたのですが、書くことの秘密を、よく体得していた作家だと、人々は見なしていたのです。

いま、「小説の名人」などという大袈裟な言葉を出しましたが、そうも言い、さらにこんなふうにも言ったのが、川端康成でした。「現代日本の文学者のうち、作家として、私の最も敬ふ人はと問はれたならば、秋聲と答へるだらう。現代で小説の名人とは問はれたならば、これこそ躊躇なく、私は秋聲と答へる」と、『仮装人物』を扱った文章（昭和十四年四月）で書いています。また、講演においてですが、「日本文学は、源氏から西鶴、西鶴から秋聲へ飛ぶ」とさえ言っています。

この川端康成と野口さんは、その出発期において、終生忘れられない係わりを持ってしまってもいました。

あるいは、それゆえに、秋聲であったのかもしれません。そして、いま上に述べた「発見」が、決定的意味を持つことになったのでしょう。

野口さんは、慶応大学の予科を、昭和五年六月、十九歳でやめ、文化学院に移り、そこで川端康成の創作指導を受けました。後に川端は、野口さんをわたしの教え子です、とひとに紹介するようなことがあったとのことですが、その文化学院でのある日、川端の授業に遅れて出て行くと、受講生全員が一斉に野口さんの顔を見た。それと言うのも、野口さんが入っていく直前、野口さんの作品の講評をおこなっていて、川端がこう言い終えたところだったのです。

「この人は、作家になれない人ですね」。

これは、後年、野口さん自身がエッセイ「雨宿り」（風景、昭和46年5月、後『作家の椅子』作品社刊所収）で書いていることなのですが、十九か二十歳の若者にとって、川端という華々しい存在の口から出たこの言葉が、いかに深く突き刺さったか、言うまでもありますまい。とくに川端は、新人発掘の名手として名声をほしいままにしていたのです。その川端に、作家としての不合格の太鼓判を、野口さんは押されたのてす。

この川端の判定への異議申し立ての気持が、以後の野口さんの文学活動の底には、ずっとあったと思われますが、野口さんの作家としての早い登場も、もしかしたら川端のこの一言が、もたらしたことであったかもしれません。昭和十五年には、もう一冊の長編小説『風の系譜』を持ち、青年芸術派を結成していました。川端の判定は、早々にひっくり返されたのです。

しかし、辛酸な経験をなめて戦争をくぐり抜け、再び作家活動を始めたものの、スランプに陥りました。そうなると、まがまがしい呪文のように蘇ってくるのは、川端の言葉だったでしよう。

野口さんは、川端の文学を高く評価するとともに、好きでもあったと思われます。それだけに、これは、地獄の思いだったろうと思われます。しかし、そこから、川端が推奨した秋聲を、となったのではないでしょうか。

そして、その秋聲のうちには、書くことによって開けてくる道筋というものが示されている、とも思われたのでしょう。自分が意識しているところを越えて、書くことをとおして、なにかを呼び出し、それにもとづいて、先へと進んでいけるかもしれない、と。

才能がないかもしれない、という呪わしい思いを突き抜けるのには、これが大きな役割を果たしたに違いありません。とにかく書きつづけて行けば、自ずと道が開けてくる。

その確信を深めるために、秋聲研究へとのめり込んで行ったのだと思われるのです。

＊『日本ペンクラブ三十年史』と川端賞

この『徳田秋聲伝』を刊行して、高い評価を得たのですが、そこで川端康成から、名指しで与えられた仕事が『日本ペンクラブ三十年史』(昭和四十二年三月刊)でした。

このことは、野口さんにとって、微妙な意味を持っていたことは、おおよそ察することができるでしょう。川端に、その存在がはっきり認められたことは嬉しかったと思いますが、また、小説家としてではなく、伝記的な仕事をする人間として、扱われた、と言う点では、やりきれぬ気持を持ったでしょう。『徳田秋聲伝』は、評論家、研究家、歴史家といった者の仕事ではなく、小説家としての仕事のつもりだ、としばしば言っているのも、このあたりの事情によるのではありますまいか。

それだけに、川端が亡くなって後のことになりますが、『なぎの葉考』(昭和五十四年)で、昭和五十五年、第七回川端康成賞を受けたのは、望外の喜びであったと思われます。わたし自身、受賞の後、お宅に伺った際、わたしが求めたわけでもないのに、賞状を見せてくださった。前年には『かくてありけり』で読売文学賞も受けておられたのに、そういうことはなさらなかったので、特別の思いがあるのだな、と思ったものです。

その受賞の感想を、野口さん自身、こう述べています、「意外も意外、夜道でいきなり横っ面を張りとばされたという比喩が不穏なら、見知らぬ絶世の美女に公衆の面前で抱きつかれたという思いであった」（「川端先生との五十年」）。ここには、今言った望外の喜びのほかに、やはりなにか深く屈折するものがあるように思うのが自然でしょう。そして、これまで述べてきたことを考えれば、当然のことです。

この文章をもう少し見ますと、こう結ばれています、先生の門下には優秀なひとがいて「私などは圏外の人間であったが、教え子の中から一人でも川端賞の受賞者が出たことは、地下の先生も喜んでくださっているのではあるまいか。式場でも、そんなことを考えた」と。

この「圏外の人間であったが、教え子」と書いた野口さんの脳裏には、明らかに文化学院の教室でのことが蘇っていたはずです。そして、いま引いている文章の題に、五十年とありますように、野口さんは、自らの文学的生涯を、不思議な思いで思い返していたと思います。

＊同時代が見えていた

こうして野口さんは、五十年、持ち続けていた執念に、実を結ばせたのですが、この後、精力的に小説を書く一方、『感触的昭和文壇史』を執筆された。

この仕事は、編集者として出発するとともに、幾多の同人雑誌、グループに係わり、殊に雑誌「風景」で、作家でありながら編集の才を発揮、また、文芸家協会に深く係わり、実務的な仕事を面倒がらずにこなした野口さんならではの仕事でしょう。

ここで思い出されるのは、晩年、野口さんが繰り返し言っていたことです。それは、自分の文学者としての仕事は、ぼくだけのものではない。多くの仲間たちと一緒にやってくることによって、果たし得たことだ。もし、ぼくの仕事を振り返って見てくれることがあるのなら、仲間たち、あるいは仲間ではなくとも、同時代を生きた文学者と一緒に、見てほしい、と。

じつは、この野口さんの考えが、いま開かれている「野口冨士男と昭和の時代」の展示の根本を貫いているはずで、その点でも、今回の催しは、野口さんに喜んで頂けるのではないかと思っているのですが、それはともかく、こうした言い方をする作家は、大変珍しいと思います。作家は、どうしても俺が、俺が、と言うひとが圧倒的に多い。歳をとっても、その傾向はおさまるものではありません。ところがそういうところが、野口さんにはなかった。

これには、やはり仲間に恵まれたということが大きいと思います。野口さんの葬儀では、八木義徳さんに青山光二さんが、友人として弔辞を読まれましたが、このお二人とは二十代からの付き合いです。それから、野口さんよりも先立たれましたが、和田芳恵さん。この人の助力がなかったら、秋聲研究は完成しなかったかもしれません。

こうした仲間がいたからこそ、「地獄のような十五年」とご自身でいうようなスランプの年月を、秋聲に打ち込んで乗り切り、小説家として復活したのでしょう。いかに粘り強い執念のひとであったとしても、この仲間がいなければ、間違いなく挫折したと思います。

そのことを、野口さんは、よくご存じだった。

野口さんは、都会人で、よく気のつく、聡明な人でしたが、編集者として文壇にかかわったこともあって、普通なら気づかない周囲のことまで、目配りをする習性を身につけておられたのでしょう。

そして、自分がよく見えていたひとだった。言い換えれば、自分の才能についても、幻想を持たなかったひとです。だから、仲間や同時代の作家たちの姿が見えていたのです。

＊昭和文壇を生きたひと

多分、野口さんのこういうところが育ったのは、やはり、秋聲との出会いと、川端のあの言葉があったと思われます。

ついでに申しておきますと、秋聲と川端は、おそろしく対照的な作家でした。秋聲は、才能というものをほとんど感じさせない。それでいて、おそろしく自由で、読めばよむほどに独特な才能を感じさせます。言って見れば、平凡な生活人に直結したところの、独特な才能です。それに対して、川端は、輝かしい才能の持ち主で、まばゆさを覚えずにはいられないのですが、それだけ却って、才能に恵まれた者の不自由さを感じさせるところがあります。

こうした対照的な才能に若くして出会い、後者からは、にべもない言葉を投げ付けられたのが野口さんでした。自分の才能に、幻想は持ちようもなかったのも当然でしょう。

そして、とにかく書くことで、自分なりの道を開き、歩んだのです。

だから、自分を助けてくれる仲間は勿論のこと、そうしてくれなかったひとであっても、書くという苦労をともにしている同時代人が、大事だったのでしょう。

そうした気持が、『感触的昭和文壇史』の根底には流れていますし、また、文芸家協会にかかわりつづけたところにも働いていたと思います。野口さんは、間違いなく昭和文壇を生きたひとだったのです。そのことを、いま、痛切に感じます。

（東京都近代文学博物館「野口冨士男と昭和の時代展」での講演稿、平成8年11月18日）

故野口冨士男さんの深慮

このところ、なにかと野口冨士男さんのことを思い出すことが多い。昨年（平成5年）十一月に八十二歳で亡くなられ、蔵書や原稿、書簡、遺愛の品々が越谷市立図書館に寄贈されたのだが、いよいよこの十月二十六日に、「野口冨士男文庫」として開設される運びになったからである。

この文庫は、生前に、紅野敏郎・早大名誉教授、保昌正夫・立正大教授、それにわたしの三人が助言者となって、越谷市と約束を結んだことによるのだが、生粋の東京っ子の文学者である、野口さん――生前同様にこう呼ばせて頂く――が、どうして北関東の越谷市を選んだのか、不思議に思う方もおられるだろう。これは奥さんの直さんの縁による。直さんはこの市の古い街道に面した歯科医の娘さんで、野口さんは、戦後に復員すると、栄養失調で衰えきった身をここで養い、かつ、ここを舞台に幾つかの作品を書いているのである。

それとともに、文壇への登場は早かったものの、創作不振に長く苦しんだが、その間、奥さんに支えられた、との痛切な思いがあったと思われる。多分、それゆえに、越谷市でなくてはならなかったのである。

この奥さんへの気持は、最後の短篇『しあわせ』にもはっきり刻印されている。

野口さん自身と考えてよい老人が主人公で、病院通いをしているが、これまで健康であった妻が不意に多量の喀血をする。そして、生死の境をさまようものの、やがて退院してくるが、回復してのことではなく、加えて骨疎鬆症のため体を支えるのも困難になっている。そうした妻のため、「自分のほうが一時間でも後まで生き残ってやりたい」と、こころを決めて、付きっきりで看病するのだ。

そのかたわら、小説やエッセイの筆も離さないが、やがて自身が肺ガンの手術を受けるため入院することになる。老いと病によってまたも引き裂かれるのだが、その悲しみを、ユーモアを滲ませて描く。そして、二度にわたる手術に耐えて退院、再び妻と、老衰の身をいたわりあいながら暮らすことになるが、毎朝、目覚めると、「今日もまだ生きてやがる」と自分に向かってつぶやき、「落胆にすら通じる悲哀にひたされ」ながらも、そういう自分たちを「これでもまだしあわせ」だと考えるところで、終わる。

ここに描かれているのは、ほぼ事実そのままのようだが、最近、地方の愛読者に宛てた六十数通におよぶ野口さんの書簡を読む機会があり、そのあたりの実状を、より詳しく知ることができた。それによると、奥さんが退院してきてからしばらくは、奥さんが眠っている間だけ、机に向かう、という有様で、短篇の執筆も、一日にたった二行――「二枚ではありません」と但し書きをしているが、そのような日々だったのである。それでいながら、読書も廃することなく、暇を盗んではヨーロッパ美術に関する本を「むさぼるように」読んでいたことなどが記されている。

この野口さんは、自分が数多くの文学賞を受け、文芸家協会理事長を勤め、芸術院会員となった作家であることなど、すっかり忘れて、市井に生きる一老人として、妻の看病に全力を傾けていたのである。が、それでいながら、現役の作家でありつづけようと、これまた力を振り絞っていたのである。

この潔い態度に、驚嘆せずにはおれないが、晩年の野口さんにとって作家でありつづけるとは、なによりも自分と妻の上に襲いかかってくる老いと病を、市井の暮らしのなかで、一私人として見据えつづけ、そのありのままを描き出すことだったのだと、納得させられるのだ。それが野口さんの貫いて来た文学精神の発露にほかならず、奥さんを中心とした人間なるものに対しての、愛のかたちであったのだらう。秋聲ゆずりの強靭な私小説家のリアリズムだなどと、ことごとしく言うまでもあるまい。じつは、野口さんの励ましと教示を得てまとめた拙著『徳田秋聲』の出版記念会に出席してくださったのが、この時期だったことに、いまになって思い当たって、申し訳なく思っている。遅ればせながら、深く感謝するよりほかない。

こうして野口さんは、八割方機能を失った肺でもって、酸素ボンベの助けを借りながら、「しあわせ」に書き留めた決意どおりに、奥さんを見送ったのである。

その葬儀の翌日、野口さんからわたしのところへ電話がかかって来て、息苦しそうな声ながら、参列したことへのお礼をしっかり言われたのには驚き、恐縮したが、これはわたしにだけでなく、参列した多くの方々——に対してでもあった。多分、最後の宿願を果たした、との思いがおありであったのであろう。

この電話は、また、ご自身のわれわれへの別れの挨拶でもあったと思われる。その同じ年の晩秋に、亡くなられた。

考えれば考えるほど、野口さんは、行き届いた配慮の暖かなひとであった。

じつは「野口冨士男文庫」そのものが、そうした配慮の産物なのである。まずは奥さんのためであったのは、すでに述べたとおりだが、同時代をともに歩んだ作家たちのためになることも、強く望んでおられた。幾度か直接うかがったことだが、自分の文学は、自分一人のものではなく、同世代なり、世代差も越えた人々とともに創り上げたものだとの認識が根本にあり、それゆえに自分だけでなく、時代をともにした作家たちについて、記録し、保存する役割を、「文庫」が果たすようになってほしいと、言っておられた。

そして、その記録、保存の仕方も、菊地寛賞を受けた『感触的昭和文壇史』の著者らしく、可能な限り具体的な時代の証言となることを考え、例えば本一冊にしても、一般の図書館なら捨てられる箱、カバー、帯の類も、きちんと保存、街の店頭に出た姿が分かるようにすることを要求された。

こうした希望は、越谷市の意欲的な取り組みによって、実現される方向にあり、大変心強いが、このような努力が着実に積み重ねられていけば、昭和の時代の文学を知り、研究するための拠点となるのに違いない。

野口さんの深慮は、このようなところまでも及んでいたのである。それというのも、自分がその一員であった昭和文学の掛け替えなさを、強く感じていたからであらう。いま、誰がこれほどまで、同時代の文学に愛情を抱いているだろうか。

（日本経済新聞、平成6年10月2日）

白鷺の飛ぶ地――一枚の色紙をめぐって

野口冨士男文庫に、野口さんがお書きになった色紙が一枚あります。いわゆる色紙とは違い、大変細かな文字がぎっしり書かれており、異例の色紙と言ってよいでしょう。

このような細かな文字をお書きになったのも、細かな文字しか書けなくなっていたからです。大著『徳田秋聲伝』を書かれた頃、ひどい腱鞘炎にかかり、ペンが容易に持てなくなったのですが、ほんのわずか手を動かして文字を書く、独特な方法を案出された。その結果が、この文字なのです。原稿用紙ですと、升目に二文字も書く。

そのようにしなければならないのなら、色紙など、こんなに多くの文字を書かずに、小さな文字をちよこちよこと書くだけにしておけばよいのに、と、わたしなどは思いますが、野口さんは、小さいだけ多く、倍どころか四倍も五倍も多く、文字を書いてしまう。なんとも義理堅いひとだなと、いささか呆れた思いをします。

もっとも、この色紙が、いつ、なんのために書かれたか、よくわかりません。しかし、色紙を書くとき、ひとは、自分の好きな言葉、深く印象にとどめている言葉を選ぶのが一般でしょう。それも、自分らしさが読む相手に端的に伝わるような言葉です。

そこで、この色紙の言葉ですが、自作『白鷺』より、とありますように、その最後の部分です。『白鷺』は、野口さんの文字がこうなるよりも遥か以前、昭和二十二年（一九四七）十二月に発表されたものです。海軍に取られ、栄養失調となり、病院に身を横たえた状態で敗戦を迎え、復員したものの、東京の家は強制疎開で取り壊されていたため、奥さんの実家のあるこの越谷へ来て、一年数ヶ月を過ごした、その日々において、構想され、大半は執筆されたものです。そして、越谷が舞台になっております。

越谷を舞台にした作品は六篇ありますが、その中で最も力の入ったもので、二十四も歳が離れた夫を失ったお蝶と言う、三十代も後半から四十代に踏み入った女性が主人公です。先妻の男の子を戦争でなくし、自分の息子を結核で失い、娘を住み込みの店員に奪われながら、生きていかなくてはならない身の上です。

いま簡単に申し上げたところから、苛酷に過ぎる生活に圧しひしがれ、干からびたようになった女を思い浮かべる方も多いかもしれませんが、実際は、苛酷な運命に粘り強く立ち向かう、情感豊かな中年の女性像が、みずみずしさをもって描かれているのです。

そのみずみずしさの源の一つは、作中の要所に白鷺が配されているところにある、と言ってもよいでしょう。

まず書き出しですが、こうです。

　あんな高いところをと、見上げるばかりに高い空をせわしなげに羽ばたきながら、白鷺が塒をさして舞い戻ってゆくのは……、

空高く飛ぶ白鷺の印象的な姿から始まるのです。娘と息子が病床についていて、干した布団を取り入れようとするとき、見るのです。それから、夫の葬儀が終わって失神、気づいて障子と障子の隙間

から外を何げなく見ると、夕空を白鷺が横切って行く。また、長男の身体に変調が現われたことを医師から告げられた後、鏡を覗くと、その鏡面の端を白鷺が横切って行く。

いずれも不吉な死の影に彩られているのです。しかし、それだけではありません。年の離れた夫の許から逃げ出したものの、実家へは戻れず、近くの海岸をさ迷っているうちに、結婚を約束しながら死んだ男と愛を交わした松林へ至る。と、その松林の上を白鷺が飛んで行く。ここでは、遠い愛の記憶と結びついているのです。

言ってみれば、白鷺は、死の世界であれ、過去の愛の世界であれ、この世ならぬ世界へと通っていく存在であり、悲しみと不吉さとともに、無垢への憧れをかき立てるものでもあるのです。ことにその純白の、ほっそりとした姿は、清純な美しさを持ち、この世のものならぬ聖性とともに、なんとも言いようのないエロティシズムをたたえている。

こういうところに、女主人公の情感が根差しているのです。だから、いかに生活の泥を浴びようとも、どこか清らかに潤っている。

そのところが集約的に表現されているのが、この色紙に書かれた最後のところでしょう。

近づいて行くと、夕くれがたの薄明りの下に満々と水をたたえた川は音もなく流れ、その川の水に、これまた音もなく雪が降りかかっては、一つ一つ消されるように吸い込まれているのであった。彼女は立ち停った。そして、ちようどその瞬間点ぜられたむこう岸にならぶ料亭の灯の、チロチロと川に映って揺れる光を、何か可憐なばかりに美しいと眺め、はッと気がついて、その光を遮ぎるように、一瞬、水面すれすれのところを翔んでゆく、何かもう翼の色までもが灰色に認められる白鷺の姿を見送った。

白鷺——見送れば、悠々と翼をしごき、やがて空高く舞いあがり、何時か白鷺の白さは、降りしきる雪の色に溶け染まってゆくと思われるのであったが、雪は、今年の初雪であった。

この一節を書くために、野口さんは、推敲に推敲を重ねたと思います。そして、一語一語に込めているものが、こちらへ伝わってくるようです。

ここで言う川は、言うまでもなく越谷を貫く元荒川です。その場所がどこになるのか、他所者のわたしには分かりませんが、皆様のうちのどなたかは、ああ、あそこだなと思い当たられることでしょう。そして、灯が点され始める初雪の夕暮れの情景のただなかを、これまで高く飛んでいた白鷺が、水面すれすれに飛ぶ。白鷺が、女主人公の身近かに舞い降りて来たのです。終わりにふさわしい情景です。

この女主人公ですが、わたしには、どうも母の面影を宿しているように思われて仕方ありません。野口さんは、敗戦の年、昭和二十年（一九四五）の二月、栄養失調で湯河原の海軍病院に入院中に、母親を失っているのです。

母親は、越谷の人ではありません。それに堅気のひとでもありませんでした。その点では、お蝶と似たところはまったくありません。しかし、白鷺について述べたような、清らかな情感をうちに湛えたひとであった、と思われるのです。早く夫と別れざるを得ず、神楽坂といった歓楽の巷に身を置き、息子とは離れ離れに暮らすことが多かった彼女は、孤独に強くなければならなかったがゆえに、人一倍、いま言ったようなところがあったのではないでしょうか。

それに、野口さんは復員して来て、ようやく筆を執るようになり、初めて力一杯の仕事をしようとしたところだったのです。亡くなってまだあまり間のない母親の面影が、その机の傍らに寄り添うように思われたとしても、不思議はないでしょう。

いま、母親の面影云々と申しましたが、やはり越谷を舞台にしたもう一編の力作には、父親の像が刻まれているのです。『白鷺』から丁度十年後に発表された『死んだ川』（昭和三十二年十二月）ですが、これについては別の機会に述べるとして、白鷺の飛ぶ越谷は、野口さんにとって思いの外、深い繋がりのある土地であったことを、この一枚の色紙から改めて思い知らさるのです。

（野口冨士男文庫1号、平成11年3月）

隅田川煙雨――『相生橋煙雨』

隅田川は、不思議な魅力を持つ。歴史のある大都会を貫いて流れる大河は、いづれも華々しい歴史とともに、それと係わりなく営まれる人々の暮らしを色濃く溶かし込んで、流れているからだろう。野口冨士男さんは、東京生まれだが、隅田川とあまり係わりなく育った。しかし、永井荷風の文学に親むことによって、早々にその魅力を知るようになった。

そして、敗戦後、復員してしばらく越谷に住んだが、東京へ行くため東武電鉄に乗ると、終点の浅草駅の手前で、電車は必ず隅田川を渡る。敗戦後の、健康も思わしくなく、生活も苦しい日々のなかで、文学者としての再出発を志す野口さんにとって、文学活動の場である東京は、まず隅田川として目の前に現われつづけたのである。

この越谷と隅田川とは、いまでこそ川筋が違ってしまったが、かって元荒川の流れによって結び付いていた。越谷住まいの野口さんは元荒川の堤をよく散策したし、『白鷺』の舞台にしたが、この縁から、目の前の流れに隅田川を重ね見たこともあったろう。

さらに言えば、隅田川については、古くからの文学仲間の芝木好子さんが、『隅田川』（昭和36年）を書き、ついで『隅田川暮色』（昭和59年刊）を書こうとしていたことも見逃せない。芝木さんから野口さん宛て書簡を本誌（「野口冨士男文庫」）に掲載したので、古くからの親身な交友ぶりを知ることができるが、その彼女の存在もまた、隅田川への関心をいやが上にも深めたのは言うまでもない。文学的交友は、なによりも刺激しあい、競争することであり、野口・芝木の関係も例外ではなかったのである。

このようにして野口さんのなかでは、隅田川について書きたい気持が生まれていた。ことに東京という都市について書き、荷風について書いていた野口さんとしては、隅田川について書かなくてはならないという思いは強くなっていたはずである。

だから一片の新聞記事で、ほとんど世に知られていなかった藤牧義夫という版画家の描いた、肉筆『隅田川絵巻』の存在を知ると、急に動き出すことになったのだ。

そして、藤牧義夫について調べていくと、彼は、野口さんと同じく明治四十四年（一九一一）生まれであり、館林の出身で、上京するのには、やはり東武電鉄に乗り、越谷を経て浅草へ出ていたのである。もっとも野口さん流の拘りをもって注記すれば、東武電鉄の終点が浅草駅になったのは昭和六年五月二十五日で、それまでは現在の業平橋（当時は押上）であった。だから、昭和の初めに上京、版画家の仕事をしながら郷里との間を往復した藤牧は、その八年の間の前半は、押上で降り、それから隅田川を渡る道筋をとった。そうした些細な相違はあったものの、同じ路線で東京へ入り、まず隅田川を眺め、隅田川を渡ったのだ。ともに芸術にこころを熱くしながら。

このことが、野口さんを藤牧へと決定的に近づけたのである。そして、野口さんと藤牧の親近性はそれだけにとどまらない。ともに生活に苦しみ、芸術家としての不遇に悩んだ。

野口さんの場合は、越谷住まいの時点で、また、昭和初めの青春において悩んだのだが、その青春の日々に目にした隅田川の風景は、まさしく藤牧が描いたものであった。折りから東京が近代都市へと変貌する時期で、昔に変わらぬ橋があるかと思うと、ひどくモダンな鉄橋があり、市街電車が走り、クレーンがそびえ立っていたりする。

野口さんは、その青春期も苛酷な戦争も辛うじて生き延びたが、藤牧は、『隅田川絵巻』を描き上げるとともに、昭和十年（一九三五）九月、二十四歳で行方を絶ってしまった。幾度となく挫折し、命を失ってもおかしくないとの思いを抱きつづけてきていた野口さんにとって、この藤牧が、他人と思われなくなって来たのは当然であろう。

そうして『相生橋煙雨』は、『隅田川絵巻』の最後に描かれた相生橋を、煙雨のなか、訪ねるところから書き出される。その冒頭は、やや瑣末な記述で占められるが、現状を細々と確認していくことが、作者には必要であったのだろう。

こうして藤牧の事跡を追っての探索がつづられて行くが、粗末な障子紙に描かれた四巻の長大な絵巻を目にして、才筆であり、デッサンに狂いがみられないのを確認するとともに、「なにものかに追いつめられているような精神状態」を見いだす。

その筆は、やがて藤牧との仲間で、後年、版画家として名をなした小野忠重の回想を紹介する。下宿を引き払ったので預かってほしいと、藤牧が風呂敷包み二つを持って訪ねて来て、涙を見せながら小声で彼や友人たちへの感謝の言葉を繰り返した。そして、立ち去ったが、その時、小野はなんとも思わなかったが、しばらくしてハッとした。その予感のとおり、以後、藤牧の消息は絶えた、と言うのである。その文章を引用、なぜ小野が、藤牧の決心に気づかなかったか、あれこれ思いめぐらすのだが、野口さんは、この時、藤牧は絵巻を完成、画家としての仕事をし終えていて、すでに画家ではなくなっていたのだと、雷に打たれたように思い至る。そして、その目で、改めて相生橋を見るのだ。

これが一篇の最後として感動的なのは、当時、隅田川の最も下流に架かっていたこの橋が、芸術家藤牧の終わりを意味するとともに、野口さん自身、この作品を書いていたのが七十歳の時で、自らの小説家としての終わりを考えていたことが読むものにもはっきり伝わってくるからである。もっとも野口さんは、これ以後も小説家としての仕事をつづけた。しかし、小説家としての終わりを間違いなく考えていて、ここで、一人の画家の終わりとともに、自らの青春と、そして、みずからの小説家の終わりを、まざまざと見てとっていたのだ。

多分、そうであったからこそ、この後、『しあわせ』といった、老年の極まりに立った短篇を書き得たのに違いない。

（野口冨士男文庫3号、平成13年3月）

幸運に恵まれた作品――『なぎの葉考』

人間にも幸運不運があるが、作品にもそれがある。

野口冨士男さんは、作家として必ずしも幸運であったとは言えないと思うが、その短篇「なぎの葉考」に限れば、まれに見る幸運に恵まれたと言ってよかろう。早々に評価が定まり、意外に多くの人たちから愛されつづけている。

その幸運は、原稿依頼の時点から働いていた。掲載されたのは「文學界」だが、依頼は「別冊・文藝春秋」からであった。

そこで野口さんは、いわゆる純文学作品ではなく、肩のこらない読み物を書こうと考えたらしい。その揚げ句に、子息一麥さんの話によれば、「俺流のポルノを書く」と言い出した。昭和五十四年(一九七九)春に、連作長篇『かくてありけり』で読売文学賞を受け、徳田秋聲研究の二冊目の大著『徳田秋聲の文学』の刊行に漕ぎ着け、ほっと息つく思いをするとともに、通俗味をおそれず新たな挑戦を目論んだ、と見てよかろうと思う。これが第一の幸運であった。

野口さんの若い頃とほぼ等身の、待合を経営している母の息子を軸にして、いまやほとんど消滅した雇女《やとな》、カフェの女給、遊郭の女郎、私娼の四種類の売笑婦を描くというのが、おおよその基本的な構想であった。

そして、書きあげたのが、現在、われわれが手にしている作品だが、それを受け取って最初に一読した担当編集者のSさん（直接、話を聞くことができた）は、これまで野口さんが文芸雑誌に発表して来たのとは違う、のびやかな筆の運びで、魅力のある作品になっているのを認めた。

当時、「別冊・文藝春秋」と「文學界」は、編集部が一つで、編集者の名刺にも二つの雑誌名が並んでいた。そうしたことからSさんは、ごく自然に、この作品は「文學界」に掲載したほうが相応しいのではないかと考え、編集長に話したところ、両誌の掲載作の分量もそう変更したほうがバランスがよく、簡単に話が決まり、昭和五十四年の「文學界」九月号に掲載された。

予定通り「別冊・文藝春秋」に掲載されていたら、地味なポルノ的場面のある小説として見過ごされた可能性が高いが、舞台が「文學界」となったことから、その文学的質の高さが、正確に評価されることになったのだ。第二の幸運である。

折から丸谷才一氏が、日本ペンクラブ編日本名作シリーズとして『花柳小説名作選』（集英社文庫、昭和五十五年三月）の編纂に当たっていたが、さっそく選び入れた。ひきつづき六月には、第七回川端康成賞が与えられ、作品の評価は、早々に不動のものとなった。第三、第四の幸運である。

こうしたことがあって、短篇集『なぎの葉考』（昭和五十五年九月、文藝春秋刊）を出すことになったが、野口さんは、あれこれ考えたに違いない。そして、表題作を巻頭に据え、「新芽ひかげ」「石の墓」「老妓供養」「石蹴り」「耳のなかの風の声」の順で六篇を並べたが、表題作以外は、かなり以前の発表になる。一番新しいのが「石蹴り」（風景、昭和41年7月号）で、ついで「耳のなかの風の音」（文學界、昭和29年2月号）、あと三篇は、いずれも四十年近く前の戦時中の作である。

だから、意地の悪いひとなら、寡作のあまり戦時中の旧作まで引っ張り出して無理やり拵えた一冊、と言うかもしれない。

確かに野口さんは寡作で、その上、短篇集を編む機会にあまり恵まれて来なかったのも確かである。

しかし、六十九歳になって、「なぎの葉考」を中心に短篇集を編むに際し、「花柳小説」という枠組みに思い至ったようである。「あとがき」には「一冊を編むために、関連のある短篇を自選した。どんな関連か、補足的な言辞はひかえる」と、ひどく言葉少なに記しているが、これら六編は、濃淡の差はあるものの、いずれも花柳の巷と深い係わりを持った人々を扱っているのである。

この編纂意図を持つようになったのには、先に触れた丸谷才一選『花柳小説名作選』が係わっていたろう。その本の巻末に、解説を兼ねて野口さんと丸谷氏の対談「花柳小説とは何か」が掲載されているが、そこで丸谷氏はこう述べている、「野口さんに家庭教師役についていただいて、ご意見を参考にして（作品選定作業を）進めた……」と。

具体的にどのような「家庭教師役」を果したたか、よくは分からないが、この対談のためと思われる自筆のメモ二枚が、野口冨士男文庫に残されている。このメモの内容は興味深く、別の機会に紹介したいが、いずれにしろ野口さんは、この名作選に深く関与、自作も俎上にあげながら、「家庭教師役」を勤め、「花柳小説」なるものを考える機会を持ったのである。

そして、自分が花柳界に生を受け、小説家としての出発期に、花柳界に取材した作品を少なからず書いており、「なぎの葉考」に及んでいることに思い至ったのだ。それとともに、丸谷氏が主張するように、「花柳小説」の枠をやや広くとれば、野口さんにとって重い意味を持つ作品が、自ずからそこに数え入れられることになることに気づいた……。

「新芽ひかげ」以下戦時中の三篇は、芸者を主人公とする典型的な「花柳小説」で、いま読み返してみても、少しも古くなっていないのは、流石である。それにつづく「石蹴り」は、自らの少年期を扱い、芸者で置屋を営んでいた母に触れている。そして、巻末の「耳のなかの風の声」が、いま重い意味を持つと言った作品の最たるもので、芸者であった母と離婚したものの係わりを持ち続け、結局、妻子とともに船から入水した父親を描いている。

だから、掲載順に読んで行くと、芸者を客観的に扱った作品に継いで、作者自身の私的領域へと入り込み、生い立ちから最も切実な出来事に及ぶかたちになっているのである。そうして、花柳の巷に生まれて作家となった野口さんの歩みが浮かび上がる。

それとともに巻頭の作品は、待合の息子に生まれた若者が、白浜、新宮、大阪への旅によって、芸者と境を接する四種類の女たちの生態を知っていくのだが、大阪道頓堀、芝居小屋裏の私娼の哀切でけなげな振る舞いによって、実人生へと出発するよう背中を押される――と、大まかには要約してよかろう。その点で、一種の教養小説的性格を帯びていて、それがひろく読者のこころに訴えるのだ。

こうしてこの短篇集は、野口さんが自分の文学的生涯を自ら纏めて提示したと言ってよい性格を持ったのである。これまた、間違いなく作家たる者にとっての幸運であろう。「耳のなかの風の音」が芥川賞候補になったものの、受賞に至らず、屈折した道を歩まなくてはならなかった野口さんの苦労は、こうして報われたと言ってよいと思われる。


（野口冨士男文庫６号、平成16年３月）

野口さんの真骨頂——『感触的昭和文壇史』

「文壇」と言っても、いまでは具体的なイメージが浮かびにくくなっているが、野口さんほど強く意識し通した人は少ないのではなかろうか。

戦後、ながらく「生き埋め状態」であったと自ら言うとおり、不遇の時期を送ったこと、その間、身を寄せ合うようにして力づけあった仲間たちに恵まれたこと、それとともに、若年から一貫して雑誌の編集に係わり、その延長の意味合いもあったようだが、文芸家協会に関係、理事長を勤めるまでになったことが、深く関係しているだろう。

それに加えて、こういうところに身を置いていることに、自分の文学的営為が深く根差していると、野口さん自身、強く意識していたと思われる。

勿論、書くという営為は、多かれ少なかれ孤独を厳しく科すが、そのうちに閉じこもることを、野口さんはしなかった。仲間たちと親しく肩を並べ、意にそまない先輩には合わせる苦労もしながら、共に在ることを選んだ。そして、その付き合いのなかで、刺激しあい、支えあいもすれば、激しくぶつかりあう、その中から、書くエネルギーを汲み取りつづけたのである。

『感触的昭和文壇史』は、そういう野口さんだからこそ、書くことができたのだ。野口冨士男文庫主催　リレートーク「野口冨士男と同時代の作家たち」（平成16年11月20日）の当日、司会者として冒頭に、この本は野口さんの仕事において、最も核心的な意味を持つと言ったのは、そういう意味からであった。

野口さんが言うところの文壇は、文学史が扱う「表通」ではなく、その横町、裏通、路地裏にあるとする。そこにはいろんな人たちが行き交い、議論し、酒を飲み、喧嘩をし、集合離散を繰り返す。さうして「表通」へ出て行く人は、必ずしも多くはなく、ここに留まりつづけるなり、どことも知れず姿を消す人もいる。そして、時の経過とともに忘れ去られるが、ここに身を置くことによって、その人たちもまた、何らかの影響を周囲に与え、何らかの役割は果たしたはずだと、野口さんは捉えるのである。

文学的影響と言えば、作品とか文芸思潮を中心に考えがちだが、それは「表通」だけを問題にする文学史においてであり、実際に汗を流して書く作家に即するなら、生身の接触、係わり合いによる影響がより大きいはずである。野口さんはそう確信するのだ。ただし、その係わりあいは、きれいごとですまず、人それぞれの生臭い野心、打算、憎しみ、策略、また一方、善意、友情、使命感などが激しく交錯する。そして、傷つけたり、勇気づけられたりする。

いわゆる文学的影響は主に、タテの関係だが、文壇的な影響となると、もっぱらヨコの関係であり、殊に同世代同士にあって、強力に働く。そして、この最中から書くことへと、作家は駆り立てられるのであり、文壇は、じつは創造の現場にほかならないとするのである。

これは野口さん自身の切実な体験に基づく。いささか恨みがましさを滲ませながらだが、自分は横町や裏通ばかり歩いて来た、あるいは歩かされて来た、と言う。そして、そこで出会った人々の果した役割を「書き留めておくことは、私の任務ないし義務だろう」、無名のまま消えた人々のために「紙の碑を立て」たい、と書くのである。ここには屈折した思いとともに、平坦でない道を歩みとおして来たことへの自負の念が窺えよう。

こうした意図が、『感触的昭和文壇史』において十分に果たされたかどうかはともかくとして、この大部の著作を、苦労しながら書きあげたところに、野口さんの独自さが遺憾なく示されている。

野口さんは、後半生になって高い評価を得て、毎日出版文化賞、読売文学賞、川端康成賞など多くの賞を受け、芸術院会員となったが、自分ひとりの力でなし得たこととは考えなかった。多くの仲間たち、それも無名のまま消えていった、仲間たちの力によるところが大きかったと、心底から考えていた。

こういう考え方は、作家としては例外的であろう。一般には自分独りの才能を頼み、それを前面に押し出しがちであるが、野口さんには、そういうところがなかった。野口さんは、自分が見え過ぎるほど見え、周囲の人たちのありようもよく見えたのである。

そのところが、作家としての野口さんに幸いしたかどうか、一概に言えないようだが、『感触的昭和文壇史』を書き得たのは、ひとえにこの点にかかる。また、作家たちの互助組織である文芸家協会の仕事にたゆまず従事し通したのも、これゆえであったろう。

文学を、なによりも生身の人間の営為として捉える以上、文芸家協会を大事にするのは、自然ななりゆきであっただろうし、その設立の歴史を見ると、菊池寛とともに野口さんが師事した徳田秋聲が大きな役割を果たしている。師事した以上、そういうところまで学び取り、跡を継ぐ道を踏んでいるのである。

こうして野口さんは、最晩年に至って奥さんの出身地越谷市に野口冨士男文庫の創設を自ら決めて、亡くなられたのだが、その際にも自分一人を顕彰するのではなく、同世代の仲間たちをともに記憶し、顕彰する機関であることを強く望んだ。これまた、『感触的昭和文壇史』に見られる姿勢そのものである。

このため野口さんの仕事を考えることは、そのまま、野口さんの同世代の仲間たち――昭和十年代に出発した作家で、最晩年まで仲のよかったのは八木義徳、青山光二氏だが、その他、ここに書き切れない人々の名が上る――を視野に入れることになり、ひいては昭和の時代全体を考察することに繋がる。そこに野口さんおよび野口冨士男文庫の真骨頂がある、と言わなければなるまい。

（野口冨士男文庫7号、平成17年3月）

ひとり離れて——徳田一穂さんの葬儀の日

徳田秋聲の長男一穂さんが亡くなり、自宅近くの本郷・喜福寺で葬儀が行われたのは、昭和五十六年（一九八一）七月三日であった。焼香を終えて柩を見送るべく外へ出ると、境内の隅にひとり離れて小柄な野口さんが立っていた。わたしは、その野口さんの傍らへ行って、並んで柩が出てくるのを待った。

野口さんは、当時一穂さんより七歳下の七十歳で、前年に『なぎの葉考』で川端康成賞を受けるなど、作家として数々の栄誉を受けていた。ここに至るまでには、『徳田秋聲伝』（昭和40年〈一九六五〉）の完成・刊行が大きなステップになったことはよく知られているが、この日、人目を避けるようにしてまで葬儀に出て来られたのは、一穂さんとの若い日の交友とこの著作ゆえであったはずである。

野口さんと一穂さんとの結び付きがどのようなものであったか、現在、野口さんの子息平井一麥さんの手で整理されている『越谷日記』を見れば、明らかである（注、焼け跡が広がる東京へ出た野口さんは、一穂さんとじつによく会っているし、頼りにしていた）が、一穂さんは、家が戦災にあわなかったこともあって、よく面倒をみている。強制疎開で家を失い、復員したものの栄養失調で衰弱した身の野口さんが、曲がりなりに跡地に家屋を建て、昭和二十二年三月に東京へ戻る上でも、なんらかのかたちで助けたと思われる。

一穂さんはまことに頼りになる兄貴分だったのだ。

野口さんが一穂さんを知ったのは、昭和九年（一九三四）、雑誌「行動」の編集者となり、秋聲を訪ねることによってで、昭和十三年、一穂さんが初の短編集を出すと、その出版記念会の夜、引っ張られるまま白山の芸者屋に秋聲を訪ねている。一穂さんは、野口さんを文学的親友と思ったのであろう。また、母を芸者に持つ野口さんなら、父秋聲が芸者屋の二階にいついている有様も、理解して貰えるだろうという思いがあったろう。そして、昭和十五年の野口さんの結婚式には、秋聲ともども出席している。

このような繋がりがあったため、却ってと言うべきか、野口さんが秋聲伝に本格的に取り組むとともに、一穂さんとの仲は急速に冷却、厳しく対立、絶交するに至ったのだ。先に「人目を避けるように」と書いたのも、この関係が遂に解けることなく終わりを迎えたからである。

「君はいいよな、徳田家に自由に出入りできるんだから」そう野口さんからしばしば、わたしは言われたものである。新聞社の文化部勤務になって早々、臨川書店から『秋聲全集』が一括刊行（昭和49年11月）されたので、インタビューに出掛けて以来、よくお邪魔しており、一方、野口さんとは、文芸家協会の役員をされていたので、会う機会があったのを幸いに、徳田秋聲に関心を持つ者として親しくさせてもらっていた。

霊柩車が出ていくのを遠くから見送ると、歩こうと言われるまま、野口さんと並んで歩いたが、秋聲の、そして今は一穂さんの遺宅ともなった家へ曲がる角を通り過ぎ、そのまま本郷から西片町、そして、大通を跨ぐ陸橋を渡る。それから先、坂道を下ると、白山だった。

この道はそのまま、秋聲が芸者富弥、本名小林政子の許に通った道である。夜中に不意に起き上がり、下駄を突っかけて歩いたり、また、逆に自宅へ向けて歩いたり、昭和七年以来、朝夕通うことによって、『町の踊り場』を初め『縮図』など晩年の傑作が生まれた。

小林政子はが営んでいた芸者屋跡の空き家の前まで行き、その後、路地を抜けて崖下の喫茶店に入ったが、そこで一時間以上いたのではなかったろうか。野口さんは酒を飲まず、その点、わたしとひどくウマがあい、顔を合わせると、喫茶店に誘われたが、そうして一旦腰を据えると、長かった。多分、学生時代以来の習慣であったのだろう。

もっぱら野口さんが話し、わたしは聞き役であったが、なにを伺ったか、ほとんど記憶から消えているが、日だまりでくつろいでいるような、伸びやかな気分でいたことは、よく覚えている。勿論、野口さんはしばしば手厳しい言辞を発することがある。しかし、それがわたしに向けて発せられることはまずなかった。野口さんは、なによりも都会人だったし、わたしは息子の年齢だったから、呑気にしていることが出来た。

しかし、いま改めて、一穂さんの葬儀の後、白山へやって来た野口さんの心中を考えると、いろんなことを思わずにおれない。

伝記に取り組むことは、秋聲の私生活を明るみに引き出すことになるが、それはそのまま、子の一穂さんの上に及ぶことにもなったのである。

秋聲はなによりも私小説家である、と野口さんは捉えていたから、その私生活上の事実を明らかにするのが肝要であり、また、そうするのが許されるはず、と考えていたろう。一穂さんにしても、父秋聲や自分の私生活上の事柄を扱って、作品を書いて来ていた。

しかし、如何に親しい友人であれ、第三者がそこに触れて来るとなると、事情は変わる。とくに一穂さんの場合、誕生日が戸籍の記載より一年遡るといったことさえ起こったし、成人してからの女性問題もあったから、深刻であった。

いずれにしろ、私小説作家とその肉親と研究者なり伝記作家、この三者の係わり合いにおいて、最も厄介な事態が、先鋭化されて持ち上がったのである。

そして、野口さん自身も私小説家であったから、考えることは限りなくあったに違いない。喫茶店での野口さんの話には、そうした思いの一端に触れるところがあったかもしれないが、二十六年も以前のこと、いまや思い出すすべもない。しかし、一穂さんを見送りひっそりと立っていた野口さんの姿ばかりは、記憶に深く刻まれている。

（野口冨士男文庫10号、平成20年3月）

私小説家の証拠——『耳のなかの風の声』

私小説についてさまざまな議論があるが、野口冨士男はどのような位置を占めるのだろう。私小説に限らず、多様な分野で執筆活動をしたから、いろんな見方ができる。が、その基軸は間違いなく私小説家であったし、自らをそう思い定めていたと思われる。

そう考えるのも、『耳のなかの風の声』（文学界、昭和29年〈一九五九〉2月号）によるところが大きい。この作品は芥川賞の候補になったものの、吉行淳之介が『驟雨』で受賞、その影に隠れ、広く認めらるには至らず、野口さんはなおも下積みの苦労を重ねなければならなかった。その点で不運な作品だが、今や真価が知られて来ているのではないか。

昨年秋、野口文庫で私小説家野口冨士男に焦点を絞って展示することになり、関連の資料を精査したところ、注目すべきものが幾つも出て来た。

この作品は、野口さんの父が後妻とその間の子を道づれに入水した事件を扱っているが、書き出しはこうである、「昭和二十八年二月二十八日付夕刊各紙は、私の父の死をいっせいに報道した」。その新聞切り抜きが数点あった。作中の記述通り、三段見出しで、遺体が三浦三崎に近い海上で、出漁中の漁師によって発見されたとある。

この前々日の二十六日午後、「私」は郵便で遺書を受け取っていた。遅く起床、午後一時過ぎ、妻から手渡されて開封、読んだ。この日は敗戦の年に亡くなった母の命日で、墓参を予定していた。

あわてて父の会社へ行き、会社の役員や異母弟たちと会って、状況が分かってくるが、それとともに「私」自身の複雑な出生と、父母や弟たちとの関係が読者の前に明らかになる。

父母は早く離婚、「私」は神楽坂で芸者をしている母の手ひとつで育てられた。父はやがて他の女と結婚、子供たちをもうけたものの、仕事で行き詰まると、助けを求めにやってきて、縁は切れずに続いていた。そして、今回はいよいよ行き詰まり、妻とまだ幼い末弟を道連れに、心中したのである。それに際して、二十四歳の男を頭とする子供たちを初め、後事を「私」に託する、思いがあったのだった。

その遺書については、作中で引用しており、エッセイでも自ら紹介しているが、封筒から引き出し、開いて、当の遺書だと判明した時は、第三者のわたしでも一種異様な思いを覚えずにおれなかった。青い罫の入った、会社名が印刷された便箋二枚にペンで乱れもなく綴られており、十九日の日付が記されている。

これを書いた後、父は残務整理に従事、二十五日に登記所へ赴いて会社の解散手続きを終え、社員全員に給料を支払った上で、夕刻近く三人で家を出、遺書を投函したのだ。

こうしたことが分かった二十六日の午後七時過ぎ、「親父はまだ生きてるぜ」と「私」は口走るが、それから三時間ほど後、東海汽船会社（作中では頭文字）から電話があり、投身を知らされた。菊丸（野口冨士男文庫担当者が写真を見つけている）に遺留品とボーイへの走り書きがあって、判明したのだが、二十五日に大島へ行き、翌日、戻りの船が東京湾に入った午後八時頃、決行したのだ。間違いなく七時過ぎにはまだ生存していた。

そうして二十七日、父の遺体が発見され、家族に知らされたのは夜遅くであったから、翌朝四時過ぎの一番電車で三浦半島の先端、三崎へ向かった。

警察のジープでようやくたどり着いた寺には、村人が造ってくれた寝棺に遺体が収められており、同行した二番目の「弟」とともに確認し、近くの火葬場で荼毘に付した。このあたりの叙述は抑制が見事に効いて、言いようのない悲哀感をくっきりと造形している。

後の自伝的長篇『かくてありけり』(昭和52年1月から10月まで断続的に「群像」に掲載)でも、このあたりのことを扱っているが、「耳のなかの風の声」には及ばない。

ただし、こちらにも出生なり戸籍に係わる書類への言及があり、いずれも文庫の資料に存在していた。一つは出生地を示唆する「徴集免除通達書」である。徴兵検査を受けたものの、免除になったことを知らせる書類で、そこには幼時の記憶と繋がる住所が書かれていた。もっとも作中は「野津夏夫」名である。

もう一つは、「相続人廃除」裁判資料(昭和十二年十二月二十四日付)である。父の身の上に何かあれば、後妻との間に生まれた子の扶養義務が「私」に生ずるのを恐れ、母と養子縁組をしたかたちにして戸籍を移したことを示す。

その他、母が芸者を勤め置屋を営んでいた神楽坂の野口さん自筆の略図、大正三年(一九一四)二歳頃に撮影の父藤作、姉富美子と一緒の写真などがある。

野口さんにどのような意図があってのことか不明だが、自作の私小説の要となる事実を端的に示す書類などが、きちんと保存され、文庫に寄贈されていたのだ。多分、こうした例はあまりないのではないか。

ところでご子息平井一麥さんが『六十一歳の大学生、父野口冨士男の遺した一万枚の日記に挑む』(文春新書)で、「耳のなかの風の声」を書いた時の状況を明らかにしている。作品が書けず、恐ろしい貧窮状態のさなか、事件が起こったが、それから一ヶ月にもならない三月十六日深夜、本格的に作品化に取り組み始めたのだ。しかし、筆は思うように進まない。五月二日の野口さんの日記からの引用、「徹夜。自分の才能に殆ど絶望。しかし、また机に向かい、最後の努力をつづく。書かねばならぬ。生きねばならぬ」。さうして九月十九日にようやく完成したのだ。

ここで言う「書かねばならぬ。生きねばならぬ」は、作家の姿勢、心構えといったところを越えて、この作品を書き上げなければ、自分たち親子三人は飢え死するほかない、という現実であった。そういうところへ自らを追い込んで、自分の才能に絶望しながら、書いたのだ。

これまで私小説と言えば、作家自身の生活上の事実をありのまま徹底して書くことばかりを問題にして来たが、じつは作者が自身を初め家族の生存そのものも賭けて、小説を書くこと一筋に集中する点こそ、肝腎要であったのだ。そうまでして書くことが、私小説家たらしめる決定的条件だったのである。少なくとも野口さんはそう信じ、実践したのだ。上に掲げた資料は、そういう恐るべき私小説家であった証拠である。

（野口冨士男文庫11号、平成21年3月）

戦時から戦後へ夫婦の日常――『祭の日まで』

戦争末期から戦後間もなくまでの、若い夫婦の暮らしはどのようなものだったのだろう。まずは兵役がその夫婦を引き裂き、それぞれに異なった苦難を課す。が、それにもかかわらず、夫婦はその絆を手放すことなく、日常の暮らしを紡ぎつづける……。

そのところをこの『祭の日まで』は、もっぱら妻の視点を採って描いていて、好ましい短篇となっている。

発表されたのは終戦二年後の昭和二十二年九月、総合雑誌「革新」であった。当時は、雨後のタケノコのようにさまざまな雑誌が創刊され短期間で消えて行ったが、この雑誌もそのなかのひとつ。タイトルは勇ましいが、そのような政治的主張を掲げているわけではない。

ただし、次々と雑誌を創刊させた時代の熱気は以後も衰えることなく、戦時下や敗戦後の特異な出来事・体験を扱った作品、二十世紀初頭のさまざまな方法的試みを凝らした作品などが次々と書かれ、いわゆる戦後文学の全盛期を迎えた。

そうした時代のなか、この短篇がどのような扱いを受けたか、言うまでもあるまい。人々の注意をひくことなく、作者の野口さん自身にしても顧みることのないままとなった。

しかし、いま読んで見ると、騒々しい時代相とは別の、穏やかさのうちに、戦争末期から戦後間もなくまでの夫婦の暮らしぶりが、意外にくっきりと描き出されている。そして、如何にも野口冨士男らしい、実際の自分の暮らしぶりに基づいた、私小説となっているのが認められる。

越谷市の市立図書館内に野口冨士男文庫が開設されて、ことしで二十周年を迎えるが、その記念に越谷を舞台にした小説を集めて一冊の小説集を編む企画が出され、筆者も運営委員の一人として読んだのだが、そのなかに、この作品があった。小説集は『越谷小説集』と題して今秋刊行予定だが、出来ればより広く読んで頂きたいと、本誌（「季刊文科」平成26年8月）への掲載を思い立った。

もしかしたら野口さんは、いささかすね者で反骨精神の旺盛な人だから、当時の時代風潮に対し、戦前に文学的出発をした者として、敢えてこういう小説を書いたのかもしれない。が、この後、自ら言うとおり時代に半ば「生き埋め」にされた状態となり、長い年月を過ごさなくてはならなかった。しかし、発表から約七十年、いまは別の光の下で、読むことができる。

埼玉県の、八百屋が魚屋を兼ねるような田舎町――いまの越谷市とは桁違い――の眼科医の娘が、浅草の七軒町に住む母の姉の家で暮らす様子から書き始められる。そうして、その老女を中心にした叙述によって、市井の片隅に生きる人を扱うという作品の基調が形成される。

その上で、眼科医の娘が作品の中心になるのだが、左翼運動をして高等学校を追放された経歴の男――野口さんにほぼ重なるが経歴は変えられている――と結婚、男の子が生まれるが、やがて徴兵され、横須賀海兵団に属する。そして、空襲が激しくなると、東京方面の夜空が赤く染まるのを見て二人を案じる。

一方、母子は面会日になると必ずやって来る。そのところをこう書く、「おたがいに何日果ててしまうか定かでない生命のもろさが、自分の身にも、相手の上にも意識されていただけに」、会わずにおれなかった、と。

こういうせつない夫婦の在り方を、野口さんはこの引用箇所だけで、さらりと表現してしまう。

終戦となり、夫が復員して来る場面は、野口冨士男の読者なら他の作品ですでに読んでいるはずだが、夫の側から描かれている。それに対してここでは妻の側からである。この視点の違いが、小説として効果的な一行を書くのを可能にしたと言ってよかろう。

その場面、妻は二階にいて、格子戸が開く音に続き、荷物を降ろす音、夫の声を聞く。それに続いて、「ようやく実体をつかんだという気持になつて、階段の踏板を鳴らしながら、返辞の声よりも先にあふれかかる瞼の熱さをおぼえると、その熱さを感じることによって、はじめて戦争の終結を味わった」。

こういうふうに小説家の野口さんは、「戦争の終結」を実感として捉えたのだ。やはり日常の暮らしを軸に据えながら、想像力を抑制的に働かせて書いている成果に違いあるまい。

最後が七月十四、十五日の天王さまの祭だが、これは発表された当の年だろう。親子三人で出掛けるが、日曜の夜ということもあって、人出が多い。その傍らを日光見物の帰りらしいジープが何台となく通って行く。「運転台には、光線除けの色眼鏡をかけた金髪女性の姿も見られた。しかし、いつもは疾走してゆくジープも、今日ばかりは、祭礼の人出に、何度か徐行をしては警笛を鳴らしているのであった」とばかり書いて、終わる。

このジープは言うまでもなく占領軍のものだが、こんなふうに、ある距離感を持って、さりげなく描く、この書き方が好ましい。控え目といふよりも、作者が可能な限り客観的な位置に立つ、すこやかさを示していると思われるのだ。

この姿勢が野口さんの仕事全体をつらぬいているのだなと、改めて思った。

（季刊文科第63号、平成26年8月）

野口さんが広げた輪――野口冨士男文庫の二十年

十年ひと昔と言うが、二十年となると、何と言えばよいのだろう。わたしが野口冨士男さんとお会いしたのは、昭和五十年（一九七五）の初夏だったから、さらにその倍の四十年になる。当時、新聞社の文化部記者で、『徳田秋聲伝』を読んでいたから、同僚だった金田浩一呂に紹介されると、その場で話し込んでしまったが、それ以来、親しくしていただいた。

野口さんは地味な存在だったが、その翌年に『わが荷風』で読売文学賞を受けると、『かくてありけり』『なぎの葉考』『感触的昭和文壇史』などで、次々と大きな賞を受け、揺るぎのない大きな存在となった。しかし、お酒を召し上がらないので、下戸のわたしが格好の相手であったらしい。顔を合わすと喫茶店へ誘われた。ご自宅にも何度か伺った。玄関横の階段を上がると書斎だったが、奥は窓、左右に本棚があり、右側の本棚に向けて、座机が置かれているだけだった。作家なら、骨董の一つでも置いてありそうだが、それがなかった。

戦時下、強制疎開にあい、家を取り壊され、戦後になって越谷に住みながら、奥さんが苦労して再建した家である。未完成なのに昭和二十二年三月に戻って来て、以後手直ししながら住み続けて来たのだ。奥さんはすでに骨粗鬆症に苦しんでおられたが、階段を上がってお茶を出してくださったのを覚えている。

こんなことを書き始めるときりがないが、その奥さんが平成五年三月、亡くなられると、野口さん自身は肺ガンで、酸素ボンベを手離せない状態だったが、通夜に伺うとわたしなどにも懇切に応対、葬儀を済ました夜には、わざわざお礼の電話を掛けてこられた。それだけの気力がどこに、と驚くよりほかなかったが、女房より先には死ねない、と繰り返し言っておられたから、ほっとされたのであろう。

お会いしたのはそれが最後で、その年の十一月二十二日に野口さんは亡くなられた。八十二歳であった。

文庫の二十年の歩みを書こうとしながら、思いは野口さんの上へ行ってしまう。

野口さんは、日本近代文学館の理事でもあったから、作家から寄贈された図書の扱いなどに、よく不満を漏らしておられた。帯を取り、カバーまで外すが、店頭に出た折りのまま保存すべきではないか。ありふれた本だと受け入れて貰えないが、当の作家が読み、仲間も読み、話題にした本なら、収蔵するのが本筋ではないか、などと。作家たちが現に活動した状況を、できるだけ在りのまま伝える配慮を望まれたのだ。そして、作家たる者、決して一人ではなく、必ず仲間がいたし、また、競い合い、争った同時代人がいた。それらも引っくるめて、保存する必要がある、というのである。

越谷市立図書館内に野口文庫を開設するのには、だから妻直さんへの思いとともに、いま言った血の通った文学館を、との願いも込められていたのだ。そして、平成二年七月、蔵書、原稿、書簡、創作ノート、日記などを没後に寄贈する誓約書を交わしたが、その際に寄贈品の取扱い、文庫運営に関して、紅野敏郎、保昌正夫両氏に、わたしが関与する旨が付記された。

この時期に行ったのは、直さんの息のある間に、との思いと、ご自身の最期も遠くないと見定めてのことであったろう。

そして、三年後に亡くなられたのだが、その翌平成六年一月、寄贈の品約一万点が図書館に運び込まれ、十月二十六日に野口冨士男文庫が開設された。二階に常設コーナーが作られ、図録が刊行され、記念式典・祝賀会では、野口さんの親友の八木義徳と青山光二さんが祝辞を述べ、紅野さんが講演をした。

ただし、これで一段落となったわけでなく、それから紅野、保昌お二人の活躍が始まった。文学館業務を知らない図書館員を指示して、資料の整理をすすめるとともに、「資料取扱要領」「資料取扱要領細則」、そして大部な「所蔵資料目録（図書・雑誌）」を刊行した。公開するため必須の作業であったが、わたしは文学館や図書館業務に当時は知識も関心もなかったから、遠くから眺めていて、面倒な仕事だなあと、思うばかりであった。その点で、お二人と当時の図書館員に申し訳なかったなと思う。

その一方で、文庫開設の二年目には、野口さんの命日を控えた十月、保昌さんが講師となって講演会を図書館会議室で開いた。演題は「野口冨士男・昭和二十年秋」であった。

三年目は、当時あった東京都近代文学博物館が、野口文庫の資料を中心にして「野口冨士男と昭和の時代」を開催、わたしが「徳田秋聲、川端康成と野口冨士男」と題して講演した。（注1）会場は元加賀藩主前田家の洋館であったから、まことに絢爛豪華、その正面階段下のロビーで話したが、床や壁は大理石、天井にはシャンデリアが輝き、不思議な世界に迷い込んだ思いであった。

そして四年目、平成九年に文庫運営委員会が発足、紅野さんが会長になり、秋の講演会を毎年の恒例行事とすると、その年は紅野、保昌、わたしのリレートーク「越谷と野口冨士男」を行った。地元との結び付きを大事にする狙いからであった。

また、小冊子「野口冨士男文庫」の刊行も決め、平成十一年三月に1号を刊行した。A4判、二十ページの薄さだが、講演会の紹介、小論文、回想、資料紹介を内容とする編集方針は、十六号を数えるいまも基本的に変りない。活字がやや小さいこともあって、中身は意外に詰まっており、携わつてきた者が言うのはおかしいが、読みでがある。そして、年一回必ず刊行の持続性がなににもまして大きな力となっている、と思う。

保昌さんは平成十四年に亡くなられたが、野口さんの意向を受けた『野口冨士男自選小説全集』の編集はいまも貴重である。

それから八年後の平成二十二年十月、紅野さんが亡くなられた。八十八歳だったが、直前までお元気で、われわれは一様に、なぜ？と、途方に暮れる思いをしたのを覚えている。

その会長職を、これまでの経緯からわたしが引き継いだが、野口冨士男生誕百年の平成二十一年秋には『越ケ谷日記』、文庫開設二十周年の平成二十六年秋には『越谷小説集』を刊行することができた。いずれも紅野、保昌のお二人が整えて下さった路線の上での成果であり、紅野さんの要請で編集委員に加わっていただいた坂上弘さんの尽力が大きい。また、野口さんのご子息、平井一麥氏の資料整理への執念も生きた。そして二十年間、一貫して変わらない越谷市と図書館員の皆さんの熱意に感謝しなくてはならない。

お名前を挙げるべきだったのが、講演会の講師を引き受けて下さった方々、歴代の運営委員、また、朗読のこだま文庫、聴衆の皆さん、そして、「野口冨士男文庫」寄稿者にお礼を申しあげたい。野口さんを縁としてこれだけの人々が結ばれて来たことは、なににも換え難いことだったと、改めて思う。

注1　本書に「野口冨士男の『発見』──徳田秋聲、川端康成との係り」と改題して収めた。

（野口冨士男文庫17号、平成27年3月）

初出一覧

その企て

徳田秋聲は新しい（金沢市徳田秋聲記念館図録「秋聲」、平成17年4月）
洋装する秋聲――明治三十年代後半の翻訳・翻案から『凋落』まで
（大阪市大文学部創立50周年記念『国語国文学論集』、平成11年6月）
秋聲と花袋――『凋落』と『蒲団』『生』を軸に（「花袋研究学会々誌」第26号、平成20年3月）
『足迹』と『黴』に見る家族像――明治の東京における家族の崩壊と生成
（「武蔵野日本文学」8号、平成11年3月）
「生まれたる自然派」と『黴』（金沢市徳田秋聲記念館での講演稿、平成18年4月22日）
熟成のとき『爛』（「季刊文科」創刊号、平成8年7月）
「西洋化」の中の『あらくれ』――大正前期の徳田秋聲（「武蔵野大文学部紀要」5号、平成19年3月）
『黴』から通俗小説へ（八木書店版「徳田秋聲全集」第34巻解説、平成16年1月）
ジャーナリズムの渦中で――順子ものの諸作品（八木書店版「徳田秋聲全集」第16巻解説、平成11年5月）
『仮装人物』と『縮図』を書かせたひと――小林政子について
（原題「晩年の秋聲文学を支えた人――小林政子」文京ふるさと歴史館図録「愛の手紙」、平成16年10月）
『縮図』の新聞連載と中絶
（日本近代文学館講座「文学者を肉筆で読む・秋聲『縮図』稿」、平成18年1月21日）

その多面さ

秋聲の出発期（八木書店版「徳田秋聲全集」第1巻解説、平成10年11月）
大阪の若き秋聲——習作『ふゞき』を中心に（「武蔵野女子大学紀要」第32号、平成9年3月）
『みだれ心』と『ふた心』——三島霜川との係り（「武蔵野女子大学紀要」第30号、平成7年3月）
秋聲の表現と浄瑠璃（旧稿）
秋聲と新聞
（「北国文華」5号、平成12年6月と八木書店版「徳田秋聲全集」第20巻解説、平成13年1月による）
代作の季節（八木書店版「徳田秋聲全集」第30巻解説、平成14年9月、大幅加筆）
漱石と代作——飯田青涼を介して（八木書店版「徳田秋聲全集」第14巻月報、平成12年7月）
職業としての小説家（八木書店版「徳田秋聲全集」第39巻解説、平成14年11月、大幅加筆）
爛熟からの出発——徳田秋聲と金沢（「国文学・解釈と鑑賞」金沢と近代文学、平成20年11月）
表町・本郷・白山——秋聲の居場所（文京ふるさと歴史館での講演稿、平成16年11月21日）

時代への沈潜と超出

作家の自伝　徳田秋聲（「作家の自伝」解説、日本図書センター、平成11年4月）
作家案内　徳田秋聲（講談社文芸文庫『仮装人物』、平成4年9月）
全体像へのアプローチ——「徳田秋聲全集」の刊行開始とともに
（石川近代文学館での講演稿、平成8月11年月16日）
「近代」を超える輝き——「徳田秋聲全集」完結に寄せて（毎日新聞夕刊、平成17年2月22日）
「女教員」の洋服——共同研究「和装から洋装への文化史的考察」の内
（「武蔵野日本文学」第12号、平成15年3月）

野口冨士男

野口冨士男の「発見」――徳田秋聲、川端康成との係り
（東京都近代文学博物館「野口冨士男と昭和の時代展」講演稿、平成8年11月18日）
故野口冨士男さんの深慮（日本経済新聞、平成6年10月2日）
白鷺の飛ぶ地――一枚の色紙をめぐって（「野口冨士男文庫」1号、平成11年3月）
隅田川煙雨――『相生橋煙雨』（「野口冨士男文庫」3号、平成13年3月）
幸運に恵まれた作品――『なぎの葉』考（「野口冨士男文庫」6号、平成16年3月）
野口さんの真骨頂――『感触的昭和文壇史』（「野口冨士男文庫」7号、平成17年3月）
ひとり離れて――徳田一穂さん葬儀の日（「野口冨士男文庫」10号、平成20年3月）
私小説家の証拠――『耳のなかの風の声』（「野口冨士男文庫」11号、平成21年3月）
戦時から戦後へ夫婦の日常――『祭の日まで』（「季刊文科」第63号、平成26年8月）
野口さんが広げた輪――野口冨士男文庫の二十年（「野口冨士男文庫」17号、平成27年3月）

あとがき

拙著『徳田秋聲』（昭和63年〈一九八八〉6月刊、笠間書院）を出して、もう三十年にもなる。著作初出年譜を添えたこともあり、故紅野敏郎さんがその刊行に応えて、徳田秋聲の完全な全集の刊行に向け意欲的に動いてくださり、若手の力ある研究者を編集委員に揃え、平成九年（一九九七）には、八木書店から刊行を開始する運びになった。明治・大正・戦前の昭和の三代にわたり、大きな足跡を印しながら、その大きさゆえ敬して遠ざけられるまま、忘れられかねない状況になっているのを案じていた者としては、まことに有難いことであった。

ただし、最初は第一期十八巻、隔月刊のスタートであった。なにしろ出版状況が厳しく、出版社としても、冒険的に過ぎると言ってもよい事業だったのである。幸いに平成十二年から第二期十二巻、平成十四年から第三期十二巻と、段階を踏んで、平成十五年一月に全四十二巻として完結、別巻は遅れたが平成十八年七月に出た。もっとも　三期に分けたことにより、配列が整然というわけにいかず、取り残しも零とはならなかったが、予想を超える規模の整備された大全集となった。そのあたりのことは、別巻月報に収めた編集委員による座談会によって明らかにされているとおりである。

また、この全集の刊行開始に併せて、金沢市では徳田秋聲記念館の建設が議せられ、私も末席に加わったが、平成十七年（二〇〇五）春には、浅野川畔に開館した。

これでわたしの仕事は終わったと思った。ただし、こうして姿をあらわした秋聲の仕事が、なにかと新たな問題を投げかけたし、書いたり話したりする機会も続いて、まとめる気持になれないまま、年月が経過した。

ところが昨年初夏、研究誌「三島由紀夫研究」を出してくれている鼎書房の加曽利達孝氏から、著作集を出さないかとの話があった。今のような時代、わたしのような者が出しても意味があるとは思わないと返事をしたが、秋聲に関してはかなりの量に達しており、まとめる義務があると言ってくれる人もいたので、取り敢えず第一巻として、拙著『徳田秋聲』以降、秋聲に関して書いたり講演した草稿などを収めることにして、整理にかかった。しかし、改めて読み返して、正直なところ、拙劣さが目につき、何度か投げ出したくなった。が、その一方、明治の初めから敗戦直前の昭和までの時代の動きが、意外に立体的に浮き出て来るように思った。

明治以降、小説というジャンルを中心とした営為が盛んで、それが成し遂げたところを、誰でもなく秋聲がよく代表していたのである。その長い年月をとおして総体となると、花袋や藤村、漱石や森鷗外、露伴や荷風ではなく、秋聲だったと、改めて強く感じた。そして、そこには明治以降、今日に至るまで、個々人の市井の日常から社会全体の大きなうねりまでが、よく捉えられている。小説なるものの力に改めて思い至った。川端康成が「源氏から秋聲へ跳ぶ」と言ったのも、このあたりを踏まえてのことではなかったかと思う。

いずれにしろ秋聲の存在に、改めて圧倒される思いをしている。その一端なりを、この一冊が伝えるのであれば、それでもってよしとしてよいのではないかと思った。本格的な秋聲研究はこれからである。そして、筆者の勝手な思いだが、この秋聲の後を受け継いだ作家が、巨視的には三島由紀夫だったと考えている。第二巻に収める予定である。

こうして秋聲との付き合いは、思いがけず長くなったが、その初期、出会ったのが新刊書の棚の野口冨士男著『徳田秋聲伝』であり、十年後に出会った著者ご本人であった。この出会いがあったからこそ、今日まで続いたのだし、秋聲全集刊行も実現する成り行きになった。その思いもあって、野口さんについての文章を集めて、一章とした。また、その中には秋聲の長男一穂さんに触れた一文を収め得たのも、ひそかな喜びである。

以上の拙稿は、折りに触れ執筆したもので、重複が少なくない点をお許し頂きたい。

鼎書房の加曽利さんは、拙著『徳田秋聲』担当の編集者であった。そうして始まった筆者の仕事の総仕上げの役割も、奇しくも果たしてくれることとなった。その巡り合わせに驚くとともに、長年にわたって世話になったなと、改めて深く感謝したい。また、八木書店版全集の資料収集から下調べのため徹底的に働いてくれた大木志門君が校正を見てくれた。これまた秋聲に係った恩恵である。

松本　徹

平成三十年春の夜

松本　徹（まつもと　とおる）

昭和八年（一九三三）札幌市生まれ。大阪市立大学文学部国語国文科卒。産経新聞記者から姫路工大、近畿大学、武蔵野大学教授を経て、山中湖三島由紀夫文学館館長を勤める。現在は「季刊文科」「三島由紀夫研究」各編集委員。

著書に『夢幻往来』（人文書院）、『袈裟の首』（福武書店）、『徳田秋聲』（笠間書院）、『三島由紀夫の最後』（文藝春秋）、『三島由紀夫　エロスの劇』（作品社）、『三島由紀夫の時代―芸術家11人との交錯』（水声社）、『小栗往還記』（文藝春秋）、『風雅の帝　光厳』（鳥影社）、『天神への道　菅原道真』（詩論社）、『西行わが心の行方』（鳥影社）など。

編著に『年表作家読本三島由紀夫』（河出書房新社）、『三島由紀夫事典』（勉誠出版）、『三島由紀夫研究Ⅰ、Ⅱ、Ⅲ』（勉誠出版）、『徳田秋聲全集』全四十三巻（八木書店）など。監修『別冊太陽　三島由紀夫』（平凡社）

松本徹著作集①

徳田秋聲の時代

平成三十（二〇一八）年六月十五日　初版発行

著　者――松本　徹

発行者――加曽利達孝

発行所――図書出版　鼎書房

〒132-0031　東京都江戸川区松島二-十七-二

電話・FAX　〇三-三六五四-一〇六四

URL　http://www.kanae-shobo.com

印刷所――シバサキ工芸・TOP印刷

製本所――エイワ

落丁、乱丁本は小社宛にお送りください。送料は小社負担でお取り替えいたします。

ISBN978-4-907282-42-4 C0095